EINE SPUR DUNKELHEIT

MAGIE DER VEDAMMTEN
BUCH ZWEI

MCKENZIE HUNTER

Übersetzt von
ANNA DRAGO

McKenzie Hunter

Eine Spur Dunkelheit

McKenzieHunter@McKenzieHunter.com

Cover Artist: Orina Kafe

Übersetzung: Anna Drago

Lektorat (Deutsch): Katrin Dolle

ISBN: 978-1-946457-57-8

DANKSAGUNG

Wenn ein Buch fertig ist, bin ich den Menschen, die es ermöglicht haben, jedes Mal unendlich dankbar. Vielen Dank an meine Familie und Freunde für ihre unermüdliche Unterstützung und Ermutigungen und dafür, dass sie nach mir sehen, wenn ich mich in meiner Schreibhöhle verschanze. Ich bin dankbar für meine Beta-Leser/-innen und Lektorinnen, die so fleißig daran arbeiten, mir bei meinen Geschichten zu helfen.

Ich danke meinen Leserinnen und Lesern, dass Sie meine Bücher aus der Vielzahl an verfügbaren Titeln ausgewählt haben und Lunas schrulliger und Dominics grüblerischer Geschichte folgen.

Helenas durchdringende Augen brannten sich in mich hinein. Ihre Neugier hatte sich in eine Anklage verwandelt. Eben noch hatten sie Peter, den Dunklen Magier, in einer Zelle eingesperrt und besaßen die Fähigkeit, frei zwischen meiner Welt und der Unterwelt zu reisen. Augenblicke später waren sie die Eingekerkerten in der Unterwelt, Peter war verschwunden, und ich stand an seiner Stelle. Das Einzige, was sie wussten, war, dass ich der Grund dafür war.

Trotz meiner Beteuerungen schien Helena nicht überzeugt, dass ich keine Mitverschwörerin war. Ihr verzweifeltes Bedürfnis, die Wahrheit hinter ihrer Gefangenschaft zu erfahren, wurde in ihren geschmeidigen, katzenhaften Bewegungen sichtbar. Jedes Mal, wenn sie sich bewegte, tat ich dasselbe, vorsichtig darauf bedacht, sie im Blick zu behalten.

„Dein Mensch hat einen Haufen Probleme verursacht", sagte sie und schwenkte ihren Blick von mir zu Dominic. Ich spürte das kollektive Gewicht von Dominics und Anands Augen auf mir, fürchtete Helena aber zu sehr, um zu riskieren, die beiden anzusehen. Immerhin hatte sie beiläufig vorgeschlagen, mir einen Finger abzuschneiden oder mich zu töten, nur auf die bloße Eventualität hin, das könnte das Problem lösen und die entflohenen Gefangenen zurückbringen. Wenn ich der Grund war, warum wir in der Unterwelt eingesperrt waren, und wenn sie glaubte, dass meine Tötung ihr die Freiheit bringen könnte, gab es keinen Zweifel daran, dass sie mich umbringen würde.

„Das ist mein Problem, und ich werde mich darum kümmern", sagte Dominic, seine Stimme ein ernster Befehl. Bevor sie antworten konnte, schloss sich seine Hand wie eine Fessel um mein Handgelenk, und er führte mich die Treppe hinauf. Je mehr ich mich wehrte, desto fester hielt er mich.

Die Anspannung in seinem Kiefer ließ die Muskeln an seinem Hals hervortreten.

Sein Schweigen war bedrohlich.

„Du weißt, dass ich nichts damit zu tun habe", erklärte ich, während er mich durch das palastartige Haus zog. Die unheilvolle Natur seines Schweigens stachelte meinen Überlebensinstinkt an. Er musste etwas sagen. Etwas, das meine Ängste beruhigte. Eine Versicherung, dass er wusste, dass ich keine Rolle bei dem, was geschehen war, gespielt hatte. Einen Plan. Irgendwas. Stattdessen schleifte er mich durch das Haus, als wäre ich eine Verdächtige. Ich hasste es, dass meine Gedanken immer wieder zu seinem Folterraum im Farmhaus zurückkehrten. Und zu dem Raum am Eingang des Hauses, den er mich nicht ganz hatte sehen lassen. Meine Vorstellungskraft machte Überstunden.

„Dominic?"

Zum Teufel damit. Ich gehe keinen Schritt weiter mit ihm, bis ich weiß, was in seinem Kopf vorgeht. Auch, wenn ich meine Zehen in die Socken krallte, um Halt auf dem Marmorboden zu finden, wurde er nicht einmal langsamer. Es erinnerte mich nur daran, wie er in einem makabren Schauspiel der Gewalt einen Raum voller Leute niedergemetzelt hatte. Wenigstens waren seine Krallen nicht ausgefahren. Noch nicht.

Ich ließ mich hängen. Wenn ich mich nicht bewegte, würde er nirgendwo hingehen. Ein Hauch von Belustigung umspielte seine Lippen. In einer blitzschnellen Bewegung hob er mich hoch und warf mich über seine Schulter.

„Lass mich sofort runter!", verlangte ich.

Nach ein paar Minuten tat er es. Nachdem er die Tür eines Zimmers aufgestoßen hatte, stellte er mich auf die Füße. Unsicher brauchte ich ein paar Augenblicke, um mich zu meiner vollen Größe aufzurichten. Die paar Zentimeter, die er größer war, spürte ich deutlich.

„Tu das nie wieder."

Unterdrücktes Feuer raste in seinen Augen. Sie waren dunkelbernsteinfarben. Sie musterten mich, und er stellte seine unausgesprochene Herausforderung, indem er den Abstand zwischen uns abrupt überwand.

„Oder was, Luna?", fragte er und zog meinen Namen spöttisch in die Länge.

„Du weißt, dass ich nichts damit zu tun habe, oder?"

Er neigte den Kopf und musterte mich. In dem Versuch, Abstand zu wahren, hatte ich mich unabsichtlich gegen die Wand gedrängt. Seine Arme schlossen mich ein.

„Weiß ich das?"

Um mich von seinem intensiven Blick abzulenken, sah ich mich um. Der Raum war geräumiger als der, in dem sie mich während meines Aufenthalts untergebracht hatten. Minimalistische Einrichtung. Ein cognacfarbenes, modernes Chesterfield-Sofa vor einem raumhohen Fenster. Alabasterweiße Wände. Zwei schlanke, dunkle Holzregale in den Ecken. Kühne Landschaftskunst an den Wänden, die den Blick auf den Garten nicht störte. Offene Flügeltüren zu seinem Schlafzimmer. Ich konnte nur das Bett sehen, das dem schlichten Stil treu blieb, aber dunkler. Dunkelgraues Plattformbett, weit größer als ein normales Doppelbett. Voluminöse Bettdecke mit kontrastierender, dunklerer Tagesdecke. Drei Kissen in einer Reihe am Kopfende. Ich nahm an, dass dies hier sein Wohnbereich war. Alles hier war unverkennbar er.

„Luna", sagte er und lenkte meine Aufmerksamkeit zurück auf ihn.

„Du weißt es. Warum sollte ich irgendwas tun, um mich selbst in der Unterwelt einzusperren, mit deiner mordlustigen Schwester und Gefangenen, die so abscheulich sind, dass sie hierher verdammt wurden? Ich will nicht hier sein."

Noch immer schweigend schloss sich seine Hand um meinen Hals. Nicht fest, doch ich war mir seiner und dessen, wie leicht sich das ändern konnte, voll bewusst. Sein Daumen strich träge über den Puls an meinem Hals, der unregelmäßig hämmerte. Es wäre nicht so beängstigend gewesen, wenn er entspannter gewesen wäre. Spannung und Zorn waren in jeder Bewegung seines Körpers zu spüren. Er war in der Unterwelt gefangen. Ein eingesperrtes Tier. Wahrscheinlich war er noch nie eingeschränkt gewesen.

„Erzähl mir noch einmal, was passiert ist." Er beugte sich näher, seine Lippen nur Zentimeter von meinen entfernt, sein Daumen bewegte sich weiter träge.

Ich ging alles noch einmal durch, gab ihm minutiöse Details in der Hoffnung, dass er Antworten finden würde, wo ich keine sah. Es war nicht wie der Vorfall, als ich unbeabsichtigt die Gefangenen aus der Unterwelt freigelassen hatte. Da war offensichtlich gewesen, dass etwas passiert war. In einem Moment blätterte ich noch in einem seltsamen Buch, im nächsten stach es mich, ich blutete und starrte auf leere Seiten. Diesmal war es vollkommen anders, also bekam er den gesamten minutiösen Ablauf meines banalen Tages. Meinen Arbeitstag, Details zu meinem Abendessen, dass ich meine Wohnung geputzt und mit meinem Bruder und Emoni gesprochen hatte. Der Tag hatte damit geendet, dass ich mich mit einer Tasse Ingwertee und Popcorn entspannte. Dominic wusste den Titel der romantischen Komödie, die ich gelesen hatte, und dass es mein neues Lieblingsgenre war, im starken Kontrast zu meinem bisherigen Lieblingsgenre Fantasy, da ich genug von der übernatürlichen Welt hatte. Meine Scham unterdrückend, erzählte ich ihm, wie vorsichtig ich jetzt beim Lesen jedes Buchs war und wie nah dran ich war, stattdessen meinen E-Reader zu benutzen.

Seine Augen wanderten über mich. „Warum hat Peter dich ausgewählt?", fragte er, aber die Frage war nicht an mich gerichtet, nur eine Überlegung seinerseits, die er mich hatte hören lassen.

„Ich weiß es nicht", sagte ich, bevor seine Hand von meinem Hals glitt und sich unter mein Shirt auf meine Taille legte. Die Wärme seiner Berührung kroch über mich. Lavendelduft erfüllte den Raum, ein schläfriges Gefühl von Frieden überkam mich, und ich ertappte mich dabei, wie ich mich entspannte.

Oh verdammt, nein. Meine Hand schoss vor, um ihn zu schlagen. Er packte sie und drückte sie gegen die Wand, dann bekam meine andere Hand dieselbe Behandlung, bevor ich es damit versuchen konnte.

„Luna, Luna, Luna", sagte er gedehnt, ein scharfer Ton, der sanfter wurde. „Warum so gewalttätig?"

„Ich? Du hattest gerade deine Hand an meinem Hals", zischte ich.

Er lächelte immer noch. „Hast du geglaubt, ich würde dich würgen?"

Ich war nicht selbstsicher genug, um Nein zu sagen.

„Wenn ich dich hätte würgen wollen, hätte ich es getan. Ich habe nur dafür gesorgt, dass du mir alles erzählst, was ich wissen muss."

Sein Daumen war wieder an meinem Puls.

„So nimmt man keinen Puls. Man drückt zwei Finger darauf." Ich demonstrierte es ihm. „Und du hättest das einfach erklären können."

„Ich bin es nicht gewohnt, Erklärungen zu geben." Das war keine akzeptable Antwort, aber seinem Gesichtsausdruck nach zu urteilen glaubte er offensichtlich, dass es das war.

„Und du hast Magie benutzt, um mich deinem Willen zu unterwerfen", warf ich ihm vor.

„Ich unterwerfe Menschen nicht meinem Willen, ich beuge sie meinem Wunsch."

Ich schluckte, denn ich wusste, dass es die Wahrheit war. Seine Wahrheit.

„Du warst aufgewühlt, und ich habe nur versucht, dich zu beruhigen."

Helena hatte mich gewarnt, dass Dominic, wenn nötig, rücksichtslos war, aber immer berechnend. Ein Stratege, im krassen Gegensatz zu seiner Schwester, die von Impulsivität und Gewaltlust beherrscht wurde.

„Ich sage dir die Wahrheit. Ich will hier nicht mehr eingesperrt sein als du."

Er beugte sich vor, drückte einen Kuss auf meine Lippen, seine Zunge streifte über meine und ließ mich sofort vergessen, dass ich mitten in einem Verhör war. Dominics Hand glitt entlang meiner Taille. Der vorsichtige Kuss wurde schnell leidenschaftlich und hart. Als er mich hochhob, schlangen sich meine Beine um seine Hüften und zogen seine beeindruckende Härte gegen mich.

Er lehnte sich zurück, seine Hände auf meinem Po. „Was entgeht mir über deine Familie?", fragte er, seine Lippen an meinen.

„Was?" Ich stieß den Atem in einem Schwall aus. Wie waren wir wieder hier gelandet?

„Ich glaube nicht, dass der Dunkle Magier dich zufällig ausgewählt hat. Es gibt eine Verbindung, und ich will wissen, was es ist. Warum dich und nicht deinen Bruder Forest?" Ein Hauch von Humor lag in seiner Stimme, als er den Namen meines Bruders aussprach. Luna und Forest. Die Leute fanden das oft belustigend.

„Eure Eltern haben sich in einer Bar in Colorado kennengelernt, sechs Monate später geheiratet, und zwei Jahre später kamst du zur Welt. Ein Jahr nach deiner Geburt sind sie umgezogen wegen einer neuen beruflichen Möglichkeit für deinen Vater. Er arbeitet als Bankmanager und deine Mutter als Stylistin. Absolut keine Verbindung zur magischen Welt. Dein Bruder ist der am wenigsten Traditionelle von euch allen. Wenn es eine familiäre Verbindung gibt, warum nicht er?"

Das war eine höfliche Art zu sagen, dass Forest ein Vagabund war oder – um seine bevorzugte Definition zu verwenden – ein „Erkunder des Lebens", der ab und zu studierte, von einer Berufung zur nächsten wechselte, darunter Barista, selbsternannter Eventplaner, Schriftsteller und Social-Media-Influencer mit Followern, die kaum ausreichten, um ein kleines Klassenzimmer zu füllen. Vor zwei Jahren hatte er mit einer Elektrikerausbildung angefangen und war derzeit Lehrling. Es schien etwas zu sein, das ihm Spaß machte, obwohl er sagte, es sei nur eine weitere Erfahrung. Eine Erfahrung, von der ich hoffte, dass sie zu einer Karriere führen würde, die ihm gefiel.

Dominic zählte die verschiedenen Jobs und Berufe auf, die mein Bruder seit seinem sechzehnten Lebensjahr gehabt hatte. Von manchen hatte ich nicht einmal gewusst.

„Du scheinst alles zu wissen. Ich bin mir nicht sicher, was ich noch hinzufügen kann."

Die Hitze seines Körpers hüllte mich überall ein, wo seine Hände mich berührten, seine bernsteinfarbenen Augen so faszinierend wie eine erlöschende Flamme.

„Aber da ist mehr. Er hat dich ausgewählt, und das war kein Zufall. Denk nach. Kein Detail ist zu unbedeutend."

Mein Leben war nicht gerade aufregend, und nichts stach heraus, was mich auch nur entfernt mit der Welt der Magie in Verbindung bringen würde. Mein Name ließ die Leute unweigerlich glauben, unsere Eltern seien Hippies. Diese Annahme könnte jedoch nicht weiter von der Wahrheit entfernt sein. Unsere Eltern waren so starr in ihren Überzeugungen, dass selbst die bloße Hypothese einer übernatürlichen Welt schnell abgetan worden wäre. Die Verbindung konnte nicht über meine Familie kommen. Also ging ich zu meinen Freunden über. Abgesehen von Reginald, dem Möchtegern-Hexenmeister, hatte ich keine Verbindungen über meine Freunde, weder in der Vergangenheit noch heute.

„Ich denke, es war Zufall", gab ich zu, mir akut bewusst, dass Dominic zwischen meinen Beinen ruhte. „Ich war zur falschen Zeit am falschen Ort. Vielleicht hat Peter mich beobachtet, weil ich wie jemand wirkte, der tun würde, was er wollte. Wie viele Leute würden ein seltsames Buch finden, es mit nach Hause nehmen und lesen? Der Ring hätte nur wenige Leute angesprochen, und er hat sich in eine Position gebracht, um seinen Plan in die Tat umzusetzen."

„Nun, das ist eine interessante Verhörtechnik. Ist es Teil der Folter, sie zu vögeln?", sagte Helena, während ihr messerscharfer Blick von meinen Beinen, die um Dominics Hüfte geschlungen waren, zu seinen Händen unter meinem Shirt, verlockend nah an meinen Brüsten, wanderte.

„Helena", knurrte Dominic seine Schwester mit ihrem missbilligenden Blick an.

„Wir sind hier eingesperrt, und du hast nichts Besseres zu tun, als mit deinem Menschen zu spielen?"

„Anand und ich sind hier eingesperrt", stellte er fest, eine grausame Erinnerung daran, dass Helena ohne ihre Magie die Fähigkeit verloren hatte, zwischen der Unterwelt und meiner Welt zu reisen. Der Verlust ihrer Magie hatte den kalten, unergründlichen Blick nicht beseitigt, der seine eigene Teufelsmagie besaß.

„Ich brauche keine Erinnerung an deine Überreaktion. Wenn dir dein Mensch etwas bedeutet, solltest du deine Haltung dazu überdenken", sagte sie, kam langsam auf uns zu und streckte die Arme aus, um die Sigillen darauf zu zeigen, die ihre Magie einschränkten. Dominic setzte mich ab und stellte sich zwischen mich und Helena.

„Soll ich dich daran erinnern, dass ich keine Magie brauche, um deine Luna loszuwerden?", zischte sie.

Ich fühlte mich erniedrigt und auch wie ein Feigling, weil ich Dominic als Schutzwall nutzte, und dachte daran, um ihn herumzugehen und eine mutige Fassade zur Schau zu stellen. Und dann was? Mutig Prügel beziehen? Bilder davon, wie sie mit minimalem Aufwand mehrere Übernatürliche zerstört hatte, ließen mich widerwillig den Schutz akzeptieren.

„Oh, Dominic. Das ist kein guter Look. Du hast dich von einem Menschen auf ihr Niveau herunterziehen lassen. Was hat diese Kreatur nur an sich?", höhnte Helena.

Ich war kein Fan des Worts Kreatur.

Sie musterte mich erneut. „Ich schätze, sie ist einigermaßen akzeptabel. Süß. Winzig."

Netter Seitenhieb von einer Frau mit Schuhgröße 45. Wer im Glashaus sitzt ... Ich presste die Lippen zusammen, um die Antwort zurückzuhalten.

„Du hattest schon Bessere. Hübschere. Und Erotischere. Wenn ich es nicht besser wüsste, würde ich denken, du bist von diesem Menschen verzaubert worden."

Ob ihre Geschwindigkeit mit ihrer Magie zusammenhing oder ihr angeboren war, sie hatte sich plötzlich um ihren Bruder herumbewegt und ihre Hand um meinen Hals gelegt. Ich keuchte den letzten Atemzug aus, den sie mich nehmen ließ, während ich an ihrer Hand kratzte.

„Lass sie los, Helena", sagte Dominic mit der Ruhe eines Mannes, der noch atmen konnte. „Sofort."

Einige Augenblicke vergingen, während sie mich und ihren Bruder musterte. Dann ließ sie mich mit einem Stoß los, und ich schnappte nach Luft, ruderte zurück und brachte Abstand zwischen uns.

„Fick deine Kreatur, und tu dann, was getan werden muss." Sie verschränkte die Arme vor der Brust und trat aus unserem Weg. Was hatte sie vor, zusehen? Verdammt, ich musste weg von dieser seltsamen Familie und ihrer gewalttätigen, voyeuristischen Natur.

„Ich brauche sie. Wir brauchen sie, wenn wir je hier rauskommen wollen.“

„Dominic.“ Die Feindseligkeit war aus ihrer Stimme gewichen. „Sie ist hier, und wir sind eingesperrt. Ein Temporalibus wurde durchgeführt. Sie hat Peters Platz eingenommen, aber sie hält den Zauber auch aktiv. Er sieht eine Schwäche in dir und nutzt sie aus. Du hast zwei Möglichkeiten: Spiele sein Spiel und lass sie leben – oder tue deine verdammte Pflicht.“ Letzteres presste sie durch zusammengebissene Zähne heraus.

„Das war schon immer der Unterschied zwischen uns. Du bist impulsiv. Es gibt einen Grund, warum er sie ausgewählt hat, und es ist entscheidend, dass wir diesen Grund finden. Wenn wir ihn haben, werden wir ihn gegen ihn verwenden. Ich habe ihn einmal gefangen. Du weißt, dass es wieder passieren wird.“

„Das kannst du nicht, solange du eingesperrt bist. Täusch dich nicht, Bruderherz, wir sind genauso gefangen wie die im Kerker. Aber ignorier mich nur, wenn du musst. Es sind nicht nur du und Anand, die nicht frei zwischen den Welten reisen können. Vater auch. Er wird das nur eine gewisse Zeit tolerieren. Das Problem wird gelöst werden. Nun musst du entscheiden, zu wessen Bedingungen.“

Die leichte Anspannung in seinem Kiefer war die einzige Antwort, die er ihr gab. Es reichte, um ihre Stimmung zu heben. Ein Lächeln breitete sich auf ihrem Gesicht aus, bevor sie den Raum verließ.

Der Herr der Unterwelt. Er würde die Situation regeln.

Das war kein Trost. Denn ich war die Situation.

2

———

Dominic wandte sich mir zu, sein Gesichtsausdruck war undurchschaubar, während er den Abstand zwischen uns verschlang. Sein Finger zeichnete die Linie meines Kiefers nach, glitt meinen Hals hinab, über meine Halsschlagader. Schweigen.

Sag was. Erklär' mir die Situation. Lös' die Spannung. „Dominic", flüsterte ich.

Er blieb in seinen Gedanken versunken, während sein Finger zur Kurve meines Halses zurückkehrte. Ich war mir voll bewusst, dass die Finger, die über den Arterien meines Halses schwebten, in Sekundenschnelle Krallen ausfahren konnten. Ich schluckte, als er mich an sich zog, seine Hand sich in mein Haar schlang. Er riss daran. Wieder einmal kniete er auf der Schwelle der Tür und legte die Haarsträhnen darüber.

„Du musst vorher fragen!", fuhr ich ihn an.

Sein Kopf neigte sich leicht, das Lodern seiner Augen und seine Haltung zeigten einen unverhohlenen Trotz gegen meine Schelte. Offenbar ein Mann, der es nicht gewohnt war, andere wissen zu lassen, was er vorhatte.

„Das ist eine einfache Bitte um grundlegende Höflichkeit."

„Oder ich könnte einfach keinen Schutzzauber wirken."

„Wirklich." Ich runzelte die Stirn. „Auf meine Bitte um etwas Höflichkeit reagierst du mit der Drohung, mich den Launen deiner Schwester auszuliefern?"

Sein scharfer Blick blieb auf mir. Bosheit pulsierte in seinen Augen, und mit einem Atemzug stand er vor mir, und seine Hand glitt sanft durch mein Haar. Die Hitze seines Körpers schlang sich um mich. Die Intensität seines Blicks, als er meinen festhielt ... ein tobendes Inferno lebte darin. Die Haarsträhnen, die er mir zuvor genommen hatte, waren um seinen Finger gewickelt.

„Darf ich?" Die Hitze in seiner Stimme schien um mehr zu bitten als nur um Haare für einen Zauber.

„Ja", flüsterte ich mit heiserer Stimme.

„Danke, Luna." Die Nähe seines Körpers und die ursprüngliche Sinnlichkeit, die jeden Raum, den er einnahm, erfüllte, ließen mich mit meinen Hormonen denken statt mit der Vernunft, die ich dringend brauchte.

Luna, du versuchst, einen Punkt zu machen. Trotz meines Sieges fühlte er sich hohl an, weil er etwas aus dieser Interaktion gewonnen hatte. Es zeigte sich in seinem anzüglichen Grinsen.

„Denk dran, sobald du die Schwelle überschreitest, ist der Schutzzauber deaktiviert, und andere können den Raum betreten. Bleib auf dieser Seite der Tür."

„Ich bleibe hier?"

Er nickte. „Du bist mein Gast hier", sagte er. Ich bevorzugte diese höflichere Version von „mein Zimmer ist wahrscheinlich der einzige Ort, an dem ich verhindern kann, dass meine Schwester dich ermordet".

In der ersten Stunde von Dominics Abwesenheit machte ich mich mit meiner Umgebung vertraut. Es als Schlafzimmer zu bezeichnen, wurde dem Raum nicht gerecht.

Schlafzimmer hatten keine Küche, Waschküche und zwei Sitzbereiche, einen im Vorraum und einen im Schlafzimmer. Schlafen konnte ich nicht, also kuschelte ich mich mit einem Buch, das ich im Regal gefunden hatte, in den großen runden Sessel im Schlafzimmer. Ich hatte mehrere Zauberbücher durchgesehen; ein weiteres schien eine historische Darstellung der übernatürlichen Welt zu sein. Die Zauberbücher ignorierte ich. Die Nacht – nein, die letzten Wochen – hatten mich vorsichtig gemacht, was den Umgang mit Zauberbüchern anging. Die historische Darstellung bot nichts Neues über das hinaus, was Dominic mir schon erklärt hatte. Sie verschaffte mir jedoch einen besseren Einblick darüber, warum Anand es vorzog, in der Unterwelt zu leben, anstatt in meiner Welt unter anderen Übernatürlichen. Mischlinge wurden oft in negativem Licht gesehen. Hatten sie Menschenblut, galten sie als minderwertig, ihre Kräfte geschwächt: Zum Beispiel konnte ein Mensch-Wandler nicht wandeln, besaß aber gewisse Fähigkeiten. Die wenigen, die wandeln konnten, konnten die Gestalt nicht lange genug halten, um sie nutzen zu können. Sie durften nie Teil eines Rudels oder einer Gruppe werden. Wenn eine Frau im Rudel von einem Menschen schwanger wurde, hatte sie die Wahl, ihr Kind dem Vater zu überlassen oder zu gehen. Ein männlicher Wolf hatte diese Wahl nicht und wurde verstoßen.

Kinder aus Mensch-Hexen-Beziehungen waren selten, weil Hexen den Schutz der Stärke ihrer Magie über alles stellten. Obwohl eine Hexe für diesen Verstoß nicht aus ihrem Zirkel geworfen wurde, war ihrem Nachwuchs verboten, sich mit einer anderen Hexe zu paaren. Die verwässerte Blutlinie endete mit dem Kind. Da Menschen-Hexen-Kinder nur ein minimales Maß an Magie besaßen, wurde Magie schnell verdünnt.

Vampire konnten keine Kinder haben, da sie ihre Fortpflanzungsfähigkeit verloren, sobald sie verwandelt wurden. Die Vampire, die sie erschufen, galten als ihre Kinder.

Beim Studium des Buchs konnte ich nicht anders, als an Anand zu denken, einen Hybriden, der daher als schwach und als Zeichen einer geschwächten Blutlinie betrachtet wurde. Unbedeutend. Ich hatte Anands Fähigkeiten gesehen. An ihm war nichts Schwaches oder Unbedeutendes. Sein Geschick, die Fähigkeit, in jeder Umgebung unentdeckt zu bleiben, geschärfte Sinne und blitzschnelle Reflexe, die ich seiner Magie zuschrieb, waren anders als das, was allgemein geglaubt wurde.

Was geschah mit Übernatürlichen, die etablierten Überzeugungen widersprachen? War es Anands Wahl, in der Unterwelt zu leben, um Zuflucht bei denen zu suchen, die ihn nicht verurteilten oder sich nicht um solche Dinge scherten? Aber was auch immer Anands Fähigkeiten waren, ich bezweifelte, dass sie die von Helena und Dominic übertrafen.

Die historischen Berichte über die Übernatürlichen in der Realität waren ein krasser Gegensatz zu der verwässerten, fantastischen Sichtweise, die mir in *Die Entdeckung der Magie*, die Reginald mir gegeben hatte, begegnet war. Aber alles konnte so betrachtet werden, wenn der Drang nach Macht, Grausamkeit, Politik und Gewalt entfernt wurde.

Ich brauchte keine Erinnerungen, aber es war der Schubs, den ich brauchte, um etwas zu tun. Ich wollte nicht in der Unterwelt leben. Das war sowieso unwahrscheinlich. Wenn sie keinen Weg fanden, den Zauber zu brechen und sich zu befreien, und mein Tod die bevorzugte Option wurde, würde ich meinen Aufenthalt nicht überleben.

Wie lange hatte ich, bevor ihre Geduld erschöpft war?

Trotz der Fixierung auf die metaphorische tickende Uhr schaffte ich es, einzuschlafen, nachdem ich das Buch über die übernatürliche Geschichte beiseitegelegt und versucht hatte, *Le Comte de Monte Cristo* zu lesen, wobei ich mein selten genutztes Französisch einsetzte. Nach fünf Seiten stellte ich fest, warum ich es so selten nutzte: Es war verflixt eingerostet. Ich tauschte es gegen die Übersetzung,

Der Graf von Monte Cristo, und fiel in einen unruhigen Schlaf.

Durch ein hartes Klopfen an der Tür aufgeschreckt, sprang ich auf und öffnete die Tür, das Buch an meine Brust gedrückt. Dominic, mit zwei Taschen, wartete davor.

„Du musst mich reinlassen.“

„Komm rein“, sagte ich und trat zur Seite.

Seine Augen fielen auf die Tür. Rostrote und tiefviolette Wellen brachen über die Schwelle, bevor sie ihn zurückstießen. Es war beruhigend, die Wirksamkeit des Schutzzaubers zu sehen. Als ich über die Schwelle trat, griff der Druck des Zaubers nach meinem Bein, bevor er es losließ. Dominic, der nun nicht mehr ausgesperrt war, kam herein und stellte die Taschen auf den Schrankkoffer-Schreibtisch, der mein Lieblingsstück im Raum geworden war. Umgeben von klaren Linien, sterilen neutralen Farben und minimalistischer Einrichtung schätzte ich die Verspieltheit der Schnallen an einem Schreibtisch. Sie funktionierten, und ich war sicher, dass eine Geschichte dahintersteckte, die ich gerne erfahren würde.

„Kleidung und das Nötigste“, sagte er, während er die größere Tasche öffnete und den Inhalt präsentierte.

„Danke. Gibt's hier Läden?“

Er schüttelte den Kopf. „Wir haben Dinge auf Lager für die, die hier arbeiten. Und für Gäste.“

„Wie oft habt ihr Gäste?“

Die Unterwelt schien kein beliebtes Reiseziel zu sein. Aber vor der Übergabe der Aufgaben war Dominic der Schiedsrichter der Bestrafung in der übernatürlichen Welt gewesen. Eine feindselige Situation, die von seiner Schwester ausgelöst worden war, hatte ihn gezwungen, diese Macht aufzugeben, um sie zu schützen. Die anderen, die in der Unterwelt lebten, waren diejenigen, die einen für beide Seiten vorteilhaften Deal abgeschlossen hatten, dort zu arbeiten. Sobald der Vertrag erfüllt war, wurde Magie eingesetzt, um ihre Erinnerungen zu löschen. Sie würden sich nicht an die schöne Kleidung erinnern, die sie bekommen, an das Anwesen, in dem sie gewohnt, an den Prinzen, für den sie gearbeitet hatten, und an all die seltsamen Dinge aus der Unterwelt, die sie ihre eigene Welt vergleichen und vielleicht mehr schätzen lassen würden. Oder die Dunkelheit dieser Welt in Erinnerung behalten. Eine Sonne, die nie aufging, ein Himmel, der immer düster war, und ein Garten mit den dunkelsten Pflanzen. Keine Erinnerungen an den Ort ohne Grün und Sonnenlicht, um diese Dinge nach ihrer Rückkehr umso mehr zu schätzen.

Ich kämpfte mich aus der Verzweiflung, die sich einschleichen wollte, und konzentrierte mich auf den Inhalt der Tasche.

Ich hielt ein Hemd gegen meinen Körper und sah ihn an. Ein zurückgehaltenes Lachen ließ seine Lippen zucken.

Ich würde Dominic um einen Gürtel oder Schal bitten, den ich um die Taille binden konnte, um das Hemd als Kleid zu tragen. Bestimmte Stile vermied ich, weil sie auf meine vertikalen Herausforderungen aufmerksam machten. Dieses Hemd gehörte nicht dazu. Beim Durchsehen der Kleidungsstücke fand ich mehrere Leggings, meine bevorzugten T-Shirts, sowohl oversized als auch figurbetont, und Jeans. Es schien genug für etwas über eine Woche zu sein. Ich hoffte, dass ich nicht alles brauchen und bald wieder zu Hause sein würde, um glaubwürdige Ausreden zu finden, die meine Abwesenheit erklärten.

„Hast du etwas aus der Befragung von Vadim, Celeste und Roman erfahren?", fragte ich, während ich die Kleidung wieder faltete und auf dem Schreibtisch stapelte.

Seine Augenbrauen hoben sich, dann folgte sein Blick meinem zu dem Blutfleck auf seinem Hemd. Es war eine begründete Vermutung, aber er war gegangen wie ein Mann, der dringend Antworten brauchte. Ich wollte auch welche.

„Vadim und ich sind selten höflich, wenn wir miteinander

interagieren." Der Wandler mit magischen Fähigkeiten und Immunität gegen Silber, eine Anomalie unter Wandlern.

Ich fragte mich, ob er es schaffte, mit Roman höflich umzugehen, dessen Krallen für ihn giftig waren. Ich erinnerte mich deutlich daran, wie begeistert Rei, eine Revelatorin, gewesen war bei dem Gedanken, dass Dominic mit den Krallen des Vampirs in Kontakt kommen könnte. Sie waren giftig und ließen einen Magiewirkenden seine Magie verlieren, bis das Gift verstoffwechselt war. In Erwartung bösartig aussehender Krallen wie die von Helena und Dominic war ich überrascht von Romans nur leicht gebogenen, scheinbar harmlosen Nägeln. Er war jedoch der Schlimmste der Schlimmen und besaß eine Fähigkeit, die ich bei anderen Vampiren nicht gesehen hatte. Ein Schauder der Angst lief mir den Rücken hinunter beim Gedanken an die dritte Gefangene, Celeste, deren Berührung töten konnte.

„Wussten sie irgendwas?"

Er schüttelte den Kopf. „Wenn sie etwas wissen, verraten sie es nicht, egal, was man ihnen androht. Peters Freiheit hat ihre Chancen erhöht, ihre eigene zu bekommen, und die dauerhaft."

„Kann er sie wieder freilassen?"

„Ich glaube nicht, dass das möglich ist, solange du hier bist. Ich bin immer noch nicht überzeugt, dass es Zufall war, dass er dich benutzt hat, um sie das erste Mal freizulassen."

Wieder war ich seinem schweren Blick ausgesetzt, aber ich ging nicht darauf ein, weil ich anderer Meinung war. Dass ich jetzt hier eingesperrt war, war kein Zufall, aber ich glaubte, dass meine anfängliche Verstrickung ein Gelegenheitsverbrechen war.

„Wenn sie je freigelassen werden und feststellen, dass sie nicht in ihr Gefängnis zurückgebracht werden können, bricht Chaos aus. Ein Bürgerkrieg, in dem es für den Sieger keine Straffreiheit geben wird."

„Wirst du nichts dagegen tun?"

„Oh doch.“

Ich nahm seine knappe Antwort an, dankbar, dass mir die Details der Gewalt und des Todes erspart blieben, die nötig wären, um die Situation unter Kontrolle zu bringen. Und der unvermeidliche Feuersturm, dem er von anderen Hexen ausgesetzt wäre, wenn er Celeste töten müsste, deren magische Verbindung zu den mächtigsten Hexen bedeutete, dass sie ebenfalls sterben würden.

Die Angst vor dem, was das nicht nur für die Übernatürlichen, sondern auch für die Menschen bedeutete, brachte neue Klarheit. Alles, was ich bei meinem ersten Besuch in der Unterwelt gelernt und erlebt hatte, raste durch meinen Kopf.

„Ich könnte vielleicht gehen“, platzte ich heraus und erinnerte mich an die Benutzung des Nekroclavis’, das er mir zuvor gegeben hatte und das mir erlaubte, zwischen den Welten zu reisen. „Und Hilfe holen“, fügte ich ohne jede Zuversicht hinzu, dass das möglich war, denn Verhandlungen waren der Grund, warum die Verantwortung für die Regulierung der Übernatürlichen Dominic genommen und Demetrius zurückgegeben worden war. Ich hatte mir unter den Revelatoren, die die Welt von der Existenz der Übernatürlichen wissen lassen wollten, keine Freunde gemacht, nicht aus Höflichkeit, um ihnen eine Welt zu ermöglichen, in der sie Spielfiguren zwischen denen waren, die verborgen bleiben wollten, und denen, die es nicht wollten, sondern weil sie glaubten, dass die Enthüllung die Übernatürlichen an die Spitze der Nahrungskette bringen würde, mit den Menschen am unteren Ende, wo sie sicher auf eine Weise behandelt würden, die sie an ihren niedrigen Status erinnerte. Bei denen, die verborgen bleiben wollten, war es nicht viel besser, denn wenn ein Mensch irgendein Wissen über sie erlangte, meist als Folge des Versagens eines Übernatürlichen, zahlten die Menschen dafür. Magie wurde eingesetzt, um ihre Erinnerungen zu löschen, oder sie wurden von

einem Vampir gezwungen, das zu glauben, was die Übernatürlichen wollten.

Dominic zog das Prisma aus seiner Tasche und reichte es
mir. „Ich dachte mir, dass du es versuchen willst. Ich bin
allerdings wenig zuversichtlich, dass es funktionieren wird.“
Er reichte mir ein kleines Messer, das ich brauchen würde,
um mir in die Hand zu schneiden, die ich um den Nekroclavis schließen sollte, um ihn zu aktivieren.

„Es ist einen Versuch wert“, sagte ich.

„Wenn es funktioniert, was dann?“ Seine Stimme war
neutral, sein Gesichtsausdruck mild.

„Ich werde Nailah um Hilfe bitten.“ Von den Leuten, die
ich getroffen hatte, hatte sie das Maß an Diplomatie gezeigt,
das hilfreich sein könnte. „Hast du es versucht?“

Er nickte.

„Gib mir Nailahs Nummer, und ich werde sie kontaktieren.“ Die Seherin schien ein gutes Verhältnis zu den Vertre-
tern des Konvents zu haben. Oder zumindest schienen sie ihr
nicht mit der Abneigung zu begegnen, die sie Anand und
Dominic entgegenbrachten.

Ich steckte das Papier mit den verschiedenen Kontaktop-
tionen für sie ein, einschließlich eines Zaubers, von dem ich
nicht sicher war, ob er bei mir funktionieren würde.

„Bereit?“, fragte Dominic.

Ich nickte und streckte ihm meine Hand entgegen. Nach
einem schnellen Stich mit der Klinge schloss ich meine
Finger um den Nekroclavis und stellte sicher, dass er mit
dem Blut in Kontakt kam. Ich schloss die Augen und stellte
mir meine kleine Wohnung vor. Zuhause. Zuhause. Zuhause.
Wie sehr mich das an *Der Zauberer von Oz* erinnerte! Aber ich
fuhr mit dem stillen Mantra fort, mit dem Flehen einer Bitte.

Als ich sie wieder öffnete, war Dominic direkt vor mir,
sein Gesichtsausdruck erwartungsvoll.

„Gefangen hier.“

Vielleicht hatte er etwas Hoffnung auf Erfolg gehabt,

denn Wut und das Versprechen unaussprechlicher Rache färbten seine Stimme. Er gab sich große Mühe, die tobende Bestie zu bändigen, die es nicht schätzte, gefangen zu sein.

Nach mehreren Minuten, in denen er um diese Kontrolle rang, fand er sie. Er atmete langsam aus und knöpfte die Manschetten seines Hemdes auf, dann die vorderen Knöpfe. Als er sein Hemd auszog, wanderte mein Blick von seinem Gesicht zu den komplizierten Sigillen, die sich um seinen Körper wanden und ihn gegen Hexenmagie immun machten.

„Ich gehe duschen", sagte er und verließ den Raum.

Um mich davon abzuhalten, ihm zu folgen, machte ich mich daran, den Rest der Kleider, die er mitgebracht hatte, durchzusehen. Ich fand ein paar Kleider, ein Paar schwarze Pumps und flache Schuhe, die überraschenderweise passten. Als ich die kleinere Tasche öffnete, fand ich Unterwäsche und Socken. Wärme kroch meine Wangen hinauf bei dem Gedanken, dass er diese Dinge für mich ausgesucht hatte, dann fragte ich mich, ob er sie gewählt hatte oder jemand anderes. Es gab eine Auswahl von Baumwoll-Hüftslips und Höschen, Spitzen-Strings und freche Höschen. Dasselbe bei den BHs: bequem aussehende Sport-BHs, Balconette-BHs aus Seide und Spitze, bestickte Push-up-BHs und sogar mehrere durchsichtige BHs, die keinen anderen Zweck hatten, als sexy zu sein. Selbst die Auswahl an Socken reichte von einfachen Knöchelsocken bis hin zu dicken, flauschigen Socken, von denen ein Hauch von Lavendel ausging. Schlaf-kleidung bestand aus weiten T-Shirts und Tanktops mit passenden weiten Hosen, alles schöner als das, was ich zum Schlafen tragen würde. Kaum vorhandene Tanktops und passende Shorts, so süß, dass es kein Schlafen geben würde, und ultraweiche Camis.

Gedanken an unsere Schlafarrangements wurden von Dominic unterbrochen, der mich von der Tür aus rief. Ein Handtuch war tief um seine Hüfte gewickelt, sein Haar war nass und zerzaust, und das gedämpfte Licht warf einen Schatten, der seine Augen verdunkelte.

„Ich bin fertig mit Duschen", sagte er. „Du kannst jetzt, wenn du willst", fügte er hinzu, als Antwort auf meinen verwirrten Gesichtsausdruck.

„Wo schlafe ich?", fragte ich, schnappte mir das Cami und die Unterwäsche und folgte ihm in den Raum.

„Wo immer du willst." Er ging zum Bett, ließ das Handtuch fallen und erlaubte mir einen Blick auf seinen Po, bevor er eine Unterhose anzog und ins Bett stieg.

Es war nahezu unmöglich, die Dusche zu genießen, den Wasserfall-Duschkopf, den dunklen Naturstein, der mich umgab, das sanfte Licht, das eine entspannende Atmosphäre schaffen sollte. Ich hätte mich auf all das konzentrieren sollen, aber meine Gedanken wanderten immer wieder zu dem sündhaft sexy Prinzen direkt vor meiner Tür. Geduscht, drehte ich mein handtuchtrockenes Haar zu einem improvisierten Dutt und zog mich an.

Dominic lag ausgestreckt auf einer Seite des Betts, das Laken über der unteren Hälfte seines Körpers, die Bettdecke weggerollt. Ich hatte freien Blick auf weitere Sigillen, die seinen Rücken überzogen. Ich kroch auf die gegenüberliegende Seite des Betts, das größer war als jedes Bett, das ich je gesehen hatte. Es war riesig, was jegliche Sorgen über unbeabsichtige Intimität zerstreute. Wenn wir uns aus irgendeinem Grund näherkamen, wäre es absichtlich.

Wie es der Fall war, als er sich umdrehte und näher rückte. Bernsteinfarbene Augen, die Farbe einer erlöschenden Flamme, aber mit der tobenden Intensität eines Waldbrandes. Sanft streifte er seine Lippen über meine, zunächst zärtlich, dann küsste er mich härter. Entschlossene Hände drückten gegen meinen Rücken, kneteten meine Haut. Die Wärme seines Körpers hüllte mich ein. Ich wollte mehr. Brauchte mehr. Als er sich zurückzog, atmete er schwer. Weicher Atem strich über meine Lippen. Seine

Finger glitten über den weichen Stoff an der Vorderseite des Hemdchens, das ich trug, und ließen meine Brustwarzen hart werden. Sein Verlangen war spürbar, genauso wie seine Zurückhaltung.

„Warum hast du aufgehört?", flüsterte ich.

„Wir haben morgen einen anstrengenden Tag."

Das war die dümmste Ausrede, die ich je gehört hatte. Er hatte die Gefangenen befragt. Sie hatten ihm keine Antworten über Peter gegeben, aber vielleicht hatten sie etwas über mich gesagt, das ihn nicht überzeugte, mein Erscheinen in ihrem Leben für einen Zufall zu halten.

„Gute Nacht", flüsterte er und drehte mir den Rücken zu. Es war schwierig, mich von ihm abzuwenden und ihn zu ignorieren, obwohl genug Platz war, um es zu tun oder es zumindest tapfer zu versuchen. Dominic war jedoch keine Präsenz, die sich ignorieren ließ. Schließlich drehte ich ihm den Rücken zu.

„Was ist das Worst-Case-Szenario?", fragte ich.

Meine Frage wurde mit nachdenklichem Schweigen beantwortet.

„Dass du mehr bist, als du zu sein scheinst, ein Werkzeug des Chaos, das gehandhabt werden muss", gab er schließlich zu. Der Prinz war niemand, der eine Situation beschönigte. Ich schätze, ich sollte es zu würdigen wissen, dass er heute zum zweiten Mal seine Worte mit Bedacht gewählt hatte. Es mochte ein verbaler Akt der Freundlichkeit gewesen sein, aber es vertrieb nicht das Wissen, wie die übernatürliche Gemeinschaft Dinge „handhabe".

Ich versuchte, ihm eine gute Nacht zu wünschen, aber die Worte blieben mir im Halse stecken. Ich ließ mich in das unbehagliche Schweigen sinken.

3

Dominic war schnell eingeschlafen. Ich konnte nicht einmal ansatzweise dasselbe behaupten. Auf meiner Seite, mit dem Rücken zu ihm, war ich mir ständig des Mannes neben mir bewusst, dessen Körper eine Hitze ausstrahlte, die selbst durch den bewussten Abstand, den er zwischen uns gebracht hatte, nicht weniger wurde. Frenetische Energie ging von ihm aus, als konnte er selbst im Schlaf nicht ruhen.

Um eine Position zu finden, in der ich schlafen könnte, drehte ich mich auf den Rücken, dann auf den Bauch und schließlich auf die andere Seite, seinem Rücken zugewandt, und wurde schnell abgelenkt davon, wie die kleinsten Bewegungen seine definierten Muskeln tanzen ließen. Der Drang, mit meinem Finger seine Male nachzuzeichnen, wuchs mit jedem Moment.

Bevor ich dem nachgeben konnte, drehte er sich zu mir um, schläfrig und scheinbar meiner Gedanken gewahr. Sein langsames, träges Halblächeln ließ mich für einen Moment vergessen, dass wir in der Unterwelt gefangen waren, seine Rolle in beiden Welten, und die Macht und Gewalt, die mit dieser Position einhergingen. Er hatte eine Sanftheit an sich, zusammen mit der Unbeschwertheit, mit der er sich mir näherte. Als er mit seinem Finger meinen Kiefer entlang strich, flüsterte er etwas, und ein Schein aus warmem, weichem gelbem Licht leuchtete über uns.

Vorsichtig glitten seine Finger von meinem Kiefer, meinen Hals hinunter und über meine Brust bis zum Ansatz meiner Brüste. Er hielt meinen Blick fest, bis er ihn auf meine Brüste senkte, zweifellos auf die harten Spitzen meiner Brustwarzen. Mein Atem stockte, als sein Finger träge darüber streichelte, und ich stieß einen enttäuschten Seufzer aus, als er sich zurückzog.

„Ich würde gern meine Neugier befriedigen", flüsterte er mit tiefer, heiserer Stimme.

„Worüber?"

Seine intensiven bernsteinfarbenen Augen hielten meine. „Was an dir verborgen ist, das man mit bloßem Auge nicht sehen kann", gab er zu. Ich wälzte die Frage im Kopf, nahm den sexy Ton heraus, in dem er seine Bitte vorgebracht hatte. Es ging um Magie. Er wollte einen Zauber wirken, um Dinge an mir aufzudecken, von denen er glaubte, dass Peter sie verborgen hatte.

„Als Peter dich zuvor als Leiter benutzt hat, waren die Male sichtbar", erklärte er, seine Stirn in Falten gelegt.

„Glaubst du, er hat seine Vorgehensweise geändert?", fragte ich, als seine Hand unter mein Shirt glitt und sich um meine Taille legte, während sein Daumen träge Kreise auf die nackte Haut zeichnete.

„Nein, ich denke, ich bin zu dir gekommen, bevor er sie verbergen konnte. Ich habe über deine letzte Begegnung mit ihm nachgedacht. Er hatte dein Haar und dein Blut, genug für mehrere Zauber. Einer könnte den Zweck gehabt haben, etwas zu verbergen. Darf ich?", fragte er, und sein Gesicht kam näher. Ich atmete seinen ansprechenden Duft ein. Seine Lippen, die zart über meine strichen, und die leise, heisere Frage schienen mehr zu sein als nur eine Bitte um Magie.

Die Anziehung kam in einer sinnlichen Verpackung. Mir voll bewusst, dass ich der Verführung des Prinzen der Unterwelt ausgesetzt war, ließ ich es zu, mit der Ausrede, dass es mit dem Ziel geschah, den Zauber zu brechen, der uns gefangen hielt, und überhaupt nichts mit meinem Verlangen danach, Dominics gekonnte Berührungen zu spüren, während er nach all den Dingen suchte, von denen er glaubte, sie könnten an mir verborgen sein.

„Wird es wehtun?"

Als Dominic dachte, ich sei eine Dunkle Magierin, hatte er mich in Feuer eingeschlossen, um mich zu zwingen, mich und die Zauber zu offenbaren, die er dann benutzen wollte, um die Gefangenen zurückzubringen. Es war nicht schmerzlos, aber ich hatte es durchgestanden, weil es nötig gewesen war. Ich würde jetzt dasselbe tun, wollte mich aber auf das Worst-Case-Szenario vorbereiten.

„Nein, aber du wirst es spüren. Ich verspreche, ich werde sanft sein." Ein raubtierhaftes Grinsen huschte über seine Lippen.

Es dauerte einen Moment, nachdem er den Zauber gewirkt hatte, bevor ich ihn wie eine schwere Decke spürte, die mich einhüllte. Mit jedem Moment wurde sie leichter, als der Zauber sich über meine Haut ausbreitete, über jeden Zentimeter glitt und versuchte, die Geheimnisse herauszuziehen, die er offenbaren sollte. Dominic drehte mich sanft auf den Rücken, bevor er das Laken von mir zog. Er ließ sich Zeit, bewegte sich zu meinen Füßen, die er untersuchte, dann meine Beine und Oberschenkel hinauf. Seine Hand folgte seinen Augen. Verschmitztheit flackerte in ihnen auf, als er aufblickte, um mir in die Augen zu sehen. Er benetzte seine Lippen, seine Augen stellten die lautlose Frage.

„Du musst offensichtlich suchen", ermutigte ich ihn. Dominic zog mir das Höschen aus. Während er jede Stelle erkundete und mich mit seinem diabolischen Grinsen belohnte, vergaß ich den Hauptzweck der Suche. Ich erschauerte, als er näherkam und an meiner Haut knabberte. Ein leises Stöhnen entkam mir, als seine Finger über die empfindlichen Stellen zwischen meinen Beinen glitten, streichelten und die erogenen Zonen neckten. Ich unterdrückte das enttäuschte Stöhnen, als seine Aufmerksamkeit weiterwanderte. Die Berührung versprach mehr. Ich wollte mehr. Viel mehr. Dominic wandte sich meinem Bauch zu, neckte mich mit warmen, weichen Küssen. Er zog mir das Hemdchen aus und schenkte meinen Brustwarzen dieselbe Aufmerksamkeit, bis sie schmerzhaft erigiert waren. Hitze durchströmte mich.

Der Dunkle Prinz, der Leute ohne zu zögern folterte, unterwarf mich einer ganz anderen Form davon. Ich wollte mehr spüren als seine verlockenden zarten Berührungen, das Necken und die erotischen Bisse. Meine Finger in sein Haar gegraben, zog ich ihn für einen Kuss zu mir. Seine Zunge erforschte meine, tief und hungrig, und ich spürte seine Härte zwischen meinen Beinen, als er sich zwischen ihnen niederließ. Ich schlang meine Beine um ihn und zog ihn an mich, während er mich mit Bewegungen seiner Hüften neckte, sich gegen mich drückte und meine Reaktion mit einem Schmunzeln quittierte.

Ich wollte den Dunklen Prinzen. Brauchte mehr von seinen lustvollen Berührungen und gierigen Küssen. Das rohe, urtümliche Biest, das durchschimmerte, brachte mich dazu, alles erkunden zu wollen.

Ein tiefes Lachen vibrierte, als er meine Hände nahm und sie über meinem Kopf festhielt. Seine Augen funkelten vor Verschlagenheit, als sie sich in meine bohrten.

„Tss, tss, Luna. So sehr ich das genieße, aber ich habe auch Arbeit zu erledigen." Das leise Grollen seiner Zurechtweisung wurde durch sein Stöhnen und die gierige Art, wie sein heißer Blick meinen Körper liebkoste, Lügen gestraft. Es machte Gehorsam schwierig.

„Okay", stieß ich zwischen flachen Atemzügen hervor.

Mit einem Nicken kehrte er zu seiner Suche zurück, ein sinnlich-verspieltes Lächeln zupfte an seinen Lippen.

Mit der typischen fließenden Anmut seiner Bewegung hielt er mein Gesicht. Mein Atem wurde zu scharfen, unregelmäßigen Stößen, als seine Finger sich in mein Haar gruben. Sie glitten entlang meines Ohrs, entlang des Haaransatzes, über die Kurve meines Halses, wo er zarte Küsse verteilte, bevor er mich auf die Seite drehte, um seine Erkundung fortzusetzen. Zärtliche Hände wanderten über jeden Zentimeter von mir und glitten dann zwischen meine Beine zu dem empfindlichen Teil dazwischen, heiß vor Erregung. Die leise und heisere Art, wie er meinen Namen sagte, als er mich streichelte, jagte mir Schauer über den Rücken. Meine Hüften bewegten sich, um jeder Bewegung zu begegnen, Lust durchströmte mich, befriedigte ein Verlangen, das ich zu lange geleugnet hatte. Es baute sich so sehr auf, dass ich um Erlösung flehte, ausgedrückt durch ein leises, wollüstiges Stöhnen. Dominics raue, leise Aufforderungen ließen mich dem Vergnügen nachgeben; ich wollte mehr von seiner Berührung. Meisterhafte Finger lockten mich zu einem Höhepunkt. Ich forderte mehr von seinen erotischen Liebkosungen, bis ich explodierte und zitternd über das Kliff segelte, mit einem erstickten Laut zwischen Stöhnen und Seufzen. Zufrieden sank ich tiefer in die Weichheit des Bettes. Dominic senkte seinen Körper auf meinen, als er mir ins Ohr flüsterte.

„Darf ich annehmen, dass du meine Suche genauso genießt wie ich?" Dunkle Zufriedenheit lag in seinen Worten.

Ich genoss sie wahrscheinlich mehr als er, aber ich konnte ihm nichts weiter als ein schwaches Nicken als Antwort anbieten.

Ich wurde aus meinem entspannten Nebel gerissen, als Dominics zarte Berührung klinisch wurde und er fest gegen meinen unteren Rücken drückte. Die warme Brise seines Atems hielt an, als Spannung von ihm ausging.

„Das war gestern nicht da", sagte er.

„Was, mein Muttermal?" Das sienafarbene Mal, das wie ein schlecht gezeichnetes Möbiusband aussah, befand sich am unteren Ende meines Rückens. Mit etwa fünf Zentimetern war es gerade groß genug, dass ich darüber nachdachte, etwas darüber tätowieren zu lassen, aber klein genug, um meistens unbemerkt zu bleiben, je nachdem, was ich trug.

„Es war vorher nicht da, Luna."

Mein erster Impuls war, ihn zu fragen, ob er sicher sei, aber sein starrer finsterer Blick und die Frage in seinem Blick hielten mich davon ab. Er stand auf und zog so schnell ein T-Shirt und eine Jogginghose an, dass ich keine Zeit hatte, meine Gedanken zu sortieren. Er war schon auf dem Weg zur Tür, während ich dalag, den Mund geöffnet, auf der Suche nach der richtigen Frage. Derjenigen, die die informativste Antwort liefern würde.

„Hat Peter mein Muttermal verborgen?"

Dominic nickte. „Du wurdest nicht zufällig ausgewählt. Es war eine kalkulierte Entscheidung, und jetzt muss ich herausfinden, warum."

Ich rappelte mich aus dem Bett auf und suchte nach meiner verstreuten Kleidung.

„Nein. Schlaf du, Luna. Du kannst mir dabei nicht helfen. Ich muss nur ein paar Dinge nachschlagen." Es mochte in einem sinnlichen Ton gesagt worden sein, aber es ließ keinen Raum für Diskussion. Er ging mit einem schnellen „Gute Nacht".

Wieder fiel es mir schwer, einzuschlafen. Mein Verstand war aufgewühlt, voller Gedanken und Szenarien, die ich nicht verstehen konnte. Als Peter das erste Mal in unseren Laden gekommen war, schien der seltsame Mann kein Interesse an mir gehabt zu haben. Oder an irgendjemandem. Er war nur der komische Typ mit einem Überfluss an nutzlosem und nützlichem Wissen, der einem zu gern unaufgefordert einen Geschichtsvortrag halten würde. Aber seine

Ansichten und Worte schienen zugunsten der Verlierer verzerrt zu sein, erinnerten jeden, der zuhören wollte oder nicht, daran, dass Geschichte von den Siegern geschrieben wird. Mehrmals hatte er gesagt, dass die Sieger nicht unbedingt die Helden seien.

Während ich mich hin und her wälzte, fragte ich mich, welche Rolle ich bei allem spielte.

4

Als ich endlich einschlief, war es tief. Dominic war nicht im Bett, als ich aufwachte. Ich war mir nicht sicher, ob er früh aufgestanden oder gar nicht zurückgekehrt war.

„Ich bin hier." Anands Stimme hallte durch die Tür. Ich spähte hinaus und fand ihn nahe dem Bücherregal sitzend, wo er in einem Buch blätterte. Er blickte auf, musterte meine Kleidung und wandte sich wieder seinem Buch zu. „Das Frühstück ist bald fertig."

Lag Argwohn in seinen Augen? Sorge? Vielleicht interpretierte ich zu viel hinein, weil ich nicht loslassen konnte, was wir gestern Nacht entdeckt hatten und ob das der Grund war, warum Dominic nicht zurückgekehrt war. Alle Gedanken verdrängend, zog ich mich zurück ins Zimmer, duschte schnell und zog mich an. Als ich in den Sitzbereich zurückkehrte, lehnte Anand an der Tür, die Beine übereinandergeschlagen, und wartete auf mich. Ich war sicher, dass sein Gehör ihm den Vorteil gab, meinen Fortschritt beim Fertigmachen zu verfolgen. Die Suite war groß, aber ich bezweifelte, dass das ein Hindernis war.

„Sicherheit?", fragte ich, als ich mich neben ihn schob, während er mich durch das Haus zur Küche führte.

„Nur Gesellschaft."

Und offensichtlich eine Lüge, bei der er sich keine Mühe gab, sie überzeugend klingen zu lassen. Aber ich sprach ihn nicht darauf an, weil ich seine Gesellschaft mochte. Ihn zu sehen war besser als dieses Tarnen, das er so gut konnte und das verdammt unheimlich war, wenn er dann sichtbar wurde.

Darauf vorbereitet, etwas Schnelles wie Brot und Obst zu mir zu nehmen, war ich angenehm überrascht von der großen Auswahl an Essen in der Küche. Eine Auswahl an Beeren, Frühstücks-Quiche, Wurst, Speck, Waffeln und Scones war auf der Kochinsel angerichtet.

„Reicht das, oder hätten Sie gern was anderes?", fragte eine Frau. Ich wusste von den Menschen, die in der Unterwelt arbeiteten, aber das war das erste Mal, dass ich einem begegnete oder mit jemandem sprach, der im Anwesen der Unterwelt lebte und es pflegte. Ich war von Dominics Sicherheitsleuten bedroht worden, die Menschen waren, hatte aber sonst kein Interaktionen mit ihnen gehabt.

„Nein, das ist wunderbar. Danke", sagte ich, neugierig, ob sie unter irgendeinem Zwangszauber stand. Wusste sie, dass sie in der Unterwelt arbeitete? Ich studierte ihre Augen genauer, suchte nach dem glasigen Blick, den ich bei meinem Ex gesehen hatte, als er von Vampiren gezwungen worden war. Die königliche Familie hier unten besaß ein magisches Äquivalent. Stattdessen begegnete ich intelligenten, wissenden Augen. Sie war sich bewusst, dass sie in der Unterwelt war, aber es schien ihr gleichgültig zu sein.

Wie läuft so eine Transaktion ab? *„Hey, willst du für mich in der Unterwelt arbeiten?" „Die Unterwelt? Klar."*

Irgendeine Variation davon fand tatsächlich statt, zusammen mit ihrer Zustimmung, die Erinnerungen vor dem Verlassen verändern zu lassen. In welcher Notlage müsste ich sein, um so etwas zuzustimmen? Vielleicht sahen die Leute es nicht so, sondern eher als Abenteuer.

Die Augen der Köchin spiegelten schnell den beunruhigten Ausdruck wider, den ich in ihrem Gesicht sah. Etwas ließ sie in eine Speisekammer oder einen Bereich, wo sie das Essen vorbereiteten, verschwinden. Die Küche war so ordentlich, dass es nicht so aussah, als würde dort viel Kochen stattfinden.

Trotz der exquisiten Schönheit des Hauses, des aufwendigen Dekors, der teuren Kunst, des luxuriösen Natursteins und der wunderschönen Bibliothek mit ihren so selbstverständlich aufgereihten Erstausgaben wirkte das Haus nicht protzig. Selbst als Wachen Dominic bei meinem ersten Mal begrüßt hatten, hatte es nicht protzig gewirkt. Eine Frau in einer modernen Kochjacke, schwarzer Hose und Mütze schien das auf eine neue Ebene zu heben und die Großartigkeit des Hauses ins rechte Licht zu rücken.

Nachdem wir unsere Teller beladen hatten, setzten wir uns an den Küchentisch, von wo aus ich einen Blick auf den Garten und die seltsamen mitternachtsfarbenen Blumen hatte, die sowohl verstörend als auch faszinierend schön waren.

Anand stocherte in seinem Essen herum und blickte langsam durch den Raum. Seine frenetische Energie lenkte mich ab, während ich zu essen versuchte.

„Wo ist Dominic?"

„Bei seinem Vater." Seine knappe Antwort war von einer Endgültigkeit durchzogen, die das Thema abschloss, aber meine Neugier ließ mich das ignorieren. Es gab zu viele Fragen, die Antworten verlangten.

„Hast du heute schon mit Dominic gesprochen?"

„Kurz."

Es wurde zunehmend frustrierend, dass ich nichts aus Anands Gesichtsausdruck oder Körpersprache entnehmen konnte. Eine undurchschaubare Wand. Wusste er, was

Dominic entdeckt hatte? Wenn nicht, wollte ich es nicht ansprechen, weil ich nicht sicher war, was es bedeutete. Egal, wie sehr ich es versuchte, ich konnte nicht aufhören, an all die Warnungen zu denken, die Helena aus Bosheit über Dominic ausgesprochen hatte. Er war rücksichtslos, wenn es nötig war. Er würde dich vögeln und dann ohne nachzudenken töten. Ich erinnerte mich an den Ausdruck in ihrem Gesicht, als sie das gesagt hatte. Und dass er es nicht abgestritten hatte. Ich wollte es nicht glauben, weil es aus ihrem Mund gekommen war, aber Helena kannte ihren Bruder wahrscheinlich besser als jeder andere.

Angst kroch über mich. „Werde ich …"

Ich beendete den Satz nicht und wartete darauf, dass Anand mir den Titel von Dominics Vater nannte. In meinem Kopf hatte ich ihm die Bezeichnung *Herr der Unterwelt* gegeben, wollte aber eine Bestätigung. Wie würde ich ihn ansprechen? Dominic war der Prinz der Unterwelt, also wäre es passend, dass sein Vater der König wäre. Anand aß weiter und ignorierte die Gelegenheit für eine Antwort.

„Anand." Stürmische dunkle Augen, ein krasser Kontrast zu seiner heiteren Schönheit, schnellten von seinem Essen hoch und musterten mich.

„Ja?"

„Werde ich den …"

„*Herrn* treffen." Er seufzte. „Er ist der *Herr der Unterwelt*, und ich weiß nicht, ob du ihn treffen wirst. Wenn du ihn triffst, bezweifle ich sehr, dass es das Vergnügen sein wird, das du zu erwarten scheinst."

Seine Antwort ließ mich schweigen. Ich aß, und meine Gedanken tauchten zu einem dunkleren Ort. Gegenüber dem rätselhaften Übernatürlichen zu sitzen, der mit Informationen geizte, half nicht. Ich stocherte in meinem Obst herum und versuchte, mich zu beruhigen, damit ich klar denken konnte. Ein Zauber hatte mich hierhergebracht, also würde ein Zauber mich auch hinausbringen. Kein Bindungs-

oder Schutzzauber. Ich wusste nicht genug über die verschiedenen Zauber, um zu wissen, welche helfen könnten. Dominic sagte, Peter habe genug Körperleiter, um verschiedene Zauber zu wirken, und es gefiel mir nicht, dass er mein Muttermal verborgen hatte. Das war eine so seltsame Sache.

„Lass uns spazieren gehen", schlug Anand vor und unterbrach meine Gedanken.

Ich stürzte mich auf die Gelegenheit. Ich wollte mehr von der Unterwelt erkunden, aber ich hoffte auch, dass es mir helfen würde, mich zu konzentrieren, um mehr Ideen durchzudenken. Als ich ihm zur Tür folgte, musste ich fast joggen, um mitzuhalten. Als er es bemerkte, ging er langsamer. Normalerweise bewegte er sich mit fließender Anmut, langen Schritten und schnellen Bewegungen. Die Herausforderung, seinen Rhythmus ändern zu müssen, war offensichtlich, sein Gang wurde mechanisch und schwerfällig. Wir gingen am Garten vorbei, einen Pfad durch dichte Pappeln entlang, die fast alles dahinter verbargen.

„Ist hier nur das Palais?"

„Palais?"

Oh, tun wir so, als wäre das kein Mini-Palast? Okay, ich spiele dein Spiel mit. „Haus. Ist das das einzige Haus hier? Gibt es andere, die in der Unterwelt leben, außer den Menschen und den Gästen unten?"

Die Frage brachte ein Lächeln auf seine Lippen. „Gäste. Du meinst die unverbesserlichen, rücksichtslosen Gefangenen, die in den Perils untergebracht sind", korrigierte er amüsiert.

Sein unbeschwertes Lachen entspannte mich. „Die rücksichtslosen Schurken?"

„Du bist ein eigenartiger Mensch, weißt du das?"

Sein Kopf neigte sich zu mir, als erwartete er eine Antwort.

Wie beantwortet man eine Frage nach der eigenen Seltsamkeit?

„Ich bin nur neugierig.“ Ich versuchte auch, Rücksicht auf seine Gefühle zu nehmen, da er das Kind von jemandem war, der in den Perils eingekerkert war.

„Das ist die letzte Station für sie. Keine Hoffnung auf Bewährung oder Entlassung.“

„Eine Entlassung kommt nicht in Frage, wenn die Vergehen so schrecklich sind.“

Ein wissender Blick huschte über sein Gesicht, und ich fragte mich, wie viel er wusste – besonders über mich.

„Hast du heute mit Dominic gesprochen?“, fragte ich nochmal. Ich machte mir keine großen Hoffnungen, dass ich etwas aus ihm herausbekommen würde, aber es war einen Versuch wert.

„Ja.“

„Kam ich in dem Gespräch vor?“

„Ja.“

Kannst du noch knapper antworten?

„Das ist nicht die Frage, die du wirklich stellen wolltest, oder?“

Ich war mir nicht sicher, ob ich ihm vertrauen konnte, und würde ich mich in Gefahr bringen, wenn ich Anand von Dominics Entdeckungen erzählte? Ich hatte seinen Ausdruck gesehen, als ihm bewusst geworden war, dass wir eingesperrt waren. Es war leicht, die Verbindung herzustellen: Wenn ich sterbe, würde der Zauber gebrochen.

„Ich glaube, Dominic erzählt mir alles. Ich bin sein Vertrauter“, sagte er.

„Dominic hat entdeckt, dass ich ein Muttermal habe, das verborgen worden war. Ich habe keine Ahnung, was das bedeutet, und er ist verschwunden, bevor ich ihn fragen konnte. Es geht mir nicht aus dem Kopf, dass Peter mich nicht zufällig benutzt hat und er mich benutzt hat, um die Gefangenen freizulassen und euch alle hier einzusperren. Ich habe Angst, dass der einzige Ausweg sein wird, mich zu töten, und ich will nicht sterben. Nicht so, ohne wenigstens zu wissen, warum ich diejenige war. Ich weiß so wenig über Magie und diese Welt, und das ist nicht fair. Ich weiß, das Leben ist nicht fair. Das gilt für alle, aber es scheint, dass es bei mir über das übliche Los hinausgeht."

Meine Worte sprudelten ohne Filter heraus, wie ein gebrochener Damm, und ich hielt nur inne, als Anands Augen sich weiteten und er einen Schritt von mir wegtrat. Er war Dominics Vertrauter, nicht meiner. Aber die Worte hatten darauf bestanden, ausgesprochen zu werden. Um mir Klarheit zu verschaffen, meine Sorgen zu formulieren, meine Angst anzuerkennen. Wenn ich so aussah, als würde ich gut mit der Situation umgehen, war das alles nur Schein.

Sein Mund öffnete sich, dann schloss er sich.

Schweigen dehnte sich aus, als er mich mit vorsichtiger Sorge ansah.

Toll, ich habe Anand kaputt gemacht.

„Ich hätte das nicht alles auf dich abladen sollen", sagte ich schließlich.

„Schon gut." Er sah sich um, seine Lippen angespannt. Als seine Aufmerksamkeit zu mir zurückkehrte, war sein Ausdruck gelassen. „Ich schätze, es muss schwierig sein, in diese Welt gestoßen zu werden und sie mit begrenztem Wissen zu navigieren. Es ist eine unglückliche Situation."

Okay. Eine neutrale Antwort. Keine Worte des Mitgefühls und keine Zusicherung, dass alles gut werden würde. Die Last war schwer und machte es schwierig, ihm zu folgen, als er weiterging. Als er bemerkte, dass ich nicht bei ihm war, drehte er sich um und nickte mir zu, um mich aufzufordern, ihm zu folgen. Es war nicht nur seine Schönheit, die mich anzog, sondern seine vielen Facetten. Es war die Art, wie die Härte seiner Augen manchmal schmolz, wenn er mich ansah, die Mühe, die er sich gab, um sich trotz seiner Gewohnheiten an mich anzupassen, und seine aufmerksamen, bestimmten Berührungen.

Ich konnte mich nicht bewegen. Meine Füße waren durch

Unentschlossenheit und Angst vor dem Unbekannten am Boden verwurzelt. Anand war das Unbekannte, zusammen mit allem, was mich umgab. Mein abenteuerlustiger Geist hatte sich in eine dunkle Ecke verkrochen.

„Dominic ist nicht impulsiv. Ich weiß nicht warum, aber er schätzt dein Leben. Das dürfte sich als Vorteil für dich erweisen."

Das war keine glühende Beteuerung meiner Sicherheit. Es bedeutete nur, dass Dominic zuerst andere Möglichkeiten versuchen würde.

„Er ist talentiert, einfallsreich und arrogant. Diese Arroganz lässt ihn nicht den einfachen Weg wählen, um aus einer Situation herauszukommen. Er muss den Grund finden und sicherstellen, dass es nie wieder passiert. Ich bin nicht immer begeistert von seinen Methoden, aber er hatte weitaus mehr Erfolge als Misserfolge. Das respektiere ich."

Das war alles, was ich bekommen würde. Keine Bestätigung, dass ich sicher war, sondern dass Dominics Arroganz zu meinem Vorteil wirkte.

Ich hatte keine andere Wahl, als das zu akzeptieren. Ich joggte zu ihm, um aufzuholen, und ging neben ihm her, als Anand langsamer wurde, um sich an mich anzupassen.

Wir bogen erneut ab, was uns durch das Dickicht von Bäumen führte. Trotz der Färbung der Blätter, dunkelgrau und tiefes Johannisbeerrot, verströmten sie denselben Duft wie normale Bäume. Ein erdiger Duft. Die Luft wurde durch sie erfrischt. Wälder und Bäume boten mir Trost, den ich dringend brauchte.

Anand führte mich zu einem Teil des Anwesens, auf dem es mehr Leben gab, als das Haupthaus vermuten ließ. Es gab ein an ein Ranchhaus erinnerndes Gebäude, das ich für eine Lagerhalle hielt. Ein paar Meter davon entfernt ein Gewächshaus. Ich fragte mich, wie erfolgreich es ohne Sonne war, entschied aber, dass Magie im Spiel sein musste.

Anand führte mich weiter weg vom Haupthaus, bis zwei

weitere Häuser und ein niedriges Wohngebäude in Sicht kamen, das, wie ich annahm, für die Menschen war, die auf dem Gelände arbeiteten. Ich fragte mich, ob die anderen Häuser für Gäste und diejenigen waren, die tatsächlich die Unterwelt besuchten.

„Dort leben die Verwalter der Unterwelt." Er zeigte auf das niedrige Wohngebäude und bestätigte meine Vermutung. „Gästehäuser. Obwohl nur sehr wenige zu Besuch kommen, ziehen es einige vor, im Gästehaus zu übernachten anstatt im Haupthaus. Nailah schläft lieber dort." Als er sich von den Häusern abwandte, erwähnte er nebenbei, als wäre es unwichtig: „Und das andere Haus ist für ihre Mutter, wenn sie zu Besuch kommt."

Seine Enthüllung ließ mich wie angewurzelt stehen bleiben, blinzelnd. „Was?"

Die Frage nach dem Verbleib ihrer Mutter war mir mehr als einmal durch den Kopf gegangen, aber ich hatte mich zurückgehalten, weil ihre Abwesenheit in einer Tragödie verwurzelt sein könnte, die sie nicht teilen wollten. Das könnte immer noch der Fall sein, obwohl die Frage herausplatzte, bevor ich sie stoppen konnte.

„Mutter?", fragte ich. „Warum lebt sie nicht mit dem Herrn?"

„Es gibt mehr als nur eine Welt wie diese", sagte er nach mehreren Momenten des Überlegens. „Ihre Mutter lebt in einer anderen. Ihre Verbindung lässt sich am besten als –" Er hielt abrupt inne, während er nach dem richtigen Wort suchte. „Transaktional beschreiben."

Transaktional? War das das richtige Wort? Wollte das jemals jemand? Doch wenn Macht und Einfluss auf magischen Fähigkeiten beruhten, ergab es Sinn.

„Solche Beziehungen sind nicht ungewöhnlich. Der Vater von Dominic und Helena wollte Erben, deren Magie seiner entspricht oder sie übertrifft, damit sie diese Unterwelt in ihrem Besitz behalten können. Geringere magische Wesen wären nicht in der Lage, die periodischen Angriffe derer abzuwehren, die ihn entthronen wollen. Diese Unterwelt gilt als die begehrteste wegen ihrer Nähe zur Menschenwelt und zu den Übernatürlichen, die dort existieren. Diejenigen, die diese Welt wegen ihrer Verbindungen zu den Übernatürlichen deiner Welt wollen, verstehen nicht ganz, dass sie in einem empfindlichen – und angespannten – Gleichgewicht existiert. Es wurde über viele Jahre und mit großem Aufwand kultiviert. Diejenigen, die Areleus – dem Herrn der Unterwelt", erklärte er, als ich ihn verwirrt ansah, „diese Welt nehmen wollen, verstehen nicht wirklich, wie heikel es ist. Diejenigen, die uns stürzen wollen, haben viele Leute. Dominic, Helena und ihr Vater haben Macht. Die Macht ist nicht allwissend, etwas, das weder Helena noch ihr Vater verstanden haben, aber sie hat das Potenzial, großen Schaden bei denen anzurichten, die sie um diese Welt herausfordern, und sogar bei den Übernatürlichen deiner Welt."

Übernatürliche unserer Welt. Er ließ es klingen, als hätten wir eine harmonische Beziehung, die auf gegenseitigem Respekt beruhte. Die Übernatürlichen meiner Welt lebten im Verborgenen, nutzten ihre Magie, um Menschen auszunutzen, und taten, was sie wollten, um verborgen zu bleiben. Diejenigen, die wollten, dass wir von ihrer Existenz wissen, wollten uns unterwerfen. Ich hatte ein paar Änderungen aushandeln können, als sie mich gebraucht haben, um die gefährlichsten Übernatürlichen in ihr Gefängnis zurückzubringen. Die Unterwelt war nun verantwortlich dafür, die Übernatürlichen zu überwachen und sicherzustellen, dass sie verborgen blieben und das nicht auf Kosten der Menschen. Wenn sie die Vereinbarung verletzten, war der Schattenkonvent nicht länger verantwortlich für ihre Bestrafung – etwas, bei dem sie sich als wirkungslos erwiesen hatten, indem sie Bevorzugung und Nachsicht zeigten, besonders wenn es darum ging, dass Übernatürliche andere Menschen oder Magie gegen uns einsetzten. Obwohl

Menschen jetzt in einer besseren Situation waren, was den Einsatz von Magie gegen sie anging, konnte ich nicht leugnen, wie gefährlich nah die Alternative war, zum Opfer zu werden. Ein Krieg braute sich zwischen denen zusammen, die den Schattenkonvent stürzen wollten und dem „Neuen Konvent". Diejenigen, die den Schattenkonvent ersetzen wollten, waren rücksichtsloser. Ich war nicht überzeugt, dass sie nicht die bessere Option waren. Sie würden mit eiserner Faust regieren. Der einzige Grund, warum ich nicht auf ihrer Seite stand, war, dass sie mich tot sehen wollten. Ich war das Problem, und sie glaubten daran, alle Probleme rücksichtslos beseitigen zu müssen, um ihre Anonymität zu wahren.

Anand biss sich auf die Lippe, was mir den Eindruck vermittelte, dass er zu viele Informationen preisgegeben hatte, bis ich aus meinem Augenwinkel das Toben von Bildern um mich herum sah. Sie nahmen feste Form an, dann verschwanden sie. Ich erstarrte, reagierte auf Anand, der eine Angriffshaltung einnahm und das Geschehen aufmerksam beobachtete.

Zwischen fester Gestalt und Wirbeln von mitternachtsdunklem Rauch schwindend, hielt eines schließlich seine Form, nur Zentimeter von mir entfernt. Seine geschlitzten, kohlrabenschwarzen Augen erinnerten mich an eine Schlange. Das große, fohlenartige Ding zog seine Flügel zurück und umkreiste mich. Sein rundes Gesicht, die Stupsnase und der breite Mund gaben ihm ein täuschend friedliches Aussehen. Etwas stimmte nicht mit ihm. Krallenfinger griffen nach mir, dann zogen sie sich zurück. Mehr Wirbel von Farben waberten um mich herum, die geflügelte Kreaturen formten und mich umringten, angezogen von mir wie Bienen zum Honig.

Durch einen Spalt zwischen der Menge der Kreaturen beobachtete ich Anand, der sie sorgfältig im Auge behielt, seine Stirn gerunzelt. Die erste Kreatur, die sich mir näherte, fletschte scharf gezackte doppelte Zahnreihen. Eine lange, gespaltene Zunge schnellte in meine Richtung. Ich stieß ihn weg, wild mit den Armen rudernd, um Abstand zwischen mich und die Kreaturen zu bringen. Als Vergeltung schlitzte seine Kralle mich auf.

Gleichzeitig stießen sie hohe, gequälte Schreie aus, als sie sich in Nebel auflösten und verschwanden. Leuchtende, schwarze Ranken (ich weiß, leuchtend schwarz ist ein Widerspruch in sich, aber ich schwöre, es war so!) fächerten sich von Anand wie Flügel aus, dehnten sich aus und nahmen den Raum ein. Seine Augen verdunkelten sich zu einem tiefen Abgrund, als erdrückende Magie durch die Luft strömte. Ich kämpfte um jeden Atemzug.

Seine Flügel und Magie zogen sich so schnell zurück, wie sie erschienen waren, und ließen ihn in sich zusammensacken, eine Position, in der er für mehrere Momente verharrte. Er wirkte erschöpft. Ich konnte nicht sagen, ob es von Anstrengung oder ungewohntem Gebrauch kam. Als er sich aufrichtete, ging unheilvolle Energie in Wellen von ihm aus. Eine Dunkelheit, die an ihm haftete, ließ mich zurückweichen, um Abstand zwischen uns zu bringen. Er kam auf mich zu, aber etwas in meinem Gesicht ließ ihn abrupt innehalten.

Er hob beschwichtigend seine Hand und sagte: „Es ist okay. Sie sind weg."

Es waren nicht nur sie, die mich störten, aber es war ein Anfangspunkt.

„Sie sind das wirklich?", fragte ich mit zittriger Stimme.

„Sorcee. Wir nennen sie Schatten. Sie sind durch Magie an die Unterwelt gebunden, ihre Fähigkeiten sind eingeschränkt. Sie leben hier, können aber keine feste Gestalt halten." Das *„bis jetzt"* darin blieb unausgesprochen. Er blinzelte. „Normalerweise können sie ihre feste Gestalt nicht lange genug halten, um gefährlich zu sein. Sie waren nie ein Problem. In deiner Welt haben sie diese Einschränkungen nicht. Dort können sie ihre Magie voll nutzen, indem sie irgendeinen ahnungslosen menschlichen Körper übernehmen.“

„Ist es deine Magie, die sie hier hält?“, fragte ich.

Er schüttelte den Kopf, kam näher und hielt abrupt inne, als wartete er auf meine Zustimmung. Überreste dessen, was seine unheilvolle Magie antrieb, hingen noch in der Luft, und die Schmerzensschreie, die seine Magie diesen Kreaturen entlockt hatte, hallten in einer Schleife in meinem Kopf wider. Meine Aufmerksamkeit war geteilt zwischen den Gedanken an sie und seine Magie, die sie vertrieben hatte.

Er gab mir Zeit, und aus Sekunden wurden Minuten, bevor ich ihm zunickte, näherzukommen.

Ich wollte nach Hause. Tränen stiegen in meine Augen, als ich auf den Blutfleck starrte, der sich auf meinem Shirt bildete.

„Ich muss es sehen, Luna“, sagte er, während er niederkniete und mein Shirt langsam hochschob. „Es ist nicht so schlimm. Dominic kann die Heilung beschleunigen, aber es wird auch von selbst gut heilen. Sie sind nicht giftig.“

Nicht giftig, nur nebulöse Gestaltwandler-Kreaturen der Unterwelt, die nur hier machtlos waren. Die von mir angezogen wurden und in der Lage waren, ihre Gestalt zu halten und mich zu verletzen. Keine große Sache. Nichts zu sehen hier.

Ich will nach Hause.

„Was bist du?“ Es lag wahrscheinlich eine große Portion Verzweiflung in meiner Stimme, denn sein starrer Ausdruck fiel, und Röte breitete sich über seinem Nasenrücken aus.

„Meine Mutter war eine Wandler-Hexen-Hybride.“ Ich bemühte mich, mein Gesicht ausdruckslos zu halten, um nicht zu verraten, dass Dominic mir das erzählt hatte. „In der Tierform meiner Mutter konnte ihr Biss Wandler und Vampire verletzen. Er unterdrückte die Fähigkeiten von Wandlern, und Vampire reagierten darauf, als wären sie gepfählt worden." Ich bemerkte, dass er die Vergangenheitsform benutzte, und überlegte, was mit ihr passiert war, aber seine Enthüllung schien ihm auch so schon so viel abzuverlangen, dass ich davon absah, danach zu fragen.

Als er mir schließlich in die Augen sah, gab er mit leiser Stimme zu: „Mein Vater ist ein Mors."

Hexen mit der Fähigkeit, mit einem Zauber und einer Berührung ein Leben zu nehmen. Aber das Wissen erklärte nicht, warum diese Schatten so auf ihn reagierten.

„Meine Magie wirkt gegen sie", erklärte er, stand auf und fuhr sich durchs Haar, es zerzausend. Leere wurde in seinen haselnussbraunen Augen sichtbar. Er deutete mit dem Kinn in die Richtung, aus der wir gekommen waren.

„Ist das deine einzige Magie?" Es war unmöglich, dass seine Fähigkeit, meine Welt nahezu unsichtbar zu durchqueren, nur in meinem Kopf existierte und nicht Teil seiner Magie war.

„Ich kann mich verbergen, eine Fähigkeit, die meine Eltern nicht besaßen. Die magische Welt missbilligt die Vermischung von Arten, nicht nur um die Reinheit und Stärke der Linie zu bewahren, sondern weil die Magie bei Hybriden so unberechenbar ist. Die Unfähigkeit, die Magie des Unbekannten ganz zu verstehen und Gegenmaßnahmen zu ergreifen, ist ein Problem für sie. Wenn es zu kompliziert und beängstigend wird, glauben sie, dass zur Sicherheit ihrer Existenz die betroffene Entität entfernt werden muss."

Seine Bewegungen kehrten zu einer fließenden Leichtigkeit zurück, aber verlangsamt durch Erschöpfung.

„Ich bin ein Rätsel, das sie beunruhigt. Ich habe mich entschieden, hier zu leben, weil das Wissen über meine Abstammung hierbleibt. Sie spekulieren, aber nichts wird je bestätigt. Sie betrachten mich als Produkt der Unterwelt. Das bietet mir ein gewisses Maß an Sicherheit und verhindert Herausforderungen, die mich zwingen, meine Fähigkeiten zu offenbaren, studiert oder beurteilt zu werden, ob ich ihnen schaden könnte. Diese Familie ist die einzige, die alles über mich weiß."

Es könnte meine Einbildung gewesen sein, aber ich hörte ein Zögern. Vielleicht wussten sie nicht alles über ihn, sondern nur das, was er sie wissen lassen wollte. Er drehte sich zu mir um. Ich wusste, dass, ob die Familie der Unterwelt alles oder nur einen Bruchteil seiner Fähigkeiten kannte, diese Information nicht weitergegeben werden durfte.

Mit einem verständnisvollen Lächeln sagte ich: „Ich habe es schon vergessen."

Er atmete mit einem Schwall aus, etwas, das ich für Erleichterung hielt, bis sich seine Haltung änderte. Sein Kopf schoss abrupt nach rechts, wo Helena in Sicht trat. Ihre eisigen Augen glitten über Anand und wanderten zu mir. Ein wissender Ausdruck breitete sich auf ihrem Gesicht aus.

„Helena", sagte Anand mit einer Stimme, die zu einem sanften Singsang gemildert war. Ein Singsang, der die feindseligsten Bestien besänftigen konnte, und es gab keinen Zweifel, dass hinter den flachen Sandalen mit Beinschnüren, dem teuer aussehenden gemusterten T-Shirt-Kleid, das ihre magieeinschränkenden Male mit Verachtung zur Schau stellte, und dem makellosen Make-up eine schöne Bestie lauerte.

Anand ging auf sie zu, aber ihre Augen blieben auf mich fixiert. Erst, als er nur einen Hauch von ihr entfernt war, lenkte sie ihre Aufmerksamkeit auf ihn. Sie nahm jeden Ausdruck aus ihrem Gesicht, und es wurde zu einer leeren Landschaft.

„Ich habe alles gesehen", sagte sie. „Das muss angegangen werden." Die Drohung von Gewalt lag schwer in ihrer Stimme. Sie wollte auf mich zustürzen, doch er zog sie näher zu sich, seine Finger glitten durch die Enden ihrer Locken, seine Berührung vertraut, aber nicht intim. Es gab eine offensichtliche Verbindung, die ich nicht ganz definieren konnte. Ich hoffte, ich war nicht Zeugin einer aufkeimenden Beziehung. Anand, du kannst Besseres haben als die Psycho-Prinzessin der Unterwelt.

„Lass es", drängte er. „Deine Impulsivität hat dir in der Vergangenheit auch nicht geholfen." Er zog seine Finger aus ihrem Haar, ergriff sanft ihre Hände und blickte auf die Male an ihren Armen.

Sie sah sie ebenfalls an. „Sprich mit meinem Bruder. Zeig ihm, dass es falsch ist."

Mein Herz pochte angesichts der Aussicht, mit einer Helena eingesperrt zu sein, die Zugang zu ihrer Magie und Krallen hatte.

Er schüttelte den Kopf. „Das werde ich nicht, weil ich mit seiner Entscheidung einverstanden bin", gab er zu.

Die Schärfe in Helenas Augen wurde zu Dolchen. Es gab keinen Zweifel, dass, wenn sie Zugang zu ihren Krallen hätte, er mit ihnen Bekanntschaft gemacht hätte. Ihre Lippen zogen sich zu einem gemeinen Grinsen zurück, und sie riss ihre Hände von ihm los; jede Zärtlichkeit, die zwischen ihnen bestand, zerriss.

„Ich bewirke Dinge!", fauchte sie.

„Ja, du bewirkst viele Dinge. Du hast es geschafft, ganze Zirkel gegen dich aufzubringen wegen deiner Unfähigkeit, eine andere Option als Gewalt zu wählen, wenn du die kleinste Beleidigung empfindest. Du hast ein ganzes Rudel in Trümmern zurückgelassen, weil du es nicht ertragen konntest, betrogen zu werden. Also war deine übertriebene Reaktion, jede in diesem Rudel zu töten, die du verdächtigt hast, die Schuldige zu sein. Begreifst du das Problem, das du mit diesem Wutanfall verursacht hast? Die Situation hätte anders gehandhabt werden und zwischen dir und dem Mann, mit dem du zusammen warst, bleiben sollen. Ich sage das nicht aus Grausamkeit, sondern aus Mitgefühl. Du bist dein eigener schlimmster Feind geworden, weil du zu lange straf-frei davongekommen bist. Das ist eine gerechte Strafe. Und wenn dir deine Magie nie zurückgegeben wird, ist das eine längst überfällige Strafe.“

„Ich habe auf unseren Streit reagiert. Seine Antwort war eine Überreaktion“, widersprach sie.

„Nein, seine Antwort war, dich zur Rechenschaft zu ziehen und dich die Konsequenzen spüren zu lassen. Es sieht nur wie eine Überreaktion aus, wenn du es nicht gewohnt bist, für solche Dinge zur Rechenschaft gezogen zu werden.“

Er wandte sich von ihr ab und kehrte in meine Richtung zurück. Damit demonstrierte er einen Mut, den ich nicht besaß. Eine wütende Helena, die nicht bekam, was sie wollte, war jemand, den ich im Auge behalten wollte. Sie riss ihren scharfen Blick von Anand los und lenkte ihn auf mich, was mir einen Schauer der Angst über den Rücken jagte. Ich richtete mich auf und zeigte einen Mut, den ich nicht wirklich besaß.

Helena schauderte vor Anstrengung, nicht zu reagieren. Sie war darauf reduziert, mit geballten Fäusten an ihren Seiten zu kochen. Wahrscheinlich ein Novum für sie und eine doppelte Bemühung, Zurückhaltung zu demonstrieren und Anand zu beweisen, dass er mit ihrer Magie falschlag.

„Du hast gesehen, wie die Schatten auf sie reagiert haben!“, rief Helena ihm nach, als wir auf das Haus zugingen.

Er blieb kurz stehen, schwieg aber. Er war genauso besorgt wie sie.

„Darum werden wir uns kümmern.“

„Mit Ausnahme von dir hat Vater keine Toleranz für magische Anomalien“, drohte sie.

Er würde sicherlich erfahren, dass ich eine Anomalie war. Ich würde den Herrn der Unterwelt treffen. Ich rang die Angst nieder, aber sie wurde mein einziger Fokus, als ich zurück ins Schlafzimmer ging.

5

Nachdem ich das von Krallen zerrissene Shirt ausgezogen hatte, stellte ich fest, dass Anand nicht versucht hatte, mich vor Panik zu bewahren, indem er die Schwere der Wunden heruntergespielt hatte. Es war wirklich nicht so schlimm. Nachdem ich Druck ausgeübt hatte, um die Blutung zu stoppen, und sie gereinigt hatte, war nur noch eine rote Linie auf meinem Bauch zu sehen. Hätte Anand nicht eingegriffen, hätte es viel schlimmer werden können. Ich wusste das. Gedanken an die Gefahr waren allgegenwärtig, als ich durch das Haus zur Hauptbibliothek und dem Magieraum navigierte, wo ich die Zauberbücher durchsehen konnte. Der einzige Weg, diese Gedanken zu vertreiben, war, proaktiv zu sein. Ich musste etwas tun.

Trotz meiner Bemühungen, nicht an die Sorcee zu denken, konzentrierte ich mich auf die rätselhafte Anziehung, die ich auf sie auszuüben schien und was sie dazu gebracht hatte, sich um mich zu scharen und eine Form zu halten, die sie normalerweise nicht halten konnten.

Mein Glaube, dass an mir nichts Magisches war, wurde durch den Schmerz meiner Verletzung bestärkt. Wenn

Magie in mir existierte, würde sie sicherlich meinen Schmerz lindern, oder? Aber es hatte keinen Sinn, Logik auf eine unlogische Welt anzuwenden.

Die Schatten wurden von meinem Mangel an Magie angezogen, genauso wie der Magieraum in der Bibliothek mich abstieß. Ich spürte die Ablehnung des Raumes, sobald ich mich ihm näherte. Es war ein Schubs, der mich verscheuchen wollte. Für einen Moment überlegte ich, dem Wink zu folgen. Ich könnte in der Hauptbibliothek bleiben und die vielen Erstausgaben genießen, die Schönheit der ledergebundenen Bücher auf mich wirken lassen, die große Auswahl durchstöbern, den Duft von Pergament einatmen und mit den Fingern über die vergoldeten Prägungen einiger Bücher fahren, an denen ich vorbeigegangen war. Aber das würde mich nicht aus der Unterwelt herausbringen.

Entschlossen, eingelassen zu werden, drückte ich gegen die abwehrende Magie, bis meine Hand den Türgriff berührte. Der Griff drehte sich, aber die Tür regte sich nicht.

„Bitte", flüsterte ich der Tür zu. Wie passend. Ich flehe einen Raum an, mich einzulassen. Überhaupt nicht seltsam.

„Ich will nur nach Hause", flehte ich leise, da ich mir des dunkelhaarigen Mannes mit kurz geschnittenem Haar und der runden Brille bewusst war, die er auf die Nasenspitze schob, um mich zu mustern. Seine Kleidung – frisches weißes Hemd, dazu blaue Fischgratweste mit passender Hose – ließ mich in T-Shirt und Leggings underdressed fühlen. Es lag ein Urteil in seinem Blick, das ich ignorierte, während ich zurückkehrte zu meinem Versuch, in den Raum zu gelangen, indem ich meine Hüfte gegen die Tür stieß, um mich hineinzudrängen. Der Raum blieb standhaft und verweigerte mir weiter den Zutritt.

Als ich mehr Kraft benutzte, reagierte er, indem er mich ein paar Meter zurückstieß. Nachdem ich mein Gleichgewicht wiedergefunden hatte, näherte ich mich der Tür erneut und presste meine Stirn gegen das kühle Holz. „Ich will nur deine Bücher ansehen. Ich werde jedes mit größtem Respekt behandeln, das verspreche ich."

Ein Versprechen, das es nicht zum Wanken brachte.

„Um Himmels willen. Du kennst mich. Lass mich in den verdammten Raum!", schimpfte ich mit zusammengebissenen Zähnen.

Das war ein neuer Tiefpunkt. Mit einem empfindungsfähigen Raum um Einlass zu streiten. Die Tür blieb geschlossen. Ich nahm den Zorn aus meiner Stimme und versuchte es nochmal mit einer Bitte. Auch die wurde abgelehnt. Ich schloss die Augen und hielt meine Stirn gegen die Tür gepresst. Vielleicht würde der Raum Erbarmen haben oder sich öffnen, nur damit ich auf die Nase fiel. Es war mir egal, wie der Raum mich hineinließ, ich wollte nur, dass er es tat.

Erschrocken von der Hand, die sich an mir vorbeischob und den Türgriff packte, stand ich Dominic gegenüber. Sobald wir im Raum waren, drehte er mich zu sich um.

„Anand hat mir von deiner Verletzung erzählt. Ich möchte sie sehen."

Ich nickte. In derselben knienden Position wie Anand hob er mein Shirt an.

„Es ist nicht wirklich eine Verletzung. Nur ein Kratzer", sagte ich.

Kratzer spielte es herunter, aber Verletzung schien übertrieben. Die Wärme seiner tiefen Atemzüge strich über meinen Bauch. Seine Finger massierten die Haut meines Rückens, während er mich festhielt. Wenn ich nur einen Zentimeter oder so auf ihn zutrat, würden seine Lippen gegen mich gepresst sein. Ich verdrängte diese Gedanken. Vom Ziel abgelenkt zu werden war keine Option. Dominic blinzelte. Offenbar war ich nicht die Einzige, deren Gedanken in sinnlichere Gefilde gewandert waren, obwohl offensichtlich war, dass unsere Verleugnung aus anderen Gründen geschah. Es war in der Spannung seiner Finger, die mich hielten, der Haltung seines Kiefers und der tiefen

Nachdenklichkeit in seinen Augen. Es war offensichtlich, dass er über das, was er gestern Nacht über mich entdeckt hatte, nachdachte.

Seine Finger glitten über meinen Bauch und hinterließen eine Kühle, die an Menthol erinnerte. Der Duft von Lavendel stieg in meine Nase, und ließ mich in den Frieden sinken, den er bot. Dominic richtete sich auf, nahm die Wärme seines Körpers mit, was mich an die kühle Missbilligung des Raumes gegenüber meiner Anwesenheit erinnerte.

„Kannst du mir sagen, welcher Schatten das getan hat?“, fragte er und seine tiefen Augen suchten meine.

„Nein.“ Es war die Wahrheit, aber selbst, wenn ich ihm eine bessere Beschreibung hätte geben können, hätte ich es nicht getan. Gier nach Gewalt und Rache durchzog seine Frage. Ich wusste nichts über die Schatten oder ob sie wie ich Opfer von Umständen und Magie waren. Ich würde sie nicht weiterer Gewalt ausliefern. Anands Bestrafung war genug. Ich würde ihre Schreie nie vergessen.

„Ich habe Anands Version dessen gehört, was passiert ist. Ich möchte deine hören.“

Ich erzählte sie ihm, ließ aber viel weg, besonders die Vertraulichkeit der Berührung zwischen Anand und Helena. Ich achtete genau auf Dominics Reaktion, als ich ihm von Helenas Bemerkung über Areleus’ Intoleranz gegenüber Anomalien erzählte, eine Meinung, die von den Übernatürlichen in meiner Welt geteilt wurde. Dominics Gesichtsausdruck blieb undurchschaubar. Seine Augen waren intensiv.

„Sie konnten ihre feste Form um dich herum halten?“

Ich nickte. „Sie waren schattenhafte Figuren, bis sie ganz nah waren. Es waren viele. Was sind diese Wesen?“

„Die wahrhaft Verfluchten. Sorcee. Sie sind eine eigene Rasse, am besten lassen sie sich als Zauberer-Dämonen-Hybride beschreiben. Es ist viel dunklere Magie, stärker als alles, was Hexen besitzen. Sie haben keine Strata-Bezeichnung, weil ihre Magie in eine eigene Kategorie fällt. Wie unsere. Sie existieren länger als ich, gezwungen, für ihre Missetaten in deiner Welt in dieser Unterwelt zu leben. Sie haben bisher weniger anstößige Formen angenommen als die, die du gesehen hast, und sich damit in deiner Welt recht effizient bewegt. Du hast sie in ihrer wahren Form gesehen. Sie sind Agenten von Zwietracht und Grausamkeit."

Nun, das verringerte meinen Wunsch, sie zu schützen, und die Schuld, die ich wegen Anands Reaktion empfunden hatte.

„Ihre Loyalität galt nur ihrer Art. Sie richteten ihre Grausamkeit, Gewalt und Magie gleichermaßen gegen alle. Mein Großvater fand einen Weg, sie zu fangen und hier in der Unterwelt einzusperren, wo ihr Mangel an Gestalt ihnen keine Macht gibt. Ihr Tod wäre vorzuziehen gewesen, aber das war sehr schwierig. Dies war der schnellste Weg, sie zu beseitigen. Und mit ihrer Geschichte, Übernatürliche zu verletzen, haben sie deswegen schnell etwas von ihrer Autorität an uns abgegeben."

„Deshalb wurdest du beauftragt, sie zu bewachen", folgerte ich.

Er nickte. „Es war ein dunkler, archaischer Zauber." Die Starrheit seiner Stimme verriet mir, dass er etwas zurückhielt.

Meine Spekulationen liefen Amok, als ich versuchte, alles zusammenzufügen, was in den letzten Wochen passiert war. „Es gibt mehr Gründe, warum du die Dunklen Magier beseitigt hast, oder?", fragte ich.

Dominic nahm sich lange Zeit für die Antwort, vielleicht überlegte er, ob er mir eine geschönte Version erzählen sollte. Ich rang damit, welche Version ich hören wollte.

„Dunkle Magier sind die Einzigen, die die Schatten freilassen könnten, und sie haben es sich zum Ziel gemacht, das zu tun. Sie sind von Natur aus eine Bedrohung. Frieden oder Regeln funktionieren nicht für sie. Wenn das passiert, ist es am besten, reinen Tisch zu machen."

Reinen Tisch zu machen ist am besten? Banale Beschreibung für eine so gewaltsame Tat. Eine ganze Gruppe von Übernatürlichen auszulöschen. Mein Wunsch, die Unterwelt zu verlassen, entfachte neu, und ich ging zum Bücherregal, nahm Bücher auf Englisch und durchstöberte sie nach Zaubern. Während ich die Bücher stapelte, die ich gründlicher durchsehen wollte, konnte ich das Gewicht von Dominics abschätzenden Blick spüren.

Er setzte sich mir gegenüber, lehnte sich im Stuhl zurück, die Finger hinter dem Kopf verschränkt, und verfolgte jede meiner Bewegungen, als ich Bücher aus den Regalen nahm. Das Summen der Energie von der Beleidigung des Raumes durch meine Invasion hielt an. Etwas hatte sich seit meinem letzten Besuch geändert. Zuvor hatte der Raum mir eine vorsichtige Akzeptanz entgegengebracht, doch jetzt war es kaum unterdrückte Feindseligkeit.

„Du glaubst, ich habe einen Zauber übersehen“, stellte er fest.

Ich verstand den Humor in seiner Stimme und die Implikation, dass ein Anfänger wie ich etwas entdecken könnte, das er nicht bemerkt hatte. Ich ließ mich ihm gegenüber auf einen Stuhl fallen und legte mehrere Zauberbücher auf den Tisch.

„Das hat nichts mit deinen Fähigkeiten zu tun. Ich muss was tun. Proaktiv sein. Ist es undenkbar, dass etwas übersehen wurde?“ Ich schlug ein Buch auf, überprüfte jeden Zauber und versuchte, mit meinem begrenzten Wissen herauszufinden, wie sie genutzt werden könnten, um uns zu befreien.

Nach dem Lesen eines Entbindungszaubers blickte ich auf und fand, dass ich immer noch das Ziel von Dominics unerschütterlichem Blick war. Seine Zunge glitt träge über seine Lippen.

„Ich habe jeden Umkehr- und Entbindungszauber ausprobiert, den ich kenne“, sagte er. Er verbarg schnell die

Frustration, die durchschimmerte. „Ich habe keine Ahnung, welcher Zauber auf dich angewendet wurde, um uns hier festzuhalten." Dominic blickte an mir vorbei, tief in Gedanken, sein Ausdruck geschärft durch Wissen und Erfahrung einer Welt, in die ich nicht gehörte. Seine Neugier und dunkle Magie pulsierten frenetisch, brauchten ein Ziel, nur um unbefriedigt zu bleiben.

„Du bist mir wirklich ein Rätsel", sinnierte er leise mit einem Hauch von akutem Interesse.

In einer Welt der Magie kann es nicht gut sein, ein Rätsel zu sein.

Dominic sprang auf und wandte sich der Tür zu. Er spürte es Augenblicke, bevor ich es tat, und was ich fühlte, löste in mir die gegenteilige Reaktion aus. Er bewegte sich auf die Tür zu, als ein Strom starker, unheilvoller Magie in den Raum fegte. Auch die turbulente Energie, die damit einherging, störte ihn nicht. Mein Lebenserhaltungstrieb ließ mich aufspringen, mich rückwärts zurückziehen und meinen Körper in die Ecke pressen, so weit wie möglich davon weg. Eine mutige Miene aufzusetzen war nicht drin. Ich hätte keine finden können, ganz gleich wie sehr ich es versucht hätte. Dominic schien es nicht nur nicht zu stören, er schien es zu begrüßen.

Die Tür öffnete sich, und ein Mann näherte sich uns mit ätherischen, geschmeidigen Bewegungen. Der Raum erzitterte und beruhigte sich dann zu einer unheimlichen Stille, lautlos angesichts der Anwesenheit des Mannes, der ein anthrazitgraues Hemd, eine schwarze Hose und ein finsteres Gesicht trug. Magie schwärmte durch den Raum. Der unheilvolle Wandel der Energie, der seine Anwesenheit begleitete, war eine Fanfare, die ihn ankündigte, und die einzige Vorstellung, die ich brauchte. Ich war in der Gesellschaft des Herrn der Unterwelt.

Mit großer Anstrengung drückte ich mich aus der Ecke, in die ich mich zurückgezogen hatte, und straffte die Schultern, um größer zu wirken. Als er vor mir stand, gelang es mir, seinem tiefenlosen rauchschwarzen Blick standzuhalten, trotz der Panik, die in mir tobte. Seine Züge waren zu einer Klingenschärfe geschliffen und begleitet von einem breiten, vollen Mund und dichtem, an den Schläfen silbernem, kurzem dunklem Haar, die Frisur von solcher Präzision und Perfektion, dass es keine Frage war, ob ein Profi sie geschnitten hatte. Vielleicht, um sich von seinem auffallend ähnlichen Sohn abzuheben. Während ich zwischen ihm, Dominic und Helena, die ihm folgte, hin und her blickte, ließen mich die minimalen Abweichungen in ihrem Aussehen fragen, welchen Beitrag ihre Mutter zum Genpool geleistet hatte.

Nur ein oder zwei Zentimeter kleiner als Dominic, hatte der Mann eine ähnliche Statur, ausgestattet nicht nur für immense Kraft, sondern auch für Geschwindigkeit. Eine tödliche Kombination, die ich bei Dominic in Aktion gesehen hatte.

Welche Etiketteregeln galten hier? Waren sie dieselben wie beim Treffen einer königlichen Familie auf Erden? Man berührt die Königin nicht, aber dieser Mann ist keine Königin, er ist der Herr der Unterwelt. Eine Art Präsident. Es ist okay, den Präsidenten zu berühren, aber tu es unerwartet, und du wirst wahrscheinlich zu Boden gerissen. Oder Schlimmeres.

Wie begrüßt man ihn? Verbeugen, als träfe ich einen Diktator? Nein, das würde ich nicht tun. Salutieren? Knicksen? Ein einfacher Händedruck? „Was geht, Herr der Unterwelt" war definitiv nicht richtig. Fauststoß definitiv auch nicht.

Der Herr der Unterwelt neigte den Kopf und durchbohrte mich mit einem Blick.

„*Das* ist das Problem?", fragte er, seine Lippen zu einer dünnen Linie verzogen. Seine Augen glitten prüfend über mich. Toll, kein Knicks, Verbeugung oder Händedruck. Ich kämpfte wirklich darum, ihm nicht den Stinkefinger zu zeigen. Ich imitierte seinen kritischen Blick, der mich mit zynischem Interesse betrachtete.

„Ja, sie ist das Problem", mischte sich Helena ein, überzeugt, dass die Situation nun nach ihren Wünschen gehandhabt würde.

Seine Augen wanderten zu Dominic. „Ich nehme an, du hast nach neuen Schutzzaubern, Bindungszaubern und Verbergungen gesucht."

Dominics Kopf bewegte sich kaum zu einem Nicken. Hitze kroch über mein Gesicht bei der Erinnerung an seine Erkundung.

„Er hat Erkennungszauber durchgeführt, nur unser Gebiet überprüft. Aber nichts mit ihr. Wir haben keine Ahnung, was sein kleines Haustier verbirgt. Oder ob irgendwelche Zauber auf ihr liegen", lieferte Helena.

Der Herr ließ die Informationen auf sich wirken, seine Aufmerksamkeit glitt von Dominic zurück zu mir.

„Sie wurde auf magische Bindungen, Schutzzauber und verborgene Zauber überprüft", widersprach Dominic und warf seiner Schwester einen scharfen Blick zu. Ich wich dem Blick aus, den sie in meine Richtung warf, in der Hoffnung, dass ich nicht verraten würde, dass Dominic Informationen zurückhielt. Ich war mir nicht sicher, warum er nicht über mein verborgenes Muttermal sprach, aber sie würden diese Information nicht von mir bekommen.

„Das Problem muss beseitigt werden." Der Herr sah mich an. Ja, er hatte eindeutig mich als das Problem identifiziert. Problem, Mensch oder menschliches Haustier waren keine Namen, die ich akzeptieren wollte, während ich hier eingesperrt war. Noch würde ich weiter zulassen, dass sie über mich sprachen, als wäre ich nicht hier.

„Hi, ich bin Luna", begann ich, streckte meine Hand aus und hoffte, dass er milder reagieren würde, wenn das „Problem" einen Namen hatte. Er betrachtete meine Hand für ein paar Augenblicke, ignorierte sie dann und wandte seine Aufmerksamkeit wieder Dominic und dann Helena zu, die näher an ihn herangetreten war und Dominic mit demselben urteilenden Blick bedachte, der von ihrem Vater kam.

„Du hast keine neuen Schutzzauber oder Bindungen gefunden. Es ist sicher anzunehmen, dass sie der Leiter ist, der verwendet wird, um unsere Reisen zu blockieren. Warum ist sie noch am Leben?“

Sein geschmeidiger Ton war viel zu beiläufig, während er fragte, warum ich noch nicht ermordet worden war.

„Weil Dominic Detektiv spielen möchte und herausfinden will, warum sie ausgewählt wurde, anstatt das Problem zu lösen“, warf Helena ein, in ihrer selbsternannten Rolle als Unterwelt-Kommentatorin.

Der Mund des Herrn verzog sich missbilligend.

„Wäre es dir lieber, ein Problem zu beseitigen, anstatt die Quelle zu finden, und zu verhindern, dass es je wieder passiert?“, forderte Dominic sie heraus.

Ohne einen Moment des Nachdenkens antwortete sein Vater. „Wenn es diesen Zustand, wie ein Tier gefangen zu sein, beendet, dann ja. Zerstöre jeden und alles, was dafür verantwortlich ist.“

„Oder ich kann verhindern, dass es je wieder passiert. Da das in meiner Verantwortung liegt, wähle ich diese Option.“

Areleus war mit einer blitzschnellen Bewegung bei Dominic. Nur Zentimeter voneinander entfernt, waren ihre Blicke eine unausgesprochene Herausforderung, eine, die immer zu existieren schien, wenn mächtige Personen denselben Raum teilten. Es war bei ihnen noch ausgeprägter; ähnliche Magie und eine offensichtliche bittere Geschichte, die sich nicht ignorieren ließ.

„Das muss kein Problem sein, Vater. Habe ich je versagt?“

Der Herr bot nur eine hochgezogene Braue als Antwort. Es lag etwas Verborgenes dahinter.

„Fang' keinen Streit an, wenn keiner gerechtfertigt ist", sagte Dominic.

Ein schiefes Lächeln verzog die Mundwinkel des Herrn. „Ist es wirklich ein Streit, wenn einer keine Chance hat zu gewinnen?"

„Vielleicht, aber das ist bei uns nicht der Fall, oder?", antwortete Dominic.

Ich war nicht Zeuge eines Streits zwischen Vater und Sohn, sondern einer stürmischen Beziehung zwischen einem Herrscher und seinem Nachfolger. Meine Aufmerksamkeit sprang zwischen den beiden hin und her und versuchte zu ergründen, wie man in diese Position aufstieg. Zieht sich der Herr zurück oder wird er entthront? Ich ließ meine Gedanken fallen, um mich auf das entzückte Lächeln auf Helenas Gesicht zu konzentrieren. Gewalt, Chaos und Zwietracht lagen dick in der Luft, und es gefiel ihr, egal, woher es kam.

„Ich bin sicher, wir können einen Weg finden, den Fluch zu brechen und mich am Leben zu lassen", schlug ich mit leiser, neutraler Stimme vor, da ich das Gefühl hatte, dass der kleinste Fehltritt Zündstoff für die volatile Situation wäre. Meine Diplomatie löste ein Augenrollen bei Helena aus.

Er neigte den Kopf, und die Brauen des Herrn hoben sich, aber die unheilvolle Atmosphäre blieb. Dunkle Belustigung breitete sich auf seinem Gesicht aus und enthüllte ein kleines Lächeln, so unheilvoll wie seine Anwesenheit. „Was gibt dir solche Zuversicht, Luna?"

„Weil wir zuvor eine Lösung gefunden haben, als die Gefangenen freigelassen worden sind. Ich bin zuversichtlich, dass wir wieder eine finden können. Niemand muss sterben." Mit einer Zuversicht, die weit unter fünfzig Prozent lag, sprach ich mit all dem Mut und der Selbstsicherheit einer Person, die um ihr Leben kämpfte, denn im Grunde tat ich das.

„Ich versichere dir, jemand wird dafür sterben. Vielleicht

wirst du es nicht sein. Aber jemand wird bezahlen." Er drehte sich um und ging zur Tür, eine vorübergehende Aussetzung der Hinrichtung. Helenas nach wie vor begeisterter Ausdruck deutete an, dass es nicht lange so bleiben würde.

Dominic hielt seine rasiermesserscharfe Konzentration auf den Rücken seines Vaters gerichtet und wirkte nicht überrascht, als sein Vater mit der Hand an der Tür innehielt.

„Hebe Helenas Einschränkungen auf", forderte er.

„Warum tust du es nicht selbst, Vater? Immerhin übertrifft deine Magie meine – das sagst du zumindest immer."

Der Herr blickte über seine Schulter und sah seinen Sohn scharf an, doch Dominics Bemerkung hatte ihn gestört. Es war offensichtlich, dass er es nicht konnte. Ein Mann, der grenzenlose Macht besaß, war es nicht gewohnt, durch Magie oder die Drohung von Gewalt eingeschränkt zu sein.

„Weil du ihre Magie eingeschränkt hast, musst du derjenige sein, der die Einschränkung aufhebt." Als er die Tür öffnete und sie hinter sich schloss, fügte er hinzu: „Das war kein Vorschlag, es war ein Befehl."

Sobald Areleus weg war, strahlte Helena und präsentierte Dominic ihre Arme.

Er ging auf sie zu, Entschlossenheit in seinem Ausdruck. Sie hob trotzig ihr Kinn, als er ihre Male betrachtete, bevor er seine Aufmerksamkeit auf ihr Gesicht richtete.

„Ich werde deine Einschränkungen nicht aufheben", sagte Dominic.

Helenas glücklicher Ausdruck machte Wut Platz. Ein eisig-finsterer Blick verzerrte ihr Gesicht. Sie spannte sich an, als würde sie unter der selbstauferlegten Zurückhaltung bersten. „Es war ein Befehl", zischte sie.

„Du bist es gewohnt, Befehle zu missachten. Wie kommst du darauf, dass ich das nicht auch kann?"

Sie rückte näher an ihn heran. „Das hat nichts mit Prinzipien zu tun und alles mit Stolz. Ich habe mich geweigert, mich von dir und deinem verletzten Ego kontrollieren zu lassen."

Ihre selektive Erinnerung war erstaunlich. Seine Bitte, mich nicht zu töten, hatte dazu geführt, dass sie sein Gesicht zerkratzt und ihm später ein zerbrochenes Weinglas an die Kehle gedrückt hatte. Wenn das kontrolliert für sie war, wie war sie dann entfesselt?

„Ich habe schon Schlimmeres getan."

Was für eine Verteidigung war das? Die *Ich war schon immer schrecklich, warum soll ich es jetzt ändern?*"-Strategie.

Trotz meiner Bemühungen sickerte leichte Bewunderung durch meine Abneigung. Diese Frau besaß Dreistigkeit im Überfluss, und ich war auf morbide Art und Weise fasziniert davon.

„Das hast du. Viel zu oft. Mein Maß ist voll." Er hatte ihre aggressive Reaktion gut aufgenommen. Besser als jeder andere, und ich glaubte nicht, dass er Vergeltung geübt hätte, wenn sie nicht so dogmatisch darauf aus gewesen wäre, gegen seine Wünsche zu handeln und mich zu töten.

Ihr fügsamer Blick von Bedauern und Unschuld war hart erarbeitet. Ich konnte die Anstrengung sehen, die sie hineingesteckt hatte. Sie glaubte ernsthaft, er habe ihr die Magieeinschränkung auferlegt, weil sie sein Gesicht zerkratzt hatte. „Zugegeben, ich war … sagen wir, ein bisschen überenthusiastisch in meiner Reaktion darauf, dass du mich zurechtgewiesen hast. Es war ein bedauerlicher Akt."

Tolle Nicht-Entschuldigung. Seit wann wurde das Zerkratzen eines Gesichts als überenthusiastisch betrachtet? Wie würde sie einen Mord beschreiben? Eine Eskorte ins Jenseits?

Dominics leises Lachen enthielt keinen Humor. „Ich habe weder Geduld noch Diplomatie übrig, um mich bei anderen für dein Verhalten zu entschuldigen. Noch habe ich Lust, deinen Mist weiter aufzuräumen. Du hast uns zu oft damit in nachteilige Positionen gebracht. Wenn du deine Magie zurückbekommst, wirst du das Privileg durch deine Taten verdient haben. Wenn du kein Ballast mehr bist, bekommst du deine Magie zurück."

Ihre Wangen erröteten, die Farbe kroch über ihren Nasenrücken, als sie kurz und scharf durch die Nase atmete. Sie klang wie ein Stier, der sich zum Angriff bereit machte. Sie drehte sich schnaubend um, ihre Augen loderten von versprochener Vergeltung. „Du hattest mich noch nie als Feindin, Bruder. Das willst du wirklich nicht", presste sie durch zusammengebissene Zähne hervor.

„Du hattest mich auch noch nie als deinen Feind. Ich kann dir garantieren, dass du mich nicht zum Feind haben willst."

Ich kann offiziell bezeugen, dass ihr alle einen Familienthera-peuten braucht.

Als sie wütend davonstürmte, kehrte Dominic schweigend zu seinem Stuhl zurück. Ich wollte zu den Büchern zurückkehren, um nach möglichen Zaubern zu suchen, aber ich konnte es einfach nicht. Sollten wir wirklich so tun, als müsste dieses dysfunktionale Drama nicht diskutiert werden? Hielt er diese Interaktion für normal?

Ich bemühte mich ernsthaft, darüber hinwegzusehen, während ich mehrere Seiten durchblätterte und die richtigen Fragen stellte, nur um von ihm informiert zu werden, dass der Zauber nicht passte oder schon versucht wurde. Beim zwanzigsten Zauber war mein Geist so mit der Interaktion seiner Familie beschäftigt, dass ich aufgeben musste.

„Dein Vater ist interessant", stellte ich fest und stieß die Tür für mehr Dialog auf.

Er verschränkte die Finger hinter dem Kopf und lehnte sich träge zurück, sodass sein eng anliegendes Hemd über seiner beeindruckenden Figur spannte. Seine Augen schweiften über die Titel in den Regalen hinter mir und erweckten den Eindruck, dass er seinen Vater kaum für interessant hielt.

„Ich nehme an, ihr zwei kommt nicht gut miteinander aus", bohrte ich.

Er runzelte die Stirn und lenkte seine Aufmerksamkeit von den Büchern zu mir. „Was erweckt diesen Eindruck bei dir?"

Was bei mir diesen Eindruck erweckt? Hatten wir gerade zwei verschiedene Interaktionen gesehen? Ein ungläubiges Blinzeln war alles, was ich zustande brachte. Er musste mich auf den Arm nehmen.

„Ich denke nicht, dass unsere Interaktionen anders sind als bei anderen."

„Mag sein. Mein Dad hat mich gebeten, ein oder zwei Schädlinge im Garten zu töten, dein Vater einen Menschen. So ähnlich!"

Ein Lächeln breitete sich auf seinem Gesicht aus. Aber ich fuhr fort. Ich ließ mich nicht von einem verführerischen Lächeln und einem belustigten Glitzern in seinen Augen ablenken.

„Mein Bruder und ich haben Meinungsverschiedenheiten, aber er versucht nicht, mein Gesicht zu zerfetzen, wenn es passiert, noch fügt er mich seiner Feindesliste hinzu. Ich bin sicher, seine Feindesliste besteht aus den Leuten, die versuchen, Wucherpreise zu verlangen, wenn Spielkonsolen Lieferschwierigkeiten haben, und dem Erfinder von Haferflocken-Schokoladenkeksen. Auf diesen Typen hat er sich wirklich eingeschossen."

Das entlockte ihm ein Lachen, aber es war angespannt.

„Du hast nichts von meinem verborgenen Muttermal erwähnt."

„Ich habe keine Antworten, also gibt es nichts zu diskutieren."

„Dass es verborgen war, ist keine Diskussion wert?"

Er schüttelte den Kopf. „Es könnte nichts bedeuten." *Dreiste Lüge.* „Oder es könnte alles bedeuten. Hat dein Bruder ein Muttermal wie deines?"

„Nicht wie meins. Seins sieht aus wie ein –“ Ich suchte nach der richtigen Beschreibung für eine Sternenexplosion, eingeschlossen in einem Kreis. Es war die beste Beschreibung, also gab ich sie Dominic, der die Information mit einem Nicken akzeptierte. Er stand auf und ging zum Bücherregal am gegenüberliegenden Ende des Raumes und beendete damit unsere Unterhaltung. Aber das würde mich nicht davon abhalten, weiter Fragen zu stellen. Ich griff einfach nach einem Notizbuch und Stift in der Mitte des Tisches. Auf das Papier schrieb ich „Dunkler Magier“ und „Eingekerkert“. Ursache und Wirkung. Und die Linie in der Mitte war, um die durchgeführten Zauber und das Potenzial zu trennen.

„Du hast Schutzzauber und Bindezauber für das Anwesen gewirkt“, sagte ich, „aber Helena hat darauf hingewiesen, dass du nie einen an mir gewirkt hast. Vielleicht solltest du das.“

„Habe ich“, gab er zu, nahm ein Buch aus dem Regal und blätterte darin.

„Was? Wann?“

„Als ich angefangen habe, dich zu befragen, was passiert war, bevor du hier gelandet bist.“

Ich erinnerte mich an dieses Gefühl der Ruhe, als die lavendelduftende Magie um mich herum wehte. Ich hatte es für ein Mittel gehalten, um mich für seine Fragen gefügiger zu machen. Es gefiel mir nicht, aber zumindest wusste ich, was mit mir gemacht worden war.

„Du warst abgelenkt“, bemerkte er, um meinen fragenden Blick zu beantworten. Nein, er hatte mich abgelenkt. Das Befragen, das Berühren, die Wärme, die mich eingehüllt hatte, waren Zauber, die er ohne mein Wissen gewirkt hatte.

„Ich will nicht, dass du Zauber an mir durchführst, ohne dass ich zustimme“, sagte ich. „Ich habe ein Mitspracherecht bei allem.“

Seine Aufmerksamkeit schnellte in meine Richtung. Ich bekam einen flüchtigen Blick auf den Mann, der eine Bar voller Leute besiegt, Attentäter mit minimalem Aufwand getötet und Hass und Angst bei mächtigen Übernatürlichen ausgelöst hatte. Es war genug, um mich zurückschrecken zu lassen. Aber ich würde es nicht tun.

„Hast du das?"

Ich straffte meine Schultern und stand auf. „Ja, habe ich." Nicht genug Überzeugung in meiner Stimme, um mehr zu tun, als ihn zu amüsieren.

„Wie planst du, das durchzusetzen?", fragte er in neutralem Ton.

Mein Herz pochte, mein Atem wurde flach, und ein Gefühl von Hoffnungslosigkeit überkam mich. Ich war mit den Leuten eingekerkert, die die Mächtigen fürchteten. Wie setzte ich meine Handlungsfähigkeit bei ihnen durch?

„Ich schätze, ich kann es nicht", gab ich nach einer Weile zu. Meine Wut wuchs mit seinem andauernden Schweigen. Ich musste weg von ihm. Von der Magie. Von allem, was mich an die Absurdität, Grausamkeit, Bosheit und Dysfunktion erinnerte, die in dieser magischen Welt existierten, in die ich nicht gehörte.

Ich ließ die Bücher, wo sie waren, stürmte aus dem Raum und schlug die Tür hinter mir zu.

6

Als ich die Bibliothek verließ, erregte ich die Aufmerksamkeit des Mannes, den ich zuvor gesehen hatte. Sein Ausdruck war neugierig, als ich an ihm vorbeiging. Ich konnte seine Augen auf mir spüren. Ich drehte mich um und sah, wie er dagegen ankämpfte, das Lächeln zu unterdrücken, das sich auf seinem Gesicht ausbreiten wollte. Wäre ich nicht so entschlossen gewesen, Abstand zwischen Dominic und mich zu bringen, hätte ich ihn gefragt, was so lustig war, aber von Dominic und allem, was er zu repräsentieren schien, wegzukommen, hatte Priorität.

In den langen Fluren stand ich vor der Realität, dass ich nirgendwo hingehen konnte. Durch das Haus zu streifen, wo eine aufgebrachte Helena war, war nicht die klügste Idee. Da Sorcee von mir angezogen wurden und bereit schienen, mich anzugreifen, war nach draußen gehen auch keine Option. Ich drückte meine Hand auf meine Verletzung.

„Anand!", rief ich und wandte mich in Richtung des Westflügels des Hauses, wo er ihm zufolge wohnte. Zumindest hoffte ich, dass es Westen war. Im Moment riet ich nur. Ich sah mich um und sah ihn an die Brüstung des ersten Stocks treten. Er trug eine dunkelblaue Jogginghose und ein ärmelloses Shirt. Er beobachtete mich die ganze Zeit, während er sich auf den Weg zur Treppe machte und hinunterging.

„Ja?“, fragte er, als er sich mir näherte. Aus der Nähe konnte ich sehen, dass er nicht nur die Narbe im Gesicht hatte, sondern auch eine an seiner rechten Schulter, wo er gekratzt worden war. Er folgte meinem Blick dorthin, wo er gelandet war.

„Helena?“, platzte ich heraus. Es war nicht ausgeschlossen, obwohl ich mir nach seinem Kampf nicht vorstellen konnte, dass jemand ihm nahe genug kommen könnte, um solche Verletzungen zuzufügen.

„Nein.“ Seine knappe Antwort ließ nicht viel Raum für weitere Fragen. Ich rang mit meiner Neugier und Höflichkeit. Letztere siegte.

„Lust auf Gesellschaft?“, fragte ich.

„Nicht besonders.“

Nun, ich musste seine Ehrlichkeit schätzen. Er blickte zur Bibliothek hinüber. „Es würde mir nicht allzu viel ausmachen, wenn du mich begleiten willst.“

Ich ignorierte den „allzu viel“-Teil und folgte glücklich, als er mich an der Bibliothek vorbei und den Korridor hinunterführte, wo ich an weiteren Räumen mit geschlossenen Türen vorbeikam. Nur eine stand offen, und ich hielt es für ein schlecht beleuchtetes Büro, bis ich die Sammlung von Schwertern an den Wänden und die bedrohlichen Masken und einen gotisch wirkenden dunklen Sessel sah. Der hohe Rücken war mit smaragdgrünem Samt bezogen, passend zu den aufwendigen Schnitzereien, die sich bis zu den Klauenfüßen und Armlehnen erstreckten. Der Herr der Unterwelt saß zurückgelehnt in diesem Sessel, die Finger über die Kante gekrümmt. Ich hielt inne und spürte die volle Wucht seiner Augen – das Glühen eines erlöschenden Feuers, das nicht wankte. Seine Lippen öffneten sich, als wollte er etwas sagen, schlossen sich dann aber wieder. Er musterte mich weiter, und ich fragte mich, ob Helena ihm von den Schatten erzählt hatte oder von Dominics Weigerung, die Male zu entfernen, die ihre Magie unterdrückten. Ich winkte ihm steif zu und eilte weiter, um Anand einzuholen, der eine Doppeltür aufstieß, die in ein beeindruckendes Fitnessstudio mit Geräten wie Fahrrad, Laufband, Salmon Ladder, Stangen, Hanteln und Gewichtsscheiben führte.

„Du bist ein Wandler. Warum brauchst du das alles?"

„Das Übernatürliche ist angeboren, und die meisten denken, das reicht. Nicht für mich – für uns."

Also war Dominics durchtrainierter Körper nicht nur ein Sechser im genetischen Lotto, sondern auch erarbeitet. Es wäre lächerlich zu denken, dass Kampffähigkeiten angeboren sind. Das erklärte die Matte und den schweren Sack mit dem Gesicht und Oberkörper eines Mannes.

„Das ist ein Körpersack für präzise Schläge und Fausthiebe", erklärte Anand.

Meine Aufmerksamkeit wanderte von den Geräten zu den Sammlungen von Dolchen und Schwertern an Wänden und auf Tischen. Es gab nichts weniger Gefährliches zum Üben, keine Trainingsschwerter oder -dolche. Die scharfen Klingen glänzten im Licht und zeigten mir ihren einzigen Zweck: großen Schmerz zuzufügen.

„Wenn wir verletzt werden, heilen wir schnell", sagte er, als ich einen der Dolche vom Tisch nahm. Das war nicht die Antwort, die ich erwartet hatte. Mit rasiermesserscharfen Klingen zu sparren ist okay, weil sie schnell heilen? Ich wollte in mein normales, langweiliges Leben zurück, wo die Antwort nicht „deine Verletzungen heilen schnell, lass mich dich aufschlitzen" war.

„Gibt es irgendwas, das du zum Trainieren benutzen möchtest?", fragte er.

Das Ausmaß meines Trainings war Laufen, was ich nur gelegentlich tat.

„Ich trainiere nicht", gab ich zu, ein wenig peinlich

berührt von dem Geständnis. Aber wenn Wesen mit übernatürlicher Stärke und Geschwindigkeit das taten, konnte ich wahrscheinlich ab und zu einen Squat oder Liegestütz machen. Kämpfen? Ich würde einfach meine Arme windmühlenartig schwingen und hoffen, dass ich einen Treffer lande. Ich war zuversichtlich, dass ich einen landen und jemanden an einer empfindlichen Stelle treten konnte, die Schmerz garantierte, aber ich war nicht zuversichtlich, dass ich in einem Kampf gut abschneiden würde.

„Abgesehen davon, dass ich die Kronjuwelen meines Ex attackiert habe, als er fremdgegangen ist, hatte ich nie einen Kampf", gab ich zu.

„Die Kronjuwelen?", fragte er. Die Geschichte meines untreuen Freundes und meiner Reaktion darauf brachte ein Lächeln auf seine Lippen. Es war das erste Mal, dass er echtes Interesse zeigte. „Dann lass uns mit den Grundlagen anfangen", sagte er.

Nach ein paar Stunden, die er damit verbrachte, mir Anfänger-Schläge zu zeigen, war unbestreitbar, dass sie nicht nur lockte, der Stärkste und Schnellste zu sein, sondern auch der Endorphinrausch. Jeder Schlag füllte mich mit einem berauschenden Maß an Begeisterung. Für diesen Moment war die dunkle Welt vergessen. Es war ein Moment der Klarheit und des Friedens, und es machte mir nicht einmal etwas aus, als Anand laut lachte, weil ich ohne seine Anleitung versuchte, eine Schlag-Tritt-Kombination zu imitieren, die er an einem schweren Sack in der Ecke gemacht hatte, und dabei wenig elegant auf meinem Allerwertesten landete. Wo ich blieb. Müde legte ich mich zurück und schloss die Augen. Ich riss sie auf, als ich von einer warmen, feuchten Nase angestupst wurde. Ich konnte nichts sehen, wusste aber, dass es einer von Dominics Höllenhunden war. Ich nahm an, es war Zareb, der Dominics Lieblingshund zu sein schien.

„Hey, du", begrüßte ich ihn und setzte mich auf. Er machte sich sichtbar, bevor er sich auf meinen Schoß fallen ließ, um sich streicheln zu lassen. Zwischen dem Training und dem Streicheln war meine Wut und Frustration abgeebbt. Ich war an einem besseren Ort, bis Dominic erschien und Anand abrupt signalisierte, er solle gehen. Zareb eilte ebenfalls hinaus, als Dominic zur Tür nickte.

Ich stand auf und versuchte, seinen undurchschaubaren Ausdruck zu imitieren, aber die Frustration und der Ärger waren zurückgekehrt, was jeden Stoizismus schwierig machte.

„Ich bin es nicht gewohnt, um Erlaubnis zu bitten, wenn ich meine Magie an jemandem anwende. Wenn ich sie benutze, habe ich ein Ziel, und das übertrumpft alles", sagte er leise. In einer Welt der Mächtigen wurde Rücksichtnahme und Freundlichkeit vielleicht als Schwäche angesehen. Nach der Begegnung mit seinem Vater war ich mir nicht sicher, ob es nur darum ging, keine Schwäche zu zeigen und das größte Raubtier zu sein, oder um eine Anlage-versus-Umwelt-Situation. Helena hatte sich dieser Seite hingegeben, während Dominic einen schwachen Halt zu haben schien, der ihn davon abhielt, dasselbe zu tun.

Welche Rolle ich in dieser Situation auch spielte, ich wollte nicht in seine Welt gehören und gehörte auch nicht hinein.

„Ich bitte dich nicht, so mit allen zu sein. Nur mit mir", sagte ich.

Er überlegte einen Moment, sein Zögern offensichtlich. Er hatte mich aus der Kategorie „Mensch" herausgenommen, also war ich unfreiwillig eine *Andere*.

„Ich gehöre nicht hierher", erinnerte ich ihn leise. Er überwand die Distanz zwischen uns, und sein Blick fiel auf meine Lippen.

Ich konnte nicht sagen, ob das tiefe Knurren Zustimmung oder nur Zurkenntnisnahme war.

„Luna, Luna, Luna." Seine sinnliche Stimme strömte durch mich. Magie schlang sich um mich und zog mich näher an ihn. Die Wärme seines Atems strich über meine Lippen.

Ich verdrehte die Augen. „Noch mehr Zauber?"

Er beugte sich herunter und strich seine Lippen sanft über meine, seine Zunge neckte meine Unterlippe. Er sah sich um. „Lass uns ins Zimmer gehen", schlug er leise vor.

Meine Libido hatte die Führung übernommen, und das Einzige, woran ich denken konnte, war, Dominics Körper wiederzusehen, seine gekonnten Berührungen zu spüren. Sogar die Möglichkeit, mehr von seiner Magie zu erleben, die Hitze davon, ging mir durch den Kopf. Doch nichts davon passierte. Sobald die Tür geschlossen war, wurde er ernst.

„Du bist ein *Scaphium*", enthüllte er mit einem ernsten Flüstern. „Ein Gefäß."

„Was bedeutet das?"

„Du bist ein Gefäß für Magie."

„Ein Mensch", platzte ich defensiv heraus und hielt daran fest, als würde es hier irgendwas bedeuten. Dass ich nicht nur ein unbelebtes Objekt in einer menschlichen Hülle war, benutzt als Gefäß. Ich musste mehr sein. „Ich besitze keine Magie", fuhr ich fort. „Noch kann ich sie halten." Ich erinnerte mich deutlich an das qualvolle Gefühl von Madelines Magie, als sie sie mir geliehen hatte.

„Genau, du bist ein Gefäß für Magie. Einer der *Tenebras Obducit* hat dich mit seiner Magie durchtränkt. Peter wusste es entweder schon oder hat es entdeckt, denn er hat dich für deinen vorgesehenen Zweck benutzt. Als Brunnen für ihre Magie."

Alle Puzzleteile fügten sich zusammen. Peter war ständig im Buchladen gewesen, hatte mich beobachtet, seine scheinbar harmlosen Fragen gestellt. Er hatte gewusst, was ich war, und hatte mich nicht aus den Augen gelassen. Oder vielleicht hatte er es vermutet, und als er mich benutzt hatte, um die Gefangenen zu befreien, war es die Bestätigung, die er gebraucht hatte.

„Also, was mache ich jetzt?", fragte ich.

Dominic sah so zwiegespalten aus, wie ich mich fühlte. Ich war das Problem: ein Gefäß, das von Peter benutzt wurde. Beseitigte er mich, würde die Magie verschwinden. Das Dilemma war klar auf seinem Gesicht erkennbar. Ich sperrte ihn nicht nur ein, ich war ein Brunnen der Magie, zu dem Peter nach Belieben zurückkehren konnte. Die Zwickmühle lastete schwer auf Dominics fein geschnittenen Zügen.

„Ich muss duschen", platzte ich heraus und ging in Richtung Bad, um uns beiden eine dringend benötigte Pause zu erlauben. Obwohl ich keine Ahnung hatte, welche Lösung mich bei meiner Rückkehr erwarten würde.

Ich duschte, föhnte mein Haar und ließ mir extra Zeit, Locken mit dem Lockenstab zu drehen, der für mich ins Zimmer gebracht worden war. Zusammen mit ein paar Tuben Lipgloss und drei verschiedenen Arten von Eyeliner und Mascara. Ich ignorierte die Eyeliner, gab meinen Wimpern ein paar Schwünge mit dem Applikator und entschied mich für Lippenbalsam anstatt des Gloss. Eine Ausrede für die Zeit, die ich dort verbracht hatte, um einen Plan zu schmieden. Aber am Ende hatte ich nur meine Fähigkeit, zu überzeugen. Sie brauchten mich lebend, um zu sehen, wofür ich noch verwendet werden konnte. Anstatt als Waffe, die gegen sie eingesetzt wurde, könnte ich vielleicht von Nutzen für sie sein. Das war alles, was ich hatte, denn Flucht und Verstecken waren keine Option. Zareb hatte meinen Geruch und würde mich ohne Probleme finden. Wenn ich es wagte, nach draußen zu gehen, was würden die Schatten mit mir machen? Die letzten zehn Minuten im Badezimmer verbrachte ich damit, die Situation und Peter und den Dunklen Magier zu verfluchen, der mir das angetan hatte, weil er mich in diese Lage gebracht hatte.

Ich kehrte in den Sitzbereich zurück und fand Dominic, der auf und ab ging.

„Fühlst du dich besser?“

Meine Motive hinter der Dusche waren nicht so geheim, wie ich dachte.

„Ich fühle mich sauber.“ Etwas Besseres brachte ich nicht mehr zustande.

Dominic warf mir einen langen, abschätzenden Blick zu. „Diese Welt macht dir doch keine Angst, oder?“, fragte er, und das Echo der Neugier wurde durch Faszination ersetzt.

Mein Mut musste überzeugender sein, als ich dachte. „Alles an dieser Welt macht mir Angst. Ein Ort, an dem jeder ein Stratege ist, mit dem Ziel, mehr Macht zu erlangen, nur um ein Leben ohne Konsequenzen zu führen. Leute sprechen offen darüber, mich zu ermorden, und ich scheine keine andere Identität zu haben, als ‚dein Mensch‘ zu sein.“

Etwas Anzügliches lag in seinem Grinsen. Er hatte kein Problem damit, dass ich sein Mensch war. Er benetzte seine Lippen, und ich wurde an letzte Nacht erinnert.

„Ich bin nicht furchtlos. Ich habe keine andere Wahl, als zu tun, was nötig ist, um das lebend zu überstehen. Und nach allem, was du enthüllt hast, habe ich Angst“, gab ich zu.

„Meine Haltung hat sich nicht geändert, Luna. Ich will die Wurzel finden. Was deine Existenz bedeutet. Könntest du mir nützlich sein? Ein Werkzeug, das ich gern hätte, ist die Fähigkeit, Zauber zu weben. Könntest du die Antwort darauf sein, das zu tun?“

„Du kannst so viel mit deiner Magie tun, warum ist Zauberweben etwas, das du brauchst?“

„Was ich tue, ist langsam an den einzelnen Zaubern in einem gewebten zu arbeiten. Es ist kompliziert, zeitaufwendig und nicht gerade effizient. Zauber weben würde mir erlauben, mehr mit einem einzigen Zauber zu tun.“ Er kalkulierte die Möglichkeiten, stärker zu werden, als er bereits war. Vielleicht hatte ich keine Angst vor seiner Welt; ich war nur nicht in der Lage, die Person zu sein, die ich sein musste, um darin zu überleben.

Er bewegte sich näher an mich heran. „Außerdem gefällt es mir nicht, dass Peter irgendeinen Anspruch auf dich hat. Überhaupt nicht." Die Besitzgier in seiner Bemerkung war offensichtlich. Sein. Ich war mir nicht sicher, wie ich darüber dachte. Er küsste mich, grub seine Finger in mein Haar, ließ die andere Hand unter mein Shirt gleiten und liebkoste meine Haut. Seine Erektion drückte gegen mich. Ich zog das Hemd aus seiner Hose und knöpfte es schnell auf. Als es an der Tür klopfte, ignorierten wir es. Dominic entfernte das aufgeknöpfte Hemd und zog sich gerade lange genug von mir zurück, um mein Shirt auszuziehen. Seine Lippen wanderten von meinen hinunter zu meinem Hals, dann zum Ansatz meiner Brüste. Er zog mir den BH aus, nahm meine Brüste in die Hände und ließ seine Zunge träge über meine Brustwarzen gleiten, die sich unter seiner Aufmerksamkeit aufrichteten. Ich wollte ihn. Alles von ihm. Ich reagierte entsprechend, und ein raues Stöhnen entfleuchte mir, als er sie neckte.

Das Klopfen ging weiter, und wir versuchten, es zu ignorieren, bis eine befehlende, dröhnende Stimme sagte: „Dominic, spiel später mit deiner … Luna."

Die Pause, nahm ich an, war seine Entscheidung, ob er mich bei meinem Namen nennen oder mich als „seinen Menschen" bezeichnen würde. Wir zogen uns schnell wieder an. Ich strich mein Haar glatt, als der Herr eintrat. Er warf mir einen flüchtigen, abweisenden Blick zu, bevor er ihn auf seinen Sohn richtete. Selbst mit einem aufgesetzten, höflichen Lächeln lag etwas Feindseliges darin.

„Abendessen ist in einer Stunde. Ich erwarte deine und Lunas Anwesenheit", sagte er, dann drehte er sich auf dem Absatz um. „Lass uns keine Wiederholung des Trotzes praktizieren, den du bei Helena gezeigt hast, Sohn." Damit ging er.

Dominic wandte seine Aufmerksamkeit wieder mir zu. Er hatte offensichtlich nicht die Absicht, zu gehen. Sein Kuss war hart und gierig. Als er versuchte, dort weiterzumachen, wo wir aufgehört hatten, wich ich zurück.

„Abendessen?", erinnerte ich ihn.

Er seufzte und fuhr sich mit den Fingern durchs Haar. Er verwendete viel Mühe darauf, seine Aufmerksamkeit von meinen Lippen loszureißen.

„Gut, ich muss dir passende Kleidung besorgen", sagte er, bevor er ging. Zogen sie sich ernsthaft fürs Abendessen um? Was stimmte nicht mit meiner Jeans und dem Shirt? Wenn das nicht akzeptabel war, wären sie definitiv beleidigt von meiner heimischen Abendessen-Kleidung aus einem weiten T-Shirt, gelegentlich Hosen und flauschigen Socken.

Nun, ich würde nach ihren Regeln spielen und mich fürs Abendessen umziehen, obwohl ich wusste, dass das Essen eine Fassade für etwas Größeres war. Ich war genauso neugierig auf den Herrn der Unterwelt, wie er auf mich.

7

Als Dominic zurückkehrte, nahm ich die Kleiderhülle, die er mir reichte. Ich öffnete den Reißverschluss und starrte auf das wunderschöne blasstaupefarbene Midikleid mit dramatisch drapiertem Ausschnitt. Elegant, aber nicht steif.

„Das war Helenas Vorschlag", gab er mit einem angespannten Lächeln zu. Ich hoffte, mein Gesicht verriet nicht, wie befremdlich ich die Dynamik zwischen ihm und seiner Schwester fand. Es waren nicht nur ihre Interaktionen, die ich kompliziert fand; es war sie. In einem Moment bestand sie darauf, mich zu ermorden, im nächsten wählte sie wunderschöne Kleider für mich aus. Dieser Gedanke ließ mich das Kleid misstrauisch beäugen und zwang meine Fantasie, nicht auf Hyperdrive zu schalten, um die vielen Wege zu ergründen, wie sie das Kleid nutzen könnte, um mich zu erledigen. Nichts Plausibles, das nicht ein lächerliches Budget erfordern würde, kam mir in den Sinn, aber in der Welt der Magie war ich sicher, dass Dinge möglich waren, die weit über meine Vorstellungskraft hinausgingen.

„Sie wird diese eine freundliche Tat als Beweis anführen, dass sie sich geändert hat." Dominic zuckte mit einem wissenden Stirnrunzeln die Schultern. Selbst mit meinem begrenzten Wissen über ihre Eskapaden verstand ich seine Frustration. Ich konnte mir nicht vorstellen, mich Jahre, wahrscheinlich Jahrzehnte, damit herumzuschlagen.

Dominic behielt seine schmal geschnittene stahlgraue Hose und das schwarze Hemd, das seinen durchtrainierten Körperbau betonte, an. Er führte mich zu einem Speisezimmer, das ich noch nicht gesehen hatte, mit einem wunderschönen spiralförmigen Kronleuchter, der dem Raum mit dem Holztisch für zwölf Personen einen modernen Touch verlieh. Dunkelblaue Wandtäfelung machte den weiten und einschüchternden Raum einladender. Ein Bereich auf der gegenüberliegenden Seite des Raumes hatte eine Lounge-Ecke mit einer Bar. Wie das andere Esszimmer schien es nicht viel benutzt zu werden.

Areleus wirkte entspannt am Kopfende des Tisches, mit seiner Tochter zu seiner Rechten. Er wies Dominic an, den Platz zu seiner Linken einzunehmen. Ich setzte mich neben ihn. Anand kam herein, ähnlich wie Dominic gekleidet, in dunkelgrüner Hose und einem alabasterfarbenen Hemd, sein Haar leicht zerzaust, weil er lässig mit den Fingern hindurchgefahren war, was er von dem Moment an tat, als er den Raum betrat. Dass er sich ans andere Ende des Tisches setzte, zog die Aufmerksamkeit des Herrn auf sich.

„Anand, ich weiß zu schätzen, dass du uns Gesellschaft leistest. Ich hatte allerdings gehofft, du würdest uns wirklich Gesellschaft leisten.“

Also war ich nicht die Einzige, die er nicht um sich haben wollte. Anand verbrachte nicht gern Zeit mit anderen. Mit einem schweren Seufzer stand er auf und nahm den Platz neben Helena und mir gegenüber ein. Seine verschränkten Finger schienen interessanter zu sein als die Anwesenden.

Von einer persönlichen Einladung zum Abendessen hatte ich mehr erwartet als banales Geplauder über das Essen und gelegentliche Bitten, die Gewürze weiterzureichen. Als die

Teller fast leer waren, wurde ich die Empfängerin von Areleus' ungeteilter Aufmerksamkeit, als er mich interviewte und nach meiner Kindheit, meiner Ausbildung, meinen Interessen und Hobbys fragte. Es schien ihn nicht zu interessieren, dass ich zeichnete und Gedichte schrieb, wenn ich nicht las. Er wirkte unbeeindruckt, dass einige davon in Liedern meiner besten Freundin Emoni verwendet wurden. Die Notizbücher mit meinen Gedanken teilte ich nur mit ihr. Ich hatte mich immer sicher dabei gefühlt. Der Gedanke, wie ihr Gesicht aufgeleuchtet hatte, als ich endlich den Mut gefunden hatte, ihr meine Gedichte zu zeigen, versetzte mir einen Stich. Ihre Wertschätzung und wie ich mich fühlte, als sie um Erlaubnis gebeten hatte, Strophen davon in ihre Lieder aufzunehmen, ließ mich echte Sehnsucht nach ihr empfinden. Ich vermisste es, mit ihr zu reden, unser Geplänkel, ihr Drängen, nach ihrem Motto zu leben, mein authentisches Selbst zu sein, und sogar ihre wilden Pläne, sich nach unserer Trennung an Jackson zu rächen. Mein Herz schmerzte angesichts des Wissens, dass ich sie anlügen müsste, wenn ich endgültig zurückkehrte.

„Hat irgendetwas, das ich gesagt habe, dich aufgewühlt?", fragte Areleus. Die tief sitzende Verwirrung in seinem Ton riss mich aus meinen Gedanken an Emoni.

Mit einem angespannten Lächeln sagte ich: „Überhaupt nicht. Ich habe nur überlegt, wie ich den Menschen in meinem Leben meine Abwesenheit erklären werde, wenn ich zurückkehre." Ich warf Dominic einen Blick zu. „Ohne Magie gegen sie einzusetzen."

Der Herr trank einen langsamen Schluck aus seinem Weinglas und richtete seine überlegenden Augen auf Dominic. Sein steinerner Ausdruck wurde zufrieden. Als hätte er ein Rätsel gelöst. „Ich sehe die Faszination", sagte er. „Ihr Optimismus ist ansteckend. Wie sie ihre Abwesenheit ‚erklären' wird", wiederholte er mit einem Lachen voller dunkler Belustigung.

„Ja“, gurrte Helena mit dem Gift einer Viper und machte eine schwungvolle Bewegung, die auf ihre magieeinschränkenden Male aufmerksam machte. „Von all den Spielzeugen, die er hatte und kaputtgemacht hat, scheint sie sein Liebling zu sein.“ Ihre Stimme war zuckersüß im Kontrast zu dem dolchscharfen Blick und dem gehässigen Kommentar.

„Spielzeug?“, forderte Dominic heraus.

„Dein Mensch“, spottete sie. „Sie ist dein liebstes kleines Menschlein – bis sie es nicht mehr ist.“

Ich konnte Dominics grobe Erwiderung sehen, die sich zusammenbraute, aber bevor er etwas erwidern konnte, sagte ich: „Ich bin weder ein Spielzeug noch ‚sein‘ Mensch. Ich bin Luna. Du kannst anfangen, mich so zu nennen.“

Sie grinste. „Deine Luna scheint dein Liebling unter all den Menschen zu sein, die du über die Jahre hattest.“ Mit einem kritischen Blick verzog sie das Gesicht. „Es fällt mir schwer, den Grund dafür zu sehen. Deine Faszination fasziniert mich.“

Sie sagte das so oft, dass ich mich auch darüber wunderte. Ich war nicht der Typ für selbstkritische Gedanken, aber Helenas ständiges Sticheln warf für mich die Frage auf, was Dominic zu mir hinzog. Es schien mehr zu sein als nur körperliche Lust.

Areleus blickte von seiner Tochter zu seinem Sohn. „Helena, wie konntest du das übersehen? Es gibt genug, um sein Interesse zu wecken. Die menschliche Luna“ – dachte er, das sei besser? – „Hat unsere Herrschaftsposition bei den Übernatürlichen wiederhergestellt. Sie hat ihre Macht zurückerobert, indem sie sich geweigert hat, eine Schachfigur im *Tenebras*-Spiel zu sein, und sie hat rückgängig gemacht, was er getan hat. Und sie ist entschlossen, seine Missetaten ein zweites Mal rückgängig zu machen.“ Er prostete mir zu. „Auch wenn Helena übersehen hat, wie lieblich du bist, schätze ich es.“

Widerwillig gab ich zu, dass Lord Areleus’ Lächeln faszinierend war. Er tat es so selten, dass es überirdisch und bezaubernd wirkte. Als ich seinen Blick festhielt, war da ein Summen, eine Anziehung, kein Kampf- oder Fluchtinstinkt. Ich riss meine Augen von ihm los und erinnerte mich, dass es gefährlich war, einem Vampir in die Augen zu sehen; es gab ihm die Gelegenheit, einen zu zwingen. Die Magie dieser Leute hatte etwas Ähnliches. Ich würde mich nicht in Selbstzufriedenheit wiegen lassen, besonders nicht von ihm. Ich wandte mich wieder meinem Essen zu und konzentrierte mich darauf, den Rest aufzuessen.

„Hast du Fortschritte gemacht?", fragte Areleus, schob seinen Teller von sich und füllte sein Weinglas nach. Sobald seine Aufmerksamkeit nicht mehr auf mich gerichtet war, tat ich dasselbe und trank einen langen, genüsslichen Schluck des vollmundigen, teuren Weins, den ich nach meiner Rückkehr in mein Leben wahrscheinlich nie wieder erleben würde.

„Noch nicht. Ich werde Zugang zum *Buch der Umbra* brauchen."

„Dieses Zauberbuch ist eingeschränkt. Magie daraus sollte immer der letzte Ausweg sein", warnte Areleus.

Ich warf einen verstohlenen Blick auf Anand. Er beobachtete den Austausch vage interessiert, aber es war offensichtlich, dass er auf einen geeigneten Zeitpunkt lauerte, um zu gehen.

„Es wird als solches verwendet. Kein Zauber ist unzerstörbar. Ich brauche nur mehr Zeit."

Der Herr überlegte. „Ist die Zeit auf unserer Seite? Unsere Position unter den Übernatürlichen ist wiederhergestellt, doch wir sind abwesend. Ein Bürgerkrieg braut sich zusammen, und wenn wir frei sind, werden wir dann mit den Ergebnissen eines Putsches konfrontiert? Du hast gesagt, dass Dinge in Bewegung sind, die die Machtverhältnisse im Konvent verändern werden", bemerkte er.

Ich war nicht gegen eine neue Führung des Konvents. Ich

hatte ein Problem damit, dass sie mich tot sehen wollten. Aber ich war nicht länger der Grund, warum die Gefangenen frei waren, also war es mir gleichgültig, wer den Konvent führte. Ich war Team Anti-Revelatoren.

„Deshalb brauche ich das *Buch der Umbra*. Ich muss alle möglichen Optionen abwägen. Zu diesem Zeitpunkt geht es um Schadensbegrenzung. Ich weiß, dass Zauber aus diesem Buch einen Preis haben – ein irreparables Ungleichgewicht. Obwohl ich nicht in Eile bin, meine Magie zu kompromittieren, werde ich es tun, wenn es nötig ist."

Der Herr nickte und milderte das angespannte Stirnrunzeln. „Dann sollst du es haben."

Anand nahm das als Ende der Diskussion und als Wink, dass auch das Abendessen beendet war. Er legte seine Serviette auf den Teller und stand auf, um zu gehen. Areleus sah ihm nach, bis er durch die Doppeltüren verschwand, dann zeigte er seine Enttäuschung.

„Nun, wenigstens hat er uns Gesellschaft geleistet. Mehr können wir nicht erwarten."

In dem Moment, als ich mit dem Essen fertig war, verabschiedete Dominic sich schnell und stand ebenfalls auf, um zu gehen. Ich zögerte, das zu tun, als die Köchin Dessert erwähnte. Aber kein Versprechen eines noch so köstlichen Kuchens reichte, um mich allein mit den beiden anderen hierbleiben zu lassen. Trotz des Lächelns, das Areleus mir schenkte, wann immer ich in seine Richtung sah, bekam ich nur finstere Blicke von Helena. Dominics Eile zu gehen, war ein Zeichen seiner erschöpften Toleranz seinem Vater gegenüber. Die erzwungene Höflichkeit war offensichtlich in jedem angespannten Wort, das sie sprachen, wenn sie versuchten, Konversation zu machen.

Als wir gingen, rief Areleus Dominics Namen. Und sobald er sich umdrehte, um zu antworten, traf ihn ein leuchtender Ball mit einem dumpfen Schlag in die Brust, ließ ihn gegen die Tür krachen und riss sie aus den Angeln. Splitterndes Holz flog um uns herum. An eine harte Brust zurückgezogen, hielt mich Areleus' Hand um meine Kehle fest, während seine Krallen auf meinem Bauch lagen. Dominic erholte sich und starrte auf die Hand seines Vaters, die mit einer Bewegung unsäglichen Schaden anrichten konnte. Angst trieb Tränen in meine Augen. Ich versuchte, nicht zu blinzeln, da sie dann fließen würden. Ich würde Helena, die ich aus meinem Augenwinkel sehen konnte, diese Befriedigung nicht geben. Trotz meiner Absichten jedoch blinzelte ich, und Tränen liefen über meine Wangen. Feuer entzündete sich in Dominics Hand, und zusammengekniffene Augen musterten seinen Vater. Hinter dem finsteren Blick lagen Berechnung und Trotz.

„Lass Luna los!", verlangte Dominic und bewegte sich auf seinen Vater zu. Ich stieß ein scharfes Keuchen aus, als Areleus mich fester an sich drückte.

„Du ignorierst meine Befehle nicht, Dominicus", sagte Areleus ihm. „Du wirst deiner Schwester ihre Magie zurückgeben, so, wie ich es verlangt habe."

Dominic kam mit langsamen Schritten auf uns zu und ließ seine Augen in die Richtung seiner Schwester gleiten, die angesichts der zu erwartenden Magie und Gewalt überglücklich sein musste, und umso mehr, weil ich das zu erwartende Opfer war.

Dominics Trotz hatte die Kontrolle übernommen. Dieser Kampf ging über mich hinaus und schien tief in etwas verwurzelt, wovon ich nichts wusste.

„Bist du so arrogant geworden, dass du nicht weißt, wo dein Platz ist? So töricht, meine Befehle als Vorschläge misszuverstehen?", presste Areleus hervor.

Energie schälte sich aus der Luft, zusammen mit etwas, das sich anfühlte, als würde jeglicher Sauerstoff entzogen, was das Atmen noch schwieriger machte.

„Muss ich dir die Strafe für deinen Ungehorsam demonstrieren?", knurrte Areleus durch zusammengebissene Zähne.

„Du willst sie lebend für einen schlecht durchdachten Versuch, zu verhindern, dass es wieder passiert. Ich habe dir das gewährt. Du weißt, dass es mir egal ist. Eine Bewegung meinerseits, und wir sind frei."

„Du warst schon immer kurzsichtig. Eine verhängnisvolle Eigenschaft, die Helena geerbt hat."

„Doch trotz deiner Bemühungen regiere ich weiterhin."

Dominics Kiefer spannte sich so stark an, dass er Diamanten aus Kohle hätte machen können. Wenn es je einen Zweifel an der Existenz von Feindseligkeit zwischen ihnen gegeben hatte, die Dominic in belustigter Verachtung unterdrückt hatte, gab es jetzt keinen mehr. Feuriger Zorn loderte in seinen Augen. Durst nach Gewalt, den er zu stillen plante.

Areleus' grausames Lachen brach die Stille. „Ich kann deine Pläne sehen, Sohn. Wird dein zweiter Versuch, mich zu entthronen, so ineffektiv sein wie der erste? Es ist ein Jahrhundert her, vielleicht haben die Jahre deine Erinnerung getrübt."

Dominic starrte ihn an. „Ich habe nichts vergessen, einschließlich dessen, was mich dazu gebracht hat, es zu tun. Lass sie jetzt los."

Die Krallen bohrten sich in meine Haut, um mich ihre Anwesenheit und was sie tun könnten, spüren zu lassen, und die Kontrolle, die er über sie besaß. Mein Kopf füllte sich mit Ideen, mich aus seinem Griff zu befreien. Wie nah war ich seinem Schritt? Wenn ich seine Hand kratzte, würde er Vergeltung üben? Seine Hand um meinen Hals schloss sich weiter und verwehrte mir den Atem, als ich seine Hand nur berührte.

„Es ist mein Sohn, der dein Leben schätzt, nicht ich", zischte er nahe meinem Ohr. Und dann zu Dominic: „Heb' Helenas Einschränkungen auf, sofort!"

Dominic bewegte sich nicht; sein Kinn hob sich als unausgesprochene Herausforderung. Zorn flammte in mir auf, weil er das auf meinem Rücken austrug. Mein Herz pochte. Wie lange würde Areleus Dominics Trotz tolerieren? Seine Augen waren auf seinen Vater fixiert, die Zurückhaltung seines Zorns ein Faden, der fast am Zerreißpunkt angekommen war.

„Du hast zuvor versagt. Welche Fähigkeiten hast du erworben, von denen du glaubst, dass sie diesmal zu einem Erfolg führen werden? Ich habe nicht das Vertrauen dir gegenüber wie deine Schwester. Und ich würde mich nie in eine Position bringen, die es dir erlaubt, meine Magie einzuschränken. Du bist dir der Tatsache bewusst, dass die Nutzung der Magie im *Buch der Umbra* einen Preis hat. Sie wird deine Magie schwächen. Das wird eine Herausforderung für deine Illusion, mich übertreffen zu können, nicht wahr? Dies ist meine letzte Warnung."

„Helena", sagte Dominic leise. Sie machte sich schnell auf den Weg zu ihm, ihr Ausdruck ein Schleier von Unschuld, als wäre sie nicht die Quelle dieses Streits. Er wandte sich seiner Schwester zu und ergriff ihre Arme. Sein Mund bewegte sich, aber er sprach so leise, dass seine Worte unhörbar waren. Die Male an ihren Armen färbten sich golden, bevor sie zu leuchten begannen. Dann lösten sie sich langsam von ihren Armen, bevor sie verschwanden. Sie beobachtete ihren Bruder während des Zaubers, verzog die Lippen und sah etwas in ihm, das sich als Sorge in ihrem Gesicht manifestierte. Sobald die Male verschwunden waren, zog er Helena an sich und flüsterte etwas, das ihr Gesicht blass werden ließ.

In dem Moment, als Areleus mich losließ, rannte ich durch die zerstörte Türöffnung, eilte in Richtung Schlafzimmer, hielt aber vor der Bibliothek inne. Ich wollte nicht in Dominics Nähe sein, und Anand hatte offensichtlich seine Kapazitätsgrenzen erreicht, was Gesellschaft anging. Gedankenlos stand ich im Flur, ohne eine klare Richtung, wohin ich gehen sollte.

„Du siehst aus, als könntest du einen Tee gebrauchen",

sagte eine melodische tiefe Stimme vom Eingang der Bibliothek.

Ich drehte mich um und sah den Mann, der zuvor meine Kleidung gemustert hatte. Er lehnte im Rahmen der geöffneten Tür und warf mir ein mitfühlendes Halblächeln zu.

Ich nickte und folgte ihm durch die Bibliothek, um Stapel von Büchern herum und einen weiteren Flur hinunter zu einer Tür. Er öffnete sie und gab den Blick auf eine Oase frei. Eine echte, hohe Feige in der Ecke war genau die Prise Grün, die mir so sehr gefehlt hatte, auch wenn mir das jetzt erst bewusst wurde. Auf einem der Regale und auf der Ecke des Schreibtisches standen kleinere grüne Pflanzen. Diejenige mit einem Hauch von blassem Orange erinnerte mich an eine Pflanze, die Cameron, die Besitzerin von *Books and Brew*, in ihrem Büro hatte. Ich seufzte. Ich vermisste sie. Ich konnte ihren ansteckenden Optimismus und ihre Vitalität jetzt gut gebrauchen.

„Die einzige, die echt ist, ist die dort." Er zeigte auf die Pflanze auf einem Tisch neben einer Chaiselongue am gegenüberliegenden Ende des Raumes. „Sie braucht nicht viel Licht, also kann sie mit dem Licht aus dem Gewächshaus gedeihen. Ich bringe sie gelegentlich dort hinaus für eine Dosis. Es ist nicht die echte Sonne, aber es reicht."

Ich hatte den Eindruck, dass er die falsche Sonne genauso brauchte wie die Pflanzen. Die salbeigrünen Wände ließen mich aufatmen angesichts des Friedens, den sie ausstrahlten. Es fühlte sich an, als hätte ich seit dem Spektakel zwischen Dominic – oder vielmehr Dominicus – und Areleus, ihrem Drama und der Todesdrohung, den Atem angehalten. Ich verdrängte alle Gedanken daran und betrachtete das große, geschwungene Bouclé-Sofa und die Kombination aus klassischer und Art-Déco-Kunst und Möbeln. Es war ein überraschender Einrichtungsstil für einen Mann, der eine Weste und eine Brille mit gesprenkelter Fassung trug.

„Dein Büro gefällt mir", sagte ich und traf eine große

Annahme, da der geräumige Raum, abgesehen vom Schreibtisch, nicht wie ein typisches Büro aussah.

Erfreut ging er zu einem schmalen, freistehenden Herd in der Küchenecke. Er füllte Wasser in den Schwanenhalskessel.

„Entspann' dich und mach' es dir gemütlich."

Ich ging zur Chaiselongue und ließ mich darauf nieder.

Innerhalb von Minuten, nachdem der Kessel gepfiffen hatte, traf der Duft von Kamille und etwas, das ich nicht ganz identifizieren konnte, meine Sinne. Das Einatmen des Dufts ließ den Vorfall von vorhin nicht verschwinden, aber es war eine tröstliche Ablenkung. Ich schlug die Beine übereinander, machte ihm Platz, damit er sich ans Ende der Chaiselongue setzen konnte, und streckte meine Hand in diese Richtung, ihn einladend, sich zu mir zu gesellen. Er war menschlich, oder sah zumindest so aus. Es war egal. Es war tröstlich. Er war tröstlich. Er studierte zögernd mein Gesicht, bevor er sich setzte.

„Danke …" Meine Worte verhallten, als ich auf einen Namen wartete.

„Jasper", sagt er.

„Danke, Jasper. Ich bin –"

„Luna", unterbrach er. „Du warst in letzter Zeit ein großes Gesprächsthema."

Es überraschte mich, das zu hören, da meine Interaktionen mit anderen hier begrenzt waren. „Wirklich?"

„Vielleicht nicht das einzige Gesprächsthema." Er zuckte die Schultern. „Aber du hast jedermanns Neugier geweckt. Niemand weiß, warum du hier bist. Du scheinst hier keinen Job zu haben, und Dominic hat noch nie eine …" Er suchte nach dem richtigen Wort. „Geliebte hierhergebracht."

Ich begrüße es, dass du nach dem richtigen Wort suchst, Jasper, aber das ist es definitiv nicht. Diese Beschreibung ließ eine Beziehung wohlwollend und simpel erscheinen, und das war das Gegenteil von dem, was zwischen Dominic und mir existierte.

„Wie lange bist du schon hier?“, fragte ich, nicht bereit, Dominic, seine gewalttätige Familie oder seine Geliebten – oder Menschen, die er vögelte und verriet, wenn ich Helenas Bemerkungen Glauben schenken durfte – zu diskutieren.

„Acht Jahre. Ich bin am längsten hier. Normalerweise bleiben Leute ein oder zwei Jahre. Köche bleiben tendenziell etwas länger, drei bis fünf Jahre.“ Er zuckte die Schultern. „Ich bin mir nicht sicher, warum.“

„Und der Bibliothekar bleibt am längsten“, neckte ich mit einem Lächeln.

„Das war mein Beruf, bevor ich die Einladung angenommen habe, hierherzukommen. Es ist einfach, und ich bin von Büchern umgeben. Es ist eine gute Existenz.“ Er sagte es mit einem Lächeln, aber Traurigkeit schlich sich in seine Stimme, und ich überlegte, ob ich auf mehr Informationen drängen sollte.

„Wärst du lieber woanders?“

Das nachdenkliche Lächeln war etwas, wofür er große Anstrengung aufwenden musste. „Ich bevorzuge es, an einem Ort zu leben, wo es keine Erinnerungen an Verlust gibt“, gab er zu. Eine Weile schwieg er, während wir unseren Tee tranken. „Mein Partner. Er und ich hatten viele großartige Jahre zusammen, und als er gestorben ist, war es eine hohle Existenz. Hier erinnert mich nichts an ihn, und ich bin relativ beschäftigt.“

Wie, fragte ich mich.

Er beugte sich mit einem verschwörerischen Blick vor. „Ich war nie in dem anderen Raum.“ Ich nahm an, er meinte den Magieraum. „Ich verbringe viel Zeit mit dem Versuch, ihn zu überlisten, mir Einlass zu gewähren.“

Mein Lachen linderte die düstere Schwere, die in den Raum geweht war, und brachte ihn zum Lächeln. Ich wollte dieses Lächeln dort halten und ihn weit weg bringen von der melancholischen Stimmung, die ihn gepackt hatte, als er von seinem Partner gesprochen hatte. Meine Aufmerksamkeit richtete sich auf die Schränke, aus denen er den Tee geholt hatte. „Das ist nicht nur Kamille, oder?“

Sein Gesicht hellte sich auf. „Meine Spezialmischung.“ Er führte mich zum Schrank und öffnete ihn, um Dosen mit verschiedenen beschrifteten Kräutertees und Mischungen zu enthüllen. Seine Liebe zu seinen Tees stand auf einer Stufe mit Emonis Liebe zu Kaffee. Das setzte meinem Gedanken, dass sie sich kennenlernen sollten, einen Dämpfer auf. Liebe zu Tee und Kaffee war nicht gerade eine ideale Grundlage für eine aufkeimende Freundschaft.

„Dort drüben sind ein paar Bücher.“ Er deutete mit dem Kinn zum Tisch. „Du kannst gern so lange hierbleiben, wie du möchtest.“

Ich trank einen Schluck Tee, verzog das Gesicht über die lauwarme Temperatur und wollte ihn gerade in die Mikrowelle stellen, um ihn aufzuwärmen, als Jaspers Augen sich angewidert weiteten. Okay, ich trinke kalten Tee. Er bot an, mir einen neuen zu machen, und wies mich zur Chaiselongue. Ich beobachtete ihn beim Teezubereiten und war überzeugt, dass er die Zubereitung genauso genoss wie den Tee.

Ich hob die gebundene Fassung von *Schweinchen Wilbur und seine Freunde* und warf ihm einen fragenden Blick zu.

„Manchmal ist eine Rückkehr zu den Büchern, die wir als Kind geliebt haben, genau das, was wir dringend brauchen.“

Ich war nicht nostalgisch genug, um die bittersüßen Tränen, die ich beim Lesen vergossen hatte, noch einmal zu erleben. Stattdessen entschied ich mich, in N. K. Jemisins Welt von *Die Große Stille* einzutauchen. Aber der Schlaf hatte andere Pläne.

8

Als ich aufwachte, lag ich unter einer schweren Decke, das Buch neben mir, und war mir Dominics Anwesenheit voll bewusst. Sie ließ sich nicht ignorieren. Er hatte den Schreibtischstuhl nur wenige Zentimeter von mir entfernt positioniert. Seine turbulente Energie vertrieb die Ruhe des Raumes.

„Du bist gestern Nacht nicht ins Bett gekommen."

Das seltsame Licht der Unterwelt sickerte nicht durch das kleine Fenster. Der Raum war erhellt vom Flackern goldener Strahlen von Dominics Magie und dem fesselnden Glühen, das in seinen bernsteinfarbenen Augen wohnte. Es war jetzt gedämpft, ein Hauch, und sie waren intensiv auf mich konzentriert.

„Ich wollte nicht in deiner Nähe sein", sagte ich, bevor ich mich zurückhalten konnte. Ich wurde ständig als Schachfigur in seiner Welt missbraucht, zuerst von Peter und jetzt vom Herrn der Unterwelt. Peter hatte mich lebend gebraucht. Areleus nicht.

Er grunzte. Wenn meine Worte ihn störten, verriet sein Gesichtsausdruck nichts davon.

„Dein Vater wollte mich töten", sagte ich mit zitternder

Stimme. Es war schmerzlich schwer, die Phantomberührung seiner Krallen, die sich in meinen Bauch gedrückt hatten, zu ignorieren, seine kalten, giftigen Worte nicht immer wieder in meinem Kopf abzuspielen.

„So ist er", stellte er emotionslos fest. Ich erkannte auch den unausgesprochenen Teil. *So sind sie.*

„Bist du auch so?", fragte ich, das Bedürfnis nach echten Antworten überwog meine Angst davor, zu wissen, wie grausam er sein konnte.

„Manchmal." Ohne jede Betonung in seiner Stimme konnte ich nicht feststellen, ob es eine Quelle von Scham oder Stolz war.

„Weil es notwendig ist oder weil du es wählst?"

„Gewalt und Grausamkeit sind in dieser Welt notwendig, Luna. Es ist bedauerlich, dass er dich als Druckmittel sieht", sagte er.

„Bedauerlich für dich", fauchte ich. Ich brauchte irgend-eine Form von Emotion. Sein Mangel an Leidenschaft machte mich wütend und bereitete mir Angst. Ich war in der Unterwelt mit ihnen eingesperrt, und es schien, als hätte ich keine Verbündeten. Meine Überlebenschancen schwanden, wenn ich nicht wenigstens Dominic auf meiner Seite hatte.

„Willst du, dass ich gehe?" Es klang mehr wie eine Herausforderung als eine Frage.

„Ich weiß nicht", flüsterte ich. Er schloss die Augen und löschte die magischen Lichtschwankungen, tauchte den Raum in Dunkelheit.

„Ich brauche Licht", sagte ich ihm. Meine Bitte blieb unbeantwortet, also saßen wir in der Dunkelheit, die Spannung dick zwischen uns, die Stille schwer von Feindseligkeit.

„Mein Vater hat recht", flüsterte er, was in mir einen Fluchtreflex auslöste. Die Luft veränderte sich, wurde schwer und unbehaglich. Giftige Energie kroch über meine Haut, und ich versuchte festzustellen, ob es Magie oder die offensichtliche Feindseligkeit zwischen uns war.

„Ich könnte das jetzt beenden, das Gefäß zerstören." Seine Hand legte sich sanft um meinen Hals, was leicht zu meinem Tod führen konnte. Seine dolchartigen Krallen konnten die Gefäße in meinem Hals in einem Augenblick durchtrennen. Mein Herz hämmerte so wild, dass er es gehört haben musste. Ich erstarrte und schloss die Augen. Es war nicht so, als konnte ich es kommen sehen. Etwas dagegen tun. Hilflosigkeit fühlte sich schrecklich an. Kein Teil von mir konnte zulassen, dass das mich oder die Situation definierte, trotz aller Beweise für das Gegenteil. Meine Finger krochen zu dem Buch, mit dem ich eingeschlafen war. Konnte ich ihn hart genug schlagen, um mir einen Vorteil zu verschaffen?

Er flüsterte meinen Namen. Er hallte im Raum wider, etwas Verzweifeltes und Zerrissenes in der Anspannung dieses einen Wortes. Ein weiches Licht glühte zwischen uns. Dominic wirkte nachdenklich, während seine Hand weiter auf meinem Hals ruhte. Als suchte er nach der Inspiration, die Hinrichtung durchzuführen.

„Dominicus?", flüsterte ich.

„Nenn mich nicht so", sagte er bitter. Ein wütendes Lodern entzündete sich in seinen Augen, dann verblasste es in eine bodenlose Dunkelheit. Ich schluckte angesichts seiner spürbar widerstreitenden Emotionen.

Dominics Hände wanderten zu meinem Kiefer. In einem sanften Rhythmus fuhr sein Daumen darüber, dann strich er über meine Lippen. So schnell, wie er mir nahegekommen war, war er weg und ließ mich mit noch mehr Fragen zurück.

Ich tastete im Raum herum auf der Suche nach einem Licht. Als ich es fand, schaltete ich es ein. Ich faltete die Decke und legte das Buch zurück auf den Tisch, bevor ich widerwillig zu Dominics Schlafzimmer ging, um mich umzuziehen. Von ihm fernzubleiben war nicht wirklich möglich, und ich war so beunruhigt davon, keine definitive Antwort zu haben. Konnte ich Dominic mein Leben anvertrauen? Diese Frage dominierte all die vielen Gedanken und Taktiken in meinem Kopf.

Bevor ich die Bibliothek verließ, fand ich Jasper, der sich damit beschäftigte, Bücher abzustauben und abzuwischen, wahrscheinlich als Ausrede, um einem unberechenbaren Dominic aus dem Weg zu gehen. Ich winkte ihm zum Abschied und dankte ihm für seine Gastfreundschaft. Jasper antwortete mit einem Nicken und legte die Hand auf seine Brust. Ich war mir nicht sicher, ob es bedeutete, dass es ihm ein Vergnügen war oder dass er meine Gesellschaft genoss, aber es war eine willkommene Reaktion.

Der Weg zu Dominics Zimmer war wenig angenehm. Ich war auf der Hut, denn ich fürchtete, dem Herrn oder der magisch wiederhergestellten Helena zu begegnen. Trotz meiner Entschlossenheit, mehr Antworten von Dominic zu bekommen, war ich nicht begeistert, ihn zu sehen.

Sein innerer Kampf war real, genauso wie seine Enttäuschung über seine Unfähigkeit, die einfachste Lösung für ihr Problem zu wählen. Dominics Neugier könnte seine Achillesferse und die Garantie für meine Sicherheit sein. Mich loszuwerden würde ihn daran hindern, mehr über meinen Zweck herauszufinden, und wozu das Gefäß fähig war, doch sie wären frei, und es würde verhindern, dass Peter mich je wieder benutzte.

Als ich die Tür vorsichtig öffnete, sah ich Dominic auf dem Sofa sitzen, die Beine gespreizt. Wie seine gesamte Präsenz, nahm er viel zu viel Platz ein. Nichts an seiner Ausstrahlung wirkte zugänglich, noch schien es die richtige Zeit für ein Gespräch zu sein. Der Konflikt hatte eine starre Falte zwischen seinen Brauen hinterlassen. Mit jedem Schritt, den ich in Richtung Schlafzimmer ging, um zur Dusche zu gelangen, konnte ich seine Augen auf mir spüren. Hart und durchdringend.

„Ich will dich lebend, Luna", flüsterte er. War das alles, was ich vom zerrissenen Dominic bekommen würde? Ich brauchte mehr, aber nichts an ihm zeigte in diesem Moment, dass ich es bekommen würde.

Ich ging wortlos an ihm vorbei und weiter ins Schlafzimmer, wo ich mir Kleidung schnappte und mich ins Badezimmer zurückzog. Ich nutzte diesen Moment der Atempause, bevor ich mit Dominic sprechen würde. Danach war ich entschlossen, alles von ihm zu bekommen, was ich brauchte: ein Versprechen, dass er alles tun würde, um dafür zu sorgen, dass ich die Unterwelt lebend verließ.

Sauber und entspannt von der Dusche und gekleidet in frische Klamotten, die mich nicht an den gestrigen Tag erinnerten, ging ich entschlossen und in falschen Mut gehüllt zurück in den Sitzbereich. Ich würde Antworten und einen Schutzschwur von ihm bekommen. Aber als ich zum Sofa kam, war Dominic weg, und Anand saß an der Stelle, an der er vorhin gesessen hatte.

Mein Bodyguard war zurück. Ich brauchte ihn wahrscheinlich mehr denn je.

„Frühstück?", fragte er und stand mit einem Schmunzeln auf, als er meinen Magen knurren hörte. Sich Sorgen zu machen, hatte sich als kalorienverbrennende Aktivität erwiesen.

Ich blieb abrupt stehen, als ich Areleus in der Küche sitzen sah, einen Kaffee in der Hand, ein Croissant und Obst auf einem Teller, und war schockiert – nein, ich war verdammt entsetzt über die Dreistigkeit, mit der er mich mit einem strahlenden, einladenden Lächeln begrüßte.

„Guten Morgen, Luna." Seine Stimme war ein leises, boshaftes Schnurren. „Möchtest du mir Gesellschaft leisten?"

War das sein verdammter Ernst? Ich konnte sehen, woher Helena ihre soziopathischen Neigungen hatte. Er hatte reichlich davon.

„Nein", presste ich hervor. „Warum sollte ich je wieder mit dir essen wollen?!"

Seine unheimliche Geschwindigkeit brachte ihn in einem

Atemzug vor mich. Er blickte auf mich herab, scheinbar amüsiert von dem, was er sah.

„Ich sehe den Reiz", gab er leise zu. „Es gibt etwas ganz Anziehendes an dir. Ich würde sogar so weit gehen, zu sagen, etwas Berauschendes. Es hat meinen Sohn ganz sicher verwirrt."

„Und du nutzt es schamlos aus."

„Warum sollte ich das nicht tun?"

Verstohlen sah ich mich nach Wachen um. Ich war mir sicher, dass der Herr der Unterwelt gleich ein Knie in seine Kronjuwelen bekommen würde, und ich musste wissen, wie nah die Wachen waren. Denn nach dem Angriff plante ich, so viele Treffer wie möglich zu landen, bevor sie mich stoppten. Es war unwahrscheinlich, dass sie auf meiner Seite stehen würden, aber wenn sie eine Ahnung hatten, was er gerade gesagt hatte, würden sie mich vielleicht nicht so grob behandeln.

Er kam näher. „Was hast du nur an dir, Luna?" Ein weiterer Mann mit der Gabe, so viel in meinen Namen zu legen. Er bewegte sich um mich herum. Ich drehte mich mit ihm. Ich würde eine giftige Viper nicht aus den Augen lassen. Es amüsierte ihn. Areleus' Blick fiel auf meine Lippen, sein anzügliches Starren war offensichtlich und widerlich. Areleus war ein Soziopath, und ich konnte darüber nicht hinwegsehen, egal, wie unverschämt attraktiv er war.

„Anand, was ist es?", fragte er und hielt die Augen auf mich gerichtet. Ich riskierte einen Blick in Anands Richtung, aber er wirkte genauso ehrlich verwirrt.

„Ich weiß es nicht", gab er schließlich zu.

„Ja, es ist ein Rätsel, nicht wahr?" Areleus kniff die Augen zusammen. „Er gibt mir keine Informationen."

„Was? Er gibt dir keine Informationen, nachdem du versucht hast, seine Freundin zu ermorden? Welch Unverschämtheit!", spie ich aus.

Areleus wiederholte meine Behauptung, Dominics Freundin zu sein, mit der Abscheu eines üblen Fluchs.

„Anand ist Dominics Freund. Ich zweifle nicht daran, dass, wenn er mit dir zusammen ist, freundschaftliche Gedanken das Letzte sind, was ihm durch den Kopf geht. Du bist eine Sirene für ihn, und er hat deinem Ruf geantwortet. Bist du, Luna, der eigenartige kleine Mensch, oder ist da mehr an dir? Muss ich dich aufbrechen, um es zu sehen?"

Angst und Adrenalin brandeten durch mich, und ich richtete mich auf und blickte in seine herausfordernden Augen. Diese Leute wurden durch Angst angestachelt und provoziert, also würde ich sie ihm vorenthalten. Die Sekunden verstrichen, bevor er mich weiter abschätzend musterte, sich dann umdrehte und ging. Seine Drohung blieb.

„Ich will nach Hause", flüsterte ich.

Als ob es helfen würde, es auszusprechen.

Meine Begegnung mit Areleus hatte keine Auswirkungen auf meinen Appetit. Anand nahm ein Scone und Kaffee, während ich eine Menge Essen verschlang in der Hoffnung, es würde mich über den Tag bringen und die Gefahr weiterer Begegnungen mit Areleus oder Helena reduzieren.

Mein Plan, in die Bibliothek zu gehen, um mehr zu forschen, falls der magische Raum es erlaubte, oder Jasper zu besuchen, wurde zunichtegemacht, als Anand mich zu Dominics Büro führte. Es war der mitternachtsblaue Raum, wo Dominic mir gezeigt hatte, wie man den Nekroclavis benutzte, um die Unterwelt zu verlassen. Diesmal war kein magischer Schlüssel für den Eintritt erforderlich. Anand stieß die Tür ohne zu klopfen auf. Dominic betrachtete mehrere Objekte auf dem Schreibtisch. Erwartungsvolle Augen wanderten zu mir, und ich machte schnell einen Schritt auf Anand zu.

„Willst du später mehr üben?", fragte Anand.

„Was üben?"

Er lachte. „Deine Schläge und" – seine Lippen zitterten.

Offensichtlich kämpfte er gegen den Drang an, über das Bild zu lachen, als ich eine seiner Kombinationsbewegungen versucht hatte und auf meinem Hinterteil gelandet war – „Tritte. Vielleicht können wir die Tritte durchgehen."

„Das wäre nett."

Er war schon halb aus der Tür, bevor ich nach einer Zeit fragen konnte. „Ruf einfach meinen Namen, ich finde dich", sagte er. Ja, weil das auch überhaupt nicht gruselig ist.

Dominics Lippen verzogen sich zu einem Grinsen in Richtung Tür. Ich war nicht sicher, ob Anand es spürte oder ahnte, aber er drehte sich wieder um. Ihre Blicke begegneten sich. Ich konnte nicht sehen, was zwischen ihnen vorging. Anands Lippen spitzten sich, und das Kopfschütteln war so unmerklich, dass ich mich fragte, ob ich es mir einbildete. Dominic atmete tief ein und langsam aus. Etwas Wesentliches geschah während dieses wortlosen Austauschs, wahrscheinlich, da sie sich schon so lange kannten. Egal, wie klein es war, ich hatte es nicht übersehen. Die Spannung im Raum war sichtlich gemildert. Anand ging und warf mir einen schnellen Blick zu und seufzte tief. Die Argwohn darin spürte ich.

„Was willst du?", fragte ich Dominic. Jegliche Wärme war aus meiner Stimme verschwunden. Ich hatte meine Grenzen mit dem Wechsel zwischen heiß und kalt, seiner Unentschlossenheit und seiner Unberechenbarkeit erreicht.

Seine Finger glitten über ein großes, abgegriffenes schwarzes Buch mit Goldschnitt. Vergoldete, geprägte Worte waren auf dem Umschlag in einer Sprache, die ich nicht erkannte.

„Das *Buch der Umbra*?", fragte ich.

Er nickte. „Es ist der letzte Ausweg. Ich weiß nicht, wie viele Zauber nötig sein werden, um uns zu befreien. Sie müssen stabil und den anderen gewachsen sein", überlegte er.

Der Anblick der Kugel, des Messers mit Sigillen auf der Klinge und der Glasflasche mit Tinte auf dem Tisch beunruhigte mich. Als Ablenkung nahm ich das Buch und blätterte darin. Es tat nichts, außer alles noch verwirrender zu machen, da ich die unheilvoll aussehende Sprache nicht verstand. Die Sigillen und seltsamen Zeichen im Buch sahen noch bedrohlicher aus.

Ich drehte mich um, als ich die Hitze seines Körpers hinter mir spürte. Er war nah, zu nah. Das Klügste war, Abstand zwischen uns zu bringen und mich auf das Ziel zu konzentrieren, verdammt nochmal aus der Unterwelt herauszukommen. Er nahm mir das Buch aus den Händen und ließ es auf den Boden fallen. Dann zog er mich an sich, schlang seine Finger in mein Haar, seine Lippen Zentimeter von meinen entfernt, und die Hitze, die von ihm ausstrahlte, hüllte mich ein. Seine Präsenz und Berührung waren eine berauschende Mischung. Es war unmöglich, seine rohe Sexualität zu leugnen. Das Verlangen, seinen ganzen Körper zu sehen, überwältigte mich. Seine Haut an meiner zu spüren und die meisterhafte Berührung seiner Hände, die über mich glitten und die Haut auf seine verführerische Art streichelten, war atemberaubend. Ich reagierte auf seine Lippen, die sanft über mich strichen, seine Zunge, die meine Lippe mit dem Versprechen von mehr neckte. Die träge, befehlende Art, wie seine Hand über mich glitt, machte es leicht, die letzten Tage zu vergessen, aber ich zwang sie in den Vordergrund. Ich würde nicht zulassen, dass meine Libido mich sein Verhalten ignorieren ließ; die Unentschlossenheit und Frustration, die ihn angesichts seiner Unfähigkeit, die einfache Option zu wählen, überwältigt hatten. Er wollte es, konnte es aber nicht. Was auch immer ihn dann davon abgehalten hatte, könnte in der Zukunft wegfallen.

„Nein", sagte ich und zog mich von ihm zurück. „Ich kann das nicht. Du verwirrst mich." Ich brachte noch mehr Abstand zwischen uns und verschränkte die Arme vor der Brust.

„Wie?", fragte er mit einem tiefen, rauen Atemzug.

„Hast du schon einmal mit einer menschlichen Frau zu
tun gehabt?", fragte ich ungläubig.

„Ich hatte reichlich mit menschlichen Frauen zu tun",
sagte er, die verschmitzte Note in seinen Worten neckte
mich. Ich ließ mich nicht von den anzüglichen Implikationen
ablenken.

„Ich kann nicht für andere sprechen, aber *diese* menschliche Frau kann mit dieser Volatilität nicht umgehen", gab
ich zu.

„Das ist das Problem, Luna?", sagte er. „Bist du wirklich
menschlich? Du wurdest als Gefäß für die Magie der
Dunklen Magier ausgewählt. Ich kann nicht umhin, mich zu
fragen, ob deine Existenz einzig dazu dient, die Magie aufzu-
bewahren. Wenn dem so ist, wie viel von dir ist tatsächlich
menschlich?"

Der Blick, den er mir zuvor zugeworfen hatte, huschte
erneut über sein Gesicht. Ich rutschte in Kategorien hinein
und heraus, und das gefiel mir nicht.

„Ich habe gesehen, wie du mich zuvor angesehen hast,
und es hat mir nicht gefallen. Du hast überlegt, ob du den
einfachen Ausweg nehmen und das zerstören solltest, was
dich gefangen hält. Es hat einen inneren Kampf gegeben, und
glücklicherweise ist er zu meinen Gunsten ausgegangen.
Diesmal. In einem Moment fühle ich mich beschützt bei dir,
im nächsten bin ich mir nicht mehr so sicher."

„Ich bin mir auch nicht sicher."

Hielt er diese Antwort etwa für lobenswert? In irgendeiner Weise hilfreich für diese Situation? Er gewann den
Preis für die schlechteste Antwort. Ich versuchte nicht,
meine Gedanken zu verbergen.

„Dominic, ich brauche mehr als das. Kann ich dir vertrau-
en?" Das lange, nachdenkliche Schweigen machte mir
Sorgen. „Dominic?"

„Du verstehst nicht, wie volatil der Zustand der menschlichen Existenz ist oder wie schwer es ist, dafür zu sorgen,

dass sich die Übernatürlichen an die Regeln halten. Du lebst dank Vorgängen, die du nicht einmal ansatzweise verstehen kannst, in einer Schutzblase. Ich bezweifle, dass du wirklich weißt, wie nah deine Art der Vernichtung oder der Knechtschaft ist." Er klang nicht sonderlich überzeugt von diesem letzten Teil. Meine Art. Er war nicht überzeugt davon, dass ich menschlich war. Und jetzt war ich es auch nicht mehr. Ein Schatten der Menschlichkeit und eine eigenartige Dualität beider Welten.

„Opfer müssen gebracht werden, um den Status quo aufrechtzuerhalten. Niemand ist davon ausgeschlossen. Ich weiß, du willst mehr, und ich wünschte, ich könnte dir mehr geben. Das Einzige, was ich dir versprechen kann, ist, dass ich alles in meiner Macht Stehende tun werde, um dich am Leben zu halten, weil ich dein Leben schätze. Dazu solltest du wissen, dass meine Macht immens ist."

Ich brauchte dieses Eigenlob nicht, aber die Spannung, die schwer auf meinem Geist lastete und das Atmen erschwerte, ließ nach.

„Um festzustellen, ob du wirklich ein Gefäß für die Magie bist oder existierst, um ein Gefäß der Magie zu sein, müssen wir sie dir nehmen."

„Dann nimm sie! Nimm die Magie aus mir heraus! Ich brauche sie nicht und will sie nicht", platzte ich heraus.

Er ging zum Fenster und vergrub die Hände in den Taschen, während er mit nachdenklichem Gesicht in die Grauheit der Unterwelt starrte. „Luna, ich glaube, du verstehst nicht ganz, was wir herausfinden müssen. Wie viel von deiner Existenz hängt von der Magie ab, die in dir wohnt? Wenn die Magie entfernt wird, wirst du weiterhin existieren?"

„Ist das der Grund, warum du nicht mit deinem Vater darüber gesprochen hast?", fragte ich und trat näher an ihn heran.

„Nein, es geht ihn einfach nichts an. Was mich betrifft, ist seine Gefangenschaft hier das einzig Positive, das aus dieser Sache hervorgegangen ist. Er sollte seine Position als Herr dieser Unterwelt aufgeben."

„Warum?"

„Vampire klammern sich in den ersten hundert Jahren ihres Lebens an ihre Menschlichkeit. Es ist, als ob sie sich daran erinnern, was es heißt, menschlich zu sein, also handeln sie entsprechend. Wandler und Hexen sind die menschlichsten der Übernatürlichen und demonstrieren daher menschliche Qualitäten in ihrem Verhalten und ihren Entscheidungen. Kein Teil von mir, Helena oder unserem Vater ist menschlich. Wir müssen daran arbeiten, Menschlichkeit zu finden, um dafür zu sorgen, dass wir unserer Natur nicht nachgeben. Mit den Jahren wird es schwerer, sich um solche Dinge zu scheren. Mein Vater ist an diesem Punkt angekommen, besitzt aber nicht genug Selbsterkenntnis, um zurückzutreten."

Ein Vampir hatte mich kosten wollen und dann versucht, mich dazu zu zwingen, mich selbst zu verletzen; Wandler hatten mich verfolgt, und die Hexen waren sowieso „Team tötet Luna". Es war schwer, sie als in irgendeiner Form menschlich zu sehen oder als Wesen, die sich zumindest gelegentlich an ihre Menschlichkeit zu erinnern schienen, um Balance zu finden. Diese wertenden Meinungen kamen abrupt zum Stillstand, als ich die ungeschönte Version der Geschichte betrachtete, die Grausamkeit der menschlichen Existenz; all die Unruhen, die ich in den Nachrichten und auf Social Media sah, waren eine deutliche Erinnerung daran, dass Menschen nicht in einer Position waren, sich ein Urteil zu erlauben.

„Er ist nicht mehr diskret, was seine Pläne angeht. Er will nicht, dass Übernatürliche existieren – oder vielmehr solche, die ihn herausfordern können. Er will Knechtschaft und uneingeschränkte Autorität und Macht. Seine Strafen sind hart, selbst für die geringsten Vergehen. Er wählt Tod anstatt

Gefangenschaft. Meines Wissens hat Anand dir von dem prekären Gleichgewicht erzählt, das wir mit den Übernatürlichen haben. Eine funktionierende Beziehung mit ihnen aufzubauen war nicht das Werk meines Vaters, es war meines."

„Sie mögen dich aber auch nicht gerade", platzte ich heraus. Ich hätte es netter formulieren können, aber dieses Gespräch verlangte Offenheit.

Er schmunzelte und zuckte die Schultern. „Es ist mir egal, ob sie mich mögen oder nicht. Es ist besser, wenn sie es nicht tun, dann sind sie nicht enttäuscht, wenn ich grausam sein muss. Mach dir da nichts vor." Seine Augen verdunkelten sich, als er mir den bedrohlichen Teil von sich präsentierte, den Teil, den er unterdrückte, wenn er bei mir war. Aber es war eine unverblümte Erinnerung daran, was und wer er war und dass ich nie vergessen sollte, wozu er in der Lage war.

„Er ist mächtiger als ich und verlässt sich auf die rohe Gewalt seiner Macht. Mein erster Versuch, den Thron zu übernehmen, ist gescheitert, aber ich werde ihn entthronen, weil taktisches Manövrieren und Geduld Fähigkeiten sind, die mein Vater nicht besitzt. Wenn er sie hätte, hätte er meinen Großvater durch kluge Strategie entthront, anstatt zu warten, bis mein Großvater durch den Zauber, den er benutzt hat, um die Schatten zu fangen, geschwächt war."

Kein Wunder, dass sie zögerten, die Magie aus dem *Buch der Umbra* zu nutzen, wenn sie dadurch so geschwächt wurden, dass sie verwundbar wurden.

„Den Thron zu nehmen bedeutet …?" Ein Teil von mir wusste, was es bedeutete, und es beinhaltete definitiv Gewalt. Ich war nur nicht sicher, ob es bis zum Mord ging. War es das Eingestehen der Niederlage und das Aufgeben des Throns, oder war es gewalttätiger?

„Mein Großvater wurde getötet. Es war gerechtfertigt", sagte Dominic sachlich. Keine Spur von Trauer. „Es war ihm egal, dass die Schatten gewalttätige, chaotische Wesen waren. Er wollte nur, dass sie seine gewalttätigen, chaotischen Wesen waren. Wenn er Erfolg gehabt hätte, würde die Welt, die dir bekannt ist, wo die Übernatürlichen im Verborgenen leben, nicht existieren. Sie wären weg, und ihr alle wärt den Launen meines Großvaters und seiner Armee von Kreaturen ausgeliefert. Obwohl es nur fünfzig Schatten gibt, können sie eine Menge Ärger verursachen."

„Wenn sie menschliche Gestalt annehmen –"

„Einen menschlichen Körper übernehmen", korrigierte er. „Sie können keine menschliche Gestalt annehmen. Was du gesehen hast, ist, wie sie auch in deiner Welt aussehen. Sie sind intelligent und pragmatisch, was sie nur noch gefährlicher macht. In einem menschlichen Körper würden sie nicht als die Bedrohung wahrgenommen werden, die sie sind."

„Was passiert mit den Menschen, die sie übernehmen?"

„Sie werden zu einer Hülle, die den Sorcee beherbergt. Wenn sie einen menschlichen Körper übernehmen, sind sie der menschlichen Gebrechlichkeit ausgeliefert. Sie altern nicht, aber sie sind leichter zu töten. Mit Magie wie ihrer wird es schwerer, sie zu töten. Sie sind bekannt dafür, die Hülle wegzuwerfen, um ihr eigenes Überleben zu garantieren. Wenn mein Vater herausfindet, wie er sie kontrollieren kann, wird er dasselbe wollen. Diese Welt ist nicht genug für ihn. Er will auch deine. Er würde die Schatten und andere übernatürliche Speichellecker nutzen, um die mit den höchsten Bevölkerungszahlen zu unterwerfen."

Dominic hatte mir von den Zahlen erzählt und wie viele der Übernatürlichen einen bedeutenden Teil unserer Welt infiltriert hatten. Ich wollte einfach nur zurück in mein einfaches Leben, aber ich fürchtete, es gab kein Zurück. Weil ich jetzt zu viel wusste. Ich machte keinen Versuch, zu verbergen, wie beunruhigt ich war, und Dominic sah es. Mit einer geradezu unheimlich schnellen Bewegung hatte er das Buch, das er auf den Boden hatte fallen lassen, aufgehoben und es zurück an seinen Platz neben den anderen gestellt.

„Bist du bereit, mich versuchen zu lassen, dir deine Magie zu nehmen?“

„Ist es sicher?“

Er sah mich mit einem vorsichtigen Halblächeln an. „Ich denke schon.“

Ich hätte gern mehr Sicherheit gehabt, aber wenn es um Magie ging, war das wohl nicht drin.

„Lass es uns versuchen.“

Er öffnete das Buch und blätterte ein paar Seiten um, bis er zu der mit den beängstigend aussehenden Sigillen kam. Er las sie. „Das ist keiner der stärkeren Zauber, also sollte er meine Magie nicht verwundbar machen.“ Er ergriff meine Hand und benutzte die Tinte, um die Zeichen aus dem Buch auf meine Handflächen zu zeichnen. Als er das Messer nahm, atmete ich scharf ein. Die rasiermesserscharfe Klinge würde garantieren, dass sie bei der geringsten Berührung meine Haut schnitt.

„Kannst du mir stattdessen nicht ein paar Haarsträhnen ausreißen?“, scherzte ich, um meine Nerven zu beruhigen. Es half nicht.

„Es wird nicht schlimm.“ Er küsste die Spitze meines Fingers. Als er daran knabberte, lief ein Schauer über meinen Rücken. Er wusste, welche Wirkung er auf mich hatte. Er ließ meinen Finger los, trat näher, strich mit seiner freien Hand über meine Lippen, glitt meinen Hals hinunter, über mein Schlüsselbein, über meine Brust und neckte meine Brustwarzen. Sie reagierten auf die träge, federleichte Berührung. Ich keuchte, und meine Augen wanderten zu seinen Lippen, denn ich wollte sie auf meinen sensiblen Brustwarzen spüren. Neckend, sie küssend und mich so berührend, wie er es getan hatte, als er meinen Körper nach Malen abgesucht hatte.

„Nur ein kleiner Stich. Ich verspreche, sanft zu sein“,

sagte er mit leiser, verführerischer Stimme, die mehr als sanfte Berührungen versprach.

Ich zuckte mit finsterer Miene zurück. „Hör auf damit! Du bringst mich dazu, Magie mit unpassenden Dingen zu assoziieren."

„Luna, ich versichere dir, Sex und Magie passen sehr gut."

„Tu es einfach", drängte ich und versuchte, die Assoziation zu vergessen, zu der er mich bringen wollte. Nein. Magie war komplex, gewalttätig, mächtig und die Wurzel der meisten meiner Probleme. Ich würde nicht zulassen, dass eine Quelle davon, verpackt in einem sinnlichen-sexy Paket, mich das vergessen ließ.

Er lachte über meine Entschlossenheit und nahm meine Hand. Ich platzte heraus: „Keine Liebkosungen. Keine Küsse. Keine heiseren, gehauchten Anweisungen mit sexuellen Anspielungen. Lass uns einfach zaubern." Er benetzte seine Lippen. „Natürlich, Luna, lass uns zaubern", sagte er und brach dabei schon alle verdammten Regeln, die ich gerade aufgestellt hatte.

Er zeigte auf die Kugel und sagte: „Die wird die Magie aufnehmen. Niemand kann sie benutzen, aber zumindest ist sie aus dir raus."

„Warum hast du das nicht gemacht, als Peter mich benutzt hat, um die Gefangenen zu befreien?"

„Peter ist sehr geschickt, was Ablenkung angeht. Zuvor dachte ich, es waren nur die Zeichen an deiner Hand und der Zauber. Er wäre damit durchgekommen, wenn er deinen Identifikator nicht verborgen hätte."

„Muttermal."

Er runzelte die Stirn. „Ich weiß nicht, ob es ein Muttermal ist. Ich habe jeden Zentimeter von dir erkundet", sagte er und warf mir einen Blick zu, der angesichts der Erinnerungen leuchtete. „Und es gibt eine hellere Verfärbung an deinem rechten Oberschenkel. Ich glaube, *das* ist dein Muttermal."

Ich betrachtete die kleine Kugel. „Wenn die zerbricht, was passiert mit der Magie?"

„Sie wird freigesetzt. Ich würde sie gern nehmen, aber ich bin mir nicht sicher, ob ich sie halten kann. Hexen können meine Magie nicht stehlen. Sie ist inkompatibel. Dasselbe ist mit dir passiert. Du dachtest, du könntest Hexenmagie nicht halten, so war es aber nicht. Die *Tenebras*-Magie schlummert und hat gegen die Hexenmagie angekämpft."

Schweigend überlegte ich, die Magie auszuprobieren, zu sehen, ob ich sie zu meinem Vorteil nutzen könnte. Aber das zu tun würde mich unweigerlich in die Welt katapultieren, der ich verzweifelt entkommen wollte. Die Neugier siegte.

„Ich möchte einen Zauber ausprobieren – nur, um zu sehen, ob es funktioniert."

Er nickte, öffnete die Schublade seines Schreibtischs und zog ein Buch heraus. „Lass uns was Einfaches versuchen", schlug er vor und zeigte auf einen Zauber.

Es kam mir nicht einfach vor. Für jemanden wie ihn vielleicht, aber nicht für mich. Es schien ein Transferzauber zu sein, bei dem es darum ging, ein Objekt von einem Ort an einen anderen zu bewegen.

„Spielt die Größe eine Rolle?", fragte ich.

„Ich weiß nicht, spielt sie für dich eine?", neckte er. Ich starrte ihn an. „Regeln! Muss ich dich daran erinnern?"

„Natürlich, Luna." Das tiefe Grollen seiner Worte sagte mir, dass er nicht vorhatte, sich daran zu halten.

„Die Größe des Objekts. Braucht ein Kleines weniger Aufwand?"

Er schüttelte den Kopf. Magie, wie alles andere, schien einfach, wenn jemand sie beherrschte. Ich beschloss, es mit etwas Kleinem zu versuchen. Das Tintenglas zu bewegen. Ich betrachtete den Zauber, sagte die Worte, starrte dann auf mein Ziel und befahl ihm, sich auf die andere Seite des Tisches zu bewegen. Es zeigte mir den Mittelfinger. Nach fünf weiteren Versuchen gab ich auf. Ich war mir nicht sicher, warum Dominic mich mehr Zauber versuchen ließ, aber am Ende stellten wir fest, dass ich weder Elemente kontrollieren, ihn oder mich beruhigen, noch defensive oder offensive Magie nutzen konnte. Ich würde ihn nicht niederschlagen oder mit Magie an die Wand pinnen. Noch konnte ich mich mit einem Schutzzauber vor Magie schützen. Wir versuchten sogar, ob ich Krallen wachsen lassen konnte. Nichts. Mein einziger Zweck war, ein Gefäß für Magie zu sein, aus dem andere Magie ziehen konnten, um sie zu nutzen. Das war kein angenehmes Gefühl, ich fühlte mich schmutzig bei dem Gedanken.

„Und jetzt?", fragte ich und ließ mich auf das luxuriöse, kieselgraue Ledersofa fallen, das bequemer aussah, als es sich anfühlte. Steif und praktisch, wie der Rest des minimalistischen Raumes. Es gab kein Dekor an den Wänden. Nicht einmal eine Schreibtischlampe, aber wenn man Licht nach Belieben rufen kann, war das nicht nötig. Sein großer, schlichter schwarzer Schreibtisch wurde durch die Messinggriffe an der Schublade belebt. Die Konsole auf der anderen Seite des Raumes war zum Lagern von Dingen gedacht. Nichts an diesem Raum war auf Komfort oder Trost ausgelegt.

„Wir führen den Zauber durch, um die Magie zu entfernen. Peter wird keinen Brunnen haben, aus dem er schöpfen kann, und hoffentlich hebt das den Zauber, den er benutzt, um uns einzusperren, auf."

Und wenn ich keine Magiequelle mehr war, hätte ich für ihn keinen weiteren Nutzen mehr.

9

Der Raum war von einer stählernen Stille erfüllt, als Dominic sich gegen den Schreibtisch lehnte, in seine Gedanken vertieft. Er krempelte abwesend die Ärmel seines Hemdes hoch, was meine Aufmerksamkeit auf Zeichen darauf lenkte, die wie Tätowierungen aussahen. Sein würziger Sandelholzduft durchdrang den Raum. Dominics amüsierter Blick hob sich, um meinem zu begegnen. Ein Lächeln blitzte auf, das mich heftig blinzeln ließ, als ich bemerkte, dass ich ihn nicht nur ansah, sondern geradezu gaffte. Seine gnadenlose Schönheit war fesselnd.

„Ich finde dich auch schön", sagte er mit leiser, rauchiger Stimme.

„Was?" Panik raste durch mich. Konnte er meine Gedanken lesen? Das würde erklären, wie er viele Dinge, die ich tat, zu antizipieren schien. Nein. Ich hatte viele Gedanken, die, wenn er sie kennen würde, definitiv Probleme zwischen uns verursacht hätten. Es gäbe mehr Feindseligkeit.

„Du hast gestarrt", bemerkte er. „Die meisten Frauen tun das …" Nach einem Moment des Überlegens korrigierte er: „Die meisten Menschen."

„Jeder findet dich heiß. Wie gehst du mit einer solchen Bürde um?"

„Das ist überhaupt keine Bürde. Es hat seine Vorteile", bemerkte er mit einer Selbstsicherheit, die effizient die Linie zwischen bewundernswert und ärgerlich überschritt.

„Aber du besitzt etwas weitaus Außergewöhnlicheres", gab er zu. Ein Hauch von Widerwillen lag in seiner Stimme, als er mich mit der Intensität eines Wissenschaftlers betrachtete, der ein seltsames Exemplar unter einem Mikroskop studierte. „Ich begegne einer Menge Übernatürlicher und Menschen. Sie geben meinem Leben diesen Hauch von Menschlichkeit, der mich in meinem Zweck erdet. Es gibt etwas ganz Anziehendes an dir, Luna. Es ärgert mich, dass ich es nicht einordnen kann. Etwas, das ich in den Jahrhunderten meines Daseins noch nie erlebt habe. Was ist es?" Letzteres war ein spekulatives Flüstern. Die Verzweiflung, die Antwort zu finden, blieb in seiner Stimme.

„Vielleicht ist es einfach, dass du mich magst. Ist daran etwas falsch?"

Die Falte zwischen seinen Brauen verriet einen inneren Kampf, den ich nicht ganz verstand, bis ich mich an die Art erinnerte, wie er mich angesehen hatte. Sein Ringen damit, das Gefäß in Ruhe zu lassen, wenn das Effizienteste wäre, das Gefäß zu zerstören.

„Ja, das ist es", gab er zu, wandte sich von mir ab, um die Kugel und das Messer zu nehmen, und beendete damit die Unterhaltung. „Bereit?", fragte er, immer noch mit dem Rücken zu mir.

Ich stand mühsam auf, näherte mich ihm und streckte meine Hand aus.

„Warum hast du das nicht bei den Mors verwendet? Warum hast du Ihnen nicht die Fähigkeit, durch Berührung zu töten, genommen?", fragte ich. Das schien die Lösung für all ihre Probleme zu sein. Die Drohung, ihre Magie zu verlieren, war wahrscheinlich genauso grausam wie Gefangenschaft.

„Das wirst du sehen", erklärte er, nahm meine Hand in seine und drückte das Messer gegen meine Haut, während er auf meine Zustimmung wartete.

Ich nickte, holte tief Luft und wartete darauf, dass die Klinge meine Haut durchbohrte. Dominic atmete zitternd aus und zögerte, bevor er sie in meine Haut drückte. Dann legte er die Kugel in meine Hand und sprach den Zauber. Das zog sich eine Weile hin. Verglichen mit all den Zaubern, die ich gesehen hatte, musste dieser fast vier Seiten lang sein. Zu jedem Zeitpunkt hätte ich die Kugel einfach fallen lassen, den Zauber beenden können. Aber ich hielt sie immer noch fest, als Dominic den letzten Abschnitt sprach. Magie kroch über jeden Zentimeter von mir, bis sie mich in einen unsichtbaren Kokon gesponnen hatte. Ich zwang ein Keuchen heraus, als die Magie mit aggressiv aufdringlichen Berührungen stach und stocherte. Das Ziehen wurde gewaltsam. Schmerz durchzuckte mich. Meine Körpertemperatur stieg zu einem Inferno, und ich schloss die Augen und biss die Zähne zusammen. Unfähig, mich auf den Beinen zu halten, fiel ich auf die Knie. Meine Finger an der Kugel festgeklebt. Egal, was ich tat, ich konnte sie nicht losreißen. Ich wollte, dass es aufhörte. Es musste enden. Schmerz so quälend, dass Tränen über mein Gesicht strömten. Auf den Schmerz konzentriert, nahm ich nur am Rande wahr, dass Dominic meine Finger von der Kugel löste, und hörte das schwere Poltern, das vielleicht das Wegwerfen der Kugel war.

Er zog mich an sich, Brust an Brust, meine Beine um seine Taille geschlungen. Er hob mich hoch und trug mich zum Sofa, wo er sich niederließ. Sein leises, sanftes Raunen meines Namens, wie er beruhigend meinen Rücken rieb und sagte, dass alles gut werden würde, war ein verblassendes Geräusch. Ich war zu weit weg.

Ein weiteres scharfes Peitschen von Worten, als er meinen Namen rief. Er wiegte mein Gesicht in seinen Händen und tätschelte es. Es wurde so aggressiv, dass ich zurückwich, um dem zu entkommen.

„Was machst du? Hör auf damit!", zischte ich.

„Da ist sie ja", atmete er erleichtert auf, zog mich an sich und schmiegte mein Gesicht in die Kuhle seines Halses. Nach ein paar Minuten lehnte ich mich zurück und fragte: „Warum hast du den Zauber unterbrochen?"

Sein Daumen zeichnete rhythmische Kreise an meiner Seite. Er schnaubte, sein Mund formte ein kleines O, bevor er sich zu einer starren Linie verzog. Sein Finger schob sich in mein Haar, als er mich näher zog. „Er musste unterbrochen werden, Luna. Ich musste ihn unterbrechen."

„Ich bin ganz gut klargekommen." Das war eine interessante Interpretation. Aber ich wäre damit klargekommen, wenn es bedeutete, dass ich befreit wäre.

„Das kam mir nicht so vor."

„Ich bin manchmal dramatisch." Ich schaffte ein halbes Lächeln, ein wenig überzeugender Versuch eines Witzes. Er erkannte es als die Taktik, die es war, um eine Situation herunterzuspielen, damit ich besser damit umgehen konnte.

„Es gibt andere Optionen zu erkunden", sagte er. Ich konnte nicht feststellen, ob das die Wahrheit oder Beschwichtigung war. Sein Ausdruck verriet nichts. Als er seine Hand von mir sinken ließ und auf dem Sofa hinunterrutschte, um zur Decke aufzublicken, versuchte ich, von ihm zu klettern. Er drückte mich schnell an sich.

„Ich mag dich hier", flüsterte er.

Ich auch. Ich ließ mich wieder nieder, und presste mich gegen die großzügige Beule, die seine Freude an meiner Position verriet. Er ruinierte Magie für mich. Ich würde Mühe haben, keine pawlowsche Reaktion zu bekommen. Magie bedeutete Berührungen, Küsse, sexy Übertretungen von Grenzen und die unverschämte Art, wie er meine

Lippen ansah, als wäre er immer Momente davon entfernt, seine darauf zu drücken und mich zu kosten.

Er fing wieder an, Magie mit sich zu vermengen, und schob seine Hand unter mein Shirt, zog einen köstlichen Pfad über meinen Körper. Nägel kratzten über meine Haut, jagten Lust durch mich. Dann riss er mein Shirt herunter, und ein tiefes Grollen vibrierte in seiner Brust, als seine Augen mich in sich aufnahmen. Er öffnete meinen BH und befreite meine Brüste, legte seine Hände darauf, neckte meine Brustwarzen mit seinen Daumen zu harten Kieseln, bevor er eine in seinen Mund saugte. Mit feuchten, trägen Kreisen leckte er darüber, während die Vertrautheit seiner Magie meine Haut streichelte und mir ein leises, heiseres Wimmern entlockte. Ich grub meine Hände in sein Haar, zog ihn weg, bis wir einander ansahen, und starrte in das teuflische Funkeln in seinen Augen.

„Du machst es schon wieder. Wenn ich bis in alle Ewigkeit Sex mit Magie assoziiere, ist das deine Schuld.“

„Ich werde diese Schuld mit Stolz tragen“, knurrte er und zog mich in einen gierigen Kuss, bei dem seine Zunge meinen Mund erkundete. Er kostete mich, so intensiv, dass ich keuchte, als der Kuss endete. Er verteilte träge Küsse über meinen Hals und mein Schlüsselbein, bevor er seine Aufmerksamkeit wieder meiner Brust zuwandte und sie genauso behandelte. Langsame, träge Wellen von Küssen und Lecken brachten mich dazu, mich an ihm zu reiben – ich wollte mehr. Mit einem tiefen Stöhnen drehte Dominic mich auf den Rücken und zog mir die Hose aus, während er mich mit hungrigen Augen verschlang und sein Blick über meine Gestalt wanderte, die nur mit einem Höschen bekleidet war. Ein schneller Ruck riss auch das von mir, und er warf den Stofffetzen zu Boden. Er glitt mit Küssen und Lecken meinen Körper hinauf und verlangte eine sexuelle Unterwerfung, der ich mich ergab, als er sich zwischen meine Beine legte. Ich spürte die harte Beule, die mich neckte. Die heisere

Art, wie er meinen Namen sagte, erfüllt von ungestilltem Verlangen. Er rieb sich an mir. Ich sehnte mich nach ihm und brauchte jeden Zentimeter von ihm in mir. Meine verzweifelten Finger kratzten an seinem Hemd, zogen ihn zu mir.

„Luna, schließe deine Augen", forderte er.

Ich gehorchte. Er positionierte sich neu, zog mich an sich und schlang seine Arme um mich. Kühle wehte über meinen Körper, bevor sie zu wirbeln begann. Ich öffnete die Augen. Als die Trübung in meinem Kopf nachließ, ließ er mich auf sein Bett sinken. Dominic gab mir nur ein paar Sekunden, um den neuen Ort zu registrieren, bevor er mich mit einem weiteren Kuss verschlang, hart und tief. Ein Strom wilder Emotionen. Ich war mir akut seiner rohen Männlichkeit und der Kontrolle bewusst, die er darüber hatte. Er gab hart und schaffte es dennoch, mich mehr wollen zu lassen. Mehr zu brauchen. Danach zu verlangen, alles zu nehmen, was er zu geben hatte.

Ich grub eine Hand in sein Haar und zog ihn zurück, um sein Hemd hochzuziehen. Für einen flüchtigen Moment war ich mir bewusst, dass ich Sex wollte anstatt der Antworten, die wir brauchten. Es war eine schlechte Idee, und es war mir egal. Dominic war eine köstliche Ablenkung, und ich war begierig, seine alles verzehrende Sexualität und Präsenz diese Ablenkung sein zu lassen.

Dominic unterbrach den Kuss, um mir bei meinen ungeschickten Versuchen, sein Hemd zu entfernen, zu helfen. Er richtete sich auf und riss das Hemd weg. Knöpfe regneten auf den Boden. Ich wollte die trainierten Muskeln seines Bauches nachzeichnen, das V, das sich entlang seiner Hüften zog, meine Nägel über seine warme Haut ziehen. Er unterbrach mich dabei, als er seine Hose und Unterhose auszog und seine harte, dicke Länge enthüllte. Ein Schmunzeln zupfte an seinen Lippen, als ich auf meine biss.

Ein scharfes Stöhnen entfleuchte mir, als er meine Brustwarzen in seinen Mund saugte und sie neckte, bevor er zu

meinem Bauch, den Hüften und den Innenseiten meiner
Schenkel wanderte. Seine Zunge begann, meinen Hügel zu
erkunden, bevor er zwischen die Falten glitt und mich mit
seiner Zunge liebkoste. Sein Daumen summte über meine
geschwollene Klitoris, und mein Körper bettelte um Erlösung. Das dunkel amüsierte Feuer in seinen Augen angesichts meines Stöhnens ließ mich mich unter seinen
erotischen Berührungen winden. Sein Streicheln brachte
einen orgastischen Schauer. Ich grub meine Finger in sein
Haar und zog ihn für einen Kuss zu mir, drängte ihn auf
seine Seite, damit ich meine Wünsche erfüllen konnte, und
strich meine Hand über seine Brust zu seinem Bauch. Ich
kroch seinen Körper hinunter, um gierige Küsse und Knabbereien entlang desselben Pfades zu pflanzen, und schob ihn
auf den Rücken, um mich rittlings auf ihn zu setzen. Ich
rutschte weiter hinunter, kostete seine Haut und inhalierte
seinen Duft. Mit jeder Berührung und jedem Kuss wurde
sein Schwanz härter. Ihn nur zu berühren stillte mein
Verlangen nicht. Ich setzte meine Erkundung fort und glitt
an ihm hinunter, bis seine Härte genau vor mir war. Ich
ergriff sie und streichelte die Länge. Heißes Verlangen
brannte in seinen Augen. Er stöhnte scharf, als meine Zunge
darüber strich. Ich nahm ihn in meinen Mund, um ihn mit
meiner Zunge zu liebkosen. Der langsame Rhythmus brachte
den Prinzen der Unterwelt in einen unbestreitbaren
Konflikt: Sollte er die Augen schließen und es genießen oder
mich beobachten? Er biss sich auf die Lippen, entschied sich
für Letzteres und hielt meinen Blick mit seinen hungrigen
Augen fest, denen seine große Freude an meinen Aufmerk-
samkeiten anzusehen war. Sein leises Stöhnen füllte die Stille
des Raumes, bevor er seine Finger in mein Haar schlang und
mich zu sich hochzog. Als ich über ihm positioniert war,
seine Erektion zwischen meinen Beinen, rieb ich mich
daran.

Er fluchte, bevor er mich an sich zog und mich auf den

Rücken rollte und mich mit einem fordernden, wollüstigen Kuss verschlang, der zunehmend leidenschaftlicher und befehlender wurde. Mein Körper wurde geschmeidig unter seiner sinnlichen, besitzergreifenden Berührung.

Ich konnte sein Zögern spüren, als er sich zurückzog und die Nachttischschublade öffnete. Er holte ein Kondom heraus, packte es aus und rollte es mit effizienter Geschicklichkeit über, während meine Augen über seine Länge wanderten.

„Menschliche Frauen sind weitaus fruchtbarer als wir", flüsterte er in mein Ohr, und die Hitze seines Körpers hüllte mich ein, als er sich zwischen meinen Beinen niederließ. Ich dachte kurz daran, zu erwähnen, dass ich die Pille nahm, aber der Gedanke wurde ausgelöscht, als er langsam in mich eindrang und auf leichten Widerstand stieß, als ich ihn aufnahm. Er glitt tiefer in mich, und ich stöhnte vor Schock und Lust. Schnell schlang ich meine Beine um ihn und kam seinen Stößen entgegen. Unsere Bewegungen waren gierig, frenetisch, verzweifelt. Lust durchströmte mich wie ein Lauffeuer. Meine Finger krallten sich in seinen Rücken, als ich mit einem Schauer kam. Sein Atem prallte gegen meine Lippen, während seine Stöße härter, intensiver wurden, bis auch er vor Lust erschauerte. Wenig später rollte er von mir, um das Kondom zu entsorgen. Als er zurückkam, schob er mich auf meine Seite und schlang seine Arme um mich.

Er knabberte an meiner Schulter und meinem Hals, und die Liebkosung von Magie huschte sanft über meine Haut. Ich war sensibel dafür geworden.

„Hör auf. Kein Mischen von Magie mit Sex."

Sein leises Lachen vibrierte in seiner Brust. „Ich glaube, dafür ist es zu spät", neckte er in mein Haar. „Aber das könnte nach hinten losgehen. Wie soll ich dem Drang widerstehen, dich zu berühren?" – seine Hände wanderten zwischen meine Beine, glitten in die feuchten Falten – „um zu sehen, wie du reagierst, wann immer ich Magie ausübe?"

„Genau das ist das Dilemma. Werde ich so auf jegliche Magie reagieren?“, neckte ich. Er versteifte sich hinter mir, seine Berührung besitzergreifend.

„Meine. Nur meine.“ Der Anspruch lag klar in seinen Worten, zusammen mit einem Hauch von etwas anderem. Zufriedenheit. Ich spürte es daran, wie er sich an mich schmiegte.

Ich war sein. Ich gehörte dem Prinzen der Unterwelt.

10

Als Dominic sich aufsetzte, tat ich es auch. Wir hatten unsere sexy Ablenkung gehabt; jetzt musste Arbeit erledigt werden. Seine Hand fuhr durch sein zerzaustes Haar und verwuschelte es noch mehr, eine Erinnerung an die chaotische Situation.

Er stieg aus dem Bett, hob seine Unterwäsche auf und zog sie an. Ich scannte den Raum schnell nach meiner verstreuten Kleidung, bevor mir einfiel, dass Teile davon irgendwo in seinem Büro waren.

„Es muss einen anderen Weg geben, diese Magie zu neutralisieren. Sie aus dir zu extrahieren, um das zu tun, muss der letzte Ausweg sein", sagte er und hob die Hand, um meine Antwort zu verhindern. „Ich weiß, du hast gesagt, du könntest damit umgehen, und wenn es keinen anderen Weg gibt, werden wir es nochmal versuchen. Aber wenn es sich so qualvoll angefühlt hat, wie du während des Zaubers ausgesehen hast, frage ich mich, wie wahrscheinlich es ist, dass du es überlebst. Diese Zauber haben immer einen Preis, und oft sind sie den Nutzen nicht wert. Wir haben keine Ahnung, wie eng die Magie mit deiner Existenz verwoben ist, also ist es besser, eine Alternative zu finden."

Der Gedanke, dass ich sterben könnte, war mir durch den Kopf gegangen, als der Zauber in mir gewütet hatte, aber ich glaubte, dass der Schmerz alles schlimmer hatte erscheinen lassen, als es war. Dominic sah mich wieder an, mit einem seltsamen, überlegenden Blick. „Wie bist du so lange unentdeckt geblieben?", überlegte er.

Er kannte die Antwort darauf; die eigentliche Frage, die er beantwortet haben wollte, war, wie Peter so lange der Versuchung widerstanden hatte, mich zu benutzen. Ich konnte nur spekulieren, dass all die Male, die ich Peter nur als eigenartigen, aufmerksamen Kunden betrachtet hatte, er mich beobachtet hatte, um zu sehen, ob ich die Art von Person war, die ihm unwissentlich helfen würde. Zu wissen, dass meine Vorhersehbarkeit ihm geholfen hatte, war ärgerlich. Wenn ich den Ring liegen gelassen oder das Buch nie mitgenommen, ihn bei unseren *Wine Down Donnerstagen* ignoriert oder zumindest gewusst hätte, dass ich nach Dingen oder Körperleitern am Ring hätte suchen sollen, dann hätte ich das verhindern können. Aber Peter hatte wahrscheinlich ein ganzes Alphabet von Ersatzplänen gehabt.

„Er tut das, weil er sich ungerecht behandelt fühlt. Du bist sie ‚losgeworden.'" Ihr harmlos klingendes Wort für das Aufspüren und Zerstören einer ganzen Rasse. „Das ist seine Vergeltung."

„Sie wurden zerstört, weil sie rücksichtslos, gewalttätig, mächtig und nicht allzu vernunftbegabt waren. Ihr Untergang war unvermeidlich", sagte Dominic mit einer brutalen Schärfe in seiner Stimme.

„Und könnte er dasselbe über dich sagen?"

Er dachte nicht lange über meine Frage nach, bevor er antwortete. „Vielleicht. Wenn ich von Gewalt und Rücksichtslosigkeit getrieben bin, ohne die Fähigkeit zur Vernunft. Oder so einseitig in meinem Machtdurst werde, dass ich „gehandhabt" werden muss. Dann sei es so."

Sollte ich beeindruckt oder abgestoßen sein von seiner Offenheit? Ich war meist verwirrt von der willkommenen Akzeptanz von Gewalt und Tod. Das Einzige, was ich tun konnte, war, sicherzustellen, dass ihr beiläufiger Gebrauch im Rahmen der Welt der Übernatürlichen blieb und nicht in unsere übergriff – und wir Opfer davon wurden. Ich fühlte, dass das meine Pflicht war, trotz der Enthüllung, die mich zwischen den Kategorien Mensch und *Andere* schwanken ließ. Es war ein prekärer Ort.

„Bist du nicht besorgt über meine Beziehung zu den Sorcee?“, fragte ich, versuchte, mehr Informationen über meine Andersartigkeit zu bekommen, besonders da Dominic seine sondierenden Augen nicht von mir genommen hatte.

Er schüttelte den Kopf. „Der Angriff war, um zu sehen, ob sie deine Magie nutzen könnten, um sie zu befreien. In ihrer Schattengestalt sind sie machtlos.“ Der Zorn, den er an den Tag gelegt hatte, als er hatte wissen wollen, wer der Angreifer war, kehrte wieder zurück und zwang seine Lippen zu einer harten Linie. „Um zu verhindern, dass sie einen weiteren Versuch unternehmen, sich zu befreien, wirst du dich künftig von ihnen fernhalten, und wenn du zu Besuch kommst, müssen wir einen Schutzzauber errichten.“

Zu Besuch kommen? Ich? Ich hatte nicht die Absicht, in die Unterwelt zurückzukehren, als wäre es ein Urlaubsziel. Gefäß oder nicht, ich wollte nichts mit dieser Welt zu tun haben. Ich wusste nur nicht, wie ich das anstellen und Dominic gleichzeitig in meinem Leben behalten konnte. Aber das war ein Gespräch für ein anderes Mal. Trotz der Ernsthaftigkeit des Themas verscheuchte es nicht meine post-sexuelle Ruhe. Mein Körper war geschmeidig, die Stimmung schläfrig.

Dominic ging ins Badezimmer, und ich legte mich zurück aufs Bett, gab allen Gedanken nach, die in meinen Geist zurückrasten.

„Jetzt, wo er dich gevögelt hat, hoffe ich, dass er überwunden hat, was ihn zu dir hingezogen hat. Hoffentlich sieht er jetzt, was ich schon immer wusste. Es gibt nichts Außergewöhnliches an dir und absolut keinen Grund, dich weiter zu schützen", höhnte Helena von der Schlafzimmertür aus. Ich schoss erschrocken hoch, presste die Bettdecke an mich, gerade rechtzeitig, um zu sehen, wie sie meine Unterhose und meinen BH in meine Richtung warf, die neben dem Bett landeten.

Meine Augen wanderten zu ihren ausgefahrenen Krallen, die gegen ihr Bein tippten. Sie näherte sich mir langsam, jeder Schritt bedacht und bewusst. Ein Raubtier, das eine Beute abschätzte, während ein gehässiges Grinsen ihren Mund rahmte. Ihre stürmischen Emotionen erstickten die Luft, ließen meine Brust hämmern.

„Helena", sagte ich mit sanfter, nicht-bedrohlicher Stimme und sah mich nach einer Waffe um, die ich schnell erreichen konnte. Die Nachttischlampe war eine Option. Ich beobachtete vorsichtig ihr Näherkommen.

Falls ich mich verteidigen musste, hatte ich einen Versuch.

Ich würde die Lampe benutzen, um sie zu schlagen, und mir dann die Augen vornehmen.

„Dominic und ich beschützen einander", sagte sie mit leiser Stimme. „Ich leugne nicht, dass der Schutz oft mehr zu meinen Gunsten war. Am Ende beschützen wir unsere Familie und indirekt euch triviale, unwissende Menschen mit eurer dreisten und Übelkeit erregenden unverdienten Selbstsicherheit und eurem Egoismus. Ihr wisst nicht, wie schnell wir euch unserem Willen unterwerfen könnten. Euch auslöschen, wenn wir es wollten." Sie schluckte schnell die Distanz zwischen uns. Ich würde bald reagieren müssen.

Obwohl keiner der Zauber, die ich zuvor versucht hatte, funktioniert hatte, flüsterte ich sie verzweifelt und hoffte auf einen Zufall, der zu einem funktionierenden Zauber führen würde. Sie auf ihren Hintern werfen, wo ich sie haben wollte. Nichts geschah.

„Er vergibt mir immer und deckt mich. Er ärgert sich darüber, aber mir wird immer vergeben", sagte sie mit einem Grinsen.

„Scheint, als wäre er verdammt müde, dein Verhalten zu vergeben, und will, dass du Verantwortung übernimmst. Schließlich musstest du zu Daddy laufen, um deine Magie zurückzubekommen", stichelte ich, wohl wissend, wie töricht es war, die Prinzessin der Unterwelt zu provozieren.

Für einen Moment verzerrten sich ihre schönen Züge zu einer hässlichen Grimasse. Die Realität ihrer schwindenden Straffreiheit für ihre Taten blieb in ihrem Ausdruck und den angespannten Fingern an ihrer Seite, dem Heben ihres Kinns und in ihren Augen, die merklich dunkler wurden. Meine Bemerkung hatte ins Schwarze getroffen. Hart getroffen. Effektiver als jeder Schlag, den ich hätte austeilen können.

Ihr Kopf schnellte zur Badezimmertür, wo Dominic stand, ein Handtuch um die Hüfte geschlungen. Wasser tropfte auf den Boden, sein Haar war nass und zerzaust.

Bernsteinfarbene Tümpel ertränkten die Flammen, aber es lag immer noch Hitze in seinem Blick. Er bohrte sich in sie. Helena richtete all ihre Aufmerksamkeit auf ihren Bruder. Seine Miene war undurchschaubar.

„Was wirst du tun, sie töten?", fragte er.

„Das würde dir gefallen, nicht wahr? Mich zur Bösen machen, weil du dein kleines menschliches Spielzeug nicht kaputtmachen willst."

„Meine Entscheidung ist gut begründet. Wenn ich das handhabe, wird unsere Gefangenschaft hier nie wieder etwas sein, worüber wir uns sorgen müssen. Du tötest Luna, was passiert dann, Helena?"

Sie blinzelte, bot aber keinen Plan an. Es war höchst unwahrscheinlich, dass sie einen anderen hatte als mich zu töten: die kurzfristige Lösung. Obwohl ich nicht sicher war, wie viel ich zu einer langfristigen Lösung beitragen konnte.

„Du willst mich in die Perils sperren", flüsterte sie, Schmerz und Fassungslosigkeit schwer in ihrer Anschuldigung.

„Nein. Ich sagte, sobald das vorbei ist, wirst du für alles, was du getan hast, zur Rechenschaft gezogen. Der Konvent wird ein Mitspracherecht haben, welche Konsequenzen sie für deine Taten für angemessen halten. Damit die Entscheidung unvoreingenommen ist. Immerhin bist du meine Schwester. Ich habe viel getan, um dich zu schützen."

Abscheu über den Vorschlag, von geringeren Wesen beurteilt zu werden, setzte sich in ihren Mundwinkeln fest. Sie musste diese Selbstsicherheit in Flaschen abfüllen, denn es war Arroganz auf höchstem Niveau.

„Würdest du dich von ihnen beurteilen lassen?", konterte sie mit einem gehässigen Grinsen.

„Wenn ich einen Bruchteil von dem getan hätte, was du getan hast, ja. Du weißt, dass ich vor Gewalt oder dem, was manche als verwerflich ansehen würden, nicht zurückschrecke, wenn es nötig ist. Aber es war viel zu oft deine erste Wahl. Deine einzige Wahl. Das muss aufhören."

Ihr vorwurfsvoller Blick wanderte in meine Richtung, als wäre ich schuld und nicht ihr schlechtes Benehmen und das Zerkratzen seines Gesichts. Als wäre das keine Antwort auf ihre außergerichtlichen Tötungen, gewaltsamen Wutanfälle, volatilen und schlecht durchdachten Reaktionen – oder vielmehr Überreaktionen – auf alles.

„Du weißt, dass sie mich eingesperrt sehen wollen."

„Nein, sie würden dich zum Tode verurteilt sehen wollen. Ich werde sie überzeugen, dich ins Gefängnis zu schicken."

„Oder wir tun, was wir in der Vergangenheit getan haben – ihre Wünsche einfach ignorieren?"

„Nein, das hast du getan. Bis …" Sein undurchschaubarer Ausdruck brach, seine Braue hob sich, eine sanfte Erinnerung daran, warum sie ihre richterliche Position dem Konvent übergeben mussten. Ihr gewaltsamer Amoklauf.

Es folgte ein langes, nachdenkliches Schweigen. „Du hast zu oft Schwäche gezeigt. Vater hat es auch bemerkt. Ich überlasse es ihm, alles zu regeln." Ihre Enttäuschung zeigte sich, als sie keine andere Reaktion als seinen Stoizismus bekam. Helena verschwand genauso schnell und unauffällig, wie sie gekommen war.

„Muss ich mir um sie Sorgen machen?"

Er schüttelte den Kopf, obwohl ich keine Ahnung hatte, woher seine Zuversicht kam. „Meine Schwester ist vieles. Selbst in ihren impulsivsten und grausamsten Momenten schafft sie es, genauso berechnend und taktisch zu sein, wie sie mich zu sein beschuldigt hat. Wir sind uns ähnlich. Sie versucht herauszufinden, auf welche Weise ich den Thron nehmen werde. Wenn Areleus ihn mir auf freundschaftliche Weise übergibt, dann werde ich aus Respekt vor seiner früheren Herrschaft und seinem Geschenk seinen Rat berücksichtigen. Meine Schwester wird meinem Vater loyal bleiben, weil er nützlich sein kann. Wenn ich den Thron mit Gewalt nehme, wird sie ihm ihre Loyalität entziehen. Weil ich alle Entscheidungen in der Unterwelt treffen werde. Alle. Und letztendlich der alleinige Entscheider über ihr Schicksal sein werde." Er seufzte. „Sie ist meine Schwester."

Er liebte sie, aber ich war nicht überzeugt, dass er sie mochte.

„Glaubst du, du wirst den Thron auf freundschaftliche Weise erlangen?"

Nichts an seiner Interaktion mit seinem Vater wies darauf hin, dass Freundlichkeit eine Option war.

„Ich liebe meinen Vater."

Seine ausweichende Antwort ließ mich nur mit mehr Fragen zurück. Liebte er seinen Vater wirklich? Ich sah Hinweise auf seinen Kampf im Umgang mit seiner Schwester. Mitgefühlsmüdigkeit, Frustration und Enttäuschung.

Keine dieser Emotionen war präsent, wenn er mit seinem Vater interagierte. War es vergleichbar mit der Art, wie wir angewiesen werden, diesen seltsamen Cousin zu lieben, der alle fünf Jahre zum Familientreffen auftaucht? Man liebt ihn wegen der familiären Verbindung und gesellschaftlicher Indoktrination. Liebe deine Familie, deine ganze Familie. Sie sind dein Blut. Selbst wenn du nicht mehr Verbindung oder Wissen über sie hast als über einen Fremden, der in einem Restaurant am Nachbartisch sitzt.

„Was, wenn es nicht freundschaftlich geregelt werden kann?"

„Dann muss ich meinen Vater töten", sagte er, bevor er ins Badezimmer zurückkehrte.

Nachdem wir beide geduscht und uns angezogen hatten, erwartete ich, eine neue Perspektive zu haben und nicht von Dominics Eingeständnis möglichen Vatermords beunruhigt zu sein. Da ich etwas finden musste, um meinen Geist von diesem Gedanken abzubringen, war ich mehr als glücklich, als Dominic sagte, er müsse die Zauberbücher ohne Ablenkung studieren. Da ich keine der Sprachen lesen konnte, um zu helfen, nahm ich seinen Vorschlag, nach Anand zu rufen, gerne an. So sehr, dass es mich nicht störte, dass er nur Momente, nachdem ich ihn gerufen hatte, vor Dominics Bürotür auftauchte.

Ich musste fast joggen, um mit ihm Schritt zu halten, als er zum Fitnessstudio ging und fragte: „Also lebst du im Westflügel des Hauses?" Anands geheimnisvolle Natur weckte meine Neugier über Dinge, die mich bei anderen nie interessiert hätten.

„Ja." Er grinste angesichts meiner Frustration.

„Du und Dominic seid Freunde, warum wohnst du so weit von ihm entfernt?"

„Wie nah lebst du bei deinen Freunden?“

„Zwanzig Minuten mit dem Auto.“

Er grunzte.

„Das hat mit Finanzen zu tun. Ich würde gerne näher wohnen, aber es gab nichts in meiner Preisklasse, als ich gesucht habe.“ Ein Ausdruck huschte über sein Gesicht. Offenbar hatten sie nie irgendwelche Einschränkungen wegen Geldes erlebt. Was für eine eigenartige Lebensweise!

„Ich mag meine Privatsphäre“, sagte er.

„Wirklich, der Mann, der Fragen beantwortet, als würde er Staatsgeheimnisse hüten, mag Privatsphäre. Darauf wäre ich nie gekommen“, neckte ich.

Er blieb stehen, neigte den Kopf zur Seite und musterte mich mit einem abschätzenden Blick, lange genug, um mich das Gewicht seiner Musterung spüren zu lassen. „Ich verstehe“, verkündete er schließlich. „Es ist nicht nur, dass du das Rätsel bist, das Dominic lösen muss, du bist das Maskottchen für die Menschlichkeit, das es leicht macht, für ihre Existenz zu kämpfen.“

„Maskottchen.“ Ich runzelte die Stirn.

„Ich meine das nicht auf eine schlechte Weise. Du bist mitfühlend, anpassungsfähig, eine Kämpferin für dein Volk – nicht nur für die, die du kennst, sondern auch für die, die du nicht kennst –, und du wirkst harmlos.“

„Harmlos wie schwach.“ Ich seufzte über die kaum verschleierte Beleidigung.

„Überhaupt nicht. Eines der Probleme unserer Welt ist, dass es nicht viele Facetten von Stärke gibt.“

Ich hatte nie den Eindruck, dass irgendjemand von ihnen menschlich sein wollte oder Menschen respektierte, aber offenbar gab es Aspekte des Menschseins, die sie reizten. Ich vermutete, sehr wenige Aspekte, aber das Verlangen existierte dennoch.

Er warf mir ein schiefes Lächeln zu. „Das menschliche Maskottchen sollte leben“, sagte er. Sie hatten tausend

Bücher in der Bibliothek, abgegriffen vom Gebrauch, und er war wahrscheinlich für einen Teil der Abnutzung verantwortlich, und doch war „menschliches Maskottchen" das Beste, was er zustande brachte. Es störte mich nicht. Ich stürzte auf ihn zu und umarmte ihn, was uns beide schockierte. Der Stress machte sich bei mir bemerkbar.

Ich taumelte zurück und schlug die Hand vor meinen Mund. „Sorry. Lagerkoller."

„Kein Problem. Ich mag es auch nicht, hier eingesperrt zu sein."

Das war eine offensichtliche Untertreibung. Er knickte darunter ein, und all die Zeit, die er im Fitnessstudio verbrachte, war ein Versuch, dagegen anzukämpfen. Genauso wie das Training mit mir. Es war eine Ablenkung. Dennoch, obwohl er wusste, dass mein Tod ihn befreien würde, wollte er mich lebend, er wollte, dass ich am Leben blieb.

*M*eine Zeit mit Anand war angenehmer, als ich erwartet hätte. Er war immer noch geizig mit Informationen und Worten. Die meisten Fragen, die ich stellte, blieben unbeantwortet oder bekamen die knappste Antwort, die man sich vorstellen kann. Er blieb stoisch und ein konzentrierter Lehrer, bis wir zu Tritten übergingen. Ich folgte seiner Demonstration, und er schien genauso überrascht wie ich, dass ich dort weniger Demonstration brauchte als bei Schlägen und Hieben. Es schien mehr Geschick zu erfordern, sie auszuführen und Verletzungen zu vermeiden.

Sein stoisches Auftreten wurde herausgefordert, als seine Lippen zuckten bei seiner Bemühung, nicht zu lachen.

„Ja, ich habe ihm gerade in die imaginären Kronjuwelen getreten“, prahlte ich stolz. „Deine Anweisung war, es schmerzhaft zu machen. Das habe ich. Ich kann dir aus Erfahrung sagen, einem Mann in sein Gemächt zu treten, tut weh. Und es bringt genau das herüber, was ich rüberbringen muss.“

Er warf den Kopf zurück und lachte schallend. Ein heiserer, angespannter Laut. Ich war überzeugt, dass er es nicht oft tat. „Jetzt mach das mit Schlägen“, sagte er. „Jabs und Uppercuts.“

Also tat ich es. Nach zwei Lektionen wusste ich, dass ich niemals gegen jemanden wie Anand oder sonst jemanden bestehen könnte, aber es war ein Selbstbewusstseinsbooster. Adrenalin und Entschlossenheit, mein Bestes zu geben, vertrieben alle Gedanken daran, dass Dominic mir keine Gelegenheit gegeben hatte, ihn über Vatermord als Option zu befragen. Eine sehr reale Option.

Außerdem, was waren Dominics Gedanken über mich? Existierte ich nur für die Magie? Wann war das passiert? Meine Mutter hatte mich zur Welt gebracht, das wusste ich. Es gab Fotos. Mein Dad hatte tonnenweise Geschichten über die Schwangerschaft. Und was war mit meinem Bruder? War er auch ein Gefäß? Konnte er in Gefahr sein? Bevor ich es verhindern konnte, geriet ich in eine Spirale. Meine Schläge trafen härter auf den Sandsack, und als ich einen planlosen Tritt auf die aufgemalte Brust landete, alle Anweisungen von Anand ignorierend, legte er eine Hand auf meine Schulter.

„Mach eine Pause“, sagte er und reichte mir eine Flasche Wasser. Ich nahm sie, ließ mich auf die Matte fallen, und jede Emotion, die ich unterdrückt hatte, stürmte mit aller Macht auf mich ein. Überflutet von einem Gefühl der Verzweiflung, zog ich die Knie an und versuchte zu atmen. Das seltsame Gefühl des bevorstehenden Todes zu lindern. Wünschte, ich könnte alles noch einmal machen und das Buch dort lassen, wo ich es gefunden hatte, und ihm nie die Gelegenheit geben, mich als Leiter zu benutzen. Peter das Geschenk verweigern, mich zu finden. Ich hätte Dominic nicht kennengelernt, aber was hätte ich verpasst? *Großartigen Sex und Flirten mit einem gutaussehenden Mann, der mir heiß-kalte Botschaften gibt. Im Moment heiß. Er will mich lebend. Behauptet, er wird alles tun, um mich zu schützen. Aber wird er dieses Versprechen halten, wenn es keine Optionen gibt? Selbst dann, bleibe ich hier in der Unterwelt bis wann? Bis ich sterbe. Sie sind unsterblich, aber ich bin es nicht.*

Unkontrollierbar keuchend, zitterte meine Hand zu sehr, um das Wasser zu halten. Anand war neben mir, nahm es mir ab und schloss die Flasche.

„Magie ist entopisch. Das war sie immer, und das ist der Grund, warum Übernatürliche keine speziesübergreifende Fortpflanzung mögen." Als er meine Reaktion auf seine klinische Beschreibung des Akts sah, setzte er ein schiefes Grinsen auf. „Das Gleiche gilt für Zauber. Selbst Leute, die geschickt im Zauberweben sind, machen Fehler, weil das Erschaffen eines Zaubers aus anderen wie das Bauen einer Bombe mit instabilen Zutaten sein kann. Das ist der Grund, warum normalerweise bewährte Zauber verwendet werden. Archaische Zauber werden nicht so oft genutzt, weil immer die Frage ist, was bei der Übersetzung verloren geht. Ich habe Zauber gesehen, die mit tödlichen Konsequenzen schiefgegangen sind. Und ich habe wundersame Ergebnisse von Zaubern gesehen, die Dominic ausgeführt hatte, von denen andere Angst hatten, sie auch nur zu versuchen. Er wird nicht wegen der Dinge gefürchtet, die er kann, sondern weil er einfallsreich ist und selten scheitert. Ich kenne ihn schon mein ganzes Leben lang und bin mir voll bewusst, wozu er fähig ist."

„Ich war dabei, als er in das Treffen des Schattenkonvents geplatzt ist. Sie fürchten ihn nicht nur. Sie scheinen ihn nicht zu mögen."

Anand zuckte die Schultern. „Das liegt daran, dass er auch ein Arschloch ist."

„Sie schienen dich auch nicht zu mögen“, bemerkte ich mit einem Knuff gegen seinen Oberarm.

„Ich bin auch eins.“ Die Dreistigkeit! Ich brauchte nur ein Zehntel davon, dachte ich, während ich die Tränen wegwischte, die über mein Gesicht strömten. Einige vom Lachen, aber die meisten vor Erleichterung.

Ich warf Anand ein dankbares Lächeln zu, als ich aufstand. „Bereit.“

„Ja, aber tritt meinen Boxsack nicht in seine nicht existierenden –“ Er hielt einen Moment inne. „Kronjuwelen“, fügte er hinzu.

Ich nickte und warf mein Wasser in die Ecke. „Warum? Hast du Mitleidsschmerzen, weil du es gehört hast?“

„Definitiv.“ Er ging auf den Boxsack zu, dann zuckte er mit dem Kopf und wirbelte zur Tür herum, alarmiert von einem Geräusch, das ich definitiv nicht hören konnte. Vielleicht der Wind oder sowas. Als er zur Tür sprintete, war ich Meter hinter ihm, unfähig, mit seiner übernatürlichen Geschwindigkeit Schritt zu halten. Ich holte erst auf, als er am Eingang des Hauses stehen blieb, wo Nailah, die Seherin, stand.

11

Nailahs unerwartetes Auftauchen ließ Dominic, Helena, Areleus und seine Wachen ihre Waffen ziehen und auf sie zustürmen. Areleus hielt den Vormarsch der Wachen mit einer Handbewegung an und entließ sie schnell, weil Nailah über ihre Anwesenheit genervt war.

„Areleus, wann hat das letzte Mal jemand aus den anderen Reichen versucht, hier einzudringen? Vor vierzig, fünfzig Jahren? Sind die Wachen wirklich noch nötig?"

Areleus kniff die Augen zusammen und fixierte sie, während er sein Kinn herablassend hob.

Nailah presste die Lippen aufeinander und brachte mit sichtbarer Anstrengung ein unaufrichtiges Lächeln zustande. „Ich entschuldige mich, *Lord Areleus*", stieß sie steif hervor.

Areleus' Ausdruck des Missfallens verschwand und wurde durch seine typische kühle Arroganz ersetzt, als er auf sie zuging. Nailah stellte die kleine Reisetasche, die sie an ihre Brust gedrückt hielt, auf den Boden und zog die weite Jacke aus, unter der Schichten von Kleidung verborgen waren: ein Pullover über einem Hemd, schmal geschnittene Jeans und Stiefel. Sie seufzte, zog den Haargummi aus ihrem Dutt und ließ ihre Zöpfe über die Schultern fallen.

„Ich bin noch nie allein in die Unterwelt gereist und war mir nicht sicher, ob ich beim ersten Versuch am richtigen Ort landen würde. Deshalb musste ich auf jedes Ziel vorbereitet sein“, erklärte sie. „Meine Vision hat mich hier gezeigt, aber Navigieren gehört nicht zu meinen magischen Fähigkeiten.“

Seher-Fähigkeiten unterlagen dem Schmetterlingseffekt, wie alles im Leben. Alles hätte während ihres Transports passieren können, um das Ergebnis zu verändern. Der Transport in die Unterwelt gehörte nicht zu ihren magischen Fähigkeiten, was die neugierigen Blicke bestätigten, mit denen alle sie anstarrten.

„Ich habe es geschafft.“ Nailah atmete tief aus, ihre Spannung löste sich.

Areleus lächelte und schien wirklich froh zu sein, sie entspannt und sicher zu sehen. Ihre freundliche Persönlichkeit durchströmte den Raum auf eine Weise, die mystisch wirkte. Ich vermutete, dass der Trost daher rührte, in einem Raum mit jemandem zu sein, der uns vor möglichen Gefahren warnen konnte.

„Wie bist du hierhergekommen?“, fragte er.

Nailah öffnete die Hand und enthüllte einen Nekroclavis. Er löste identische empörte Blicke bei Areleus und Dominic aus.

„Du hast gesagt, dass Madelines Großmutter das Letzte hatte“, sagte Dominic in vorwurfsvollem Ton.

„Nein, ich sagte, du hast alle, die du *einsammeln musstest*“, konterte sie sanft und ignorierte seinen scharfen, missbilligenden Blick.

„Eine Lüge durch Auslassung“, sagte Dominic.

„Eine notwendige Irreführung.“ Die Herrscherfamilie der Unterwelt schien mit der Antwort nicht zufrieden zu sein.

„Sollen wir über eine kleine Lüge streiten oder besprechen, was mich herbringt?“, fragte Nailah und beendete die angespannte Stille.

Die starren Mienen machten deutlich, dass ihre Lüge durch Auslassen das Thema war, das sie besprechen wollten, aber das Bedürfnis, ihre Neugier zu befriedigen, hatte Vorrang. Zumindest für Helena und Dominic. Areleus verzog finster die Lippen. Schlecht unterdrückter Zorn flutete den Raum. Magie verdichtete die Luft, und Areleus streckte sich und zeigte das Bedürfnis, eine Strafe zu verhängen. Meine Abneigung gegen ihn tauchte in Hassgebiet ab.

Nailahs Ankunft gab mir Hoffnung. Da sie in die Unterwelt gelangen konnte, musste es auch eine Möglichkeit geben, wieder herauszukommen.

Areleus atmete tief ein und richtete die Augen auf Nailah, die die Schultern straffte und näher an ihn herantrat. Dabei strahlte sie so viel Illusion von Größe aus, wie ihre zierliche Statur erlaubte, und überwand die kleine Distanz zwischen ihnen. Nailah sah ihn entschlossen an und beobachtete ihn sorgfältig, als er in meine Richtung blickte. Sie tauschten einen Blick aus, der Ideen vermittelte, die ich nicht entschlüsseln konnte. Die feurige Drohung in Areleus' Augen war unübersehbar.

„Tu es nicht", flüsterte sie.

Areleus presste die Lippen zu einer dünnen, straffen Linie zusammen. „Vergessen wir unsere Rollen wieder?", knurrte er.

„Das ist etwas, das du mich nie vergessen lassen würdest. Muss ich dich daran erinnern, wie wichtig ich für dich bin?" Trotz ihrer Behauptung war ihr Ton sanft und flehend. Areleus betrachtete sie, aber seine Aufmerksamkeit glitt immer wieder in meine Richtung. Was flehte sie ihn an, nicht mit mir zu tun?

Ihr Ton war gedämpft, aber in der Stille war es schwer, das Gespräch nur zwischen ihnen zu halten. „Als ich beim Schattenkonvent war, hatte ich Visionen von Madeline und Mitgliedern ihres Zirkels, die starben. Das Leben mehrerer Wandler wurde ausgelöscht und Vampire zerstört. Es war ein Gemetzel." Nailah beugte sich kurz zu ihm, als wollte sie ihm etwas ins Ohr flüstern, entschied sich aber dagegen. Nailah blickte zu Dominic. „Falls Luna getötet wird, werden viele Übernatürliche sterben." Nailah wandte sich mir zu, Verwirrung und Sorge in ihren Augen. Nailah wusste von der Verbindung zwischen mir, Peter und unaussprechlicher Gewalt, konnte aber nicht sagen, was es war. Da die Spannung wuchs, wusste ich, dass die Spekulationen ein unerwartetes Geschenk waren. Helena und Anand wussten, dass die Sorcee von mir angezogen wurden. Areleus wusste, dass Dominic Dinge über mich verschwieg.

Ob sie sich entschieden, es zu ignorieren oder nicht, ich konnte ihre geballten Hände an ihren Seiten, das Leuchten auf ihrem Gesicht und das Glänzen ihrer Augen nicht ignorieren. Es war sicher schwierig, Szenen von Ereignissen zu sehen und zu versuchen, ihnen Sinn zu geben, Zukünfte und potenzielle Tode zu sehen und die richtigen Maßnahmen zu koordinieren, um sie zu verhindern. Die Welt in Flammen zu sehen und zu bestimmen, wohin der Schlauch gerichtet werden musste, um die meisten Leben zu retten und den Schaden zu minimieren.

Ich spürte, wie schwer es für sie war, und trat in ihre Richtung, um sie zu trösten, spürte das Gewicht von Dominics Blick, als ich es tat.

„Nailah, lass uns was trinken", schlug Dominic mit der Spur eines Lächelns vor. „Wir haben eine Flasche Louis Latour Corton-Charlemagne Grand für dich."

Nailah lächelte. „Ein Glas wäre nett."

Ich wollte auch lindern, was sie beunruhigte, aber Tagtrinken und Problemlösen mit einer beschwipsten Seherin schien keine gute Idee zu sein.

Nailah griff nach ihrer Reisetasche und hielt sie nervös fest, während wir in die Küche gingen. Dominic ging in den Keller weiter und kehrte mit Wein und Cognac zurück. Anand holte die Gläser, und Helena blieb am Rand des

Raumes und beobachtete alle mit kühler Gleichgültigkeit, die, wie ich sicher war, niemanden täuschte.

Dominic zeigte auf die Flaschen, um zu fragen, was ich wollte, den Wein oder den Cognac. Ich lehnte beides ab. In einem Raum mit einer Person, die vorschlug, mich zu töten oder zumindest meinen Finger abzuschneiden, und einer anderen, die mich mit Krallen an meinem Bauch als Geisel gehalten hatte, wollte ich nicht riskieren, meine Sinne durch Alkohol zu trüben. Die anderen wählten Cognac und überließen Nailah den Wein. Dominic stellte die Flasche auf den Tisch, an den sie sich gesetzt hatte, und ließ sich auf einem Hocker an der Insel neben Areleus nieder. Ich konnte leicht die vielen Ähnlichkeiten zwischen ihnen studieren: dieselbe dunkle Aura der Macht, die sich nicht unterdrücken ließ; die Rücksichtslosigkeit, die jederzeit ausbrechen konnte; die Beherrschung des Raumes und die kriegerische Feindseligkeit, die ihre Stimmung prägte, wenn sie zusammen waren. Ihre spürbare Streitlust machte mich wachsam, als ich auf den Stuhl einen Platz von Nailah entfernt rutschte, von wo aus ich alle sorgfältig beobachten konnte. Ich vermutete, dass sie deshalb diesen Platz gewählt hatte. Obwohl sie Teil der übernatürlichen Welt war, musste sie sich bewusst sein, dass sie von Raubtieren umgeben war. Wer nicht das Raubtier war, wurde automatisch zur Beute.

Helena hielt ihre Distanz, kalkulierend, und blieb an ihrem Platz, selbst nachdem Anand ihr einen Cognac-Schwenker angeboten und sie eingeladen hatte, sich zu setzen. Als sie ablehnte, entging mir nicht, dass er an ihrer Seite blieb.

Nailah trank einen Schluck aus ihrem Glas und genoss den ersten Geschmack des Weins mit einem Seufzer. Sie stellte das Glas auf den Tisch und blickte zu den eigenartigen mitternachtsfarbenen Blumen im Garten. Es war sicher nicht das erste Mal, dass sie sie sah, aber sie betrachtete sie mit der Neugier von jemandem, der sie zum ersten Mal wahrnahm.

Nailah trank einen weiteren langen Schluck. „Ich weiß nicht, was die Verbindung zwischen Luna und dem Dunklen Magier ist, aber es gibt definitiv eine. Ich fürchte, dass ihr Tod irreparablen Schaden verursachen wird", erklärte sie und warf Areleus einen scharfen Blick zu.

Die Spekulationen nahmen zu, und ein Teil von mir wollte ihr die Antwort geben in der Hoffnung, dass die Information ihr helfen würde, eine Lösung zu finden. Angst vor den Reaktionen von Areleus und Helena hielt mich jedoch zurück. Ich vertraute ihr und plante, einen Moment allein zu bekommen, um es ihr zu sagen. Ich würde ihr das fehlende Puzzlestück geben.

„Das mag sein, aber ihre Existenz hat genauso viel Schaden verursacht, einschließlich unserer Gefangenschaft. So oder so sind wir betroffen, also bevorzuge ich die Lösung, die zu unserer Freiheit führt."

Areleus trank einen Schluck aus seinem Glas und genoss den bernsteinfarbenen Alkohol, bevor er seine unheilvollen Augen auf mich richtete. Angewidert von der Leichtfertigkeit, mit der er über meinen Tod sprach, wünschte ich, ich hätte ein Glas Wein genommen, allein, um eine Waffe zu haben, falls er beschloss, zu tun, was er wollte.

Nailah stand auf und trat näher an ihn heran. Sie legte die Hände auf seine; ihre zarte Berührung zeigte eine Vertrautheit zwischen ihnen, bei der ich mich fragte, ob ihre Beziehung immer professionell gewesen war. Was war zwischen ihnen vorgefallen, dass sie während ihrer Besuche darauf bestand, im Gästehaus zu übernachten? Vielleicht schuf ihre sanfte Natur eine unbeabsichtigte Bindung und die Wahrnehmung von Intimität.

„Areleus." Zärtlichkeit durchzog ihr Flüstern. In diesem Moment störte es ihn nicht, dass sie seinen Titel weglieꞴ. „In letzter Zeit war Geduld nicht deine Stärke. Du musst sie finden und sie zu deinem besten Vorteil machen, denn sie ist entscheidend." Ihre weiche, melodische Stimme beruhigte ihn, und Areleus schien ihre Bitte zu akzeptieren. Auf den deutlichen Wandel in seiner Kälte hin fragte ich mich, ob ihre Seher-Magie mehr konnte. Besaß sie auch eine Form von Zwang? Sie hatte mir Trost gebracht, als ich ihr das erste Mal begegnet war. Die einzigen unheimlichen Dinge an ihr waren ihre leuchtenden violettfarbenen Augen und die erstickende Magie, die den Trost fortnahm, der normalerweise mit ihrer Anwesenheit einherging.

„Also, was schlägst du vor?", fragte er.

„Zu warten. Ich habe mit Madeline gesprochen, und sie ist zuversichtlich, dass sie den Zauber brechen kann", behauptete sie und erneuerte die Hoffnung, die seit ihrem Erscheinen hier geschwunden war.

Niemand im Raum teilte dieses Maß an Zuversicht, und sie machten es mit ihrem spöttischen Schnauben deutlich.

„Madeline?", fragte Areleus mit mehr als einem Hauch von Skepsis.

„Madeline und ihr Zirkel haben einen Weg gefunden, Helena zu bestrafen", bemerkte Dominic.

Helenas kühle Fassade bröckelte, und sie zeigte ihren Ekel darüber, dass jemand Minderwertiges sie bestraft hatte. Sie hatten einen Fluch ausgeführt, um Helenas Magie zu entfernen. Es hatte zehn Jahre gedauert, bis Dominic einen Weg gefunden hatte, dem entgegenzuwirken, und dabei hatte er entdeckt, wie man Hexen daran hinderte, Magie gegen ihn anzuwenden. Helena brauchte mehrere Minuten, um ihre Wut unter Kontrolle zu bringen und sie durch Gleichgültigkeit zu ersetzen. In Dominics Augen erschien ein verschmitzter Funke angesichts ihrer Reaktion. Die Reaktion machte ihn menschlicher.

„Umso mehr Grund, dass unsere Anwesenheit bekannt ist und wir rücksichtslos gegen diejenigen vorgehen, die uns unrecht tun. Das ist der Zeitpunkt, ein Statement zu machen, und wenn Dominicus nicht so abgelenkt wäre, weil er mit seinem menschlichen Spielzeug spielt, würde er es genauso sehen wie ich“, zischte Helena. Das Glitzern seiner Belustigung erlosch, ersetzt durch Streitlust und Wut. Helena blickte von ihm zu ihrem Vater. „Zerbrich Dominics kleines Spielzeug, geh von hier weg und finde Peter. Töte ihn auf die gewalttätigste und qualvollste Weise, die möglich ist. Mach es zu einem Spektakel und einem Statement, dass wir uns niemals ungerecht behandeln und wie Tiere gefangen halten lassen oder ihre kleinlichen Vergeltungen ertragen werden. Wir müssen darin übereinstimmen. Eine vereinte Front. Kein Zaudern oder Verhandlungen. Bruder“ – ihre Augen glühten wie feurige Schlitze – „Kompromiss ist nie die Antwort. Nie.“

Ich blickte zu Areleus, der offensichtlich mit ihrer Tirade einverstanden war, denn er nickte majestätisch, als würde er eine Position zurückerobern, die er kurzzeitig verlassen hatte. Gewalt war offenbar seine primäre Strategie der Wahl, um mit allem umzugehen.

„Die wenigen Herausforderungen in deinem Leben hätten von Verhandlungsfähigkeiten profitiert, oder zumindest von Zurückhaltung. Vielleicht solltest du irgendwann erwägen, dich wie eine Erwachsene zu benehmen“, sagte Dominic, und sein Ton brannte vor Missbilligung.

„Und du musst aufhören, Menschen zu ficken!“, fauchte Helena.

„Ich werde es tun, wenn du es tust.“

„Es gibt offensichtlich einen Unterschied in unserer Sichtweise von Menschen. Ich sehe sie als das, was sie sind – Unterhaltung. Um ein fleischliches Bedürfnis zu befriedigen. Nichts weiter.“ Helena richtete ihre Unzufriedenheit auf mich. „Sie sind für unser Vergnügen da, und so war es schon immer.“ Sie runzelte die Stirn. „Genau wie ihre Existenz sollte unser Umgang mit ihnen flüchtig sein. Es ist töricht, ihr Leben über unser Unbehagen zu stellen.“

Ich sprang auf die Füße. „Du bist so ein Miststück“, fauchte ich. „Du solltest direkt zur Hölle fahren. Und nein, ich meine nicht, was auch immer dieser verdammte Ort ist. Ich würde dich gern in Flammen gehüllt sehen, während du die Art von Schmerz fühlst, die jemand wie du verdient hat." Ich wandte mich ihrem Vater zu. „Und das gilt auch für dich." Ich warf einen Blick in Dominics Richtung und sah die Abscheu über die Bemerkung seiner Schwester noch auf seinem Gesicht, der einzige Grund, warum ich ihn nicht auch in die Hölle wünschte. In meinem wütenden Zustand waren meine Emotionen schwer zu sortieren. „Ich sitze hier und versuche, mitfühlend zu sein, zu überlegen, wie es sich für mächtige Wesen anfühlen muss, machtlos gemacht zu werden, aber ihr seid ein verdammt klares Beispiel dafür, warum manche Leute Macht oder Autorität nicht verdienen. Ich bin kein Insekt, das du unter deinem Pantoffel zerquetschen kannst. Ich bin ein Mensch. Mit einem Leben, Freunden, Familie, Träumen und Menschlichkeit, und ihr betrachtet mich als unbedeutend."

„Aber das bist du. Aus irgendeinem Grund wurde dir eingeredet, dass du es nicht bist. Begreifst du, wie schnell du zerquetscht werden könntest, wenn wir es wollten? Also ja, du bist unbedeutend, wie der Rest deiner Art", sagte Helena.

Ich schluckte meine Angst herunter, obwohl sie aussah, als wollte sie mir meine Unbedeutendheit demonstrieren.

„Neben dem Zur-Hölle-Fahren wäre es auch nett, wenn du verdammt nochmal endlich die Klappe halten würdest. Große Macht bedeutet, dass du die Verantwortung hast, nicht das größte Arschloch auf Erden oder sonstwo zu sein. Etwas, wobei du kläglich versagst. Ich hatte keine Wahl bei alldem, und hätte ich eine gehabt, wäre euch über den Weg zu laufen das Letzte, was ich je gewollt hätte, das kannst du mir glauben. Ihr seid alle solch reuelose Größenwahnsinnige und könnt nicht über eure aufgeblasenen Egos hinaussehen, um das zu reparieren, ohne auf Gewalt zurückzugreifen." Ich warf Areleus einen tadelnden Blick zu, nur für den Fall, dass er dachte, er wäre nicht gemeint.

„Ich weiß nicht, was Peter am Ende will, aber ich bin sicher, dass er, wenn er scheitert, andere auf einige Ideen gebracht hat. Ihr seid keine Insel. Dominic scheint der Einzige zu sein, der das begreift. Hört auf, so beiläufig über den Mord an mir zu reden, und arbeitet verdammt nochmal zusammen, um zu verhindern, dass diese Situation nochmal passiert. Bringt die anderen Übernatürlichen dazu, mit euch arbeiten zu wollen, weil sie sehen, dass euer gemeinsames Interesse es für alle besser macht. Und hört auf, Menschen zu unterschätzen! Wir sind weitaus widerstandsfähiger, als ihr denkt. Und ich bin niemandes Spielzeug." Ich warf Dominic einen Blick zu, um das zu betonen, falls er für den Bruchteil einer Sekunde auf die Idee kommen sollte, etwas anderes zu denken.

Helena wirkte selbstgefällig, und Areleus blickte auf mich herab, als hätte er gerade einen kindlichen Wutanfall beobachtet.

„Wir sind uns bewusst, dass Menschen widerstandsfähig sind und dass ihre Leben Bedeutung haben, Luna", sagte Dominic. Ich sah den unausgesprochenen Teil in dem sanften Lächeln, das er mir schenkte. Mein Leben hatte Bedeutung, eine Einstellung, die sein Vater und seine Schwester nicht teilten. An dieser Stelle hätte ich alles von Anand akzeptiert. Er war definitiv die Person in einem Raum voller Chaos, die man nie als Barometer dafür verwenden konnte, wie schlimm die Situation war.

„Sie hat nicht Unrecht", sagte Nailah, nahm Areleus' freie Hand in ihre und lenkte seine Aufmerksamkeit von mir auf sie. Meine Worte an ihn waren verschwendet, weil er mehr von meiner Dreistigkeit angewidert war, ihn und seine schreckliche Tochter kritisiert zu haben, als von der eigentlichen Kritik.

Ich hasste diese Welt so sehr und wusste ohne Zweifel, dass ich nicht in beiden existieren konnte. Die menschliche

Welt war mein Platz. Der Hauch von einem Wunsch, in beiden zu existieren, war verschwunden.

„Wir sollen unsere Hoffnungen auf Madeline und ihren Zirkel setzen, ohne dass du dort bist, ohne sie in unserem Sinne zu beeinflussen?", fragte Areleus und stachelte Helena mit einem weiteren Argument für meinen Tod im Namen des großen Ganzen an, und sie war genau die Heldin, die den Ball aufgriff.

„Das würde ich nicht tun. Ich hatte Visionen von eurer Gefangenschaft, aber ich konnte nicht viel davon verstehen. Peter hat sich mit dem Konvent getroffen und ihnen mitgeteilt, dass er sie von eurer Herrschaft befreit hat. Dank ihm können sie sich jetzt frei und mit Straffreiheit in der Welt bewegen. Ich wusste, dass ihr alle in Gefahr seid, irgendwie hier eingesperrt. Obwohl er verschwiegen war, hat er angedeutet, dass Peter" – Nailah verdrehte die Augen, was mich glauben ließ, dass es ein von ihm gewählter Name war und nicht der, unter dem er normalerweise bekannt war – „oder vielmehr Ansel, einen Sitz im Konvent wollte."

Ich hatte also recht mit seinem Namen. Ich hoffte, sie teilte meine anderen Vermutungen auch, nämlich, dass er einen Platz im Konvent wollte, um eine Übernahme zu starten – wahrscheinlich eine feindliche.

„Madeline traut ihm nicht. Seine Art hat eine Geschichte, die nicht ignoriert werden kann. Sie entscheiden sich, sich mit dem Teufel einzulassen, den sie kennen, einem, von dem sie wissen, dass man vernünftig mit ihm reden kann." Nailah warf Areleus einen bedeutungsvollen Blick zu, um diesen Punkt zu unterstreichen, und schickte eine Aura der Zuversicht in Dominics Richtung. Das brachte eine finstere Miene auf das Gesicht des Herrn – Verachtung für seinen Sohn oder vielleicht für das, was er repräsentierte: ein winziges Maß an Menschlichkeit.

„Madeline ist zuversichtlich, dass sie und ihr Zirkel einen

Weg finden können, den Zauber aufzuheben oder zu umgehen“, fügte Nailah hinzu.

„Zuversichtlich und sicher sind zwei sehr verschiedene Dinge“, bemerkte Areleus.

Dominic blickte einen Moment lang auf seinen Vater, bevor er sich wieder Nailah zuwandte. „Was wird der Preis für diese Hilfe sein?“, fragte er.

Nailah runzelte die Stirn. „Rücktritt. Sie glauben, ihr seid nicht länger von Nutzen. Sie heben den Zauber auf, und alle Verbindungen zwischen euch und den Übernatürlichen werden getrennt.“ Nailah kehrte zum Tisch zurück, griff nach der Tasche, die sie neben sich gestellt hatte, und zog eine Rolle Pergament hervor. Sie öffnete sie, und das gelbe Glühen von Magie erleuchtete die Worte und darunter ihre Blutsignatur. Areleus nahm das Papier und las langsam, während Helena neben ihn trat, um die Bedingungen zu lesen. Nachdem sie fertig waren, reichten sie es Dominic, der es lange betrachtete. Als er fertig war, seufzte er.

„Was genau erwartet ihr, dass wir mit unserer Zeit tun?“, fauchte Helena.

Nailah hielt sich zurück, und Irritation flammte nur kurz in ihren Augen auf. „Ihr werdet sicher andere Wege finden, euch zu unterhalten. Die Frage ist: Was ist euch eure Freiheit wert?“

„Alles“, sagte Areleus. Trotz meines Wissens über ihre tödliche Geschwindigkeit und unmerkliche Bewegung war ich nicht vorbereitet. Die Kugel aus Magie traf meine Brust. Ich flog zurück und krachte gegen die Wand. Die Luft wurde aus meinen Lungen gepresst, und es fiel mir schwer, einzuatmen.

Aus dem Weg, ermahnte ich mich. Da ich nicht rechtzeitig auf die Füße kam, rollte ich weg, um zu verhindern, dass die nächste Kugel mich an derselben Stelle traf. Sie erwischte mein Bein mit einer Explosion von Schmerz. Ich war sicher, dass es gebrochen war, bereitete mich auf einen weiteren

Schmerzstoß vor und rappelte mich auf. Das Bein schien nicht gebrochen, aber Schmerz schoss dennoch durch mich.

Areleus stürzte mit ausgefahrenen Krallen auf mich zu, aber ein Ausbruch von Dominics Magie traf seine Brust. Ein weiterer pfeilförmiger Blitz traf die Mitte seiner Stirn und ließ seinen Kopf zurückschnappen. Während er fiel, erwachte eine chaotische Turbulenz der Magie: ein Zyklon aus Feuer und Möbeln, der durch den Raum tobte. Ich versuchte, Nailah zu folgen, als sie aus dem Raum stürzte, während Anand die Möbel abwehrte, die in meine Richtung flogen, und ich denen auswich, die er verfehlte. Ich wurde wieder zu Boden geschleudert. Ich rollte mich zusammen, biss die Zähne zusammen und riss die große Glasscherbe aus meinem Bein, warf sie weg und zwang mich, aufzustehen.

Areleus stand bereits wieder und teilte seine Aufmerksamkeit zwischen Dominic und mir auf. Feuer loderte in Dominics und Areleus' Augen, als sie einander fixierten. Ihre Magie kam zu einem beunruhigenden Stillstand, als hätten sie stillschweigend beschlossen, sie nicht zu nutzen. Beide fuhren ihre Krallen aus und stürzten aufeinander zu. Sie stießen zusammen, Areleus zog seine Krallen zurück und versetzte Dominic einen harten Schlag aufs Kinn. Mit der anderen Hand, deren Krallen ausgefahren blieben, fuhr er über Dominics Schulter. Während sie kämpften, zeigte sich, dass Areleus seine Krallen besser beherrschte als Dominic. Ohne Zurückhaltung entwickelte sich der Kampf zu einem brutalen Austausch von blitzschnellen Bewegungen, Ausweichen, Schlägen auf Gesicht und Körper und dem Abwehren von Krallenschlägen in Richtung Hals. Ein kraftvoller Schlag auf Dominics Brust ließ ihn durch die Luft fliegen, gegen den Ofen krachen und ihn eindellen. Dominic erholte sich und pflügte auf seinen Vater ein. Seine Krallen glitten über dessen Brust, zerrissen sein Hemd und fügten ihm oberflächliche Schnitte zu.

Helena wirkte perplex. Immense Berechnung lag in ihren Augen, als sie den Kampf beobachtete.

Mein Herz pochte wild, als Helena ihre Aufmerksamkeit auf mich richtete. Ich wich humpelnd zurück und warf einen Blick auf die Treppe, wohin ich mich zurückziehen wollte. Helena wäre auf mich losgegangen, wenn die Sorcee nicht gewesen wären, die die begrenzte Form angenommen hatten, zu der sie fähig waren, und gegen das Glas geschlagen hätten, um hereinzukommen. Blut. Ich hatte geblutet, und sie waren hinter mir her. Areleus öffnete die Lippen, als er über seine Schulter die verzweifelten Versuche der Schatten bemerkte. Spekulation auf seinem Gesicht wich schnell Verständnis. Er ignorierte Dominic und stürzte auf mich zu. Er kam bis auf wenige Zentimeter an mich heran, bevor Dominic seine Krallen in seinen Bauch stieß. Areleus fiel auf die Knie, die Augen weit aufgerissen, als Dominic einen Zauber flüsterte. Magie knisterte in der Luft. Areleus starrte auf den kleinen Bereich freiliegender Haut, der durch sein zerrissenes Hemd sichtbar war, wo er nun die Male sah, die einst die Magie seiner Tochter gebunden hatten.

„Bring sie hier raus!", befahl Dominic Anand. Ich hätte mich bewegen sollen. Ich wollte mich bewegen. Doch ich stand wie angewurzelt da, unfähig, meinen Blick abzuwenden, als ich zur Zeugin von Dominics Mord an seinem Vater wurde. Ohne Magie konnte Areleus nicht heilen.

Ich hyperventilierte. Ich musste langsam atmen. Es war gerechtfertigt. Er hätte mich getötet, wenn Dominic nicht eingegriffen hätte. Diese Gedanken rasten durch meinen Kopf, als Anand mich wegführte. Er zog mich mit, bis er mein Humpeln bemerkte. Trotz meiner schwachen Proteste hob er mich hoch, und das Letzte, was ich hörte, war Dominics ernste Stimme, die seinem Vater sagte, er solle ihn ansehen, und die verzweifelten Versuche der Schatten, ins Haus zu gelangen.

12

Anand setzte mich auf das Sofa in Dominics Schlafzimmer und nahm seine Position als Wache an der Tür ein, als gäbe es eine plausible Gefahr, dass ich fliehen könnte. Wenn ich es gekonnt hätte, was hätte ich gesehen: den Sturz des Herrn der Unterwelt durch die Hand seines Sohnes? Zwei Geschwister, die über Vatermord stritten? Helena, die Dominic nach mehr Informationen über mich drängte? Oder sie, die plante, das zu vollenden, was ihr Vater begonnen hatte?

Das musste enden. Ich musste es beenden. Ich wäre in der Unterwelt nicht sicher, bis wir frei waren.

„Ich muss in Dominics Büro. Ich weiß, wie ich das lösen kann", platzte ich heraus.

Anands Gesicht zeigte mehr Emotionen, als ich je gesehen hatte. Rein. Unverkennbar. Zweifel. Er setzte noch ein spöttisches Grinsen drauf. Er hatte jedes Recht auf seine Zweifel, aber ich hasste es, dass er mich für unbedeutend hielt. Ich war es nicht, und er musste das wissen.

Anand gehörte zu den wenigen Leuten, in deren Gegenwart ich kein Problem hatte, alles über mich zu erzählen. Also tat ich es. Während ich ihm von Dominics Entdeckung berichtete, dass ich ein Quell für Magie sei, dass das Mal verborgen war und wie mein Körper auf die Entfernung der Magie reagiert hatte, machte Anands Spott echter Sorge Platz. Das bewies mir, dass Dominic die Information mit niemandem geteilt hatte, nicht einmal mit Anand.

Wie gefährlich war diese Information, dass Dominic sie seinem Freund vorenthalten hatte? Das führte zu weiteren Fragen, die ich nicht sicher beantworten konnte. Schützte Dominic ihn? Was war die Wurzel von Anands Sorge: ich oder die Situation?

„Deshalb konnte er dich so leicht benutzen. Deine Magie ist seine Magie." Anand rieb sich mit der Hand über das Gesicht und seufzte, seine Stimme hatte einen grimmigen Unterton. „Du bist nicht nur ein harmloser Mensch."

Angst kroch über mich angesichts des dunklen, nachdenklichen Blicks, den er mir zuwarf. Es erinnerte mich daran, dass auch die anderen Übernatürlichen ihn fürchteten. Er hätte nicht so nah bei der Herrscherfamilie überlebt, wenn er nicht selbst eine Macht wäre.

„Ich habe Magie, kann sie aber nicht nutzen. Irgendwie schon menschlich." Ein Werkzeug, das für gefährliche Dinge verwendet werden konnte.

Wie würde das Gefäß der *Tenebras Obducit*-Magie in meiner Welt zurechtkommen? Würde Peters Tod mir wirklich Sicherheit und Frieden bringen? Würde mein Leben davon geprägt sein, dass Übernatürliche die Verbindung zwischen mir und ihm herausfinden wollten? Falls sie je entdeckt würde, was würde dann passieren? Als Werkzeug mächtiger Magie würde ich nie in Ruhe gelassen werden. Meine Hoffnung war, die Kugel zu benutzen, um die Magie zu entfernen und meine Verbindung zu Peter bedeutungslos zu machen.

„Ich möchte den Zauber noch einmal versuchen und die Magie aus mir entfernen. Wenn das gelingt, werden wir alle frei sein. Zumindest ein Problem, das ich lösen könnte. Das wir lösen könnten."

Ich nahm an, dass er den Zauber ausführen konnte. Ich brauchte ihn oder jemanden, der es konnte. Anand war eine Anomalie, ein Wandler, der sich nicht wandeln konnte, aber spezifische Magie besaß. Ich hoffte, dass er zumindest den Zauber auslösen konnte.

Nach mehreren Momenten des Nachdenkens nickte er widerwillig. Bald stand er neben mir und hob mich mit der beunruhigenden Anmut und Kraft eines Wandlers hoch.

„Ich kann laufen", sagte ich mit weit mehr Mut und Zuversicht, als ich empfand. Alle Schmerzen hatten sich zu einem dumpfen Pochen im ganzen Körper vereint, das bei der geringsten Bewegung aufflammte.

Ich hätte mich tragen lassen sollen. Meine Beine zeigten meinem Stolz den Stinkefinger, und das zu Recht. Nichts war gebrochen, da war ich mir ziemlich sicher. Aber ich hatte eine Zerrung oder Verstauchung erlitten. Jeder Schritt jagte eine Welle von Schmerz durch mich. Entschlossenheit trieb mich zu Dominics Büro, wo ich erleichtert aufatmete, als die Tür sich ohne Magie öffnete. Meine weggeworfenen Kleider waren weggeräumt, aber die Kugel und das Messer lagen noch auf dem Schreibtisch. Ich ging zu den Regalen und durchsuchte die Bücher. Als ich das Zauberbuch, das Dominic benutzt hatte, nicht fand, durchwühlte ich hektisch die Schubladen und ignorierte Anand, der wiederholt meinen Namen rief, um meine Aufmerksamkeit auf sich zu ziehen. Ich war sicher, dass ich wie eine Verrückte aussah, denn genau so fühlte ich mich. Das Mantra „Schau, dass du verdammt nochmal aus der Unterwelt rauskommst" wiederholte sich in meinem Kopf. Die Mission war klar, und ich hatte nicht vor, mich ablenken zu lassen.

„Luna!" Anands lauter Ruf hallte durch den Raum. Ich riss den Kopf hoch. Seine engelhaften Züge waren durch seine scharfen, wilden Augen und einen finsteren Blick verdunkelt. Ich schluckte einen Seufzer herunter, ließ mich auf den Schreibtischstuhl fallen, legte die Arme auf den Tisch und vergrub das Gesicht in der Armbeuge. Obwohl Dominic nicht hier war, hing sein Duft im Raum. Ein Hauch magischer Energie wehte von der Kugel oder dem Messer herüber. Alles erinnerte an Dominic und die Gewalt, die ich erlebt hatte und der ich nicht entkommen konnte. Die angespannte Stille dehnte sich zusammen mit meiner Geduld. Ich wollte verzweifelt nach Hause.

„Er hat seinen Vater getötet", flüsterte ich, meine Worte gedämpft. Dass Dominic gesagt hatte, er werde es tun, und dass er es tatsächlich getan hatte, waren völlig verschiedene Dinge, die ich schwer begreifen konnte. Mord war ein abstrakter Gedanke in meinem Kopf. Wie oft werden leere Morddrohungen ausgesprochen? „Du hast den letzten Kuchen genommen, ich bring' dich um." „Sie hat Wein auf mein weißes Hemd geschüttet, ich wollte ihr den Hals umdrehen." „Mein Vater ist ein unmenschliches Monster der Unterwelt, und ich werde ihn töten und seinen Platz übernehmen." Gesagt, getan.

„Er ist nicht tot", widersprach Anand. Ich riss den Kopf hoch. Dreiste Lügen aus dem Mund des engelhaften Mannes, der brutal ehrlich war, waren ein weiterer Punkt auf der langen Liste der Dinge, die in dieser Welt schrecklich falsch liefen.

Ich schnaubte. „Haben meine Augen mich getäuscht? Habe ich nicht gesehen, wie er seinem Vater die Krallen in den Bauch gerammt und einen Zauber gesprochen hat, um Areleus' Heilung zu verhindern? Wie soll er das überleben?"

„Ich habe dasselbe gesehen. Ich habe ihre Kämpfe oft gesehen."

„Ich bin sicher, es war nichts wie das hier", behauptete ich. Niemand konnte mit jemandem leben und auch nur einen Hauch von Anstand zeigen, nachdem man sich in einem so rücksichtslosen Kampf gegenseitig verletzt hatte.

Nicht solche Leute. Ich erinnerte mich deutlich daran, dass Areleus gesagt hatte, er würde niemals zulassen, dass Dominic seine Magie einschränkt, wie er es bei Helena getan hatte, weil er wusste, dass es sein Untergang wäre.

„Nicht ganz", gab er zu. Seine honigsüße Stimme fühlte sich wie eine Falle an, die mich in Selbstzufriedenheit oder Akzeptanz von Gebräuchen locken wollte, die kein normaler Mensch akzeptieren sollte, aber ich weigerte mich, mich locken zu lassen.

„Willst du das erklären?", fragte ich, Müdigkeit und Zweifel schwer in meiner Stimme.

Er fuhr sich mit den Fingern durchs Haar und lenkte meine Aufmerksamkeit auf seine Narbe und die haselnussbraunen Augen mit den grünen Schattierungen und den vielen Geheimnissen. Mit einem Ausdruck von Nachdenklichkeit schwieg er lange, bevor er sprach.

„Manchmal ist Dominics Weichheit seine Schwäche."

Toll, jetzt werfen wir einfach Definitionen von Wörtern weg. Warum nicht? In Zeitungen las man jetzt „zumindestens" als akzeptable Variante von „zumindest", und „Weichheit" kann bedeuten, was auch immer wir wollen. Ein Lächeln huschte über seine Lippen. Er hatte definitiv eine Ahnung davon, was in meinem Kopf vorging, weil ich keinen Versuch machte, es zu verbergen.

„Ich weiß, es ist schwer zu verstehen. Ja, Dominic kann grausam und rücksichtslos sein, wenn es nötig ist. Er hat keine Skrupel, ein nachhaltiges Statement zu setzen – für einen Vorteil. Luna, es ist wichtig, dass du verstehst, dass es bei seinem Vater und Leuten wie ihm keine Alternative gibt. Er muss sein schlimmstes Selbst zeigen. Nichts anderes reicht. Areleus ist sein Vater, trotz Dominics Abneigung gegen ihn. Bei all seinen Fähigkeiten, unbarmherzig zu sein, hat er es noch nicht geschafft, aus diesem Brunnen der Grausamkeit und entfesselten Gewalt zu schöpfen, um ihn zu entthronen. Er sagt, er wird es tun, wenn es nötig ist. Es ist schon eine Weile nötig."

„Er hat es heute getan."

Er schüttelte den Kopf. „Er wird ihn nicht sterben lassen. Das war ein Statement. Er hat seinem Vater bewiesen, dass er fähig ist, den Thron zu nehmen. Er gewährt ihm die Würde, ihn aufzugeben."

Dominic betrat den Raum. Anand wirkte nicht überrascht von seiner Anwesenheit, obwohl ich es war. Zerzaustes Haar, ein mit Blut bespritztes Hemd und ein Hauch von ungezügelter Gewaltlust, die seine Bewegungen antrieb – nichts an diesem Mann deutete auf die Freundlichkeit hin, die Gnade gewähren würde.

„Er lebt?", fragte Anand. Es klang wie eine Frage, hatte aber den Unterton einer Feststellung.

Dominic nickte kaum, während er mich unverwandt ansah.

„Ich muss mich umziehen", sagte Dominic und verließ den Raum. Er hielt am Türrahmen inne. „Luna?" Eine Einladung, die ich ignorierte. Er zog eine Braue hoch, seine Augen glühten dunkel und herausfordernd. Er rief meinen Namen mit noch mehr Nachdruck.

„Geh dich umziehen!"

Sein Kiefer bewegte sich hin und her, und ein Funke Belustigung glitzerte in seinen Augen. Nein, eine Herausforderung.

Ich stand auf und nahm die Herausforderung an. Das Gewicht auf meinem Bein jagte Schmerz durch mich. Ich war immer weniger überzeugt, dass es nur eine Zerrung war.

„Jetzt, Luna!" Sein Befehl war knapp. Eine Erinnerung daran, dass er es nicht gewohnt war, um Erlaubnis zu bitten, seine Magie einzusetzen. Er war es auch nicht gewohnt, herausgefordert zu werden. Er atmete tief ein. „Ich nehme an, du bist hier, um den Zauber durchzuführen. Falls wir in deinem Zuhause landen oder von anderen gesehen werden, willst du dich wirklich so zeigen?"

Ich blickte an mir herunter und sah, dass ich definitiv so zerfleddert aussah, wie ich mich fühlte. Mein Shirt und meine Arme waren überall dort blutverschmiert, wo ich sie nach dem Herausziehen der Scherbe aus meinem Bein berührt hatte. Ich nickte und holte scharf Luft, um mich auf den Schmerz beim Gehen vorzubereiten. Mein Magen krampfte bei jedem Schritt, und ich konnte die Schmerzen nicht mehr verbergen, als ich zu ihm ging. Er hielt meinen Blick fest, als er vor mir auf die Knie ging und seinen Finger über mein Bein gleiten ließ. Die mentholartige Kühle durchzog mich und vertrieb den scharfen Schmerz in meinem Bein und Knöchel. Gewebe schien sich heilend zu verbinden, während der beruhigende Duft von Lavendel mich verzauberte und ich dem lindernden Effekt seiner Magie nachgab.

„Bereit?", fragte er und stand auf. Mir entging der Schmerz in seiner Stimme nicht. Er war nicht so gleichgültig über das, was zwischen ihm und seinem Vater passiert war, wie er uns glauben machen wollte.

Sobald er die Schwelle überschritt, zog er seine Kleidung aus und trug das Bündel nackt ins Badezimmer. Momente später begann die Dusche zu laufen. Er kehrte zur Tür zurück, und meine Augen nahmen jeden Zentimeter von ihm wahr, besonders seine beeindruckende Länge, die ein Verlangen weckte, ihn in mir zu spüren.

„Wirst du mir Gesellschaft leisten?" Er warf mir einen sinnlichen Blick zu, der mehr als nur eine Dusche versprach, sondern eine Flucht aus der Realität, während er meinen Körper erkundete und die tobenden Emotionen in ihm beruhigte. Es zeigte sich in seinem Gesicht, seiner Haltung und der Art, wie er mich ansah.

„Ich sollte Nein sagen", sagte ich und fand den winzigen Rest an Pragmatismus, der noch übrig war.

„Wirst du?"

Nein, absolut nicht. Ich folgte seinem Beispiel und zog meine Kleider aus. Ich nahm den Haufen zerrissener und fleckiger Kleidung, ließ sie auf seinen Kleiderstapel fallen und folgte ihm in die dampfende Dusche. Er zog mich in die Kabine, drückte mich gegen die Wand, nutzte die Ausrede, mich zu waschen, um mich einzuseifen, küsste und leckte jeden Teil meines Körpers, den das Wasser traf. Seine Finger glitten in mich, sammelten die Feuchtigkeit zwischen meinen Beinen, streichelten und neckten mich, bis ich einen zitternden Höhepunkt erreichte. Seine Zunge drang mit hungrigem Verlangen in meinen Mund ein. Ich nahm seine seidige Härte in die Hand, und raue, abgehackte Atemzüge füllten den Raum, während ich ihn liebkoste. Ich ging auf die Knie, ließ meine Hände über seine Länge gleiten, streichelte ihn, während ich ihn mit Mund und Zunge neckte. Seine Atemzüge wurden noch unregelmäßiger, seine Finger gruben sich in mein Haar und verkrampften sich vor Lust. Ich spürte die Zurückhaltung und die Spannung in seinen Beinen, als er sich das Vergnügen versagte. Er nahm mich in die Arme, hob mich hoch und trug mich ins Schlafzimmer zurück. Während er das Kondom überrollte, öffnete ich mich ihm. Hungriges Verlangen ließ ihn hart in mich stoßen. Ich kam seinen kraftvollen, gierigen Stößen mit derselben Raserei entgegen, um alle Ereignisse des Tages durch Lust zu ersetzen. Rohe, ungezähmte Hitze trieb seine Bewegungen. Ich spürte ein Verlangen, das die Abwesenheit seines Schwanzes kaum ertrug, als er mich auf den Bauch drehte und erneut in mich eindrang. Er positionierte mich halb kniend, schlang die Arme um meine Brust und spielte mit meiner Brustwarze, während seine Zähne an meinem Ohr knabberten. Unverbrauchte chaotische Magie schlang sich um mich im Takt seiner Stöße. Ein Tier lauerte in Dominic, das beruhigt werden musste. Ich spürte jeden urtümlichen Teil von ihm bei jedem Stoß seiner Hüften. Mein verzweifeltes Stöhnen wurden lauter, als er meine Brüste massierte, die erigierten Brustwarzen zupfte und heiße Küsse auf meinem Körper verteilte. Ich fühlte mich verschlungen von jedem köstlichen Stoß, der in einer gemeinsamen Explosion von Befriedigung endete. Ich brach auf meinem Bauch zusammen, sein warmer Körper auf meinem.

Dann glitt er aus mir heraus, und ich rollte auf die Seite, um ihn anzusehen. Mein Körper kribbelte bei der Erinnerung an seine Berührung. Mein Finger strich über die scharfen Kanten seines Gesichts, entlang der Konturen seines Kiefers und seiner Lippen. Er drückte einen Kuss auf jeden Finger und schloss die Augen. Keiner von uns wollte sich bewegen.

„Besser?", fragte er leise. Entspannt und befriedigt hatte die Spannung meinen Körper verlassen, aber mein Geist konnte die Ereignisse des Tages nicht ignorieren.

„Ein bisschen."

Er wartete, dass ich weitersprach. Ich suchte nach Worten, die nicht herauskommen wollten, und sagte schließlich: „Dein Vater? Ich muss wissen, was mit ihm passiert ist."

„Er lebt", flüsterte er.

„Kaum?"

„Seine Magie ist weg, aber ich habe ihn genug geheilt, dass er nur wenig Schmerzen haben und nicht an seinen Verletzungen sterben sollte." *Für den Moment* schwebte in der Schwere der Luft. „Ich war nicht freundlich zu ihm, nachdem du gegangen bist."

Bitte keine Details, flehte ich stumm. Ich konnte die Grausamkeit und Gewalt nicht verhindern, aber ich musste auch keine expliziten Details darüber hören.

Als hätte er mein stilles Flehen gehört, beließ er es dabei. „Es liegt in der Hand meiner Schwester, ob er lebt. Wenn sie ihn nicht weiter heilt, wird er irgendwann sterben."

Es war komplexer als das. Dominic stellte ihre Loyalität auf die Probe.

enig später duschten Dominic und ich getrennt und zogen uns an. Als wir zu seinem Büro gingen, wurde mir die Abwesenheit der Schmerzen meiner früheren Verletzungen akut bewusst. Ich richtete meine Aufmerksamkeit auf das Problem und nicht auf Dominics Berührungen im Schlafzimmer. Angesichts seiner rohen Intensität, muskulösen Konturen und erotischen Berührung war es leicht, den gefährlichen Zustand, in dem wir uns befanden, zu vergessen und seine Neigung zur Gewalt, wenn nicht gar sein stolzes Eingeständnis, ein Arschloch zu sein, abzutun oder zu akzeptieren.

Er war eine körperliche Schwäche für mich geworden, und das gefiel mir nicht. Als ich sein Büro betrat, traf mich die Realität, dass ich, wenn ich keinen Abstand zwischen uns schuf, für immer mit dieser Welt, der Magie und allem, was sie verkörperte, verbunden wäre. Ich war entschlossen, meine Verbindung zum Prinzen der Unterwelt genau dort zu belassen, wo sie hingehörte – in der Unterwelt. Sobald ich zu Hause war, mussten er und sie Vergangenheit sein. Ich musste nur einen Weg finden, das zu tun. Ich wusste, dass wir die eine Person loswerden mussten, die wusste, was ich war.

Entschlossen ging ich an Anand vorbei, der auf dem Sofa saß, und steuerte auf die Kugel und das Messer zu.

„Wir brauchen das Zauberbuch“, sagte ich zu Dominic. Dunkle Belustigung huschte über sein Gesicht, als er zum Schreibtisch schlenderte und einen Zauber flüsterte, um das Buch sichtbar zu machen, das die ganze Zeit dort gelegen hatte. Die Zeichen darum leuchteten in einem nebligen Bronzeton, bevor sie vom Tisch verschwanden. Seine Beherrschung der Magie war bemerkenswert, oder vielleicht war sie nur für jemanden außergewöhnlich, der solche Fähigkeiten nicht besaß. Anand schien unbeeindruckt von der Darbietung, wahrscheinlich weil er sie sein ganzes Leben lang gesehen hatte. Sie war in seine Existenz eingeprägt.

„Wir werden den Zauber zu Ende führen", wies ich Dominic an. Ich wandte mich Anand zu, der auf seine Hand blickte, während sein dunkler Haarschleier sein Gesicht verdeckte. Er sah in unsere Richtung, als ich seinen Namen rief, und sein Haar wich aus seinem Gesicht, als hätte es einen Befehl erhalten. Falls magisches Haar existierte, ignorierte ich es. Seine Brauen hoben sich.

„Egal, was mir während des Zaubers passiert, er muss fortgesetzt werden", wies ich an. Dominic hatte den Zauber zuvor unterbrochen, und das durfte nicht wieder passieren.

Ihre Lippen wurden schmal. Sie waren beide Männer, die es gewohnt waren, Befehle zu geben, nicht, sie zu empfangen. Ihre Mienen verrieten, dass ihre Zustimmung ihre eigene Wahl war und sie Unterhaltung darin fanden, meine Anweisungen zur Kenntnis zu nehmen. Sie sahen mich an wie ein Kind, das die Welt entdeckt und versucht, mit begrenztem Wissen und Erfahrung Entscheidungen zu treffen.

Das brachte ihnen beiden einen finsteren Blick ein, als sie auf mich zukamen, immer noch mit amüsierten Mienen.

„Natürlich. Der Zauber wird zu Ende geführt, wie von Luna befohlen", warf Anand ein.

„Und dann, Luna?", fragte Dominic. In seiner Frage war keine echte Neugier.

„Dann kehre ich in mein normales Leben zurück, und du kümmerst dich um Peter." Ich atmete tief ein und schloss die Augen für einen Moment, bevor ich ausatmete. „Und erledigst ihn." Ich akzeptierte die unvermeidliche Tatsache, dass Peter gehandhabt werden musste. Er war eine Bedrohung, und jede Ordnung und Regelsetzung in der übernatürlichen Welt basierte darauf, dass Peter nicht da war, um Chaos zu verursachen. Ich klammerte mich an die Hoffnung, dass ich ohne die Magie für ihn nutzlos wäre und frei. Dann könnte ich die Scherben meines zerfledderten Lebens zusammenkehren.

Dominic wirkte nachdenklich und schenkte mir ein knappes Halblächeln. Sorge schimmerte in seinen Augen, weil er nicht wusste, ob ich nur *wegen* der Magie existierte. Er funktionierte nicht gut im Unbekannten. Würde ich nach ihrer Entfernung aufhören, zu existieren? Es war ein Risiko, das ich eingehen musste, denn es war unwahrscheinlich, dass ich in der Unterwelt weiter überleben würde. Solange Areleus lebte, konnte er mit genug Zeit Helena überzeugen, das zu beenden, was begonnen worden war. Wenn er wieder genas, wäre heute nicht sein letzter Anschlag auf mein Leben gewesen.

Wir hatten keine andere Option gefunden, und basierend auf zuvor war es nur schmerzhaft. Ich konnte den Schmerz ertragen, wenn es bedeutete, dass ich danach frei wäre.

Dominic nahm meine Hand und führte meine Hand an seine Lippen. Sein warmer Atem strich über meine Fingerspitzen. Er knabberte an einem Finger, jagte einen Schauer durch mich und ließ einen teuflischen Glanz in seinen Augen aufblitzen.

„Hör auf", flüsterte ich. „Ich werde die beiden Dinge nicht vermischen."

Doch es war schwer, nicht die Pracht seiner mächtigen und dunklen magischen Fähigkeiten mit der Anziehungskraft seiner rohen, ursprünglichen Sexualität zu verschmelzen. Sie vereinten sich in Dominics Wesen. Unbestreitbar Dominic. Diese Eigenschaften beherrschten meine Gedanken, als er in meinen Finger stach und mir die Kugel reichte. Ich hielt das magische Objekt fest, während Dominic den Zauber las. Magie legte sich um mich, schmerzhaft, aber erträglich. Sie steigerte sich schnell, wütete gewaltsam durch mich, zerrte und riss, während sie die Magie aus mir herauszog. Tränen stiegen in meine Augen, der Schmerz raubte mir all meine Energie, bis ich auf den Boden sackte und mich zu einer Kugel zusammenrollte, die Kugel an mich gepresst. Ich weigerte mich, sie mir nehmen oder sie wegrollen zu lassen. Ich war zu weit gekommen, hatte zu viel ertragen, um es enden zu lassen … Jeder Moment wurde zur Herausforderung, sie festzuhalten. Ich schluckte den Schmerzensschrei herunter, als Magie jeden Aspekt meines Seins durchdrang und die dunkle Magie herauszog, die nicht in mir sein sollte. Ich wurde benommen, als die Minuten verstrichen, und fühlte mich, als würde ich entzweigerissen.

Als die Dunkelheit kam, war es eine willkommene Gnade.

13

Weiches, melonenfarbenes Licht sickerte durch die Schlitze der geschlossenen Jalousien, als ich meine Augen öffnete. Ich spürte sofort, dass die Laken nicht so weich und luxuriös waren wie die, auf denen ich die letzten Tage geschlafen hatte, und streckte mich auf dem Bett aus, das nicht die weiche Behaglichkeit von Dominics Bett besaß.

Ich war zu Hause. In meinem Bett. Es hatte funktioniert.

Als ich mich abrupt aufsetzte und den Raum scannte, blieb mein Blick an Dominics imposanter Gestalt hängen, die in der Ecke stand. Er hatte die Hände in die Taschen seiner dunkelgrauen Hose gesteckt. Das frische, schmal geschnittene Hemd schmiegte sich an die Konturen seines Körpers. Die Lippen des Prinzen der Unterwelt waren zu einer strengen Linie zusammengepresst, während er mich mit klinisch abschätzenden Augen musterte.

„Du bist endlich wach", bemerkte er flüsternd.

Ich fuhr mit den Fingern durch meine zerzausten Strähnen und machte einen erfolglosen Versuch, sie zu glätten. „Ja. Wie lange habe ich … geschlafen?"

Hatte ich geschlafen? War ich bewusstlos? In einem

Zustand komatösen Schocks durch unerträgliche Schmerzen?

„Fast zwei Tage."

„Es hat funktioniert!", rief ich freudig und ignorierte den Teil, dass ich fast achtundvierzig Stunden meines Lebens verschlafen hatte. Wir waren aus der Unterwelt heraus, und wenn der Preis verlorene Stunden und Schmerzen waren, war es das wert.

Er nickte, obwohl die leere Leinwand seines Ausdrucks besorgniserregend war.

„Stimmt was nicht?"

Ich folgte seinen Augen zum Frisiertisch, wo die Kugel lag. Die leuchtenden, lebhaften grünen Farben, die sie gefüllt hatten, als sie die Magie aus mir gezogen hatte, waren verschwunden. Ich las Dominics gerunzelte Stirn und erkannte, dass die Magie dorthin zurückgekehrt war, woher sie gekommen war.

Sie waren in mir.

Er rieb die Hände über den rauen Schatten des Stoppelbarts in seinem Gesicht und seufzte. Mein Herz pochte in Erwartung der schlechten Neuigkeiten, die er gleich überbringen würde. Sein Gesicht mochte ihn nicht verraten haben, aber seine angespannte Haltung tat es.

„Du bist das Gefäß", sagte er angespannt. „Die Magie aus dir zu nehmen hat den Zauber gebrochen, aber sie ist in dich zurückgekehrt. Du kannst nicht ohne die Magie sein."

Eine der vielen Fragen war beantwortet. Das Entfernen der Magie bewirkte nichts. Ich war immer noch an die übernatürliche Welt gebunden – an Peter. Ich existierte als Werkzeug der Bosheit für ihn.

„Ich brauche eine Dusche", platzte ich abrupt heraus, stieg aus dem Bett und stolperte, als ich meine Beine belastete. Sie fühlten sich wie Gummi an. Meine ersten Schritte waren so ungelenk wie die eines Rehkitz, das laufen lernt. Mein Körper fühlte sich seltsam und ungewöhnlich schwach an.

Ein Moment der Atempause und Zeit, meine Gedanken zu sammeln, war, was ich brauchte.

Dampf von der Dusche füllte den Raum, während ich mich auf den Waschtisch stützte und meinen dampfverschleierten Ausdruck betrachtete. Ich erwartete fast, etwas anderes zu sehen als die Frau, die mich Hunderte Male zuvor angestarrt hatte. Ich war dieselbe Luna, und ich wollte verzweifelt dasselbe Leben. Aber es war nicht dasselbe, und je eher ich das akzeptierte, desto mehr Zeit konnte ich darauf verwenden, das zu tun, was nötig war, um eine neue Version von Lunas Normalität zu erreichen. Mir die Magie zu nehmen war keine Option, also wäre der nächstbeste Schritt, sie unbrauchbar zu machen. Wenn ich die Maschine nicht loswerden konnte, würde ich sie zerstören. Ich würde mein Leben zurückerobern.

Das harte Wasser prasselte auf meine Haut und brachte ein Lächeln auf mein Gesicht. Wie schnell ich mich an die Annehmlichkeiten des Unterwelt-Anwesens gewöhnt hatte! Doch dies war mein Zuhause. Ich seifte meinen Körper mit fruchtig duftendem Duschgel ein und spülte den Schaum und alle verbleibenden defätistischen Gedanken weg. Nachdem ich meine Haare gewaschen, geföhnt und zu einem Pferdeschwanz gebunden hatte, verließ ich das Badezimmer. Dominic war nicht da, doch ich hörte Emonis angespannte Stimme, der es kaum gelang, ihre Frustration und Sorge zu verbergen, als sie nach mir fragte. Ich zog mich eilig an, weites T-Shirt und Leggings genügten, öffnete die Tür und fand Dominic und Anand, die ihr den Weg versperrten.

Emoni hielt eine riesige beigefarbene Tasche und sah aus, als wäre sie kurz davor, sie zu benutzen, um sich den Weg freizuschlagen. Ihr Blick verlor etwas an Hitze durch ihr jugendliches Erscheinungsbild, das durch ihre dicken Locken geschaffen wurde, die am Oberkopf zu einem bauschigen Dutt zusammengezogen waren, die übrigen Haare fielen über ihren Rücken. Frustration hatte Glanz entlang ihres

Nasenrückens und ihrer Wangen hinterlassen. Auch wenn ihre Züge sich so weit entspannt hatten, dass sie harmlos wirkte, legte sie eine Klingenschärfe in ihre Stimme, als sie mich sah.

„Aus dem Weg", forderte sie und fügte ein unaufrichtiges „bitte" hinzu, als sie sich an ihnen vorbeischob. Sie warf ihre Tasche beiseite und zog mich in eine Umarmung, die so fest war, dass sie mir den Atem auspresste.

Sie flüsterte: „Wo warst du? Ich habe dich vier Tage lang nonstop angerufen."

Als sie mich losließ, sah ich die Gesamtheit ihrer Sorge. Sie wirkte, als hätte sie in diesen vier Tagen nicht geschlafen. Sie hatte dunkle Ringe unter den Augen, und die sonst ausdrucksstarke, lebhafte Farbe war stumpf. Sie hob die Tasche auf und drückte sie an sich wie ein Kind ein Kuscheltier.

„Cameron ist ..." Sie suchte nach den Worten, aber sie kamen nicht sofort. „Enttäuscht", sagte sie schließlich. Das schmerzte mehr, als wenn sie mir gesagt hätte, dass sie wütend sei. Unsere Beziehung zur Besitzerin des *Books and Brew* war eine seltsame stillschweigende Vereinbarung, anders als ein normales Arbeitgeber-Arbeitnehmer-Verhältnis. Seit Anbeginn des Unternehmens waren unsere Rollen nicht typisch. Cameron berücksichtigte unsere Ideen und erlaubte uns, einen einflussreichen Teil im Geschäft des Buchladens und Cafés zu übernehmen. Sie gab uns beeindruckende Weihnachtsboni und ein Gehalt, von dem man gut leben konnte. Die kleine Gruppe engagiertes Personal erlaubte uns, eine Arbeitsfamilie zu werden und war einer der Gründe, warum das Geschäft florierte. Es war schwer zu hören, dass Cameron enttäuscht war und glaubte, ich hätte ihre Freundlichkeit ausgenutzt. Wir halfen uns gegenseitig aus, und Last-Minute-Absagen wurden oft problemlos von anderen übernommen. Aber ich war mehrere Tage nicht aufgetaucht. Ohne Anruf, nichts. Was dachte sie wohl? Und

Emoni hatte keine Erklärung, die sie ihr geben konnte. Cameron musste ihr Geschäft führen, und ich war ein No-Show. Ich musste das geradebiegen.

„Ich gehe morgen hin und spreche mit ihr", versicherte ich Emoni. Ich hoffte, ich könnte Cameron überzeugen, mich nicht zu feuern. Aber mit meinem Leben, so, wie es war, konnte ich ihr die Zuverlässigkeit versprechen, die sie brauchte? Ich musste. Ich würde nicht zulassen, dass Peter mir das nahm. Er hatte schon so viel in meinem Leben durcheinandergebracht.

„Luna." Emonis leises, zögerliches Flehen riss mich aus meinen Gedanken und bewahrte mich davor, in Verzweiflung abzurutschen. Sie deutete mit dem Kinn in Richtung meines Schlafzimmers für etwas Privatsphäre.

Die Verzweiflung und Verwirrung in ihrem Gesicht erleichterten die Entscheidung, mit der ich seit ihrem Anblick gerungen hatte. Ich würde sie nicht im Dunkeln lassen, noch würde sie ihrer Magie ausgesetzt sein, um ihre Geheimnisse zu bewahren. Emoni konnte man vertrauen. Sie würden ihr vertrauen.

„Nein, ich denke, wir sollten hierbleiben. Ich habe dir viel zu erzählen, und sie sollten auch dabei sein. Sie können Informationen ergänzen, die ich vielleicht nicht vollständig verstehe."

Dominics Lippen verzogen sich zu einer besorgten Linie. Ich schüttelte den Kopf und warf ihm einen Blick zu, von dem ich hoffte, dass er meine Gefühle vermittelte. *Sie muss es wissen.*

„Okay", sagte sie langsam und setzte sich in mein kleines Wohnzimmer. „Erst Kaffee, okay?"

Es war fast Mittag. Ich hatte an die achtundvierzig Stunden geschlafen oder war in einem Zustand der Bewusstlosigkeit gewesen. Kaffee war definitiv, was ich brauchte. Oder vielleicht Stärkeres. Aber ich brauchte auch was zu essen.

Ich nickte, folgte ihr in meine Küche und holte heraus, was ich brauchte, um Filterkaffee zu machen. Cameron hatte uns jeweils eine Chemex, einen Schwanenhalskessel und Filter zum Jahrestag des Ladens geschenkt. Meine wurde nur benutzt, wenn Emoni zu Besuch war. Ich war zufrieden mit dem Kaffee aus einer Tropfkaffeemaschine. Emoni holte einen Metallbehälter mit gemahlenem Kaffee aus ihrer Tasche.

„Er wurde heute erst gemahlen", sagte sie, aber die einzige Person, die sich darum scherte, dass Bohnen innerhalb von Stunden nach dem Mahlen verwendet wurden, war sie. Ich wusste nicht, ob Dominic und Anand so pingelig mit Kaffee waren wie sie. Während sie den Kaffee zubereitete, ging ich zum Kühlschrank, um nach Essen zu suchen. Beim Anblick des gefüllten Kühlschranks schenkte ich Dominic ein dankbares Lächeln. Wenigstens war er optimistisch gewesen, dass ich aufwachen würde. Ich machte ein Sandwich und aß es schnell im Stehen und sah mich im Raum nach etwas anderem Essbaren um, als ich fertig war. Erst jetzt wurde mir bewusst, wie hungrig ich gewesen war. Anand und Dominic lehnten mein Angebot von Essen ab und wirkten amüsiert, als ich nach dem Sandwich eine Tüte Chips, einen Apfel, ein Croissant und den vorgefertigten Salat verputzte. Emoni hielt beim Kaffeekochen inne und beobachtete besorgt, wie ich aß, als hätte ich Angst, das Essen würde verschwinden.

Satt und gestärkt zu sein half, obwohl mein Körper sich immer noch seltsam anfühlte. Das gummiartige Gefühl war weg, aber ich hatte Schmerzen und fühlte eine Unruhe, als hätte ich mich nicht vollständig in diese Welt eingefügt, eine Diskrepanz, die ich nicht wirklich beschreiben konnte. Ich griff nach einer Handvoll Pralinen, die mich an die dekadenten in der Unterwelt erinnerten, und bot Emoni welche an. Ihr Ausdruck spiegelte sehr gut wider, wie ich mich fühlte, als sie eine aß. Sie schob sich eine weitere in den Mund und genoss sie, wie sie dunklen Röstkaffee genoss.

Ich nickte und setzte mich. Emoni schluckte die Praline herunter, die sie, wie ich schnell erkannte, als vorübergehende Ablenkung benutzt hatte. Ein Teil von ihr musste gewusst haben, dass es gleich seltsam werden würde. Dominic und Anand nahmen den Kaffee, den sie anbot, und sobald sie eine Tasse für sich selbst hatte, lehnte sie sich gegen die Küchenecke.

„Also, was ist los, Luna?", fragte sie. Der Hauch von Verzweiflung in ihren Worten ließ mein Herz schmerzen wegen des Verrats, den sie fühlen musste. Sie war meine beste Freundin, und trotz meines Wunsches, sie zu schützen, glaubte ich nicht, dass ich das Richtige getan hatte, indem ich ihr das vorenthalten hatte.

Ich atmete tief ein und sah zu Dominic, der sich neben mir auf das Sofa gesetzt hatte, und zu Anand, der in der Küche ein paar Meter von der Stelle entfernt saß, wo Emoni stand, und ein kleines Lächeln der Wertschätzung für den Kaffee im Gesicht hatte. Emoni lächelte in seine Richtung, das Interesse, das geweckt worden war, als sie ihn im Café gesehen hatte, jetzt erneuert. Kaffeesnobs zu sein schien keine ausreichende Grundlage für Anziehung zu sein, aber ich hatte Seltsameres gesehen.

Ich begann, ihr von Peter zu erzählen. Sie schien nicht im Geringsten überrascht, dass er sich als schrecklicher Magieanwender entpuppt hatte. Eigenartigerweise nahm sie den Strom an Informationen gut auf.

„Er besitzt mächtige Magie und hat mich benutzt, um Gefangene aus der Unterwelt freizulassen", wiederholte ich mit Nachdruck und erwartete mehr Emotion als ihr langsames Kopfnicken und Nippen an ihrer Tasse. Die einzige Veränderung war, dass sie ihre Position wechselte. Sie klammerte sich am Tresen fest, als ich ihr erzählte, dass ein Vampir sie gezwungen hatte, mich zu Peter zu bringen, und wurde blass, als sie erfuhr, dass Peter den illegalen Nekri-Zauber durchgeführt hatte, der sie im Wesentlichen zum Tode verurteilt hatte. Ich erzählte ihr, dass Dominic ihr Leben gerettet hatte, ließ aber den Teil aus, dass er gezögert hatte, weil es ihn daran gehindert hatte, Peter zu verfolgen. Sie schwankte, als ich erklärte, dass ihre Erinnerungen manipuliert worden waren, um das gesamte Ereignis zu vergessen.

Anand ließ seine Tasse auf dem Tresen stehen und war in Sekundenschnelle neben ihr. So demonstrierte er ihr seine übernatürliche Geschwindigkeit. Sie verzog das Gesicht angesichts der Vorführung und seiner Nähe, schloss die Augen und atmete mehrmals langsam durch. Die Stille dehnte sich von Augenblicken zu Minuten, während sie mit dieser Information rang.

Ich ging zu ihr und legte eine Hand auf ihre. Sie fühlte sich kühl an, und ihre Haltung wurde steif. Sie würde ohnmächtig werden.

„Emoni", flüsterte ich.

„Ich bin okay", versicherte sie mir. Sie war nicht okay. Es gab spürbare Risse in der mutigen Fassade. Es war nur eine Frage der Zeit, bis sie zerbrach.

„Es tut mir leid, dass ich dich da hineingezogen habe", sagte ich.

Sie schüttelte den Kopf, bevor ihr Blick zu Anand wanderte, der immer noch nahe bei ihr stand, als wartete er darauf, dass sie zusammenbrechen würde. Trotz der Schwere der Situation und ihrer offensichtlichen Betroffenheit schien sie entschlossen, Mr. Übernatürlich keinen Grund zu geben, sie zu retten. Ich schnaubte leise, bevor ich mein Lachen herunterschlucken konnte. Ihre Kleinlichkeit war liebens-wert und erinnerte mich daran, wie sie Jacksons Bestellung jedes Mal falsch machte, wenn er nach unserer Trennung ins Café gekommen war, oder „treuloser Arsch" auf seine Becher geschrieben hatte. Es war Emoni im Beschützermodus, und jetzt zeigte sie, dass wir das hatten – dass wir mit allem fertigwerden konnten, was auf uns zukam. Ihre resolute Persönlichkeit machte mir immer Mut.

Sie wandte sich Anand zu. „Welche Art von magischem Wesen bist du? Ein Vampir?"

Er schnitt eine Grimasse.

„Ich glaube, er mag keine Vampire", flüsterte ich.

Sie sah verwirrt aus, und das verständlicherweise. Ich war sicher, sie hatte dasselbe getan wie ich und eine Trennlinie zwischen Mensch und Nicht-Mensch gezogen. Das war leicht, wenn man die Nuancen, die Geschichte, die Politik und die Motive nicht verstand. Vieles davon war für mich immer noch verwirrend.

„Ich bin ein Wandler. Wolfswandler."

Ihr Unbehagen wurde zu Faszination. „Kann ich es sehen?"

„Ich kann nicht wandeln."

Verwirrung fegte wieder über ihr Gesicht, und sie sah mich nach Antworten suchend an.

„Lange Geschichte", sagte ich. „Lass mich alles fertig erzählen."

Was auch immer an Entschlossenheit in ihr blieb, sie wappnete sich, um den Rest durchzustehen. Ihr Blick driftete weiterhin mit heftiger Neugier zu Anand. Ein engelhafter Wandler, der sich nicht wandeln konnte, in der Unterwelt lebte und ihr nicht mehr Informationen als das anbot. Ich überlegte, ob sie seine gesamte Geschichte wissen musste. Ihr Interesse würde zu mehr Fragen führen, sobald wir allein waren, das wusste ich, aber es war nicht an mir, ihr seine Geschichte zu erzählen. Ich hoffte, sie konnte das respektieren. So, wie ich sie kannte, würde sie meine Grenzen respektieren, aber keine Angst haben, die Quelle zu befragen. Es würde ein Verhör geben.

Ihre Akzeptanz dieser seltsamen neuen Welt schwankte bei Dominics Rolle als Prinz der Unterwelt und löste sich auf, als ich ihr erzählte, dass ich ein Gefäß war und benutzt worden war, um uns in der Unterwelt einzusperren, und was wir getan hatten, um zu entkommen. Dominic übernahm es, von dem Brechen des Zaubers zu erzählen, der uns eingesperrt hatte, und füllte die Lücken in der Geschichte, die mir fehlten.

Die neuen Informationen hallten in der Stille nach, als sie meine Schränke durchwühlte und eine fast volle Flasche Wodka mit Pfirsichgeschmack herausholte, die wir vor ein paar Wochen während unseres Filmabends geöffnet hatten: eine Ausrede, um zu trinken, zu plaudern, Snacks und Essen ohne Nährwert zu uns zu nehmen, unter dem Vorwand, TV-Serien zu bingen. Sie goss ihren Kaffee aus, spülte die Tasse aus, füllte sie mit Wodka und trank dann einen langen Schluck.

„Du bist der Prinz der Unterwelt? Was ist deine Bezeichnung? Vampir, Hexe, ein nicht wandelnder Wandler?“ Sie warf ein verschmitztes Grinsen in Anands Richtung.

„Nichts davon“, sagte er. Seine ätherische Bewegung ließ ihn Zentimeter von ihr entfernt stehenbleiben, Krallen mit einer Leichtigkeit ausgefahren, als würde er ihr seine manikürten Fingernägel zeigen. Sie nahm es mit einem zitternden Atemzug zur Kenntnis.

„Das ist das Einzige, was sich wandelt?“, fragte sie und trank einen weiteren langen Schluck.

Er nickte. „Ich kann Magie und Zauber wirken, aber alles hat seine Grenzen, wie bei jedem anderen. Während Vampire andere zwingen können, kann ich Erinnerungen manipulieren. Aber ich lebe nicht von Blut. Ich bin, was ihr als unsterblich definieren würdet, und sehr schwer zu töten.“

„Also, wenn ich dich pfähle?“, forderte sie ihn heraus.

„Es würde mich wütend machen und verdammt wehtun.“ Nach einem weiteren langen Schluck fiel ihr Blick auf seine Brust. Ein Pfahl durchs Herz würde nur wehtun.

„Und du?“ Sie richtete diese Frage an Anand.

„Wandler sind schwerer zu töten, weil wir extrem schnell heilen“, erklärte Anand.

Ich vermutete, dass er noch schwerer zu töten war wegen der Magie, die er neben seinen Wandlerfähigkeiten besaß.

Emonis Lippen verzogen sich zu einer zitternden Linie, als sie versuchte, diese neuen Informationen und die Welt, die neben ihrer existierte, zu begreifen.

„Bist du unsterblich?“, fragte sie mich zögerlich und zeigte wieder Risse in der mutigen Fassade, die sie präsentierte.

„Ich glaube nicht.“

„Woher weißt du das? Du bist eine magische Quelle. Wirst du als“ – sie runzelte die Stirn, atmete tief ein und hielt die Luft an, bevor sie wieder ausatmete – „Mensch betrachtet? Wie unterscheidest du dich von einem Vampir, einer Hexe oder einem Wandler?“

Dominic antwortete. „Niemand ist wirklich unsterblich. Wir alle können dem Tod erliegen. Hexen und Wandler leben länger als durchschnittliche Menschen, aber sie sterben an Altersschwäche. Vampire können getötet werden, aber ihr Aussehen bleibt, wie es war, als sie verwandelt wurden. Dasselbe gilt für mich. Ich kann getötet werden. Es ist ziemlich schwierig, aber es ist möglich.“

Dominics Erklärung über Unsterblichkeit klärte nicht viel. Vampire alterten nicht und waren schwer zu töten. Das ist Unsterblichkeit für mich. Wandler und Hexen waren nicht unsterblich.

„Definiere länger?“

Emoni kam der Frage zuvor, die ich hatte.

„Hexen leben etwa zweihundert Jahre, Wandler dreihundert“, sagte Dominic. Es mochte keine Unsterblichkeit sein, aber sie überlebten die Menschen, denen sie begegneten. Das Risiko der magischen Verwässerung hielt sie davon ab, sich mit Menschen zu paaren, aber ich vermutete, dass ein weiterer Grund war, dass sie ihren Partner sterben sehen müssten.

„Ich weiß nicht, ob Luna unsterblich ist", gab Dominic zu. Mein Mund öffnete sich, aber die Fragen kamen nicht heraus.

Nichts. Ein Schwall von Fragen kam mir in den Sinn, aber ich war sprachlos.

„Sie existiert, um *Tenebras Obducit*-Magie zu halten. Dunkle und mächtige Magie. Nimm sie ihr, und sie stirbt. Ich kann nicht mit Sicherheit sagen, ob Peter, der Magie aus der Quelle schöpft, ihre Lebenserwartung beeinträchtigt." Er hielt meinen Blick fest, und mit großer Anstrengung schloss ich den Mund und versuchte verzweifelt, stoisch zu wirken, etwas, worin ich massiv scheiterte.

Als er näher an mich herantrat, verschwand jede Emotion aus seinem Gesicht, vielleicht, um mir Trost zu spenden. Es diente als Ablenkung, als ich mich auf ihn konzentrierte – nur auf ihn.

„Ich habe versucht, dich zurückzubringen, aber ich konnte es nicht, bis der Zauber umgekehrt wurde." Er wandte die Augen von mir ab, sah Emoni an, dann wieder mich. „Du bist sterblich. Du bist gestorben. Kurz."

Der Preis, die Unterwelt zu verlassen, war höher gewesen, als ich angenommen hatte. Ob kurz oder nicht, das war das Ergebnis: Tod.

Es war kein Kaffee mehr in meiner Tasse, und ich machte mir nicht die Mühe, sie auszuspülen, bevor ich Wodka hineingoss und einen langen Schluck nahm.

„Ich wollte es dir vorhin schon sagen, aber du bist ins Badezimmer geflüchtet, bevor ich es konnte."

Weil ich damit fertigwerden musste, die Magie nicht loswerden zu können, nicht weil ich nur existierte, um als Quelle dafür zu dienen.

„Wie hat Peter herausgefunden, was sie ist?", fragte Emoni

und schenkte mir ein kleines Lächeln. „Ich kann mir nicht vorstellen, dass er es selbst getan hat."

„Nein, er ist ziemlich mächtig. Es muss ein anderer Magier gewesen sein, und Peter hat davon erfahren. Wir haben es uns über die Jahre zur Aufgabe gemacht, die Welt von ihnen zu befreien. Sie" – Dominic wandte sich mir zu – „war ein Notfallplan. Ihr Hauptziel war immer, Chaos und unkontrollierte Zerstörung zu verursachen. Ich bin einer der wenigen, deren Magie und Fähigkeiten mit ihren mithalten kann."

„Mithalten? Er hat dich eingesperrt!" Emoni war in der Defensive, und sie kämpfte darum, ihre Worte und Frustration zu dämpfen.

„Ja, indem er Magie genutzt hat, die er aus ihr geschöpft hat. Er hätte es sonst nicht tun können. Deshalb muss alles getan werden, um ihn davon abzuhalten, auf die Magie zuzugreifen, die sie in sich trägt." Dominics schmallippiges Lächeln spiegelte Emonis. Ein Zusammenkneifen seiner Augen verriet sein Dilemma: Bewunderung für ihre wilde Loyalität und Ärger, dass ihre Feindseligkeit gegen ihn gerichtet war.

„Was bedeutet das für Luna?", fragte Emoni. „Ihr seid frei. Du hast deinen seltsamen Job als übernatürlicher Vollstrecker zurück und, nun, du musst was wegen Peter unternehmen, aber das hat nichts mit Luna zu tun. Sperr ihn ein, mach es diesmal besser, und lass sie ihr Leben zurückhaben." Sie meinte eindeutig ein Leben ohne Dominics Beteiligung. „Ihr zwei" – sie zeigte mit dem Finger auf beide – „seid die Einzigen, die von ihr wissen. Vergesst es einfach und macht weiter."

„Peter wird gehandhabt. Ich habe jede Absicht, ihn zu finden und dafür zu sorgen, dass er nie Zugang zu Luna hat. Soweit ich weiß, ist er außer uns der Einzige, der weiß, dass sie ein Gefäß dunkler Magie ist. Das sollte ihre Sicherheit garantieren."

Das unheilvolle Versprechen überließ nichts der Fantasie.
Der Raum wurde still. Ich nippte weiter an meinem Wodka
und beobachtete, wie Emoni ziemlich gut mit der unverhohlenen Ankündigung umging, dass Peter getötet werden
würde.

„Forest", seufzte Emoni und brach die Stille mit dem
Namen meines Bruders. Sie stellte die Tasse auf den Tresen,
die Augen geweitet und auf mich gerichtet. „Ist er wie du?
Vielleicht hat er es immer gewusst, weshalb er Probleme
hatte, in dieser Welt seinen Platz zu finden."

Dominic schüttelte den Kopf. „Ich glaube nicht."

Ich war nicht überzeugt. Seine „Weltentdecker-Nummer"
könnte eine Reaktion auf die Erkenntnis gewesen sein, dass
er nur ein Gefäß für Magie war. Er könnte mehr wissen. Er
könnte die ganze Zeit gewusst haben, dass seine Existenz
darin bestand, eine magische Quelle zu sein. Die Erkenntnis,
dass das meine Existenz war, wurde zu einer Säure, die in
meiner Brust brannte.

Ich wollte tapfer sein. Mut zeigen, den ich nicht besaß. Es
war zu schwierig. Mein Kopf dröhnte, und ich konnte mich
nicht orientieren. Es war alles zu viel. Ich brauchte einen
Moment, um alles zu verarbeiten. Um einen Plan zu entwickeln. Mit zwei Erinnerungen an den Misthaufen, zu dem
mein Leben geworden war, brauchte ich ein paar Momente
Atempause. Ich entschuldigte mich und ging in mein
Schlafzimmer.

14

Ich saß auf meinem Bett, nahm mein Handy vom Nachttisch und lenkte mich ab, indem ich durch Benachrichtigungen scrollte. Es gab die erwarteten verpassten Anrufe von Cameron und von drei anderen Kolleginnen, einschließlich Lilith. Sogar Reginald, der Tarot-Leser, der mir anvertraut hatte, dass er eine Hexe sei und mich bestenfalls misstrauisch gemacht hatte. Als ich versucht hatte, ihn an das zu erinnern, was er in meinem Haus erlebt hatte, hatte er sich nicht erinnern können, weil Dominic seinen Geist manipuliert hatte. Reginald konnte sich nicht mehr daran erinnern, dass er dabei gewesen war, als wir mit schockierter Verwirrung zugesehen hatten, wie Magie Worte aus einem Buch entfernt hatte.

Es gab Anrufe von meiner Mutter und meinem Vater, die wissen wollten, warum ich unser monatliches Abendessen verpasst hatte. Es gab mehrere Textnachrichten von Forest, die mich an das Abendessen erinnerten, um sicherzustellen, dass ich als der Puffer zwischen ihm und den unaufhörlichen Fragen meiner Eltern da sein würde. Seine Nachrichten kamen in immer kürzeren Abständen, einschließlich einer, die mir sagte, ich solle die Tür aufmachen, weil er vor meiner

Wohnung stand. Als ich beim Abendessen nicht aufgetaucht war, wurden seine Sprachnachrichten und SMS immer aufgeregter, weil meine Eltern ihn gefragt hatten, wo ich sei. „Ich bin nicht dein Babysitter. Reiß dich zusammen", tadelte er in seiner ersten Nachricht. Einen Tag später war seine Stimme flehend und schwer vor Sorge. Keine SMS, seine bevorzugte Kommunikationsform. Ein Anruf. Er gab sogar zu, hören zu müssen, dass ich okay sei.

Ich runzelte die Stirn über die Nachrichten von Jackson, die darum baten, dass wir uns zum Abendessen, für Drinks oder Kaffee treffen, inklusive alberner Emojis und der Verwendung von Lulu, seinem Spitznamen für mich, in einem erbärmlichen Versuch, liebenswert zu wirken. Selbst bei seinen Versöhnungsversuchen war er rücksichtslos und arrogant. Er wusste, dass ich es hasste, Lulu genannt zu werden; ich hatte es ihm oft genug gesagt. Seine Reaktion war der Versuch, mich davon zu überzeugen, dass es auf wundersame Weise meine Gefühle dazu ändern würde, wenn er es sagte. Nachdem die rosarote Brille der Liebe entfernt war, waren alle Zeichen, dass die Beziehung früher hätte enden sollen, eine bittere Pille. Wenigstens war er die eine Situation, die ich nicht reparieren musste. Ich wollte, dass er wegblieb.

Ich musste sofort damit beginnen, den Schaden in meinem Leben zu minimieren.

„Wie wirst du damit umgehen?", fragte Emoni leise von der Tür aus.

„Ich weiß nicht", gab ich zu, und rieb mit der Hand über mein Gesicht. Es gab keinen konkreten Plan, aber ich wusste, es würde nicht ohne Lügen funktionieren. Viele, viele Lügen und die schlimmste Art: Halbwahrheiten.

Emonis Lippen waren fest zusammengepresst, ihre Augen zeigten Mitgefühl, das über das bloße Reparieren meines Lebens hinausging. Ich war eine *Andere*, und daran gab es keinen Weg vorbei.

„Das ändert nichts zwischen uns, Luna. Du bist meine Luna. Luna mit dem fragwürdigen Männergeschmack", sagte sie, setzte sich neben mich und legte die Arme um meine Schultern. Sie hatte keine Ahnung, wie viel mir das bedeutete, obwohl es nicht die Wahrheit war. Ich war nicht mehr ihre Luna. Solange sich in unserer Freundschaft nichts änderte, hatte ich das Gefühl, einen Weg finden zu können, mit allem anderen fertigzuwerden.

Sie lehnte ihren Kopf an meinen und sagte: „Wir schaffen das."

„Mein Geschmack ist nicht so fragwürdig", scherzte ich. „Dominic ist nicht so schlecht."

„Ein unsterblicher Mann, der in der Unterwelt lebt und keine Hemmungen hat, mir – einer Fremden – zu sagen, dass er Peter töten wird, ist nicht so schlecht?" Ihre Brauen hoben sich. „Wie gut ist der Sex?"

Ich prustete vor Lachen über meinen schlechten Versuch, schockiert und entsetzt über ihre Annahmen zu wirken.

„Lass das Theater. Ihr zwei habt definitiv mehr als einmal Matratzentango getanzt. Wie er dich ansieht! Das Einzige, was ihn davon abhält, es sofort wieder zu tun, ist die Tatsache, dass Anand und ich hier sind. Es gab mehrere Male, da glaube ich, hätte ihn nicht einmal das aufgehalten."

„Er ist ziemlich interessant, aber seine Familiendynamik ist noch interessanter. Nein, das ist nicht das richtige Wort. Furchteinflößend. Beängstigend. Schockierend. Das sind passendere Beschreibungen", gab ich zu.

Das führte dazu, dass ich ihr einen Schwall an Informationen gab. Ich enthüllte alles, von meinem ersten Treffen mit Helena, ihrer Terrorkampagne gegen mich, Areleus, der mich bedroht hatte, und Dominic, der seinen Vater zum Sterben zurückgelassen hatte. Ihr Mund formte Variationen von schockierten und erstaunten Os, die während der gesamten Erzählung blieben.

Als ich fertig war, stieß sie einen müden Seufzer aus. „Ich

weiß nicht, was du von ihm willst. Wenn du mehr willst, vielleicht einen gelegentlichen Besuch von ihm zum ..." Sie warf mir einen anzüglichen Blick zu. „Weil ich weiß, dass es gut war. Weil auch du ihn ansiehst, als wolltest du unanständige Dinge mit ihm tun. Vielleicht ist es mehr als Sex – er könnte ein anständiger Mensch sein ... Nein, warte, Typ? Unsterbliches Wesen. Was auch immer. Aber wenn du dein Leben aufräumen willst, denke ich, ist es am besten, das ohne ihn zu tun. Sobald Peter erledigt ist, lass dich nicht wieder in diese Welt – ich meine die übernatürliche Welt – seine Welt – zurückziehen. Du gehörst nicht dorthin. Ich kann mir nicht vorstellen, dass es in dieser Hinsicht besser werden wird. Du wirst immer als Spielfigur benutzt werden, wenn du in seinem Leben bleibst."

Das wusste ich schon.

Emonis Ausdruck wurde scharfsinnig, als sie versuchte, einen Plan zu entwickeln, um mich sicher aus dieser Situation herauszubringen.

„Du solltest herausfinden, ob Forest sich Sorgen machen muss. Und deine Eltern, könnten sie ... was auch immer du bist? Wie soll ich dich nennen? Weil *Scaphium* seltsam ist, und Magiegefäß ... scheint zu generisch? Was bist du, ein magieloses Wunder?"

„Klingt nach einem schrecklichen Superhelden", schoss ich zurück, aber ich stimmte zu. Dominic war überzeugt, dass ich die Einzige war, aber ich wollte sicher sein.

Als ich nach ihm rief, stand er in der Tür zu meinem Zimmer, bevor sein vollständiger Name über meine Lippen gekommen war. Emoni und ich tauschten einen Blick. Seine schnelle Reaktion bestätigte meinen Verdacht, dass er vielleicht nicht Anands übernatürliches Gehör besaß, aber es war schärfer als das eines typischen Menschen.

Nachdem ich meine Bedenken über Forest und vielleicht auch meine Eltern geäußert hatte, runzelte er die Stirn.

„Das ist zweifelhaft. Aber ich kann es überprüfen“, schlug er vor.

„Überprüfen? Wie bei mir? Nein, ich werde sie fragen. Sie haben nichts dagegen, über seltsame Dinge an ihren Körpern zu reden.“

Ein Bluterguss am Oberschenkel meiner Mutter war eine Woche lang Gesprächsthema gewesen. Ich konnte leicht herausfinden, ob sie irgendwelche magischen Male hatten. Das Geheimnis blieb, woher meines stammte. Ich hatte es schon mein ganzes Leben lang oder zumindest, solange ich mich erinnern konnte. Wann war ich mit der Person in Kontakt gekommen, die mich zu diesem Schicksal verurteilt hatte? Je eher ich das herausfand, desto eher konnte ich herausfinden, was ich dagegen unternehmen konnte.

„Ich muss meine Eltern anrufen“, sagte ich. Mit einem Nicken verließen beide mein Zimmer.

Meine Mutter meldete sich mit einer gehetzten Stimme, die Dolche durch mich jagte. Ich hasste es, dass sie sich um mich sorgte. „Luna! Geht’s dir gut? Du hast das Abendessen verpasst. Kein Anruf, keine Nachricht. Nichts.“ Irritation schwang mit der Sorge mit. „Was ist passiert?“

„Mir geht’s gut.“ Meine Stimme war präventiv trocken für die kommenden Lügen. Ich war nicht gut darin, meine Familie anzulügen. „Ich habe einfach ein bisschen Zeit für mich gebraucht, also habe ich einen Mini-Urlaub gemacht.“

„Oh, Honey, ist es wegen Jackson?“

Überhaupt nicht. Meine Mutter war sich der seismischen Veränderungen bewusst, die mein Leben nach der Entdeckung, dass Jackson mich betrogen hatte, durchgemacht hatte. Unsere Trennung war nicht die unkomplizierte Art einer Trennung, bei der zwei Menschen einfach entscheiden, dass die Beziehung nicht funktioniert, und sie beenden, was den Beteiligten die Chance gibt, es langsam zu akzeptieren und damit umzugehen, dass der andere nicht mehr in ihrem Leben ist. Das gibt einem Zeit, zu packen und einen neuen

Wohnraum zu finden. Aber so zivilisiert war es nicht. Es war abrupt, emotional und tumultartig gewesen und hatte mich gezwungen zu packen, bei Emoni unterzuschlüpfen und vorzugeben, ein normales Leben zu führen, während ich mein gebrochenes Herz pflegte. Wenn ich geblieben wäre, hätte er mich noch mehr um Vergebung angefleht.

„Ich weiß, es tut immer noch weh." Da Flüstern keine Fähigkeit war, die meine Mutter beherrschte, war es ein Bühnenflüstern, als sie zu meinem Dad sagte: „Unsere Luna hat immer noch ein gebrochenes Herz. Es war ihre erste Liebe, und du weißt, wie diese Dinge sind." Jackson war nicht meine erste Liebe gewesen, aber in den Augen meiner Mutter zählten Highschool-Romanzen nicht. „Armes Ding."

„Mom, mir geht's gut", versicherte ich ihr. „Ich habe nur eine Auszeit gebraucht. Es ist lange her, seit ich Urlaub hatte, also habe ich einen genommen."

„Ich habe dich zu unserem Urlaub eingeladen", sagte sie. Da sie jetzt sicher war, dass ich okay war und nicht meiner kaputten Beziehung hinterhertrauerte, konnte meine Mutter wieder ganz sie selbst sein. „Wir wollten, dass du mitkommst."

„Es war ein Urlaub, um euren Hochzeitstag zu feiern. Warum sollte ich da mitfahren? Dir ist schon bewusst, dass das seltsam wäre, oder?"

„Wie ist das seltsam?" Keine Erklärung würde sie vom Gegenteil überzeugen. *Warum nicht deine Kinder auf die Kreuzfahrt zum dreißigsten Hochzeitstag mitnehmen? Kuscheln mit deinen erwachsenen Kindern, normal wie das Auf- und Untergehen der Sonne. Sie sah kein Problem darin, über intime Momente zu sprechen, während die Ergebnisse davon ihr direkt gegenübersaßen.*

„Tut mir leid, dass ich das Essen verpasst habe. Ich vermisse euch", sagte ich. Das war das Ehrlichste, was ich in diesem Gespräch gesagt hatte, und ich fühlte mich schuldig deswegen. Die monatlichen Abendessen waren etwas, das ich schätzte und als selbstverständlich angesehen hatte. Die Stimme meiner Mutter zu hören machte die Leere größer.

„Wir vermissen dich auch", sagte mein Vater über den Lautsprecher, auf den meine Mutter mich geschaltet hatte. Ein Videoanruf von meinem Vater unterbrach den Anruf. Ich ging ran und sah ihre Gesichter nebeneinander.

„Du siehst gut aus", sagte meine Mutter überrascht, als hätte sie ein zerzaustes Häuflein Elend erwartet. „Ich würde sagen, der Urlaub hat dir gutgetan."

Ich sah offensichtlich besser aus, als ich mich fühlte. „Danke?"

„Wo warst du?", fragte mein Dad.

Ich erzählte ihnen, ich hätte ein Airbnb-Cottage gemietet, wo ich Naturwanderungen gemacht und gelesen habe und Kajak gefahren bin.

„Gut. Und Jackson? Wie stehen die Dinge zwischen euch?"

Während unserer Beziehung hatte er es geschafft, sich in die Herzen meiner Eltern zu schleichen. Sie hatten erwartet, dass wir heiraten. Aber sie waren nicht so geblendet von seinem Charme, um eine Fortsetzung der Beziehung nach seiner Untreue zu befürworten. Mein Vater, in allen Dingen Pragmatiker, verstand, dass es eine Möglichkeit war. Liebe machte Menschen manchmal nachsichtiger und weniger rational. Nachdem er vom Grund unserer Trennung erfahren hatte, hatte er einfach gesagt: „Wir werden jede Entscheidung, die du triffst, ohne Urteil unterstützen." Der letzte Teil war eine Ausschmückung, die er kaum herausbringen konnte, ohne seine wahre Meinung zu äußern. Meine Mutter war während seiner Rede schmallippig gewesen, ihre Augen geweitet vor Anstrengung, sich vom Kommentieren zurückzuhalten und meinem Dad zuzustimmen. Ich wusste, was sie verzweifelt hatte sagen wollen: Er hat dich betrogen. Arbeite daran, über ihn wegzukommen.

„Es gibt keinen Jackson." Und weitere Gespräche über ihn

waren nicht nötig. Bei allem anderen, was in meinem Leben vor sich ging, war er das Letzte, worüber ich sprechen wollte. „Können wir morgen gemeinsam zu Abend essen?", fragte ich und brachte damit ein Lächeln auf ihre Gesichter.

„Lade deinen Bruder ein", wies sie mich an, bevor sie auflegten. Ich hatte das vor, weil ich alle dahaben wollte während meiner Befragung. Sobald ich den Anruf beendet hatte, rief ich meinen Bruder an. Die Schwere in seiner Begrüßung hob sich sofort, als er meine Stimme hörte. Erleichterung durchflutete seine Stimme, als er sprach.

„Freut mich, dass dieser Anruf keine Geiselverhandlung ist", neckte er. Forest hasste Telefonate und bevorzugte die knappe Kommunikation, die Textnachrichten verlangten. Er blieb überzeugt, dass Telefonate für Eltern, Großeltern, Betrügereien und wahrscheinlich Geiselverhandlungen reserviert waren.

„Wie viele Geiselverhandlungen hast du schon geführt?", neckte ich.

„Bisher keine, aber wie Cliff und Nancy sich benommen haben, hätte man denken können, wir wären nur Minuten davon entfernt, eine Lösegeldforderung für dich zu bekommen", sagte er. „Verschwinde nicht nochmal, ohne dich abzumelden, Schwesterchen!"

„Es war kurzfristig, und das Einzige, woran ich gedacht habe, war wegzukommen", sagte ich und setzte die Lüge fort.

„Hast du dich von diesem hübschen Jungen so stressen lassen? Tu's nicht."

„Hübscher Junge?", neckte ich, eine Beschreibung, die oft für meinen Bruder verwendet wurde und die er hasste, obwohl die meisten Leute davon geschmeichelt wären, es vielleicht sogar ausnutzen würden. Schlaksig und groß, hatte Forest eine schlanke Statur, die den Eindruck erweckte, er würde trainieren. Wir hatten ähnlich rotes Haar, aber seine Farbe neigte mehr zu Kupfer. Das letzte Mal, als ich ihn gesehen hatte, war es mit Azurblau durchzogen, was die bunte Tätowierung an einem seiner Arme ergänzte. Trotz unserer kontrastierenden Erscheinungen und Persönlichkeiten hatten wir viele Merkmale gemein. Sein Gesicht war eindeutig oval geformt, mit dickeren Brauen und volleren Lippen als meinen. Ich zuckte zusammen, als Emoni sie als „küssbar" beschrieben hatte, was schnell ein angewidertes Flehen von mir ausgelöst hatte: „Küss bitte nicht meinen Bruder!" Ich hatte das Gefühl, er würde mich hassen, wenn er wüsste, dass es ein Versprechen war, zu dem ich sie gedrängt hatte. All sein Flirten und Geplänkel mit ihr waren vergebens.

„Gut für dich. Nimm so viel Urlaub, wie du brauchst, aber wärm' die Beziehung zu diesem Loser nicht wieder auf." Warum war Jackson *das* Gesprächsthema für alle? Konnten sie den echten Schmerz und meinen Kampf durch meine Fassade sehen? „Wenn du mal wieder mit ihm sprichst, sag' ihm, er soll meine Nummer löschen." Abscheu schwang in seiner Forderung mit. „Wenn ich nicht auf seine Nachrichten antworte und seine Anrufe nicht beantworte, sollte er den Wink verstehen, Arschloch."

Ich lachte. Forest war ein unerschütterlicher Unterstützer von Beziehungen. Punkt. Wenn er mein Freund ist, ist er ein cooler Typ. Trennung, und du wirst schnell zum Arschloch degradiert.

„Also, kommst du zum Abendessen?"

„Nein", jammerte er. „Ich habe mit ihnen gegessen, als du nicht aufgetaucht bist. Ich kann einfach nicht."

„Bitte. Ich will dich auch sehen", flehte ich.

„Also gut", gab er mit einem Stöhnen nach. „Aber sag Nancy und Cliff, dass ich nichts über meine neue Karriere hören will."

„Nenn sie weiter Nancy und Cliff, und du musst dir keine Sorgen machen, dass sie über deine Karriere sprechen. Sie werden den Abend damit verbringen, dich dafür zu zerreißen, dass du sie so nennst."

Forests passiv-aggressive Demonstration von Trotz war, sie bei ihren Vornamen anzusprechen. Anfangs hatten sie so getan, als würde es sie nicht stören, in der Annahme, das würde ihn davon abbringen. Es wurde eine Herausforderung für Forest, dafür zu sorgen, dass es sie störte.

Ich schluckte all meine Fragen über seine neue Karriere herunter. Ich vermutete, er hatte seine Elektrikerlehre hinter sich gelassen. Neugier brannte in mir, aber ich verdrängte sie und entschied mich, Antworten zu bekommen, wenn meine Eltern ihn letztendlich über seine neuste *Reise* befragten. Trotz der Behauptungen meines Bruders, er habe mich nicht so sehr vermisst, legte er nicht sofort auf. Als unser Gespräch eine halbe Stunde später endete, war ich überrascht von dem Knurren meines Magens als Reaktion auf den Duft von Pizza, der in den Raum wehte. Ich musste mich von den Tagen ohne Essen erholen.

Ich brach meine Atempause ab und kehrte ins Wohnzimmer zurück, fand Anand und Dominic auf dem Sofa und zwei große Pizzen, die in der Essecke gestapelt standen und ignoriert wurden. Emoni schritt die Länge des Raumes ab, nahm Schlucke aus ihrer mit Wodka gefüllten Kaffeetasse und rieb sich die Nasenwurzel.

„Was ist das Schlimmste, das passieren würde, wenn die Welt von euch wüsste? Es würde uns Autonomie geben und euch nicht erlauben, ohne unser Wissen Magie an uns anzuwenden?", fragte Emoni und beobachtete Dominics intensive Augen sorgfältig, die aussahen, als müsste er sich entscheiden, ob er ihr antworten sollte. Ich war sicher, sie hatte ihn mit Fragen überschüttet, seit sie wieder ins Wohnzimmer zurückgekehrt war.

„Wie würdest du das durchsetzen, Menschenfrau?"

Wir starrten ihn beide angesichts der Überlegenheit und des Spotts an, die über dem Wort „Mensch" schwebten.

„Ich denke, ihr unterschätzt uns", konterte Emoni.

„Ich glaube, du überschätzt sie", sagte er. „Sobald sie nicht mehr im Verborgenen bleiben müssen, haben sie die Lizenz, alles zu tun, was sie für notwendig halten, um zu überleben, was bedeuten würde, die Zahl der Menschen zu verringern. Wandler haben euer Militär und die Strafverfolgungsbehörden infiltriert; sie haben ein gutes Leben in dieser Struktur. Eure Zahl wird euch nichts nützen, wenn ihr es mit übernatürlicher Geschwindigkeit und Tech-Hexen zu tun bekommt, die all eure Technologie stören können, und Hexen, die Zauber wirken können, um den menschlichen Geist zu manipulieren oder was auch immer sie mit ihnen tun wollen."

Emoni runzelte die Stirn und erinnerte sich an das, was mit ihr gemacht worden war.

„Vampire besitzen übernatürliche Geschwindigkeit und die Fähigkeit, andere zu zwingen. Dagegen gibt es keine Verteidigung. Sie brauchen nur einen Blick, um euch zu verzaubern. Wenn Menschen sich gegen die Übernatürlichen erheben, was würde sie daran hindern, Menschen dazu zu zwingen, sich gegeneinander zu wenden? Und es dauert nicht lange, bis sie Menschen zu Vampiren machen. Die Vampirbindung zwischen Schöpfer und Nachkommen bedeutet, dass sie sich mit ihrem Schöpfer verbünden. Alle menschlichen Verbindungen sind mit ihrer Vampirwiedergeburt vergessen. Ja, ihr seid zahlenmäßig in der Überzahl, was ein Vorteil ist, aber angesichts der Spaltung und Zwietracht, die unter Menschen herrscht, wie wahrscheinlich ist es, dass euch das was nützen würde?"

Wir waren in der Überzahl, aber das war nicht der Vorteil, für den wir es hielten. Emoni nahm die Nachricht schlechter auf als ich. Sie sah besiegt aus. Dominics Zuversicht, dass selbst inmitten eines potenziellen Bürgerkriegs unter den Übernatürlichen, sie das überwinden würden, um Menschen zu unterwerfen, ließ sie ihre Stirn nur noch mehr runzeln. Sie hatte ihre Tasse geleert und wieder gefüllt.

„Da es jetzt dein Job ist, für die Geheimhaltung der Übernatürlichen zu sorgen, musst du Maßnahmen ergreifen, um sie zu garantieren, und sie müssen wissen, dass sie zur Verantwortung gezogen werden, wenn sie sich nicht daran halten", warf ich ein. Meine Bemerkung klang flehender als beabsichtigt. Die spöttische Belustigung verschwand aus seinem Ausdruck, seine tiefenlosen bernsteinfarbenen Augen wurden aufrichtig.

„Das werde ich." Ein befriedigendes Versprechen lag in seinen einfachen Worten.

Wie immer aufmerksam, hatte Emoni den Austausch zwischen uns nicht übersehen. Obwohl sie sich weder für Anand noch für Dominic vollständig erwärmt hatte, war ihre Haltung deutlich entspannter.

Nichts an der derzeitigen Situation war harmlos, aber alle schienen damit einverstanden, weiterzumachen, damit ich herausfinden konnte, ob meine Familie ebenfalls Gefäße der *Tenebras Obducit*-Magie waren.

Ich füllte ein Glas mit Wasser anstatt mit mehr Alkohol. Morgen früh musste ich mit Cameron sprechen und wollte das nicht tun, während ich mit einem Kater kämpfte.

Außer beim Abendessen mit Dominics Familie hatte ich ihn nie essen sehen, und ihn Pizza essen zu sehen, faszinierte mich auf eine Weise, die es nicht sollte. Emoni hielt Abstand zu allen, blieb in der Nähe der Essecke, nahm kleine Bissen von der Pizza, ihre Brauen nachdenklich zusammengezogen.

„Ich verstehe dich wirklich nicht. Du bist ein Wolfswandler, der sich nicht verwandelt. Aber wenn du ein echter Wolf wärst, müsstest du jagen, um Nahrung zu bekommen", behauptete sie, pflückte ein Stück Peperoni von der Pizza und aß es. „Du musst doch irgendwann Appetit auf rohes Fleisch bekommen, oder? Ich bin sicher, wenn ich einem Löwen ein medium gebratenes Steak geben würde, würde er es nicht essen."

Von all den Dingen, die ihr offenbart worden waren, fand

sie die Wandler-Magie am faszinierendsten. Oder vielleicht war es Anand, weil er ein defekter Wandler war.

„Wenn das alles wäre, was er zu essen hätte, würde er es tun", konterte er mit einem Schmunzeln.

Sie überlegte. „Ich glaube nicht, dass das stimmt." Sie sah ihn an. „Kannst du essen? Isst du? Oder bleibst du allein durch Magie am Leben?"

Ich ging in die Küche und holte meiner Freundin ein Glas Wasser. Ihr Konsum von fast einer halben Flasche Wodka zeigte sich in ihrer grenzenlosen Neugier und dem Fehlen jeglicher Filter. Sie nahm es mit einem dankbaren Nicken, trank es und hörte nicht auf, bis es fast leer war.

„Das gefällt mir nicht", gab sie schließlich zu. Feuchte braune Augen zeigten ein beunruhigendes Maß an Kummer und Angst, das ich noch nie zuvor bei ihr gesehen hatte. Faszination war aus ihrem Ausdruck gewichen und ließ einen ernsten, besorgten Blick zurück.

„Die Situation oder wir?", fragte Dominic und musterten sie, nicht als Bedrohung, sondern als Vorstellung dessen, was passieren würde, wenn sie sich offenbaren würden.

„Beides", gab sie zu. „Ich mag es nicht, mich hilflos zu fühlen. Und zu wissen, dass ihr alle unter uns lebt und wir es einfach nicht wissen … Ich meine, wie soll ich morgen bei der Arbeit, mit Kunden, die durch das Café gehen, nicht vermuten, dass zumindest einige von ihnen magische Kreaturen sind?"

Wenn sie sie in ihrem Kopf so nannte, würde die Situation natürlich eskalieren.

„Übernatürliche haben immer unter uns gelebt, Emoni", sagte ich in dem Versuch, sie zu trösten.

„Was ist mit den Broad Street Wicca?", platzte sie heraus und meinte die Leute, die so gekleidet waren, als würden sie einen Renaissance-Markt oder ein Steampunk-Festival besuchen. „Oder die *People of the Night*?" Sie waren genauso auffällig wie unsere Broad Street Wicca mit ihren theatralischen nachtschwarzen oder weißblonden Haaren und dunklen Klamotten, die den Vampir-Noir-Look aus alten Filmen darstellten.

Emoni war abweisend gewesen, als ich ihr von einem meiner Kontakte mit Dominic erzählt hatte, der mich beschuldigt hatte, eine Hexe zu sein. Sie hatte es als skurril angesehen. Der abstrakte Gedanke an das Übernatürliche war nicht so beängstigend, aber wenn der Schleier gelüftet und offenbart wurde, dass sie dein Leben kontrollieren konnten, dich zu einer Marionette in ihrer Puppenshow machten, wurde das Szenario dunkler. Mit der Gewalt, Politik und Instabilität des Kartenhauses konfrontiert zu sein, war beängstigend.

„Die Leute, die sich verkleiden, um auf die auffälligste Weise herauszustechen?", fragte Dominic.

Emoni nickte.

„Das sind keine magischen Kreaturen." Seine Lippen zuckten mit einer Emotion, die ich nicht einordnen konnte. „Magische Kreaturen ziehen es vor, mit dem Hintergrund zu verschmelzen. Unbemerkt unter den Unauffälligen zu bleiben. Zurschaustellungen von Magie und Macht werden oft genutzt, um einzuschüchtern. Es gibt keinen Grund, Unterlegene einzuschüchtern oder eine Show für Ge-" Er hielt abrupt inne, bevor er „Geringere" sagen konnte. „Menschen zu veranstalten", korrigierte er. Wir beide warfen ihm scharfe Blicke zu.

Das konnte sich im Handumdrehen ändern, wenn die Revelatoren ihren Willen bekämen und Übernatürliche der Welt offenbart würden. Es würde Demonstrationen von Macht und Gewalt geben, um uns einzuschüchtern, damit wir uns unterwarfen. Mein Herz begann bei der Vorstellung zu rasen, und das Pochen ließ Anands Kopf von Emoni zu mir schnellen.

„Sich darum zu sorgen, wird nichts ändern", sagte Anand. Großartig, der König des Trosts hat gesprochen.

Dominic hatte sich zurückgelehnt und verschränkte die Hände hinter dem Kopf, in Erwartung weiterer Fragen von Emoni.

„Findet Trost darin, dass es mehr Leute gibt, die verborgen bleiben wollen, als solche, die offenbart werden wollen", fügte Anand hinzu, ließ jedoch den Teil aus, dass zwei Sekten existierten, die genau das wollten. Der derzeitige Schattenkonvent und der „Neue Konvent", der eine feindliche Übernahme plante. Ihre Ziele waren dieselben, aber nicht ihre Methoden der Durchsetzung. Der Neue Konvent war gewalttätiger und entschied sich, tödlich mit jeder Bedrohung der Enthüllung umzugehen. Der derzeitige Konvent neigte dazu, die Übernatürlichen mehr zu verhätscheln, und erlaubte, dass Gefahren der Enthüllung auf Kosten von Menschen gehandhabt wurden. Der Neue Konvent war demgegenüber nicht abgeneigt, aber es würde schlimme Konsequenzen geben, wenn es passierte. Ich bevorzugte eine Übernahme; jedoch war ihre extreme Einstellung nicht auf ihre Art beschränkt, und sie sahen mich als Bedrohung und wollten mich tot sehen.

Anands Kopf schnellte zur Tür. Augenblicke später klopfte es. Mit der Diskussion über die Konvente, Peter und die Revelatoren zögerte ich, die Tür zu öffnen. Vielleicht war ich für meinen Bruder nicht überzeugend genug gewesen, und er kam vorbei, um mich zu besuchen. Ich spähte durch den Spion.

Mein Atem stockte. Areleus und Helena.

15

Ich zögerte, sie hereinzulassen.

„Luna!", rief Areleus von der anderen Seite. Sein Drängen diente als Warnung und war wahrscheinlich die einzige, die ich bekommen würde. Der einzige Grund, warum ich darauf achtete, war die Angst vor dem, was sie tun würden, um eingelassen zu werden, wenn ich mich weigerte.

Sobald ich die Tür öffnete, fielen meine Augen auf Areleus' Arme, suchten nach den verräterischen Zeichen seiner Magiebeschränkungen. Sie waren weg. Er glitt mit seiner charakteristischen tödlichen Anmut an mir vorbei und übernahm das Kommando über den Raum. Ein dunkelblaues, schmal geschnittenes Hemd und eine kobaltblaue Hose zeigten einen fitten Körper, der sein scheinbares Alter Lügen strafte. Ein scharfer Hass lauerte in seinen Augen, als sie auf mich fielen, bevor sie zu seinem Sohn wanderten. Helenas Outfit aus weißer Hose, Blazer und einem terrakottafarbenen, bauchfreien Top, zusammen mit den aufwendigen Zöpfen in ihrem Haar, die eine Krone auf ihrem Kopf bildeten, erweckte einen trügerischen Eindruck. Eine modische Bedrohung. Ich blickte zu Emoni und suchte nach Anzeichen, dass sie auf die Scharade hereinfiel.

„Warum seid ihr hier?", fragte Dominic; sein Ton war eisig, während er sie mit zusammengekniffenen Augen durchbohrte.

„Wenn du nicht so in Eile gewesen wärst, zu deiner" – Areleus runzelte die Stirn – „Luna zurückzukehren, hättest du bemerkt, dass die Schatten weg sind." Ich wusste, er wollte „menschliches Spielzeug" sagen. Meinen Namen zu benutzen machte mich real, und ich war nicht mehr nur eine Idee, die abgetan werden konnte. Es stellte mich als mehr als ein Spielzeug dar, das sie nicht verstanden.

Anands und Dominics plötzliches Einatmen dominierte den Raum.

„Alle?", fragte Anand.

Areleus nickte und sah zu Emoni, die sich in die entfernteste Ecke verzogen hatte, nachdem sie korrekt die Gefahr gelesen hatte, die sie darstellten. Ihr langsames Zurückweichen wurde von Helena unterbrochen, die zu ihr stürzte.

„Ich sehe, ihr habt noch eins erworben", flüsterte Helena, und ließ mit einem zufriedenen Lächeln in den Augen den Blick Emonis Körper entlang schweifen. Sie streckte die Hand aus, um eine Lockenspirale zu berühren, die sich aus ihrem Dutt gelöst hatte. Emoni wehrte ihre Hand ab. Als sie es erneut versuchte, schlug Emoni ihre Hand weg.

„Fass mich nicht an", zischte Emoni.

„Aber ich will." In Helenas Welt war das alles, was zählte.

„Das klingt nach einem Fall von ‚dein' Problem", fauchte Emoni zurück.

Unbeirrt machte Helena einen weiteren Versuch. Emoni stieß ihre Hand weg. „Ich bin höflich. Es wird dir nicht gefallen, wenn ich auf Höflichkeit verzichte."

Ich denke, es würde ihr gefallen. Eine Frau, die vorschlug, meinen Finger abzuschneiden, und mich dann zum Abendessen einlud, interpretierte das wahrscheinlich als Flirten.

„Ich mag sie. Ich kann das Interesse nachvollziehen." Sie blitzte einen zweifelhaften Brauenbogen in Richtung ihres Bruders.

„Sie gehört nicht mir", sagte Dominic, und Emoni und ich durchbohrten ihn beide mit einem Blick. Ich wollte sein schmallippiges Lächeln als Entschuldigung annehmen, aber ich hatte keine Ahnung, was ich davon halten sollte. Wie lange würde es dauern, bis er Menschen nicht mehr als Sammlerstücke ansah, die benutzt und weggeworfen werden, wenn sein Interesse schwand?

„Wir müssen sie finden", sagte Anand, stand auf, und seine seltsame Magie wogte von ihm aus. Sie war spürbar dunkel, unheilvoll und gefährlich, und zum ersten Mal zeigte Emoni offen den Wunsch, von alldem hier wegzukommen. Ich machte ihr keinen Vorwurf daraus. Ich wollte es auch.

„Jahrhunderte waren sie eingesperrt, und jetzt sind sie frei", überlegte Areleus laut. Im Blick, den er in meine Richtung warf, lag seine Anklage, obwohl er es schaffte, sie aus seiner Stimme herauszuhalten. Er verringerte den Abstand zwischen uns und beugte sich vor, bis wir einander ins Gesicht starrten.

„Was bist du?", fragte er. „Welche Geheimnisse hat mein Sohn vor mir verborgen?"

„Keine", platzte ich heraus. Selbst für mich klang ich wenig überzeugend. Ich musste definitiv besser im Lügen werden. Keine Fähigkeit, die ich wirklich wollte, aber mein neues Leben machte sie erforderlich.

„Nailah hat ein Treffen mit dem Konvent vereinbart." Helena richtete ihre Aufmerksamkeit beiläufig auf Emoni, aber argwöhnisch, dieses Gespräch in ihrer Gegenwart zu führen. Ich nahm an, sie entschied, dass Dominic sich darum kümmern würde, also wandte sie ihre Aufmerksamkeit wieder ihm zu. „Sie sieht immer noch dieselben Tode, die sie zuvor gesehen hat."

Dominic sah seine Schwester mit zusammengekniffenen

Augen an und studierte sie. „Und was sagst du nicht, Helena?", fragte er.

„Und unsere", gab sie zu.

Emoni brauchte keine Ermutigung, um zu gehen. Anands bloße Erwähnung, dass sie nach Hause gehen sollte, ließ sie schnell ihre Sachen einsammeln und sich zum Aufbruch bereit machen. Dass sie sich um meine Sicherheit sorgte, war das Einzige, was sie zögern ließ. Sie bestand darauf, dass ich mit ihr komme, und weigerte sich zu gehen, bis ich ihr, mit einem Maß an Sicherheit, das ich nicht wirklich fühlte, versprach, dass mir schon nichts passieren würde. Dieser Moment des Zögerns kostete sie Zeit, und Helena hinderte sie am Gehen.

„Sie darf ohne Konsequenzen gehen?", fragte sie schockiert. Sie hatten offen über den Konvent vor Emoni besprochen, was bedeutete, dass diese Informationen geschützt werden mussten. Magische Manipulation würde die Informationen auslöschen.

Emoni versuchte, sich an Helena vorbeizuschieben. Mit geschmeidiger Anmut und einer auffallend schnellen Bewegung schlang Helena die Hand um Emonis Kehle und hob sie in die Luft.

„Lass sie sofort runter", zischte ich. Wut raste wie ein Inferno durch mich und entfachte all meine Schutzinstinkte. Ich griff nach dem Marmoruntersetzer vom Tresen und benutzte ihn, um meinem Schlag gegen ihren Kopf mehr Wucht zu verleihen. Ihr Mund stand vor Überraschung offen. Es war mehr Schock als Schmerz, der sie dazu brachte, meine Freundin loszulassen.

„Fass sie nie wieder an."

Pures Erstaunen über meine Reaktion ließ Helena einen Moment lang schweigen. Beute, die den Jäger angreift. Unangenehme Stille lag in der Luft, während wir Helenas Überlegung beobachteten, wie ich dafür bezahlen sollte. Ihre Augen waren mörderisch, sie fuhr ihre Krallen aus, und donnernde Magie ging in so gewaltigen Wogen von ihr aus, dass es sich anfühlte, als könnte sie das Gebäude zum Einsturz bringen.

„Helena." Dominic schaffte es, beschwichtigend und doch streng zu klingen. Die Zuversicht, mit der er mit einer wütenden Helena umging, schien gut eingeübt. „Du wirst nicht zurückschlagen."

Sie war über bloßes Zurückschlagen hinaus. Die Welt musste in Brand gesetzt werden, um ihr Missfallen zu demonstrieren. Es war äußerst beunruhigend zu bedenken, dass sie dafür verantwortlich war, Menschen zu schützen und die anderen Übernatürlichen in Schach zu halten.

„Wenn Luna ihr vertraut, dann ist sie vertrauenswürdig." Dominic sah Emoni an, die sich erholt hatte und ein paar Meter entfernt stand, eine Dose Pfefferspray, das sie aus ihrer Tasche geholt hatte, auf Helena gerichtet.

„Wir können darauf vertrauen, dass alles, was dir offenbart wurde, geheim gehalten wird?", sagte Dominic.

Ohne die Augen von ihrem Ziel zu nehmen, nickte Emoni.

„Nur ihr Wort?", blaffte Helena. „Kein magisches Band oder Schwüre? Wir nehmen jetzt *Menschen* beim Wort?"

Emoni teilte ihre Aufmerksamkeit zwischen dem Blick auf die Gegenstände am Boden, die sie in ihre Tasche zurückwarf, und Helena, die sie weiter mit dem Pfefferspray bedrohte.

„Sie darf gehen. Keine Magie, und niemand fasst sie an", erklärte Dominic, die Forderung an seinen Vater gerichtet, der ähnlich angewidert aussah.

„Ich erkenne dich nicht wieder, Bruder." Die Enttäuschung in Helenas Stimme ließ ihn schaudern. Er erholte sich schnell von der Beleidigung und schien ihre Worte zu überdenken. Machte meine Nähe ihn zu nachsichtig, um seinen Job zu erledigen? Was ich in seinem Ausdruck sah, bemerkte Helena ebenfalls. Sie entspannte sich, denn sie sah das Potenzial, dass er wieder der Dominic sein könnte, den sie wollte.

Emoni versuchte, leise zu verschwinden, musste aber an Helena vorbei, die nur einen kleinen Raum zum Navigieren ließ. Anand bot an, Emoni nach Hause zu begleiten und sie später zu treffen. Sie konnte nicht fahren nach der Menge an Alkohol, die sie konsumiert hatte, aber Anand konnte ihr Auto nach Hause bringen, und sie müsste es nicht später irgendwie holen.

Sie zögerte an der Türschwelle und warf mir einen besorgten Blick über die Schulter zu. Ich nickte ihr aufmunternd zu und lächelte breit, aber es änderte nichts an ihrer besorgten Miene.

16

Anand war in dem Gebäude zu uns gestoßen, in dem ich den Schattenkonvent das erste Mal getroffen und die neuen Betriebsbedingungen ausgehandelt hatte. An der Tür zögerte ich einen Moment. Ich würde selten mit Helena übereinstimmen, aber meine Anwesenheit bei diesem Treffen war eine solche Gelegenheit; wir waren einer Meinung, jedoch aus völlig unterschiedlichen Gründen. Wenn es um Peter und mich ging, gab es keine Zufälle. Die Sorcee waren zur gleichen Zeit freigelassen worden, als ich aus der Unterwelt entkommen war. Es wäre für den Konvent leicht, die Verbindung herzustellen. Ohne meine Anwesenheit könnte die Verbindung schwerer herzustellen sein. Aus den Augen, aus dem Sinn.

Ich war weder naiv noch optimistisch über Helenas neu entdecktes Interesse an meiner Sicherheit. Sie wollte mich dort nicht haben, weil meine fortgesetzte Anwesenheit bei ihnen mich an das königliche Trio band und mir eine gewisse Form von Schutz bot. Die Leute würden mich als Erweiterung ihrer Familie betrachten, obwohl sie behauptete, ich würde mit Feindseligkeit behandelt werden, weil sie mich schließlich mit dem fortgesetzten Unglück in Verbindung bringen würden. Es war der Schutz, den sie mir nicht gönnte. Helena wollte, dass der Konvent ihre Drecksarbeit erledigte und mich loswurde – ihre Hände würden sauber bleiben.

Helena und Areleus glaubten, mein Tod würde die Situation erheblich verbessern. Und so sehr ich es hasste, das zuzugeben, ich glaubte nicht, dass sie Unrecht hatten.

Als wir das Gebäude betraten, wurden wir am Eingang mit Blutspritzern empfangen. Blutrote Handabdrücke bildeten grausige Muster an der Wand. Gewalt hatte keinen Geruch, aber sie erzeugte ein Gefühl. Sie schuf Spannung und Unbehagen im Raum. Ich konnte mit der Herrscherfamilie nicht mithalten, die mich zurückließ, als sie zum Versammlungsraum eilten. Als ich dort ankam, presste Helena die Hand gegen die geschlossene Tür. Ein Lichthof löste sich von der Tür, und ihre Lippen bewegten sich fieberhaft.

Als es aufhörte, sackten ihre Schultern vor Erschöpfung nach vorn. „Es ist getan", flüsterte sie.

Ich bereitete mich auf ein grausiges Schauspiel vor, war aber erleichtert, dass es nicht so schlimm war, wie ich es mir vorgestellt hatte, wenn ich den zerfetzten Körper des Sorcee ignorierte. Ich war mir nicht sicher, ob sie normalerweise atmeten, aber dieser tat es eindeutig nicht.

Bei unserer Ankunft hob Madeline den Kopf vom Tisch, wo sie geruht hatte, und starrte uns an. Der neue Vampir des Konvents zog die Lippen zurück und entblößte blutige Reiß-zähne. Ein nackter Mann lag mit dem Gesicht nach unten am Boden. Ich nahm an, er war ein Wandler. Völlig unbeein-druckt davon, dass seine nackte Gestalt der Welt ausgesetzt war, hob er den Kopf, um uns anzusehen, und ließ ihn dann wieder sinken. Die Krallenspur auf seinem Rücken heilte auf so dramatische Weise, dass es wie ein Filmtrick aussah. Ihnen gegenüber war eine weitere erschöpfte Gruppe und teilte ihre feindseligen Blicke zwischen der Herrscherfamilie und dem Schatten auf.

„Die anderen Mitglieder des Konvents“, sagte Dominic zu mir. Es gab einhundertzwanzig Mitglieder, aber ich hatte nur die Vertreter getroffen.

Dominic nahm den Raum in Augenschein und konzentrierte sich auf Nailah und den anderen Seher, die sich auf der gegenüberliegenden Seite des Raumes befanden. Sie standen in entgegengesetzten Ecken, ihre Körper in einem statischen Zustand, die eigenartigen violettfarbenen Augen leuchtend und die Gesichter zu entstellenden Grimassen verzogen.

„Was siehst du, Nailah?“, fragte Dominic.

„Das Gleiche“, flüsterte sie. Den Tod vieler Menschen in diesem Raum. Sie bewegte sich näher an den toten Schatten heran, die Falte ihrer Stirn wurde tiefer. „Wenn er lebendig wäre, könnte ich mehr von ihrer Art lesen.“ Der andere Seher kam mit demselben wenig begeisterten Ausdruck unseres ersten Treffens näher. Sein T-Shirt enthüllte die bunt tätowierten Sleeves an seinen Armen. Nailah blieb beim Schatten stehen. Er kam weiter auf mich zu und inspizierte mich mit gespenstischem Interesse.

„Sie ist es wieder“, flüsterte er. „Sie ist der Grund, warum wir sterben werden.“ Mit einem schnellen Handgriff und einer unerwarteten Bewegung stürzte er sich mit dem Dolch, den er plötzlich in der Hand hielt, auf mich. Meine Hände schossen vor, um ihn abzuwehren, gerade als Dominic mich aus dem Weg stieß. Da ich mein Gleichgewicht nicht finden konnte, stolperte ich zurück und fiel.

Dominic packte den Seher und entriss ihm das Messer. Das Geräusch von brechenden Knochen und der Schmerzensschrei des Sehers hallten im Raum wider. Der Seher sank zu Boden und presste einen Arm an seinen Körper. Ich hörte ihn wimmern, als er das Feuer aus Dominics Händen aufsteigen sah.

„Dominic!", kreischte ich. Seine Augen schnellten in meine Richtung, Wut loderte darin, als er die Lippen zu einer Grimasse verzog. Gewalt war wie Zunder im Raum, wartete darauf, von ihm entzündet zu werden und alle in einem Sturm aus Gewalt und Magie explodieren zu lassen. Das durfte ich nicht zulassen. Wenn sie untereinander kämpften, würde das Peter sicher einen Vorteil verschaffen.

„Bitte", sagte ich, da mir bewusst wurde, dass Dominic vorhatte, den Mann bei lebendigem Leibe zu verbrennen.

Ich kroch zum Seher und ignorierte die Wut, die er auf mich richtete. Wenn er je wieder in der Lage wäre, zu versuchen, mich zu töten, würde er es tun. So sehr ich Dominic auffordern wollte, ihn zu erledigen, ließ mein Mitgefühl es nicht zu. Ich war jemand, der eine Menge Chaos verursachte. Das Pragmatischste wäre, mich zu töten. Ich war nicht sicher, ob ich, mit einem Dilemma wie seinem konfrontiert, nicht dasselbe versuchen würde.

„Jemand muss ihm helfen." Ich sah die Herrscherfamilie an, die sich trotzig weigerte. Madeline schien zu zögern, vielleicht aus Angst vor Vergeltung durch die drei, deren kalte Miene nichts tat, um diese Sorge zu zerstreuen.

„Es ist okay", beruhigte ich sie, und meine Worte trugen mehr Zuversicht, als ich fühlte, besonders bei Helenas bösen Augen auf mir. Ich warf Dominic einen flehenden Blick zu, und er entspannte sich schließlich.

„Heile ihn", wies er Madeline an. „Wisse, dass dies Lunas Wunsch ist, nicht meiner. Weitere Anschläge auf Lunas Leben werden streng bestraft werden. Und ich werde ihre unklugen Bitten um Gnade ignorieren."

Areleus und Helena versuchten, solidarisch hinter Dominic zu stehen, aber ihre Masken verrutschten immer wieder und verrieten ihre Verachtung für mich. Der Vampir hatte es nicht übersehen, als er auf den verletzten Seher zuging.

Ich wich zurück, als die kampfmüde Madeline einen

Zauber flüsterte und ihre Hand über seinen Arm bewegte. Seine schmerzverzerrte Grimasse wurde durch einen schläfrigen Ausdruck der Erleichterung ersetzt, aber er wiegte weiter seinen Arm. Die Verletzungen des Sehers schienen schnell zu heilen, nachdem der Vampir neben ihm niedergekniet war, in seinen eigenen Arm biss und ihn vor den Mund des Sehers hielt, damit er trinken konnte. Ich ließ meine Aufmerksamkeit über den Raum schweifen, um zu verhindern, dass Galle bei dem Anblick, wie er Blut aus dem Arm des Vampirs saugte, emporstieg. Ich wollte aus ihrer Welt heraus, und trotz der Vorteile, die das Wissen über die Übernatürlichen brachte, wollte ein Teil von mir alles vergessen und ungesehen machen.

„Was habt ihr getan?", forderte die harsche Stimme hinter uns. Die Herrscherfamilie, Anand, der Vampir und der Wandler schienen nicht überrascht von der großen Gruppe von Leuten und sechs Tieren, die in den Raum strömten. Ich zählte einen Panther, drei Wölfe, eine Hyäne und … ich konnte das andere Tier nicht einordnen.

„Ein Dhole", flüsterte Anand und erschreckte mich. Sein vorsichtiger Blick auf den Dhole war ein klares Zeichen dafür, den Raubtieren, die gerade hereinstolzierten, besondere Aufmerksamkeit zu schenken. Mein Selbsterhaltungstrieb drängte mich, mich auf die Menagerie von Tieren zu konzentrieren, aber weil alle Augen auf den Dhole gerichtet waren, vermutete ich, dass er der Gefährlichste von allen war. Hinter ihnen war eine weitere Gruppe von Leuten. Madeline starrte sie an. Magieanwender.

Den Schatten auszuschalten hatte Madeline so viel Kraft gekostet, dass sie ihre Maske aus Arroganz und Selbstsicherheit nicht aufsetzen konnte. Eine weitere Gruppe von fünf schwebte herein, als würden sie auf dem Wind reiten. Unbestreitbar Vampire. Ihr Aussehen ließ mich die vielen Male zurücknehmen wollen, in denen ich die Broad Street-Kreaturen der Nacht verspottet hatte. Diese hier stachen heraus.

Nicht nur wegen ihrer überirdischen Bewegungen und Augen, die schwarze Gruben waren. Ich versuchte, herauszufinden, was sie so wirken ließ, als existierten sie in einer Zeit, in der die Dinge ganz anders waren. Trotz moderner Kleidung wirkten sie anachronistisch. Die Herrscherfamilie war unsterblich; ich wusste, dass sie älter waren, als sie aussahen, aber das zeigte sich nicht in ihren Bewegungen oder Manierismen.

Helena, Areleus und sogar Dominic hüllten sich in ihre Arroganz wie in einen Kokon. Die fünf Vampire besaßen dieselbe Aura der Überheblichkeit. Wenn es in ihrer Macht läge, würden alle außer ihnen ausgelöscht werden und nur ein paar Menschen als Nahrung zurückbleiben. Sie entblößten rote Reißzähne, von kürzlichen Mahlzeiten verfärbt, vermutete ich.

Feindseligkeit schwoll in der Luft an. Ich las die Verachtung und nahm an, dass der Raum gerade vom Neuen Konvent übernommen worden war, den Leuten, die die herrschende Macht loswerden und sie für sich selbst beanspruchen wollten. Adrenalin schoss durch mich. Ich wollte überall sein, nur nicht in diesem Raum und in ihrer Sichtlinie. Ihre Entschlossenheit und ihr Selbstbewusstsein verrieten, dass sie ohne Angst vor Konsequenzen regieren würden. So unflexibel zu sein ließ keinen Raum für Ausnahmen – auch nicht für mich. Sie hatten meinen Tod gewollt, als sie von meiner Rolle bei der Freilassung der Gefangenen erfuhren. Aus den kalten Blicken, die in meine Richtung wehten, schloss ich, dass sich nichts geändert hatte.

Um das Spiel des Überlebens zu gewinnen, musste ich die Spieler und Verbündeten kennen, die Vernünftigen, die Strategen und die Bedrohungen. Ich versuchte, das allein aus ihren Blicken zu ergründen. Kein einziges Mitglied des Neuen Konvents sah aus, als könnte man mit ihm vernünftig reden. Selbst die, die mich nicht mit wilder Verachtung anstarrten, könnten nicht vernünftig sein, nur täuschend ruhig, Stürme, die darauf warteten, alles in ihrem Weg zu demolieren. Das war wahrscheinlich der Grund, warum vorsichtige Augen immer wieder zum Dhole wanderten. Ich brachte mehr Abstand zwischen ihn und mich.

Ich hatte die Vertreter des Konvents getroffen. Da der Neue Konvent nicht offiziell war, sondern eine Ansammlung selbstgerechter Übernatürlicher, die darauf warteten, den derzeitigen Konvent zu entmachten, gab es keine Hierarchie. Die Unterschiede zwischen den Gruppen waren krass. Der derzeitige Konvent war politisch getrieben und regierte durch die Wahrung des Scheins. Der Neue Konvent gab sich nicht mit solchen Nebensächlichkeiten ab. Es herrschte eine abstoßende Gier und Brutalität vor, Eigenschaften, die ihnen bei einem Putsch zugutekommen würden.

„Warum sind die Schatten hier?", fragte ein großer, gut gebauter Hexenmeister. Seine ansprechenden, wie in Stein gemeißelten Züge waren durch seine finstere Miene verzerrt. Samtige sepiafarbene Haut und schokoladenbraune Augen widersprachen seiner Präsenz, die geradezu brüllte, dass er eine Kraft war, mit der man rechnen musste. Diejenigen hinter ihm demonstrierten eine ähnliche Energie.

Es war nur eine Frage der Zeit, und sie würden das Gesicht des Neuen Konvents sein.

„Sie sind entkommen", sagte Dominic in einem scharfen Ton.

„Samuel!" Eine andere Hexe rief den Mann, der in Dominics Richtung marschierte. Trotz ihres neutralen Tons war es eine Warnung.

Sein finsterer Blick entspannte sich, als er über die Schulter zu der Frau blickte, die ihn warnte. „Er hat die Schlimmsten unserer Art entkommen lassen, und wenn die Gerüchte stimmen, war er selbst eingesperrt. Schatten, deren Verwahrung seine Verantwortung war, sind jetzt frei in unserer Welt. Wir wurden von dreien von ihnen angegriffen. Mit all unseren vereinten Fähigkeiten konnten wir nur einen zerstören und haben sieben der Unseren verloren. Ich denke, Dominic zu fürchten ist weder gerechtfertigt noch verdient." Er sah Dominic direkt an. „Oder dich deinen Job länger behalten zu lassen. Du hast versagt. Warum solltest du nicht davon entbunden werden?"

„Bist du bereit, dein Leben zu opfern, um es zu versuchen?", fragte Dominic kühl. Samuel hielt Abstand, ließ die Augen über den Raum schweifen und suchte offensichtlich den besten Weg, sich zu schützen, während er ihm den Schaden zufügte, den er ihm so verzweifelt zufügen wollte.

Es blieb der Herrscherfamilie nicht verborgen. Krallen wurden ausgefahren, und Magie summte. Madeline stand auf. Ihre Züge wurden hart, sie bewegte die Hand in eine defensive Position und öffnete die Lippen, bereit, schnelle Zauber zu sprechen. Die Wandler des etablierten Konvents hatten sich gewandelt. Und ich war überrascht von der Anzahl der Konvent-Vampire, die ich übersehen hatte, und die jetzt ihre Reißzähne zeigten. Anand zog zwei Dolche, die gefährlicher aussahen als die, die ich zuvor bei ihm gesehen hatte.

Der Seher kam auf die Beine und zog sich an die Wand zurück. Seine Augen violett. Nailahs Augen sprühten vor Farbe, die dann verschwand. Ärger huschte über ihr Gesicht. Sie schüttelte den Kopf, bewegte sich langsam in die Mitte des Raumes, ihre beruhigende Sanftheit durch Verachtung und Frustration ersetzt. Sie zeigte ein bewundernswertes Maß an Zuversicht, in der Mitte all dieser kaum unterdrückten Gewaltlust und eines aufkeimenden Krieges zu stehen.

„Ihr werdet alle sterben. Einige in diesem Kampf, andere durch die Schatten und Peter. Leben werden irreparabel beschädigt, und ihr werdet den Revelatoren, Peter und den Schatten ausgeliefert sein. Kämpft das später aus." Ihr Blick glitt über die Herrscherfamilie, die ihre unerschütterlichen Mienen beibehielt.

„Mit ihnen am Steuer wird es immer Probleme geben“, behauptete Samuel.

„Könnt ihr eure Probleme zurückstellen, bis das vorbei ist?“, schlug Nailah vor.

„Wie können wir, wenn sie sich weigern, das Problem anzugehen?“, fragte er, und jeder im Raum drehte sich um, um mich anzusehen. Den rätselhaften Menschen, die Wurzel des Problems. Auch wenn sie nicht wussten, was ich war, wussten sie, dass ich zu einem Teil, wenn nicht zu allem, beigetragen hatte. Die Herrscherfamilie gab nichts preis. Ihre Solidarität war beeindruckend.

„Gib mir dein Wort, dass diese Person nicht die Ursache der derzeitigen Probleme ist“, forderte einer der Vampire des Neuen Konvents. Ihr kastanienbraunes Haar war zu einem Pferdeschwanz gebunden und lenkte die Aufmerksamkeit auf ihre grausamen, kohlschwarzen Augen. Da sie kürzlich gespeist hatte, hatte ihre pergamentartige Haut eine rosige Farbe. Ihr schmales Gesicht war scharfkantig, was das Lächeln, das sie Nailah zuzuwerfen versuchte, noch beunruhigender machte.

Nailah bemühte sich, auf eine Weise zu antworten, die mich glauben ließ, dass sie an die Wahrheit gebunden war. Halbwahrheiten waren ihre einzigen Werkzeuge, um sie zu umgehen. Der Raum wartete, während ihre Lippen sich mehrmals öffneten und wieder schlossen.

Bevor sie antworten konnte, traf eine Explosion von Magie ihre Brust. Sie segelte durch den Raum, krachte gegen die Wand und sackte zu Boden. Putz regnete auf sie herab. Ich schluckte meinen Schrei herunter, und bevor ich mich zu ihr aufmachen konnte, war Areleus an ihrer Seite, drückte seine Finger an ihren Hals und suchte nach Lebenszeichen. Bitte sei am Leben, wiederholte ich immer wieder. Sie musste leben.

Die Sorcee stürmten herein.

Magie strömte mit ihnen in den Raum. Hinter dem

Schwarm von Kreaturen war Peter, der sein selbstgefälliges Lächeln auf mich richtete. Ich rannte und bewegte mich aus seiner Sichtlinie und der des Schattens, der auf mich zusteuerte. In dem plötzlichen Chaos kroch ich zum Ausgang. Aus meinem Augenwinkel konnte ich auf der anderen Seite des Raumes Anand sehen, der sich anspannte und seine Magie anrief – bereit, den anderen zu offenbaren, was er war, um sie zu retten. Schwarze leuchtende Ranken fächerten von ihm aus und zwangen die Schatten zum Rückzug. Doch das geschah nicht. Es waren die Vampire, die auf seine Magie reagierten.

Sie brachen zusammen und wanden sich vor Schmerz. Anand zog seine Magie schnell zurück, Schock huschte über sein Gesicht. Ich nahm an, er war sich seiner Wirkung auf Vampire nicht bewusst gewesen. Da ich wusste, dass diese Entdeckung ihn zum Ziel der Vampire machen würde, hoffte ich, dass sie den Angriff Peter zuschrieben. Anand zückte seine Dolche und rannte in den Kampf in der Mitte des Raumes.

Ich steuerte um die Kämpfenden herum und konzentrierte meine Aufmerksamkeit abwechselnd auf das Finden von Sicherheit, auf Nailah und Zeichen von Fortschritt. Mehrmals ertappte ich Areleus dabei, wie er dasselbe tat. Es gab keine sichtbare Veränderung bei ihr, und Areleus ließ seinen Zorn an den Angreifern aus. Die Ankunft der Schatten hatte den Neuen Konvent, den Konvent und die Herrscherfamilie zu Verbündeten gemacht.

Ein Sorcee schleuderte einen Wandler durch die Luft und traf das Tier bei seiner Landung, tauchte seine Krallenhand in den Bauch des Wandlers. Der Dhole erwies sich wie erwartet als der, den man fürchten musste. Er verwandelte sich, wann immer er es brauchte, in seine Tierform und zurück, um sich den Kampfanforderungen anzupassen, und glitt mit einer Schnelligkeit, die ätherisch wirkte.

Areleus stürzte sich auf einen der geflügelten Schatten. Er

presste seine Hand in die Kreatur, hämmerte Magie hinein und ließ sie zucken und krampfen, bevor sie zusammenbrach. Aber sie erholte sich schnell und konterte mit einem Feuersturm auf Areleus, der langsam reagierte, schockiert, dass die Magie des Schattens gegen ihn wirkte.

Dominic hatte Peter in ein durchsichtiges Energiefeld eingeschlossen, um ihn zu stoppen, aber Peter zerstörte das Feld mit einer einfachen Berührung. Sobald es fiel, schoss ein fest gewundener Magieball auf Peter zu von einem Hexenmeister, sein Gesicht vor Konzentration und Anstrengung verzerrt. Ohne die Augen von seinem Ziel – Dominic – zu nehmen, machte Peter ein paar Bewegungen mit den Fingern und änderte die Richtung der Magie. Auf dem Weg zurück zu seinem Ursprung dehnte sich der Ball aus, ließ scharfe Stacheln sprießen, krachte in den Hexenmeister, durchbohrte ihn und explodierte in einen opaleszierenden Nebel, der ihn überzog. Der Mann wurde umgerissen, rang nach Luft, wand und krümmte sich, sprach Zauber, die jedoch wenig Wirkung auf die Wunde in seiner Brust oder die Krämpfe hatten. Ich riskierte einen Blick durch den Raum, suchte nach einem Weg, zu ihm zu gelangen oder jemanden zu finden, der helfen konnte. Welche Magie Peter auch immer angewendet hatte, sie hatte die Magie des Hexenmeisters eingeschränkt.

Der gefallene Hexenmeister erregte Madelines Aufmerksamkeit. Sie ging auf ihn zu und bewegte ihre Lippen und Finger auf ungewöhnliche Weise. Der Nebel schien sich von ihm zu heben, kehrte aber immer wieder zu seinem Ziel zurück. Die feurige Welle, die Dominic in Peters Richtung schleuderte, verschlang ihn. Für einen Moment schien er geschockt. Ich erwartete, dass die Ablenkung genug wäre, um den Nebel zu zerstören, mit dem Madeline kämpfte, aber das Feuer erstarrte und explodierte dann in Splittern, die sich über mehrere Meter verteilten und jeden trafen, der nicht rechtzeitig in Deckung gehen oder eine schützende Barriere errichten konnte.

Das zufriedene Lächeln, das Peters Lippen daraufhin umspielte, verschwand jedoch schnell wieder, als Dominic sich auf ihn stürzte. Dominics Schlag in Peters Gesicht passierte so schnell, dass mir bewusst wurde, dass ich das ganze Ausmaß von Dominics Fähigkeiten noch nicht gesehen hatte. Eine primitive Wut trieb ihren Kampf an. Während sie Schläge austauschten, wechselten sie zwischen Magie und physischen Hieben. Peter erwies sich als das Gegenteil der gebildeten, unbeholfenen Person, die er jahrelang im Buchladen gespielt hatte. Geschickt in Kampf und Magie, wollte er vielleicht Dominic schaden, aber sein Hauptziel war, zu mir zu gelangen. Jeder Schlag und jede Verteidigung brachte ihn näher an mich heran und positionierte ihn, um alle Hindernisse zwischen uns zu beseitigen.

Ein Schatten stürzte sich auf mich, nur um von Helena gestoppt zu werden. Sie packte ihn am Flügel, schleuderte ihn zurück und ließ ihn gegen eine Wand krachen. Ihr Gesicht strahlte vor Begeisterung. Es war nicht zu leugnen, dass sie in Chaos und Gewalt aufblühte. Sie sah sich um und steuerte auf einen Vampir und zwei Wandler zu, die ihren Kampf gegen einen Schatten verloren. Momente später krachte Helenas Körper in den Tisch und ließ Holzsplitter fliegen. Ich griff nach den abgebrochenen Tischbeinen, die an mir vorbeischlitterten. Wenn die Sorcee mich lebendig fangen sollten, hatten sie das Memo nicht bekommen. Ich schlug auf die Kreatur ein, die mich mit einer Welle Magie traf, die mich in die Brust rammte und mich mehrere Meter zurückwarf. Ich erholte mich mit beeindruckender Geschwindigkeit – nun, für einen Menschen – stand auf und schwang meine Waffen auf den Schatten, traf ihn an seinen entblößten scharfen Zähnen. Vor Schmerz oder Überraschung schlurfte er einen Schritt zurück. Ich wich den Körpern aus, die geschleudert und gestoßen wurden, während ich rannte, sah nicht, ob sie lebendig waren oder tot, nur dass keiner von ihnen ein Schatten war.

Ich stürzte zur Tür hinaus und ignorierte das nagende Gefühl, womöglich als Feigling angesehen zu werden. Was zum Teufel sollte ich tun? Gegen Leute kämpfen, die mir in Kampfgeschick, Gewalt und Magie überlegen waren, um etwas zu beweisen? Was würde ich beweisen? Dass ich sterblicher war als vermutet?

Die behelfsmäßige Waffe noch in der Hand, eilte ich einige Stufen hinunter zum nächstgelegenen Ausgang aus dem Gebäude und wünschte mir etwas, das mehr Schaden anrichten konnte, besonders, als ich den Dhole in der Nähe der Tür fand. Mein Selbsterhaltungstrieb sagte mir, dass er nicht da war, um mich zu beschützen. Als seine Augen auf seinem Ziel – meinem Hals – hängenblieben, umklammerte ich meine Waffe fester, bereit, sie mit aller Kraft zu schwingen. Ich hatte Pfefferspray in meiner Tasche und überlegte, ob ich es riskieren sollte, mein Tischbein loszulassen, um es zu holen. Es war verdammt nutzlos in meiner Tasche. Ich hätte es bereithalten sollen.

Der Dhole stürmte, rannte im Zickzack an mir vorbei und sprang in die Luft, schoss empor, als wären ihm Flügel gewachsen. Er kollidierte mit dem Mann hinter mir. Magie, die für die Kreatur gedacht war, hatte keine Wirkung auf sie, sondern traf mich. Ein anderer Angreifer schwang ein Messer. Der Dhole glitt aus seiner Tierform und wurde zu einem einschüchternd großen, schlanken Mann mit sehnig-muskulösem Körperbau, der selbst in menschlicher Gestalt das Tier verkörperte, in das er sich verwandelte. Er packte das Messer und benutzte es gegen den Angreifer, dann brach er es am Griff ab, bevor er es beiseite warf.

Dann stürmte er an mir vorbei und traf einen Vampir mit kurzen Haaren und entblößten Reißzähnen mit einem so harten Schlag, dass der Kopf des Mannes zurückschnappte. Der Vampir versetzte mehrere Schläge in das Gesicht des

Dhole und einen Schlag in seinen Bauch, zwang den Dhole zurück in menschliche Gestalt, in der er sich vom Fall erholte, bevor meine Augen die Bewegung vollständig erfassen konnten. Ich war immer weniger überzeugt, dass er nur ein Wandler war, denn seine Bewegungen waren flüssig und schnell wie die eines Vampirs. Der Vampir packte ihn in einen Würgegriff und riss seinen Kopf zur Seite, um ihn in den Hals zu beißen.

Ich wirbelte herum und steuerte auf einen anderen Ausgang in entgegengesetzter Richtung zu. Mein Shirt wurde von hinten gepackt, und das Tischbein wurde mir entrissen. Der Dhole in Menschengestalt schmetterte das Holz gegen die Wand, was eine pfahlartige Spitze hinterließ.

„Beweg dich nicht!", befahl er mit einem dicken britischen Akzent.

Sicher. Er hatte gerade drei Revelatoren ausgeschaltet, wurde von den meisten Leuten oben gefürchtet, und er hatte einen britischen Akzent. Ich sag's einfach: Superschurke.

Ich holte mein Pfefferspray aus der Tasche und riskierte keinen Blick zurück, um zu sehen, wie er den Vampir mit seiner improvisierten Waffe pfählte. Meine Hand war an der Tür und hielt das Pfefferspray bereit, als ich an eine feste Brust gezogen wurde. Meine geringe Größe gab mir in diesem Fall einen gewissen Vorteil, und ich hob meinen Arm, bereit, das Spray blind zu entladen, doch dann wurde es gegen meine Brust gedrückt, und ich wurde bewegungsun-fähig weggebracht.

Als ich losgelassen wurde, drehte ich mich benommen um und zielte, mein Blick zu verschwommen, um die Person vor mir zu sehen. Mein Arm wurde gepackt und reposi-tioniert.

„Luna!"

Dominic. Erleichterung durchflutete mich beim Klang seiner Stimme.

„Ich muss gehen", sagte er.

„Nailah?", brachte ich heraus.

„Sie ist hier. Mein Vater hat sie gebracht." Er war im Begriff zu gehen, hielt dann jedoch inne, zog mich wieder an sich, und nach einer weiteren schwindelerregenden Welle war ich in seinem Schlafzimmer. Er entfernte sich hastig von mir und riss mir dabei eine Haarsträhne aus. Mit einer ebenso schnellen Beschwörung errichtete er die Barriere.

„Nailah ist in Ordnung. Brich diese Barriere für niemanden außer mir." Und dann war er weg.

Meine Unsicherheit über ihr Wohlbefinden machte es so schwer, seiner Anweisung zu folgen. Ich wollte es wissen. Musste es wissen. Aber nach einer langen inneren Debatte blieb ich, wo ich war.

<h1 style="text-align:center">17</h1>

Nachdem ich eine Weile auf und ab gegangen war, versuchte ich, mich mit Büchern abzulenken. Ich versuchte verzweifelt, Zauber aus allen englischsprachigen Büchern, die ich finden konnte, anzuwenden. Mich wehrlos zu fühlen war das Schlimmste überhaupt, und jedes Mal, wenn ich mich daran erinnerte, wie nah der Dhole mir gekommen war, und an meine Überzeugung, dass er nicht dagewesen war, um zu helfen, durchströmte mich eine neue Welle von Angst. Ich hätte diese Begegnung unmöglich überlebt. Ich wäre wie alle anderen, die mit ihm in Kontakt kamen. Seine Anwesenheit war ein Todesurteil.

Die Minuten krochen dahin. Nichts konnte mich ablenken. Peter hatte mich benutzt, um die Schatten freizulassen, und jetzt waren sie seine Armee, um mich zurückzuholen. Peter wollte wieder aus dem Brunnen der Magie schöpfen.

Er hatte auch so schon enorme Macht, also wofür brauchte er mich? Um die Herrscherfamilie wieder einzusperren. Was, wenn er das tun könnte, ohne dass ich mit ihnen in der Unterwelt war? Wie wären dann ihre Chancen, freizukommen?

Peter hatte jetzt eine Armee aus Schatten und Revelatoren. Wir hatten ein zerbrechliches Bündnis zwischen dem Konvent und denen, die ihre Machtposition übernehmen wollten. Konnte man Leuten vertrauen, die an die Macht wollten? Nachdem mein Kopf zu schmerzen begonnen hatte, konzentrierte ich meine Gedanken auf Nailah. Sie war irgendwo im Haus, und ich hatte keine Ahnung, wie es ihr ging. Bilder ihres zusammengesackten Körpers und Areleus' panikverzerrten Gesichts gingen mir durch den Kopf. Er war nicht nur grausam. Er sorgte sich um sie. Aber der Zyniker in mir brachte mich dazu, mich zu fragen, ob sein Mitgefühl ihren magischen Fähigkeiten galt.

„Luna?", rief Nailahs angespannte Stimme von der anderen Seite der Tür. Ich stürzte hin, riss sie auf und blieb abrupt stehen.

Sie betrachtete das Leuchten des Schutzzaubers und bedachte meinen entschuldigenden Blick mit einem angespannten Lächeln. Ich vertraute ihr. Ich war gerade dabei, ihn zu brechen, als sie mich aufhielt.

„Nicht. Er wurde aus gutem Grund errichtet." Warnte sie mich vor sich selbst?

„Du würdest mir nicht wehtun", sagte ich mit unerschütterlicher Zuversicht. Ich war mir nicht sicher, woher diese Zuversicht kam, aber in Bezug auf Nailah hatte ich sie. Ob magisch beeinflusst oder nicht, sie war unerschütterlich.

„Nein. Ich sehe dich. Ich weiß, dass du eine unfreiwillige Teilnehmerin bist. Leider könntest du als Kollateralschaden enden." Sie zuckte vor Schmerz bei der geringsten Bewegung zusammen. Ich trat näher an die Barriere, wollte sie trösten.

„Ich bin okay. Wahrscheinlich eine gebrochene Rippe. Es hätte so viel schlimmer kommen können."

„Das ist ein Krieg, nicht wahr?"

Sie nickte. „Einer, der sich seit Jahren zusammenbraut. Unvermeidlich, fürchte ich", flüsterte sie. Sie ließ sich vor der Tür auf den Boden sinken und sah mich mit müdem und besorgtem Gesicht an.

Ich konnte sie nicht mit Schmerzen am Boden sitzen lassen, wenn sie auf dem Sofa oder Bett ruhen konnte. „Komm rein, Nailah." Ich machte mich erneut daran, die Schwelle zu überschreiten.

„Nein!", platzte sie heraus. Dann senkte sie ihre Stimme. „Wir sind nicht allein."

Die Herrscherfamilie war nicht hier, aber die Wachen schon. Ich las in Nailahs Gesicht und schloss, dass sie nicht hier waren, um mich zu schützen. Es ergab einen Sinn, warum Dominic mich so schnell weggebracht hatte.

Ich ließ mich ebenfalls zu Boden sinken. „Ich bin es leid, dass mein Leben in Gefahr ist." Der ständige Zustand von Panik und Angst machte es schwer, optimistisch zu sein, dass dies je enden würde.

„Ich weiß, was du bist." Sie sagte es so leise, dass ich es überhört hätte, wenn sie nicht so nah gewesen wäre. „Areleus hat eine Ahnung. Angesichts dessen, wie verzweifelt Peter war, an dich heranzukommen, vermute ich, dass die anderen zu einer ähnlichen Schlussfolgerung gekommen sind."

„Ich bin nicht sicher, oder?"

Sie zuckte erneut zusammen und hielt ihre Rippen. Alles in mir wollte sie trösten, aber es gab nichts, was ich gegen einen Rippenbruch tun konnte. Selbst wenn sie in die Notaufnahme ginge, würde sie nur mit Schmerzmitteln und Ruhe behandelt werden.

„Nein. Bist du nicht. Ich wünschte, ich hätte eine andere Antwort. Ich habe deinen Tod zu oft und in so vielen verschiedenen Szenarien gesehen", gab sie mit einer gerunzelten Stirn zu. „Aber zumindest für den Moment bist du sicher."

Es war ein hohler Sieg, weil nichts garantiert war. „Wer wird gewinnen?", fragte ich.

Ihre Miene wurde finster. „Als ich gegangen bin, war Peter derjenige, der als Sieger hervorgehen würde. Ich habe

Menschen um ihn herum gesehen, was bedeutet, dass die Übernatürlichen nicht länger im Schatten leben werden."

Wenn Nailahs ernster Ausdruck mir etwas verriet, dann dass es nichts gab, was ich tun konnte. Aber ich weigerte mich, nichts zu tun und alles einfach geschehen zu lassen. Ich musste nur herausfinden, was ich tun konnte. Ich saß nachdenklich schweigend da und vermied es, Nailah anzusehen, in deren Augen gelegentlich die violette Farbe aufblitze. Sie blickte offenbar in meine Zukunft, basierend auf dem, was passiert war. Meistens war ihr Ausdruck leer, aber ein Hauch von Trostlosigkeit schlich sich hinein und ließ mich wissen, dass mein Schicksal sich nicht geändert hatte.

„Du solltest ruhen." Areleus' Stimme dröhnte im Flur, bevor ich ihn sah. Er starrte die Barriere an, sagte aber nichts dazu, als er Nailah half, aufzustehen. Er hielt ihre Hand in seiner, während die andere auf ihrem Rücken ruhte. Der Duft von Flieder drang durch die Barriere, und die Spannung in Nailahs Schultern löste sich.

„Besser", sagte er und zog sie näher an sich. Sie nickte, als sie sich entfernten. Ihr schien es tatsächlich besser zu gehen. Ihr Gang war leicht und federnd.

Ich konnte Fetzen ihres Gesprächs hören, als sie den Flur hinuntergingen, aber weder Dominics noch Helenas Name fiel. Ich wollte glauben, dass er mehr Emotion gezeigt hätte, wenn sie verletzt wären oder Schlimmeres. Aber wer konnte das schon wissen? Areleus hatte sich als Wolke von Widersprüchen erwiesen.

Ein leises Geräusch an Dominics Schlafzimmertür ließ mich dorthin stürzen. Ich riss sie auf und fand Dominic, der nachdenklich aussah. Ich versuchte zu erahnen, was es bedeutete. Seine Schwester lauerte hinter ihm. Beide warteten darauf, dass ich die Barriere durchbrach, aber aus völlig unterschiedlichen Gründen. Ich unterdrückte die Angst, die Helenas Anwesenheit verursachte, trat über die Barriere und machte Platz, um Dominic hereinzulassen.

„Anand?", fragte ich.

„Er ist in seinem Zimmer." Dominics Hand bewegte sich von seiner Vorderseite, als er über seine Schulter zu seiner Schwester blickte. Helenas scharfe bernsteinfarbene Augen tanzten mit tödlichem Interesse, ihr Ausdruck von unheilvoller Entschlossenheit geprägt.

„Peter hat sich mit den Revelatoren verbündet. Die Schatten sind seine neue Armee, und wir sind der Gnade zweier kriegführender Sekten ausgeliefert, die uns verraten werden, um mehr Macht und Vorteile zu erlangen", knurrte Helena.

„Dessen bin ich mir bewusst."

„Bist du das? Denn selbst mit den Stärksten des Konvents konnten wir nur fünf Schatten vernichten. Der Konvent hat nicht die Fähigkeit, das Chaos zu bewältigen, das folgen wird. Es ist nur eine Frage der Zeit, bis das Verbergen der Existenz von Übernatürlichen unmöglich wird, und dann werden wir es nicht nur mit einem Bürgerkrieg zu tun haben, sondern auch mit Menschen, die versuchen wollen, ein bisschen Kontrolle zu erkämpfen. Die Übernatürlichen werden mehr als bereit sein, ihnen zu zeigen, dass sie das nicht können."

Sie sprach nur aus, wovon ich sicher war, dass Dominic es bereits bedacht hatte.

„Dem Neuen Konvent kann man nicht trauen, und die Revelatoren sind sture und ungeordnete Ambition. Aber es gibt viele von ihnen. Das muss gehandhabt werden, wenn wir irgendeine Chance haben wollen, das unter Kontrolle zu bekommen", fuhr Helena fort, tiefer sitzende Wut in ihren Worten.

„Ich weiß", seufzte Dominic, trat an mir vorbei und ließ sich auf das Sofa fallen. Er fuhr sich mit der Hand durchs Haar und hinterließ es so chaotisch wie die Situation. Ich machte mehrere vorsichtige Schritte von Helena weg, als sie eintrat.

„Vorübergehende Inhaftierung wäre am besten, und sobald wir das geregelt haben, müssen wir eine bindende Vereinbarung verlangen, dass ihre Freiheit davon abhängt, die Gesetze des Konvents einzuhalten."

Helena runzelte die Stirn, während Ekel ihre Züge entstellte. „Was? Nein. Sie wissen sehr wohl, dass sie gegen die Regeln verstoßen. Es muss schnelle und tödliche Vergeltung geben. Nichts anderes ist akzeptabel. Sie wird einen doppelten Zweck erfüllen. Sie wird Peter schwächen und dem Neuen Konvent gegenüber ein Statement machen, dass wir nicht herausgefordert werden dürfen. Sie können ihre Herrschaft nicht so durchsetzen wie wir. Lass mich das erledigen."

Erledigen.

„Du darfst sie nicht töten!", platzte ich heraus. „Was stimmt nicht mit euch allen? Warum ist Gewalt und Tod immer die erste und einzige Antwort?"

In einem Atemzug legte Helena ihre Krallen an mein Kinn, und Dominic stand vor dem Sofa, fuhr seine eigenen Krallen aus und starrte seine Schwester an.

Sie bewegte ihr Gesicht Zentimeter vor meines und höhnte: „Weil es funktioniert und immer funktioniert hat. Mein Bruder schert sich um deine menschlichen Empfindlichkeiten. Ich nicht." Sie trat von mir weg und starrte Dominic an. „Mach nur weiter so, deinem Menschen diese zahme Version von dir zu zeigen, wenn du willst. Aber sie wird diesen Wolf nicht zu einem Pudel domestizieren."

Die Beleidigung traf, obwohl ich nicht verstand, warum. Nichts, was er mir gezeigt hatte, ähnelte einem Pudel oder war auch nur ansatzweise zahm. Hatten diese Worte eine andere Bedeutung für sie? Gab es ein Unterwelt-Wörterbuch, das so ganz anders war als das, das ich kannte?

„Helena, ich stimme dir in diesem Punkt nicht zu. Aber wenn du sie tötest, wird das nicht die Wirkung haben, die du erwartest. Der Neue Konvent wird sich erheben, weil sie uns nicht als Teil von sich betrachten. Es wird nur ihr Argument unterstützen, dass wir wild und ungezähmt –"

„Wie wir es sein sollten. Weder sind wir Menschen, noch sollten wir uns wie welche verhalten." Sie warf mir einen kalten Blick zu. „Lass nicht zu, dass dein menschliches Spielzeug dein Untergang wird."

„Luna hat nichts mit meiner Entscheidung zu tun."

„Sie hat alles damit zu tun, und das ist das Problem, Dominic."

Mehr, als sie ahnte.

„Unser Erfolg heute kam daher, weil wir sowohl den Konvent als auch den Neuen Konvent auf unserer Seite hatten", erklärte er.

„Wir haben sie nur gebraucht, weil du dich zurückgehalten hast. Ich mag diese Version von dir nicht, *Dominicus*. Dein Mensch hat mehr Schaden angerichtet, als dich nur zu zähmen. Was auch immer sie ist, ich hoffe, es ist den Schaden wert, den sie verursacht hat." Zum ersten Mal, seit ich sie getroffen hatte, schien sie aufrichtig um ihn besorgt. Sie sah ihn sanft und abschätzend an. „Du hast mir so oft geholfen. Lass mich das für dich handhaben. Sie ist dir unter die Haut gegangen, und es macht dich blind für die Probleme, die sie verursacht. Das kann nicht mehr lange so weitergehen. Lass mich dir die Last nehmen."

„Du wirst Luna kein Haar krümmen", flüsterte er mit Überzeugung. Helena sah mich noch einmal an, bevor sie zustimmend nickte. Ich vertraute ihr trotzdem nicht.

Sie wandte sich zum Gehen und blickte über ihre Schulter, als sie sagte: „Vielleicht kann Emory seine Unterstützung anbieten, da meine abgelehnt wurde. Wären die Revelatoren nicht aufgetaucht, bist du sicher, dass er da war, um deine Luna zu schützen? Ich bin mir nicht so sicher."

Es war genau, was ich dachte. Der Dhole hatte verhindert, dass ich von den Revelatoren entführt wurde, aber das bedeutete nicht, dass er vorgehabt hatte, mich am Leben zu lassen.

Als sie ging, riss ich mir ein paar Haare aus und hielt sie ihm entgegen. Ohne eine Antwort nahm er sie und stellte die magische Barriere wieder her. Ich war im Haus mit seiner Familie nicht sicher, und er wusste das auch. Ich ging mehrere Momente lang auf und ab, während Dominic mich vom Sofa aus beobachtete.

„Es gibt mindestens vierzig weitere Schatten da draußen."

Er nickte. „Die Anzahl der Revelatoren, die Peter unterstützen, ist die große Unbekannte."

„Sie sind durch ihn ermutigt. Angesichts der Art von Magie, die er besitzt, verstehe ich, warum", sagte ich. Unter dem Gewicht von Dominics Blick versuchte ich zu sagen, was mir seit dem Abgang seiner Schwester durch den Kopf ging. „All das Chaos und die verlorenen Leben sind meine Schuld."

„Sie sind Peters Schuld. Er benutzt dich nur", korrigierte er.

„Semantik. Ich habe ihm die Gelegenheit dazu gegeben. Ich bin seinem Willen ausgeliefert, und ich verabscheue den Gedanken so sehr. Wir brauchen einen Weg, um zu verhindern, dass ich von ihm benutzt werde."

„Ich weiß nicht, ob es einen gibt", gab er leise zu.

Ich hatte keine Ahnung, wo ich anfangen sollte. Die politische Landschaft war ein Chaos. Es war nicht nur Peter an der Wurzel des Ganzen, sondern auch die Uneinigkeit, und alles in mir wollte eine harmonische Lösung finden, wo es keine gab. Leute würden sterben, verraten werden, ihre Freiheit verlieren und schlechter dran sein als zuvor. Ich hatte das Feuer nicht verursacht, aber ich war der Zunder.

Von meinen eigenen Gedanken abgelenkt, bemerkte ich nicht, dass Dominic direkt vor mir stand, bis seine Finger die Falten von meiner Stirn strichen, bevor er mich küsste.

Es war nichts Keusches an diesem Kuss. Hitze durchströmte mich, während meine Brustwarzen auf sein Streicheln reagierten. Ich war dankbar für den BH, der meine Reaktion auf ihn verbarg, aber seinem schelmischen Grinsen nach zu schließen wusste er es. Er hatte mich ruiniert. Sex und Magie waren für mich für immer miteinander verwoben.

Er nahm mich in Augenschein und sah sicher meine Niedergeschlagenheit. Ich hatte nicht die Fähigkeit, es zu verbergen.

„Du bist ein wunderbarer Einblick in die vielen Schichten der Menschlichkeit, die ich nicht oft sehe. Ich bewundere sie für ihren Optimismus, ihre Schönheit, ihr Mitgefühl und ihr Herz, aber du bist ihre Schwäche." Der Prinz hatte gerade etwas geschafft, was Emoni und ich eine *Komplileidigung* nannten. Eine Beleidigung, verpackt in ein Kompliment. Ich war der schwächste Teil der Menschheit. Was zum Teufel? Wie zur Hölle sollte ich damit umgehen?

Ich ignorierte es und öffnete den Mund, um das Gespräch auf das zu lenken, was ich vorschlagen wollte. Doch bevor ich das tun konnte, hob er eine Hand, um mich aufzuhalten.

„Du willst, dass ich den Zauber durchführe, den mein Großvater angewandt hat, um die Schatten wieder einzufangen und die Leben derer zu schonen, die sie jagen werden, nicht wahr?

Als Callum dich gegen meinen Wunsch angegriffen hat, hätte er ohne Gnade getötet werden müssen. Du hast das gestoppt. Dein Mitgefühl wird als Schwäche angesehen und deine Freundlichkeit ausgenutzt." Er hob wieder die Hand, um meinen Widerspruch zu stoppen. „Nichts, was du sagst, wird das weniger wahr machen. Ich werde meine Magie dafür nicht opfern. Egal, wie viele sterben werden. Du wirst meine Ablehnung für grausam halten, aber sie ist nötig. Ich werde mich nicht in eine Position bringen, in der ich schwächer als mein Vater bin. Ich brauche all die Macht, die ich habe, denn die nächste Auseinandersetzung mit meinem Vater wird mit seinem Tod enden."

„Du konntest es zuvor nicht tun", bemerkte ich. Die Komplexität und Grausamkeit ihrer Welt würde mir nie gefallen, aber ich fühlte mich besser in dem Wissen, dass er seinen Vater nicht töten konnte.

„Dass du gestorben bist, als die Magie aus dir entfernt wurde, ist der einzige Grund, warum er lebt. Ich war mir der Freilassung der Schatten nicht bewusst, aber ich wusste, dass ich meinen Vater brauchen würde, um mit Peter und dem aufkeimenden Krieg umzugehen. Nachdem Peter und die Schatten gehandhabt sind, muss die Situation stabilisiert werden, und wir drei sind die, die das können."

Egal, wie oft ich mich daran erinnerte, dass dies nicht mein Kampf war, waren die Regeln dieses Lebensspiels vorbestimmt, und mein einziges Ziel war, unversehrt da rauszukommen. Dennoch war es schwer, die Gepflogenheiten und Praktiken ihrer Welt blind zu akzeptieren.

„Ich kann dich nicht lesen", flüsterte Dominic besorgt.

Die wilden Gedanken in meinem Kopf waren auch besorgniserregend. „Deine Schwester hat recht", platzte ich heraus.

„Sprichst du dich jetzt für deinen Tod aus?" Dunkles Interesse haftete an seinen Worten.

„Nein. Ich verstehe es nur nicht. Du bist so pragmatisch in allem, aber –" Ich verstummte.

„Aber nicht, wenn es um dich geht." Ich nickte.

„Nun, kleine Luna", säuselte er an meinem Ohr, „seit ich dich getroffen habe, habe ich akzeptiert, dass manche Dinge unser Wissen übersteigen. Ich will dich um mich haben, damit ich diese Neugier weiter befriedigen kann." Sein Atem war warm an meinem Ohr. In dem Moment, als ich begann, mich in die Hitze seines Körpers zu schmiegen, zuckte ich zusammen und wich mehrere Schritte zurück.

„Hör auf damit. Bleib bei der Sache“, verlangte ich.

Sein Lachen nahm etwas von meiner Spannung, aber die Probleme blieben.

„Natürlich. Ruh dich ein bisschen aus. Ich gehe wieder mit den anderen auf die Jagd.“

„Nach den Schatten?“

Er nickte. „Und den Revelatoren. Sie müssen aus der Gleichung genommen werden.“

„Vorübergehend inhaftiert, richtig?“, fragte ich.

Ich wiederholte meine Frage, als seine einzige Antwort war, auf mich zuzukommen und seinen Finger sanft entlang meiner Wange zu streichen. Anstatt mich auf seine Berührung zu konzentrieren, wurde meine Aufmerksamkeit von den Blutspritzern auf seinem Hemd angezogen.

„Das ist das anfängliche Ziel“, sagte er und ließ keinen Raum für weitere Fragen. Er musterte mich lange und gab ein leises Grollen von sich. „Du wirst meine Menschlichkeit bewahren“, sagte er, so leise, dass es wie eine Erinnerung an ihn selbst wirkte.

Er ging zur Tür und wartete darauf, dass ich die Barriere brach, um ihn hinauszulassen.

„Ich habe morgen um sieben ein Abendessen mit meiner Familie“, erinnerte ich ihn.

„Du musst absagen.“

„Nein. Ich kann nicht absagen oder einfach wegbleiben.“

„Wenn deine Familie wie du wäre, hätte Peter sie benutzt.“

„Du hast wahrscheinlich recht, aber ich will eine Bestätigung, und ich muss sie sehen.“ Meine Stimme brach. Es bestand immer noch die Chance, dass ich nicht lebend aus dieser Situation herauskommen würde, und das Abendessen könnte das letzte Mal sein, dass ich sie sah. Es war ein düsterer Gedanke, aber eine sehr reale Möglichkeit. Ich wollte meine Familie sehen. Ich musste meine Familie sehen. Blinzelnd ließ ich die Tränen fließen.

In einem Herzschlag war Dominic wieder bei mir, wischte mit dem Daumen sanft über meine Wange und entfernte die Tränen. Sein Ausdruck wurde besorgt. „Natürlich. Ich werde rechtzeitig zurück sein und dir einen Weg bieten, festzustellen, ob sie Magie haben. Aber du musst hierher zurückkommen. Zu mir. Okay?"

Ich nickte zustimmend und verwarf den Plan, mit Cameron zu sprechen. Es wäre wahrscheinlich sowieso besser, erst mit ihr zu sprechen, wenn die Situation geregelt war.

Falls sie je geregelt würde.

18

Dominics Klopfen an der Tür weckte mich. Nachdem ich ihn hereingelassen hatte, versuchte ich, wieder einzuschlafen, während er sich auszog und ins Badezimmer ging, um zu duschen, konnte es aber nicht. Als er ins Bett kroch, fragte ich, ob alle zurückgekehrt waren. Er bestätigte, dass dem so war, aber an seinem Schmunzeln erkannte ich, dass er wusste, dass ich hauptsächlich nach Anand fragte – es war schwer, mich um Areleus und Helena zu sorgen, wenn sie meinen Tod wollten. Genug der Revelatoren waren inhaftiert worden, um beide Konvente zufriedenzustellen und Peters Strategie erheblich zu stören.

„Nailah?" Ich wollte sie wiedersehen, um sicherzustellen, dass sie ganz geheilt war, und war auch neugierig zu hören, ob sich mein Schicksal geändert hatte.

Ich legte meine Hand über seine wandernden Finger, die mich immer mehr ablenkten. Dominic fand Unterhaltung darin, wie mein Körper auf seine geringste Berührung reagierte. Sanftes Streichen seines Fingers über die Kurven meines Körpers ließ Hitze durch mich pulsieren, brachte ein teuflisches Grinsen auf Dominics Lippen, und er senkte die Augen auf meine Brustwarzen, als sie sich aufrichteten.

„Nailah?", hakte ich nach.

„Ich habe sie nicht gesehen, seit mein Vater sie ins Gästehaus gebracht hat. Er hat mir versichert, dass es ihr gut geht."
Sein besorgter Ausdruck verschwand so schnell, wie er
aufgetaucht war.

„Glaubst du ihm nicht?"

„Ich glaube, dass es ihr gut geht. Aber ich weiß, dass es
einen Grund gibt, warum er sich so bemüht, mich von ihr
fernzuhalten", gab er zu.

Es gab definitiv etwas, das Lord Areleus nicht offenlegt
haben wollte.

***

Trotz der klaren Erfolge des vorherigen Tages war
Dominic unruhig, als er mich beim Anziehen für
das Abendessen mit meiner Familie beobachtete. Seine stoi-
sche Maske fiel immer wieder und enthüllte seine Sorge. Er
wollte nicht, dass ich ging, und seine Anstrengung, es nicht
in Worte zu fassen oder weiter zu debattieren, war offensichtlich.

Sobald ich bereit war, stellte er sich hinter mich und legte
seine Arme um mich. Er beugte sich herunter und flüsterte
in mein Ohr: „Bist du bereit?" Die eigentliche Frage: „Bist du
sicher?"

Es gab so viele Unsicherheiten, aber meine Familie zu
sehen und sicherzustellen, dass sie keine Gefäße waren,
gehörte nicht dazu.

Ich nickte. Momente später transportierte er mich in die
Wohnung in der Stadt, die er mit seiner Schwester teilte. Er
ließ mich los, und ich drehte mich zu ihm um. Er reichte mir
ein kleines, zerklüftet aussehendes, perlmuttfarbenes Objekt.

„Ein Affinitas", informierte er mich, während ich das

Objekt betrachtete. Nachdem er einen Zauber gewirkt und es mit meinem Blut verbunden hatte, vibrierte es. „Ähnliche Magie wird davon angezogen. Leg es einfach auf deine Eltern und deinen Bruder, und es wird ein Ziehen geben. Wie Magie, die zu ähnlicher Magie hingezogen wird. Es wird sich wie ein Magnet anfühlen und ein bisschen Anstrengung erfordern, es zu lösen."

Obwohl ich davon beeindruckt war, war Dominic es nicht. Für ihn war es eines der Dinge in ihrer Welt, die veraltet waren.

„Es muss in direkten Kontakt mit ihnen kommen", erinnerte er mich, als ich in den Range Rover stieg, den er mir geliehen hatte. Zareb, Dominics Lieblingshöllenhund, sprang auf den Rücksitz, und sobald ich losfuhr, schimmerte er und verschwand, doch die Wärme seines Körpers verriet seine Gegenwart.

„Es ist wahrscheinlich besser, wenn du draußen bleibst, weil es unmöglich ist, dich hereinzulassen, ohne dass es verdächtig aussieht", sagte ich zu dem Höllenhund, als ich in die Straße meiner Eltern bog.

Als er sich sichtbar machte, sahen kluge Augen mich an. Das kurze Fletschen seiner Zähne war eine Erinnerung, dass ich mit einem Hund aus der Unterwelt reiste. Er schnaubte, eine Zurechtweisung dafür, dass ich Dominics Anweisungen ignorierte.

„Er sagte, du sollst bei mir bleiben. Wenn du vor der Tür bist, bist du immer noch bei mir. Ich kann nicht gehen, ohne dass du es bemerkst, und es ist ja nicht so, als könntest du mich nicht aufspüren, wenn ich es täte."

Er neigte den Kopf zur Seite, betrachtete mich mit einem abschätzenden Blick und schnaubte erneut, bevor er sich wieder tarnte. Ich nahm an, es war sein Zugeständnis.

Als sie mich in die Einfahrt einbiegen sah, stürzte meine Mutter aus dem Haus und stand winkend auf der Veranda. Ihre Anwesenheit würde es schwierig machen, Zareb aussteigen zu lassen, ohne dass es seltsam aussah. Ich parkte den SUV neben dem meines Bruders, sprang in einer über-enthusiastischen Zurschaustellung des Wunsches, sie in die Arme zu schließen, heraus und ließ die Fahrertür offen. Diese Zurschaustellung meiner Emotion erforderte nicht viel Schauspielerei. Ich war glücklich, sie zu sehen. Ich sank tiefer in die Umarmung und zog mich langsam zurück. Dabei hielt ich genug Kontakt, um den Affinitas über die einzige Stelle zu streichen, wo ihre Haut unbedeckt war – ihre Hand. Man sah meine Mutter selten ohne Pullover.

„Das ist hübsch", sagte sie und hob es vom Boden auf, nachdem es mir nicht so anmutig und heimlich gelungen war, das Objekt über ihre Haut zu streifen, wie beabsichtigt.

„Ich überlege, eine Kette daraus zu machen und wollte, dass Forest es sich ansieht", log ich. Unter den zahlreichen Interessen, die mein Bruder hatte, hatte er sich auch mit Schmuckherstellung beschäftigt, aber bald das Interesse verloren.

„Darf ich?", fragte mein Vater, als er sich neben meine Mutter stellte. Ich war dankbar, als meine Mutter es in seine Hand fallen ließ und mir damit die Gelegenheit gab, das Objekt aus seiner Hand zu nehmen. Er schien weniger beeindruckt. Kein Ziehen. Keine Magie in beiden.

Ich war sicher, dass ich Zareb genug Zeit gegeben hatte, um aus dem Auto zu steigen, und kehrte zurück, um die Tür zu schließen, bevor ich meinen Eltern ins Haus folgte.

„Mietwagen?", fragte meine Mutter mit Skepsis in der Stimme, als sie dem Range Rover einen weiteren Blick über die Schulter zuwarf. Mein Bruder wandte seine Aufmerksamkeit lange genug davon ab, um mich ausgiebig zu umarmen. Trotz seines sehnigen Körpers waren seine Umarmungen von der Sorte, die einen die Welt vergessen ließ. Sie waren die Verkörperung von Sicherheit, und ich hielt ihn fester und länger als sonst. Er taumelte zurück und sah verwirrt aus über meine ungewöhnliche Liebesbekundung. Ich war auch überrascht davon. Die Dysfunktion der Herrscherfamilie hatte mir eine neue Wertschätzung für ihn und meine Familie ausgelöst. Ich wollte in seiner Nähe sein, ihn berühren und wissen, dass er, selbst wenn er die Fähigkeit hätte, niemals versuchen würde, mein Gesicht zu zerkratzen oder eine gewalttätige Person auf mich zu hetzen, um seine Magie zurückzubekommen. Ich bezweifelte, dass er mir je einen Grund geben würde, ihm seine Magie zu nehmen.

„Denkst du, du kannst das zu einer Kette machen?", fragte ich und schenkte ihm ein Lächeln, das, wie ich hoffte, eine ausreichende Entschuldigung für meine befremdliche Demonstration von Zuneigung war.

Er untersuchte es und runzelte die Stirn. „Wirklich?", fragte er, gab es mir zurück und warf mir einen weiteren eigenartigen Blick zu, als ich seine Hand ergriff, um es zu nehmen. Wieder keine Anziehung.

Forest kniff die Augen zusammen, während er mehr Abstand zwischen uns brachte. „Was stimmt nicht mit dir?"

„Kann ich nicht einfach glücklich sein, dich zu sehen?"

„Doch, aber sei nicht komisch dabei. Okay?" Er warf meinen Eltern einen Blick zu und bat sie stillschweigend um dasselbe. Dann schob er sich die Finger durchs Haar, das länger war, als er es je getragen hatte. Auch die Tätowierung auf seiner Hand war neu.

„Also, welcher fehlgeleitete Freund hat dir Zugang zu seinem Auto gegeben? Er muss neu in deinem Leben sein, weil er dich nicht gerade gut kennt."

„Ziemlich anmaßend von dir, anzunehmen, dass es ein Mann ist."

„Deine Freundinnen sind intelligent, und sie haben dich fahren sehen. Und so, wie du geparkt hast, wird niemand, dem etwas an seinem Fahrzeug – und dann auch noch einem so teuren – liegt, dir je wieder die Schlüssel dazu geben.

Dieser Kerl scheint in seinen Entscheidungen durch irgendwas beeinflusst zu sein", neckte er.

Ich verzog das Gesicht und ertappte mich dabei, wie ich an seinem Haar herumspielte, bis er meine Hand wegschlug. Ich benahm mich tatsächlich komisch und musste damit aufhören, denn so war ich verdächtiger, als der Höllenhund es je hätte sein können.

„Dafür gibt es Versicherungen", schoss ich zurück, brachte etwas Abstand zwischen uns und versuchte, mich normal zu benehmen.

„Und? Wer ist dieser neue Mann, Luna?", drängte er, und ich konnte die Begeisterung in seiner Stimme hören.

„Nur ein Freund", sagte ich, und versuchte, ihm durch vielsagende Blicke zu verstehen zu geben, er solle mit der Fragerei aufhören. Meine Eltern sahen aus wie Erdmännchen, die versuchten, Informationsschnipsel meines Lebens zu erhaschen, ohne dabei aufdringlich zu sein.

„Ich wünschte, Emoni wäre mitgekommen", sagte er. Offensichtlich hatte er den Wink verstanden. Sie war nur ein paarmal zum Familienabendessen gekommen und hatte von meinen Eltern eine offene Einladung erhalten, zu kommen, wann immer sie wollte. Mein Bruder stimmte dem Angebot immer begeistert zu – natürlich aus anderem Grund.

„Sie mag dich nur wegen deiner Umarmungen, die du so selten austeilst. Es ist unser kleines Vergnügen", neckte ich.

„Und wegen meines Charmes", konterte er. „Vergiss nicht, ich bin auch ausgesprochen charmant."

„Lass uns diesen angeblichen Charme beim Abendessen besprechen", schlug ich vor, legte meinen Arm um seine Taille und ging mit ihm in die Küche. „Und deine neue Körperkunst", fügte ich hinzu.

Am Küchentisch betrachtete ich die neue Ergänzung zu der Vielzahl von Tattoos an seinem Körper. „Überlegst du, dir auch eins stechen zu lassen?", fragte er.

Ich hatte seinen Tätowierungen sonst noch nie so viel

Aufmerksamkeit geschenkt, was meine Eltern veranlasste, mitten im Tischdecken innezuhalten, um auf meine Antwort zu warten. Es würde sie nicht stören, wenn ich eines wollte, aber sie schienen nicht ganz überzeugt, dass ich über Jackson hinweg war, und ein etwaiger Wunsch nach Körperkunst wäre in ihren Augen die Bestätigung.

„Nein, im Moment nicht. Aber manchmal würde ich mir gern mein Muttermal übertätowieren lassen", gab ich zu.

„Aber dein Muttermal ist immer für eine Unterhaltung gut", behauptete meine Mutter und stellte Lasagne und Baguettes auf den Tisch.

„Und für welche Art von Unterhaltung bitte schön? Fragen wie ‚*Was ist das für ein freakiges Mal auf deinem Rücken?*'"

„Es ist nicht freakig, es ist süß. Das Einzige, was daran freakig war, war, dass es nicht blasser, sondern dunkler wurde. Erst als du fünf warst, wurde es auffällig."

„Was?", keuchte ich.

Sie zuckte mit den Schultern. „Ich bin deswegen mit dir zum Kinderarzt gegangen. Er sagte, es sei seltsam, schien sich aber keine Sorgen zu machen. Mir war so lange nicht bewusst gewesen, dass du ein Muttermal hast, dass ich mich dafür nicht gerade wie Mutter des Jahres gefühlt habe."

Du hast es nicht bemerkt, weil es nicht da war. Fragen schossen mir durch den Kopf, und ich war nicht sicher, ob sie sie einundzwanzig Jahre später beantworten könnte. Gab musste ein seismisches Ereignis gegeben haben, wie, dass ich für mehrere Stunden verschwunden und mit dem Mal wieder aufgetaucht war, oder etwas so Einfaches wie ein Fremder, der mich berührt hatte, um mir ein Kompliment zu machen, von dem meine Mutter mir in den vielen Erzählungen über meiner Kindheit nicht erzählt hatte?

Ich schaufelte Salat in meine Schale, und rang die drängenden Fragen nieder, um weiter nachforschen zu können, ohne sie misstrauisch zu machen.

„Das ist seltsam. Hat Gloria es je bemerkt?" Gloria war die Freundin meiner Mutter, die auf mich aufgepasst hatte, wenn ich nicht bei meinen Großeltern war.

„Nein, ich dachte, sie wäre die Erste. Sie war so aufmerksam mit euch." Meine Mutter verfiel in nostalgisches Schwelgen über Gloria, eine Frau, die sie im Salon kennengelernt hatte. Sie waren schnell Freundinnen geworden, und sie hatte mich und Forest gebabysittet.

„Sie war so fasziniert von euch beiden. Absolut vernarrt in eure Neugier." Meine Mutter warf mir ein angespanntes Lächeln zu. Die vielen Geschichten meiner Kindheit hatten gezeigt, dass meine Eltern diese Neugier oft als Segen und Fluch zugleich betrachtet hatten. Die Erinnerungen meiner Mutter waren von Traurigkeit überschattet. Gloria war weggezogen, als ich ein Teenager war. Sie hatten zunächst noch den Kontakt gehalten, aber schließlich waren ihre täglichen Gespräche weniger geworden, und irgendwann hatte sie nicht mehr angerufen. Bis zu diesem Zeitpunkt schien sie immer genauso an unserem Leben interessiert zu sein wie unsere Eltern. Als die Anrufe aufhörten, war meine Mutter nicht die Einzige gewesen, die ihre Abwesenheit schmerzlich wahrgenommen hatte.

Nun konnte ich nicht umhin, mich zu fragen, ob hinter Glorias Abwesenheit mehr steckte.

„Hast du versucht, sie zu kontaktieren?", fragte Forest. Ich war dankbar, dass ich nicht die Einzige war, die Fragen stellte.

„Sie hat nicht mehr dieselbe Nummer. Ich habe auf Facebook und Instagram nach ihr gesucht und gehofft, wieder Kontakt aufnehmen zu können, doch ich habe sie nicht gefunden."

Ich hörte die Traurigkeit in der Stimme meiner Mutter und wechselte das Thema, aber das nagende Gefühl blieb, dass Glorias Anwesenheit in unserem Leben nicht zufällig gewesen war.

„Also, Forest, was ist dein neuestes Abenteuer?“, fragte mein Vater und stürzte sich auf die Gelegenheit, das Thema zu wechseln und die Stimmung meiner Mutter zu verbessern. Oder sie zumindest abzulenken, denn sie schaltete schnell in den Muttermodus. Forest brummte leise einen Fluch. Er ertrug das Verhör und aß mit großem Appetit, um ihre Fragen nicht beantworten zu müssen – schließlich spricht man nicht mit vollem Mund – und zwinkerte mir zu, als eine Salve von Fragen auf mich abgefeuert wurde, nachdem er auf seinen vollen Mund gezeigt hatte.

Als mein Vater den Tisch verließ, um Nachtisch zu holen, scrollte Forest durch sein Handy und nippte an seinem Weinglas. „Werwölfe sind echt? Was zum …?“, schnaubte er und stellte sein Glas ab. Weitere ungläubige Flüche folgten, als er weiter scrollte.

Er drehte sein Handy um und zeigte mir, was auf Twitter trendete. Variationen des Hashtags und ein Video von einem Mann, der sich eindeutig von einem Tier in einen Wolf verwandelte. Es war klar gewesen, dass Kenntnis über die übernatürliche Welt nicht schleichend, sondern mit einem Knall kommen musste. Und hier war es.

Ich nahm mein Handy aus der Tasche und durchforstete meinen Social-Media-Account nach Variationen von Hashtags, Kommentaren und Posts, denen zufolge Werwölfe real waren. „Magie ist echt“ trendete ebenfalls, aber das war nicht das erste Mal, und bisher hatte es nie mit echter Magie zu tun gehabt. Normalerweise wollte jemand damit nur Aufmerksamkeit auf sich lenken. Diesmal jedoch war es wirklich Magie. Es gab ein Video von zwei Hexen, die mitten auf der Straße kämpften. Die geschmeidigen, anmutigen Bewegungen eines Mannes identifizierten ihn als Vampir, der die Hexen zu Boden riss und dann von ihnen trank.

Mein Atem wurde kürzer und unregelmäßig, bevor meine Mutter nähertrat, um sich das ebenfalls anzusehen. Doch gerade, als wir es ihr zeigen wollten, wurden unsere

Displays schwarz. Es dauerte mehrere Minuten, bis wir sie neu starten konnten. Das frustrierte mich weniger als Forest, denn ich war dankbar dafür, dass die Techno-Hexen eingegriffen hatten. Ich hoffte, dass das Schadensbegrenzung war und nicht die große Enthüllung.

Forests Handy war das erste, das wieder zum Leben erwachte, und er scrollte hektisch und blinzelte dann. „Was zum –?", schnaubte er aufgeregt. „Ich weiß doch, dass ich es gesehen habe. Du hast es auch gesehen, oder?", fragte er und sah mich erwartungsvoll an. Meine Mutter blickte auf unsere Weingläser, nahm sie uns ab und kehrte mit einem süßlichen Lächeln und Wasser zum Tisch zurück.

Die starren Falten wurden jedes Mal tiefer, wenn Forest auf sein Telefon starrte – eine Erinnerung an die verstörende Realität der Techno-Magie. Es schmerzte, dass ich nichts tun konnte, um seine Angst und seine Zweifel zu lindern. Seine Finger bewegten sich schnell über den Touchscreen, und ich vermutete, dass er versuchte, von anderen eine Bestätigung zu bekommen, dass sie dasselbe gesehen hatten. Morgen würde es jede Menge Spekulationen, Verschwörungstheorien und Gaslighting geben, während die Übernatürlichen sich bemühten, die Sichtung unter den Teppich zu kehren.

Um meinen Bruder abzulenken, fragte ich nach seinem neuen Vorhaben und Updates über sein Leben, und wir nahmen uns vor, uns im nächsten Monat zu einem Abendessen zu treffen, was mir einen Stich versetzte. Ich plante ein normales Ereignis, während mein Leben so weit von normal entfernt war und eine sehr reale Chance bestand, dass dies mein letztes Essen mit ihnen sein war.

Am Ende des Abends war ich zufrieden damit, dass meine Familie keine Verbindung zur übernatürlichen Welt hatte, und meine Eltern waren zufrieden damit, dass Forest mit dem Gedanken spielte, Webdesigner zu werden. Meine Gedanken blieben jedoch bei Gloria. Ich erinnerte mich an ihr Interesse an mir, hatte es aber ihrer Freundschaft mit meiner Mutter zugeschrieben, nicht der Möglichkeit, dass sie es war, die mich zu einem Gefäß für Dunkle Magier-Magie gemacht hatte. War sie selbst eine Dunkle Magierin, oder hatte sie mich, wenn ich in ihrer Obhut war, einem ausgesetzt?

Ich hatte so viele Fragen und war mir nicht sicher, woher ich die Antworten darauf bekommen sollte.

Aber ich brauchte sie.

Als wir uns verabschiedeten, klammerte ich mich fester an meine Familie, während sie sich bemühten, mich nicht misstrauisch anzusehen.

Jeder Schritt zum SUV fühlte sich an, als wäre ich Welten entfernt.

Es war mir egal, was ich dafür tun musste; dies würde nicht das letzte Mal sein, dass ich meine Familie sah.

19

„Pass auf dich auf, Liebes, und sag deinem Freund …", rief meine Mutter von der Tür aus und zog das letzte Wort in die Länge, während sie auf einen Namen wartete, um mit ihren Nachforschungen beginnen zu können.

Als ich nur mit einem Lächeln antwortete, erwiderte sie es mit einem genervten, schiefen Grinsen.

Zareb streifte mein Bein, um mir zu zeigen, dass er da war. Ich öffnete die Tür und machte mich daran, die Reste, die sie mir mitgegeben hatten, auf den Rücksitz zu stellen, um ihm Zeit zu geben, einzusteigen.

Sobald wir am Ende des Blocks waren, zeigte sich Zareb, sprang auf den Rücksitz und bediente sich an meinem Essen.

„Wie unhöflich! Woher wusstest du, dass das für dich ist?"

Er teilte die Arroganz und das Anspruchsdenken seiner Besitzer, musterte mich von oben bis unten, legte seinen Tarnmantel an und wandte sich geräuschvoll wieder dem Essen zu. Nichts konnte mich davon überzeugen, dass das kein Hohn war.

Ein turbulenter Windstoß traf den SUV so hart, dass ich

Mühe hatte, ihn in der Mitte der Straße zu halten. Die Lenkunterstützung des Autos versuchte, die Spur zu korrigieren, aber der Wagen geriet außer Kontrolle, und meine einzige Option war, das Auto vor dem Naturschutzgebiet anzuhalten.

Leuchtende Augen spähten aus dem Dickicht der Bäume und kamen auf mich zu. Ich erwartete ein Tier, doch es war Emory – der Dhole – in menschlicher Gestalt, der mit einer anderen Person auf mich zugeeilt kam.

Er trat vor das Auto. „Hallo, Luna." Er grinste. Genau genommen waren wir im selben Team, richtig? Doch alles an ihm und seinem verärgert aussehenden Partner schrie Gefahr, und ich wollte weg von ihnen. Aber die Option, sie aus dem Weg zu zwingen, wurde mir genommen, als der Motor ausging.

Offenbar war sein Partner ein Techno-Hexenmeister, und meine Abneigung gegen ihre Art schnellte in die Höhe. Die Welt der Technologie gab ihnen zu viel Macht, denn wir waren ihrem Ermessen ausgeliefert. Unauffällig schob ich meine Hand zu den Getränkehaltern, wo ich den Taser und das Pfefferspray abgelegt hatte.

Ein weiterer Mann erschien auf der Beifahrerseite. Emorys scharfer Blick wanderte von mir weg, und ein schiefes Lächeln umspielte seine Lippen, als er einen Pfahl aus seiner Gesäßtasche zog. Er stürzte nach rechts, kollidierte mit einem weiteren Neuankömmling, stieß mit übernatürlicher Geschwindigkeit den Pfahl in den Vampir und drückte ihn zu Boden, bis er zu Staub zerfiel, da er ihm die Gelegenheit verwehrte, für sein Überleben zu trinken.

Bevor Emory aufstehen konnte, schlug eine fleischige Faust gegen das Beifahrerfenster. Als ich den Kopf abwandte, um den Scherben zu entgehen, riss der Mann die Tür auf, und ich benutzte das Pfefferspray. Zareb zeigte sich, stürzte sich auf den Mann und riss ihn zu Boden. Der Kerl schlug auf Zareb ein und versuchte, seinen Arm aus dem Maul des riesigen Hundes zu befreien.

Ich versuchte, den Motor anzulassen. Nichts passierte.

Verdammt! Ich empfand leidenschaftlichen Hass für Techno-Hexen.

Mehr Leute tauchten auf. Ich versuchte zu erkennen, wer Freund und wer Feind war. Kämpfe brachen aus, und mehrere Personen versuchten, zum Auto zu gelangen, während andere sie davon abhielten. Ich war sicher, dass alle mich wollten, aber aus unterschiedlichen Gründen. Das Erscheinen der Herrscherfamilie einschließlich Anand war die einzige Gewissheit, dass zumindest zwei Personen hier auf meiner Seite waren: Anand und Dominic.

Emory stoppte seinen Angriff auf das, was ich für eine Hexe hielt. Da sie Magie besaßen, neigten Hexen dazu, im Kampf Mann gegen Mann unterlegen zu sein. Er reckte den Hals, um die Herrscherfamilie anzusehen, und entspannte sich, als Areleus' Magie die Hexe traf und er mit einer blitzartigen Bewegung seine Krallen an der Hexe hatte. Helena griff mit derselben Wildheit an, jedoch ohne den Versuch, Freund und Feind zu identifizieren, der Dominic und Anand bisweilen innehalten ließ. Sie versuchten offensichtlich, nur die Revelatoren auszuschalten und niemanden aus einem der beiden Konvente. Drei Schatten stürzten vom Himmel herab. Einer packte Emory und schoss mit ihm in den Himmel. Ein kleines, zufriedenes Lächeln zog über Helenas Gesicht. Dominic schleuderte einen magischen Speer in die Kreatur, die daraufhin erzitterte und bockte. Dann traf Dominic sie mit Feuer in die Brust und zwang sie, Emory loszulassen, der zu schnell fiel. Scharfe, gezielte Bewegungen von Dominics Hand verlangsamten seinen Sturz. Helena traf Emory bei der Landung, schlug ihn zweimal und betäubte ihn, bevor ihre Krallen über seinen Hals schlitzten. Dominic hatte wenig Zeit zu reagieren und richtete seine Aufmerksamkeit auf

Peter, der neben Areleus erschien. Der dunkle kameradschaftliche Blick, den Peter und sein Vater austauschten, brachte einen finsteren Blick auf Dominics Gesicht. Dunkelheit drohte, Feuer loderte in seinen Augen, erstickende Magie lag in der Luft. Er schleuderte einen schnellen Schuss runder magischer Kugeln auf seinen Vater, der sie mit Peters Hilfe entschärfte, während er sich in meine Richtung schob. Ich sah mich um. Die Kämpfe gingen weiter; Leichen übersäten die Straße, Blut tränkte den Boden, überall dort, wo jemand verschwunden oder weggebracht worden war. Die Menge hatte sich ausgedünnt, und ich hatte keine Ahnung, wo der Techno-Typ war.

Ich versuchte, den Motor anzulassen. Wieder nichts. War er kaputt, oder war der Hexenmeister noch in der Nähe? Sicherlich hatte er doch wohl Besseres zu tun, als mich hier festzuhalten. Eine Wolke materialisierte sich, verschlang Helena, und die rang um Atem. Peter bemerkte es.

„Findet sie!", befahl er, und ein Schwarm von Schatten erschien, pflügte bösartig mit Krallen und Magie durch alle Hindernisse zu ihren Zielen und fegte über das Gebiet hinweg. Innerhalb von Augenblicken hatte sich die Wolke aufgelöst. Helena richtete sich auf und holte gierig Luft. Dominic riskierte einen Blick in ihre Richtung; ein angeborenes Geschwisterbedürfnis, sich zu versichern, dass es ihr gut ging. Er musste dafür bezahlen. Sein Vater schleuderte einen lodernden Ball auf ihn, doch Dominic deaktivierte ihn, bevor er ihn erreichte. Die Ablenkung reichte für Helena, um zu Dominic zu gelangen. Schock und Wut huschte über sein Gesicht, als er zusah, wie sie ihm die Krallen in den Bauch stieß. Sein Blut floss über ihre Hand. Akzeptanz folgte seinem anfänglichen Schock über ihren Verrat. Als sie ihre Hand zurückkriss, packte er ihren Arm und zog sie mit sich, als er auf die Knie sank. Seine Krallen durchbohrten ihre Haut, während sein Mund sich langsam bewegte und die magischen Einschränkungen begannen, sich um ihre Arme zu winden. Sie schlug panisch mit ihrer freien Hand auf ihn ein, um sich von ihm zu lösen, trat um sich und wand sich, um ihn zu zwingen, sie loszulassen.

Ich machte einen weiteren Versuch, den Motor anzulassen, und hätte fast vor Erleichterung geweint, als es gelang. Ich raste auf Areleus zu, der auf Dominic und Helena zu schlich, rammte ihn und schleuderte ihn mehrere Meter zurück. Er mochte verletzt sein, aber er war nicht tot. Mit seinen außergewöhnlichen Selbstheilungskräften hatte ich nur wenige Minuten.

Ich sprang aus dem Auto mit dem Taser in einer Hand und dem Pfefferspray in der anderen und sprühte es Helena ins Gesicht. Sie kreischte, als die Elektroschockpistole ihre Haut berührte, blinzelte und versuchte, dem Pfefferspray zu entgehen.

Dominic hielt sie weiter fest und versuchte, den Zauber zu vollenden. Als ich neben ihm kniete, ließ er sie los, und die Male verschwanden von ihrem Arm. Er nahm meine Hand, und wir standen auf. Er flüsterte Anands Namen und ein Wort, das ich nicht verstehen konnte. Ein Codewort vielleicht. Ich sah ihn nirgendwo, wusste aber, dass er es hören würde. Dominic zog mich in seine Arme, und Augenblicke später schwirrte mein Kopf, und wir waren vor dem Anwesen in der Unterwelt.

Er blickte sich um, und als Anand von links auftauchte, sahen sie einander an. Ich versuchte, die nonverbale Kommunikation zu deuten. Anand näherte sich. Weitere Blicke wurden ausgetauscht. Dominic runzelte die Stirn und zögerte, bevor er sprach.

„Die Dinge werden sich ändern – wahrscheinlich wird es schrecklich, bevor es besser wird. Ich werde nicht –"

Anand hob eine Hand und schenkte ihm ein schwindendes Halblächeln. „Ich erspare dir die Mühe. Ich bin auf deiner Seite. Ich wusste immer, dass es irgendwann zu einem Bruch kommen würde. Wenn ich hineingezogen werde, sei's drum. Ich habe eine Seite gewählt. Es ist deine."

„Ich möchte, dass du dich ein paar Tage fernhältst. Ich werde dich finden."

Anand grinste. „Nein, wirst du nicht. Ich werde gefunden, wenn ich es will."

Ich glaube, es gab keine wahreren Worte. Dominic nickte, und sie tauschten einen weiteren Blick aus.

„Ihr zwei könnt euch ruhig umarmen", schlug ich vor und erntete identische, missbilligende Blicke. „Also gut." Ich schlang meine Arme um Anand. Er versteifte sich, gab mir zwei unbeholfene Klapse auf den Rücken, zog sich schnell zurück und war weg.

„Wo ist er hin?"

„Er hat ein sicheres Versteck. Ich dachte immer, es sei am besten, wenn niemand davon weiß. Ich kann ihn rufen, wenn er gebraucht wird."

„Ihr zwei plant einfach für das Worst-Case-Szenario."

„Wir planen dafür, weil es oft unvermeidlich ist." Er zog mich an sich, hielt meinen Hinterkopf, drückte mir einen Kuss auf den Mund, und ich wurde in Dunkelheit getaucht.

Als die Dunkelheit sich lichtete, hielt Dominic mich an sich gedrückt, während mein Blick sich klärte und mein Kopf sich beruhigte.

„Mir geht's gut", krächzte ich. Das war eine dreiste Lüge, und ich war sicher, dass es auch ihm alles andere als gut ging. Es gab kein Gut oder Okay, nachdem man mitangesehen hatte, wie Helena und Areleus Dominic verraten hatten. Selbst wenn Dominic das Schlimmste von seinem Vater dachte, war es zweifelhaft, dass er ihn für fähig gehalten hatte, das zu tun.

Dominic ließ mich los, und ich stand auf. Wir waren umgeben von üppigen Bäumen, so lebendig, dass sie aussahen, wie digital verbessert. Blumenduft lag in der Luft, und ich entspannte mich in das Gefühl der Sicherheit. Es hatte etwas Einladendes.

Dominic sah auf sein nasses Hemd hinunter. Die Verletzung war wahrscheinlich schon geheilt, aber ein Ausdruck zog über sein Gesicht, der eine Wunde des Verrats zeigte, die zweifellos nicht heilen würde.

„Ich hasse es, dass ich dein Leben unwiderruflich verändert habe“, flüsterte ich.

Er schüttelte den Kopf. „Jetzt ist es Zeit, *ihres* unwiderruflich zu verändern.“

Er trat vor und hob seine Hand, was eine silberne Wellenbewegung auslöste. Sie pulsierte mit Kraft zurück. Ein Knurren vibrierte in seiner Brust. Er drückte dagegen, und die Sehnen seines Halses traten vor Anstrengung hervor, als die Barriere vor uns weggerissen wurde, und ein Spiegelbild des Reichs enthüllte, das wir verlassen hatten. Blühende Bäume vermischten sich mit bunt gefärbten Pappeln. Mehrere unbefestigte Pfade führten tiefer in den Wald. Dominic nahm meine Hand, und wir passierten den Eingang. Mit ein paar Bewegungen seiner Hand erzeugte er Lichtblitze, die die schimmernde Barriere zusammenwoben.

„Wo sind wir?“, flüsterte ich.

„Vita. Es ist eine Erweiterung meines Zuhauses.“

„Sie scheinen hier keine Gäste zu wollen“, bemerkte ich, da ich mir der Anstrengung bewusst war, die es ihn gekostet hatte, durch den Schutzzauber zu gelangen.

„Es ist besser, dass es etwas Widerstand gibt. Gibt dem Besucher Zeit, seine Entscheidung zu überdenken.“

„Du hattest diese Information und hast trotzdem beschlossen, einzutreten!“ Ich verstand, warum er Anand weggeschickt hatte, aber es fiel mir schwer zu ergründen, warum wir an Orten herumstreiften, wo Gäste offensichtlich nicht willkommen waren.

„Ja, die hatte er“, sagte eine zischende Stimme aus den Bäumen. Ein langer, gezackter Schwanz schoss hervor.

Dominic packte ihn, bevor die Spitze sein Gesicht durchbohren konnte. Er riss daran und brachte einen Mann zum Vorschein, bevor Dominic den Schwanz benutzte, um ihn zu schwingen und gegen einen Baum zu schmettern. Der Mann erholte sich schnell, entblößte seine Reißzähne und blinzelte mit geschlitzten Augen. Er stürmte mit schwarzen Klauen, scharf wie Dolche, die an den Spitzen giftgrün gefärbt waren, auf Dominic zu. Der wich zurück und wehrte die Kreatur, den Menschen oder was auch immer der aggressive Mann war, ab. Sein Gesicht hatte ein rundes, friedliches Aussehen mit vollen Lippen, einer Stupsnase und großen Augen mit geschlitzten Pupillen. Dominics Ziel schien zu sein, nicht von den Klauen des Mannes verletzt zu werden.

„Dominicus, nur eine kleine Berührung", höhnte der Mann.

„Ich habe keine Zeit für deine Spielchen. Hör auf damit", forderte Dominic, hielt die Arme und schlug auf seinen Kopf ein, bis die Nase des Mannes blutete, dann stieß er ihn weg. Dann sprang er gerade rechtzeitig zurück, um dem peitschenden Schwanz der Mann-Kreatur zu entgehen. Dominic packte ihn und ließ den Mann mit einem Ruck zu Boden sacken, sprang auf ihn und legte ihm die Krallen an die Kehle.

„Jungs, das reicht", befahl eine melodische Stimme, die beide sofort aufspringen ließ.

Ihre taufrische, kupferfarbene Haut bildete einen wunderschönen Kontrast zu ihrem jadegrünen Kleid mit gekreuztem Ausschnitt. Der Schnitt betonte die ausgeprägten Kurven ihres Körpers. Dickes dunkles Haar war am Nacken in einem eleganten tiefen Dutt zurückgezogen. Die scharf definierten Wangen und Kiefer machten sie auffallend schön. Ihr freundliches Lächeln erreichte ihre intelligenten, bernsteinfarbenen Augen und hätte beruhigend sein sollen, aber angenehme Erscheinungen, sanftes Lächeln und scheinbar liebenswürdige Ausstrahlung hatten sich in letzter

Zeit als Tarnung für grausame und gewalttätige Frauen erwiesen.

Sie blieb vor Dominic stehen und küsste ihn sanft auf die Wange.

„Hallo, mein Sohn. Was hat Areleus getan, um dich zu mir zu bringen?"

20

Seine Mutter! Die Frau, die eine transaktionale Beziehung mit Areleus gehabt hatte, um seine Kinder zu bekommen. Ja, sie würde so sanft sein wie ein Kuschelkätzchen. Kurz bevor es einen kratzt. Selbst mit ihrer Süße gegenüber Dominic war ich zögerlich, meine Meinung zu ändern.

Sie warf mir einen flüchtigen Blick zu. Ich konnte ihr nicht meine ungeteilte Aufmerksamkeit schenken, weil ich abgelenkt war von dem Anblick der Kreatur, die mit Dominic gekämpft hatte, und dem Mann mit den vogelartigen Zügen, der sich zu ihr gesellt hatte. In einem menschlich runden Gesicht saß eine Adlernase, und er hatte wachsame Augen und Ohren, die so flach am Kopf anlagen, dass sie nicht existent schienen. Sein silbernes Haar war kurz geschoren, außer ein paar Strähnen, die zu lang von seinem Kopf abstanden. Die vogelartige Bewegung seines Kopfes war das Verstörende an dieser Mann-Kreatur.

„Dragar", sprach sie die Kreatur an, die mit Dominic gekämpft hatte, „lass die anderen wissen, dass der Eindringling mein Sohn ist. Er darf gehen."

„Und seine Begleitung?“, zischte er.

„Das weiß ich noch nicht. Das hängt vom Grund für den Besuch meines Sohnes ab.“

Ich hab's ja gesagt. Ohne ein weiteres Wort drehte sie sich um und ging zurück in die Richtung, aus der sie gekommen war. Dominic folgte ihr, hielt aber inne, als er bemerkte, dass ich mich nicht bewegte.

„Luna?“

„Ich werde nicht wieder eine Gefangene sein. Sie muss mich gehen lassen.“

„Sie wird dich gehen lassen.“

„Sie hat aber was anderes gesagt“, forderte ich ihn heraus.

Er seufzte und rieb sich mit der Hand über den Bartschatten. „Luna, wir brauchen ihre Hilfe. Ich werde nicht zulassen, dass sie dich hierbehält.“

Seine Mutter drehte sich mit einem Lächeln um, so angenehm, dass es all meine Schutzinstinkte dazu drängte, sich zu entspannen. Ich fiel nicht darauf herein. Da ich unbewaffnet war, war das Einzige, was ich hatte, Abstand und die Fähigkeit, genug ablenkende Treffer zu landen, bevor ich verdammt nochmal aus dem Garten der gruseligen Kreaturen herauskam. Also würde ich diesen Vorteil behalten.

„Luna.“ Mit derselben schnellen, unheimlichen Bewegung wie ihr Sohn stand sie direkt vor mir und bot mir ein weiteres bezaubernd entwaffnendes Lächeln an.

Immer noch nicht überzeugt.

„Er wird diese Entscheidung nicht treffen. Das werde ich tun.“

„Mutter“, blaffte er.

„Dominicus, du besuchst mich mit dem Gestank von Menschen und Übernatürlichen an dir, und du hast diese unbekannte Kreatur mitgebracht.“ Sie drehte sich wieder um und ging weiter.

Ich bin eine unbekannte Kreatur! Dieser Ort ist die

verdammte Insel des Doktor Moreau, und *ich* bin verdächtig?

Demut. Das war ein Ausdruck, den ich bei Dominic nicht zu sehen gewohnt war. Er trug ihn mit Abneigung und Unvertrautheit.

„Ich hatte keinen anderen Ort, an den ich gehen konnte“, gab er zu. Sein Eingeständnis ließ sie abrupt stehen bleiben.

„Was hat Areleus getan?“, knirschte sie und verzog ihre Lippen zu einer finsteren Grimasse. Die vogelartige Kreatur schien besorgt über ihre Zurschaustellung von Wut.

Dominic deutete mit dem Kinn vorwärts und drängte sie weiterzugehen. Wir navigierten entlang eines der Pfade zu einem Haus, das Dominics Zuhause im Vergleich winzig erscheinen ließ.

Ein massives und stattliches weißes Haus im Greek Revivalstil hatte ähnlich beeindruckende Säulen, die uns begrüßten. Wunderschöne blühende Ranken wanden sich die Seiten des Hauses hinauf. Es war ein bezaubernder Anblick, bis ich bemerkte, dass die Ranken tatsächlich in ständiger geschmeidiger Bewegung waren, sich vom Haus lösten und nach mir griffen. Dominic zog mich näher an sich.

„Mutter!“

Mit einer Handbewegung sanken die Ranken wieder gegen das Haus zurück und wurden zu einer Illusion von Zierde.

Als sie die aufwendig dekorierten Eisentüren öffnete, standen auf jeder Seite des Eingangs Wachen, die eine Menagerie weiterer eigentümlicher Kreaturen waren.

„Entspannt euch, es ist nur Dominicus.“

„Dominic“, korrigierte er.

Sie warf ihm einen Blick zu, der seinen Vorschlag grundlegend ablehnte. Das Geräusch ihrer Schuhe klapperte über den Marmorboden und hallte in dem minimal dekorierten Raum wider. Keine Kunst oder heimeliges Dekor. Wände, verziert mit aufwendiger Vertäfelung, die ich zu lange anstarrte, in der Erwartung, dass sie etwas Verstörendes tun würden.

Sie führte uns weiter durch das Haus mit seinen markanten Säulen und Bögen, die mir Einblicke in die eigenartige Person gaben, die es bewohnte. Die dunkelgrünen Wände sahen aus, als wären sie mit Pannesamt bezogen, was leicht geschmacklos hätte wirken können, doch es hatte ein Maß an Raffinesse, das seine Mutter perfekt verkörperte. Sie führte uns zu einem Sitzbereich mit vier Sesseln. Dominic setzte sich direkt vor sie. Ich setzte mich neben ihn, dem Ausgang des Raumes am nächsten.

„Warum bist du hier mit deiner Kreatur?"

Ich glaube, ich bevorzugte die Beschreibung „Spielzeug" oder „Mensch", die Areleus und Helena verwendeten.

„Mein Name ist Luna", lieferte ich.

Sie warf mir einen scharfen Blick zu und sagte meinen Namen langsam, kostete alle Buchstaben und zeigte das Talent, das ihre Kinder besaßen, ihn wie einen Fluch oder eine Entweihung klingen zu lassen.

Momente verstrichen, während ich mich innerlich unter ihrer kühlen, unnachgiebigen Beurteilung wand.

„Ich bin Ileana", sagte sie schließlich mit einem Widerwillen, den ich nicht verstand.

Dominic erzählte ihr alles, erzählte ohne Einschränkung, was er seinem Vater und den anderen vorenthalten hatte. Seine Mutter blieb während der Erzählung ausdruckslos. Sie runzelte die Stirn und schien nachzudenken.

„Er hat dich für eine Macht verraten, die er bereits besitzt? Das ergibt keinen Sinn."

„Es ist nicht die Macht, die er schon hat. Er will die Kontrolle über die Schatten. Das würde ihm eine kleine Armee mit weitaus mehr Fähigkeiten geben, als die, die er hat. Ich glaube nicht, dass er will, dass die Übernatürlichen weiter im Geheimen leben. Er will absolute Dominanz, und der Dunkle Magier wird ihm das geben."

Ihr Blick wanderte über Dominic, und ihr Ausdruck wurde stolz. „Er fürchtet dich. Du hast etwas demonstriert, das ihn glauben lässt, dass er nicht gegen dich gewinnen kann."

Dominic quittierte das mit einem trägen Schulterzucken. Der Funke des Feuers, der eben noch gedämpft gewesen war, flammte in seinen Augen auf. Er schien kein Problem mit ihrem internen Machtkampf zu haben; es war der Verrat, der ihn zu schmerzen schien. Oder war es, dass er ihn nicht erwartet hatte? Ich fragte mich, welcher Verrat am meisten schmerzte, der von Areleus oder der von Helena.

„Ganz ruhig, Sohn."

Ihre sanften Worte vermochten es nicht, seinen Abstieg in kaum gezügelten Zorn zu stoppen. Feuer pulsierte in seinen Augen, Krallen gruben sich in die Armlehnen seines Sessels, und seine magische Energie tobte.

Seine Mutter beobachtete ihn mit leichter Belustigung und Sorge. „Ich habe Areleus immer für seinen Machtdurst bewundert und verachtet", gab sie zu.

„Er kennt keine Zurückhaltung", sagte Dominic. „Die Schatten sind frei, er hat sich mit dem Dunklen Magier zusammengetan, und er zerstört Verbündete. Das wird ihm nicht die Ergebnisse bringen, die er will."

„Das Bündnis mit dem Dunklen Magier wird nur vorübergehend sein. Er wird ihn verraten, und das sehr bald, also bin ich mir nicht sicher, wo das Problem liegt."

„Ich hätte dir zugestimmt, aber dieser Dunkle Magier ist stark und listig. Er hat Zugang zu mehr Magie, die ihn zu einer Naturgewalt macht, wie ich sie noch nie gesehen habe. Und wenn er an Luna herankommt, bin ich mir nicht sicher, was ich gegen ihn tun soll." Der unausgesprochene Teil seines Satzes beinhaltete ein komplexes Geflecht von

Emotionen. Wie sollte er gegen Peter vorgehen, wenn Helena und Areleus Peters Verbündete waren?

Seine Stimme senkte sich und verriet Unbehagen in seinem Eingeständnis, dass jemand stärker war als er.

Ileanas Brauen zogen sich zusammen, als steinerne Augen mich von oben bis unten musterten. Sie verschränkte ihre Finger. Die Stille dehnte sich aus und wurde mit jedem Moment schwerer.

„Du willst den Status quo aufrechterhalten", folgerte sie und legte dieselbe Verachtung an den Tag, die die Herrscherfamilie und die magisch Begabten für Menschen hatten. „Sie wollen an die Öffentlichkeit gehen. Das Leben verändern. Die Existenz von Magie und ihren magischen Kreaturen offenbaren. Das würde mehr Fortpflanzung ermöglichen und das Machtgefüge der Welt verändern. Ich bin mir nicht sicher, ob ich das Problem sehe."

„Das alles würde auf Kosten der menschlichen Autonomie und Freiheit passieren", bemerkte ich.

Sie runzelte die Stirn angesichts meiner Antwort oder einfach nur über die Tatsache, dass ich zu sprechen wagte. Kühle Augen wanderten erneut von meinen Füßen bis zu meinem Kopf. Sie war deutlich genervt.

„Die Menschen werden immer noch die Illusion von Autonomie und Freiheit haben. Es gibt nur eine Veränderung im hierarchischen System. Anstatt nebeneinander in getrennten Systemen zu leben, wird es eines sein. Überleben des Stärksten."

„Menschen sind in der Lage, gegen Übernatürliche zu überleben, sie besitzen Magie, übernatürliche Geschwindigkeit, Stärke und nur wenige Schwächen, die genutzt werden können, um sie in Schach zu halten?"

Sie zuckte die Schultern. „Wenn nicht, überleben sie nicht."

Ich sank desillusioniert im Sessel zurück. Zu versuchen,

an die Menschlichkeit von Leuten zu appellieren, die keinen Tropfen davon besaßen, war ermüdend.

„Kein System ist perfekt, aber dieses ist das fairste“, erklärte Dominic.

„Das Fairste.“ Sie verdrehte die Augen.

„Ja. Übernatürliche müssen sich an etablierte Regeln halten und ihre Anonymität wahren. Sie können das nicht auf Kosten der Menschen tun.“ Er warf mir einen Blick zu, weil das als Priorität festgelegt worden war, als die Bedingungen für Dominics Eingreifen neu verhandelt worden waren. „Wenn die Regeln gebrochen werden, kümmere ich mich darum.“

Nach einem Moment des Überlegens sagte sie: „Lass die Gefangenen aus den Perils frei. Vadim wird seine typischen Störungen verursachen. Er wird ein effizienter Unruhestifter unter den Wandlern und Hexen sein.“ Ein Wandler, immun gegen Silber und mit Magie, war mehr als nur ein Unruhestifter, er war eine Bedrohung. „Der Vampir ist der Unberechenbarste von allen. Sag Roman, dass er tun kann, was er will, aber dass nur seine Linie existieren darf. Sein Ego wird ihn überzeugen, dass seine Linie die einzig würdige ist. Er wird alle anderen Vampire töten. Er ist ziemlich gut darin. Roman könnte derjenige sein, der die meisten Probleme verursacht.“

„Seine Krallen sind giftig und dämpfen die Magie von jedem, den sie berühren“, betonte Dominic.

Sie winkte die Information mit einer Handbewegung ab. „Du bist ihm bei vielen Gelegenheiten begegnet, wie oft hat er dich erwischt? Du bist ein überlegener Kämpfer. Roman wird für dich kein Problem sein.“

Dominic schien durch die Erinnerung an die Male, die Roman seine Magie mit seinem Gift erfolgreich unterdrückt hatte, aufgewühlt zu sein. „Ich habe sie oft genug gespürt, um vorsichtig zu sein.“

„Er ist gefährlich und eine Bedrohung für alle. Seine Freilassung wird eine angemessene Ablenkung für Peter sein." Sie verzog das Gesicht bei dem Namen, den er benutzte. „Eine Berührung von Romans Krallen wirkt auf Peter wie auf uns alle. Nachdem er den nötigen Schaden angerichtet hat, zieh ihm die Krallen. Ich bin zuversichtlich, dass du einen Zauber finden kannst, der ausreichend verhindert, dass sie nachwachsen. Keiner, der von ihm Erschaffenen hat diese Fähigkeit entwickelt. Er wäre kein Problem mehr. Und wenn er doch weiter ein Problem bleibt, sobald er seinen Zweck erfüllt hat ..." Sie wedelte mit dem Handgelenk. Eine gleichgültige Reaktion auf den Vorschlag eines Mordes. „Celeste ist eine andere Geschichte. Sie ist zu mächtig. Ich sehe voraus, dass die Hexe ein Problem für dich sein wird. Es wird immer jemanden geben, der sie befreien will – um sich bei ihr einzuschmeicheln. Ihre Vernichtung wird weitaus vorteilhafter sein als sie am Leben zu lassen."

Dominic schien den Vorschlag in Erwägung zu ziehen. „Sie hat einen Zauber gewirkt, sodass ihr Leben mit der mächtigsten Hexenblutlinie verknüpft ist. Wenn sie stirbt, sterben sie auch."

Ich war darauf reduziert, mich für Leute einzusetzen, die mich hassten.

„Ich habe Madeline und ihrem Zirkel geschworen, dass Celeste verschont bleibt, bis sie einen Weg finden, den Zauber zu brechen."

Sie zuckte die Schultern. „Celeste ist der Grund, warum Roman die Bedrohung ist, die er ist", erklärte sie in dem Bemühen, Dominic zu ihrer Lösung zu überreden.

Verdammt! Helena hatte keine Chance gehabt, anständig zu sein mit diesen Leuten als Eltern.

„Also, ist dein Vorschlag, meine Welt ins Chaos, in Mord und Beherrschung durch Übernatürliche zu stürzen, und vielleicht ... nur vielleicht überleben ein paar Menschen? Ein magisches Flächenbombardement und dann was?", fragte ich.

Dominics Kopf ruhte an der Rückenlehne, seine Augen an

die Decke gerichtet. „Dann gehe ich nach dem Chaos rein und räume auf", sagte er. „Meine Regeln, Bündnisse mit den Überlebenden, und alles anders. Neu."

„Ja, oder du kannst nichts tun. Ich habe mich immer gefragt, warum ihr euch bei den Menschen und Übernatürlichen eingemischt habt. War es Langeweile?"

„Jemand musste es tun." Die Unterwelt mit all ihrer Furchtbarkeit spielte tatsächlich eine wichtige Rolle dabei, Magieanwender im Zaum zu halten.

„Also", sagte ich fassungslos. „Ist Anarchie die Lösung, für die wir uns entscheiden?" Mein Sarkasmus irritierte Ileana, aber in diesem Moment war mir das egal.

Dominic wechselte die Position, musterte mich lange und veranlasste seine Mutter, dasselbe zu tun, bevor sie die Art, wie er mich ansah, studierte und die Augen prüfend zusammenkniff, die Lippen schmollend verzogen.

Als er wieder sprach, sagte er: „Es ist seit Jahrhunderten so, unser Maß an Beteiligung ändert sich, aber wir haben als Vollstrecker der Regeln agiert. Ich wäre der Erste, der zugibt, dass alles um ein sehr empfindliches Gleichgewicht wankt, aber wie gesagt, es funktioniert."

„Ist das alles, was du willst?", forderte Ileana ihn heraus.

„Ich glaube, es dient meinem Zweck besser, als Chaos regieren zu lassen, die Trümmer aufzuräumen und zu versuchen, etwas aus den zerfetzten Bündnissen, gebrochenen Versprechen und Verrat aufzubauen. Areleus hat eine ziemliche Sauerei angerichtet."

Areleus' Mord an den Mitgliedern des Neuen Konvents war sicherlich der Grund, warum der derzeitige Konvent glaubte, dass Dominics Verrat unmittelbar bevorstand. Was ihr zerbrechliches Bündnis weiter strapazierte. Welchen Effekt es auch hatte, Areleus und Peter am Ruder bedeuteten eine Veränderung des Status quo. Würden sie dafür kämpfen, dass die Welt wusste, dass sie existierten, oder würden sie sich fügen und die Übernahme der Herrschaft über die Menschen zu ihrem neuen Ziel machen?

„Du willst, dass alles so bleibt, wie es war?“

Er nickte. „Oder so nah daran, wie möglich. Ich weiß, dass drastische Maßnahmen nötig sein werden, um ein Statement zu machen, aber nicht das, was du vorschlägst.“

Tiefe Falten bildeten sich in Ileanas Gesicht. Sie atmete tief durch die Nase ein. „Wenn sie den Fortschritt der neuen Welt aufhalten, was wird dann mit meiner Helena geschehen?“

Dominics Kiefer spannte sich an, ihr Verrat immer noch frisch in seinen Gedanken.

„Du weißt, so ist Helena nun einmal. Sie stellt sich auf die Seite dessen, von dem sie glaubt, dass er siegen wird.“ Ileana strahlte. Das musste ein mütterlicher Euphemismus für „meine Tochter ist eine grausame Opportunistin“ sein.

Seltsam, dass sie darauf stolz war. Auf eine Tochter, die nur demgegenüber loyal ist, der die meiste Macht ausübt und ihre bösartigen Neigungen ungesühnt ausleben darf, abgesehen von der gelegentlichen Warnung, die sie ignoriert. Ihre gewalttätigen Wutanfälle. Eine stylische Soziopathin.

„Dominic?“, drängte sie auf eine Antwort.

„Wie soll ich mit ihrem Verrat umgehen?“, fragte er mit sorgfältiger Zurückhaltung. Sein Ausdruck verriet seine Emotionen.

„So wie du es in der Vergangenheit getan hast. Vergib ihr. So ist sie einfach.“

„Sie ist immer noch unberechenbar, weil sie nie echte Konsequenzen erleidet. Es muss Konsequenzen geben.“

„Du wirst meine Tochter nicht töten. Tu mit Areleus, was du willst. Nein, nicht, was du willst, denn es scheint, dass du in letzter Zeit weich geworden bist.“ Sie durchbohrte mich mit einem Blick, und wies mir eine Schuld zu, die ich nicht verdiente. Ich sah es nicht. Dominic war nicht so grausam, wie er sein könnte – wie Helena und Areleus es waren –, aber er war nicht das Lamm, als das sie ihn darstellten. Er war das brutale Wesen, das er sein musste, um in dieser wilden Welt zu existieren.

„Habe ich mich klar ausgedrückt, mein Sohn?", sagte sie, nachdem Minuten ohne Antwort verstrichen waren.

„Ich will Helena nicht töten", gab Dominic zu.

„Und du wirst es auch nicht tun. Dominicus, du scheinst meinen Rat nicht zu wollen, also warum bist du hier?"

Er erklärte, dass ich vorübergehend gestorben war, als Reaktion auf die Entfernung der Magie, und fügte hinzu: „Ich muss jede Chance zunichtemachen, dass Peter Lunas Magie benutzt, und die Möglichkeit, dass er Magie hat, die mächtiger ist als meine."

„Ah." Sie nickte über ihren zu einem Zelt zusammengelegten Händen. Sie mochte verstanden haben, was er meinte, aber ich hatte keine Ahnung. Meine Augen wanderten zwischen den beiden hin und her, während ich versuchte, es herauszufinden.

Ein langsames Lächeln umspielte ihre Lippen und ließ Aufregung in ihren Augen leuchten. „Du willst, dass ich deine Kreatur neu erschaffe?"

„Nein, verdammt, das will er nicht", platzte ich gleichzeitig heraus, als Dominic nickte. Nichts an dieser Aussage schien etwas zu sein, an dem ich beteiligt sein wollte. Neu erschaffen? Nein, danke. Ich stand auf und brachte den nötigen Abstand zwischen mich und Dominic. Der weitläufige Raum schien zu klein, und Panik überhitzte meinen Körper und machte das Atmen schwierig. Jeder kurze, zittrige Atemzug, den ich einsog, tat nichts, um den Ansturm von Emotionen zu lindern.

„Luna", stieß Dominic in angespannter Stimme aus und bewegte sich auf mich zu, als fürchtete er, ich würde wegrennen. Es war nicht weit gefehlt. Aber wohin sollte ich gehen? Nach draußen, um mit den anderen Kreaturen abzuhängen, von denen ich vermutete, dass seine Mutter sie erschaffen hatte? Die seltsamen Ranken streicheln, die sich schlängelnd am Haus emporwanden – wahrscheinlich auch eine ihrer Schöpfungen oder „Neuschöpfungen"?

„Das ist der beste Weg. Ein Weg, dein Leben zu retten und dir Magie zu geben."

„Um welchen Preis!?", kreischte ich geradezu. Ich blieb stehen, als er den Abstand zwischen uns verringerte.

„Keinen, der größer wäre als dein Leben."

Es wurde zunehmend unangenehm, der Musterung seiner Mutter ausgesetzt zu sein. Wir schienen ein Quell der Unterhaltung zu sein, den sie gründlich genoss. Er spürte mein Unbehagen und streckte seine Hand nach meiner aus. Ich zögerte.

„Luna, komm mit mir."

Er hielt meine Hand und führte mich durch das riesige Haus, vorbei an wunderschön dekorierten Räumen. Ich ging langsamer, um die Menschen darin zu betrachten. Menschen, es gab tatsächlich Menschen! Ihr Anblick war eine unerwartete und willkommene Erleichterung. Dann begegneten die schlangenartigen Augen eines Mannes meinen. Meine erschrockene Reaktion brachte ein breites Lächeln auf sein Gesicht. Eine Frau ging durch das Wohnzimmer und erlaubte mir einen Blick auf einen Schwanz. Ein älterer Mann kam auf mich zu und lächelte mich an, als ich bemerkte, dass sein Bart dem einer Ziege sehr ähnlich war und kleine Hörner aus seinem vollen, graumelierten Haar hervorlugten. Ich stolperte zurück gegen Dominic, unfähig, mein Unbehagen über den Anblick all dieser eigentümlichen Wesen zu verbergen. Er zog mich an sich und führte mich in eine Wohnung.

„Möchtest du was trinken?", fragte er und gestikulierte zu der Kaffee- und Teestation am einen Ende des Raumes und einer Bar am anderen. Ich war bereits angespannt; Kaffee hätte das nur schlimmer gemacht. Da ich meine Angst nicht dämpfen wollte, die eine gesunde Reaktion auf die Idee, „neu erschaffen" zu werden war, lehnte ich Kräutertee oder Alkohol ab.

Dominic goss ein Glas aus der Flasche Bourbon ein. Der Duft, der zu mir herüberwehte, ließ mich an meiner Entscheidung zweifeln. Nein, ich musste einen klaren Kopf behalten.

„Wie soll ich deine Mutter nennen?", fragte ich, was Dominic mitten im Trinken überrascht innehalten ließ.

Es war die harmloseste der vielen Fragen, die meinen Geist überschwemmten, aber in diesem Moment schien sie seltsam wichtig. Ich musste mehr über sie wissen, als nur, dass sie Dominics Mutter war, eine Frau, die eine transaktionale Beziehung mit Areleus hatte, um Nachwuchs zu zeugen, eine strikte Anhängerin des Prinzips des Überlebens des Stärksten war, Flächenbombardement zum Beenden von Streit in Betracht zog und nebenbei noch einzigartige Kreaturen erschaffen konnte. Überwältigt musste ich etwas Einfaches über sie wissen.

„Ileana ist in Ordnung", sagte er.

„Ist sie eine Königin oder irgendeine Adelige? Eine Lady vielleicht?"

„Das ist ihr Herrschaftsbereich, und sie war in der Vergangenheit die Königin anderer Reiche. Nicht durch Geburt oder Ehe, sondern durch Eroberung."

„Natürlich, Eroberung. Ich will dieses Reich, also werde ich jeden in meinem Weg vernichten und es mir nehmen. Bitte sehr und danke schön", war meine schnippische Reaktion. Ich arbeitete daran, das Stirnrunzeln aus meinem Gesicht zu nehmen, gab aber auf.

„Jeder, der hier lebt, ist eine ihrer Schöpfungen. Sie ist ihre Göttin. Sie wird keinen Anstoß nehmen, wenn du sie einfach bei ihrem Namen nennst, solange du dabei nicht respektlos bist. Diejenigen, die sich bei ihr einschmeicheln wollen, sprechen sie als Lady Ileana an", erklärte er.

„Was ist dieser Ort, ihr Altersheim?"

„Sie hatte eine so turbulente Geschichte, dass, wenn sie reist, sie immer mit Misstrauen empfangen wird. Sie besucht uns und andere Orte sehr selten."

Was für eine charmante und diplomatische Art zu sagen, dass seine Mutter derart durch die Dimensionen der Unterwelt gezogen war und Chaos verursacht hatte, dass ihre bloße Anwesenheit Verdacht erregte. Ich bekam ein klareres Bild davon, warum Areleus sie als Mutter seiner Kinder ausgesucht hatte.

„Ihre Abneigung gegen die *Übernatürlichen der Menschen*." Das war eine verdammte Fehlbezeichnung. Wie konnten sie unsere Übernatürlichen sein, wenn wir uns ihrer Existenz nicht bewusst waren und ihrer Magie ausgesetzt waren, wenn sie es nicht schafften, unbemerkt zu bleiben?

„Sie haben schwächere Magie. Sie kann ihre Fähigkeit nicht schätzen, unbemerkt in der menschlichen Welt zu navigieren."

„Du hast es getan." Es gab eine Andersartigkeit an ihnen. Genug, um ihre Anwesenheit in jedem Raum zu bemerken.

„Nicht mühelos. Ich bleibe nicht so unbemerkt, wie ich es sollte." Er musterte mich einen langen Moment und trank einen Schluck aus seinem Glas. „Das sind nicht die Fragen, die du stellen willst, oder?"

„Natürlich nicht. Du hast sie gebeten, mich ‚neu zu erschaffen'. Wie kann sie das tun? Was ist sie?"

„Sie ist eine dunkle Göttin mit der Fähigkeit, Leben zu erschaffen."

„Ist das der Hauptgrund, warum dein Vater Kinder mit ihr wollte?"

„Sie haben sich gegenseitig gewählt. Mein Vater ist selbst mächtig, aber er hat gehofft, dass wir mit der Fähigkeit geboren würden, auch Leben zu erschaffen. Es besteht immer das Risiko einer Verdünnung der Magie, wenn die Eltern nicht von der gleichen Art sind. Das ist bei uns passiert."

„Du kannst niemanden neu erschaffen oder ‚Schöpfer spielen‘?"

„Ich glaube, ich kann Kinder haben. Das ist eine Form der Schöpfung."

„Du weißt, was ich meine. Wie deine Mutter."

„Niemand kann das. Sie ist ziemlich mächtig. Meine Magie ist stark dank ihr, und ich habe meine Höllenhunde erschaffen."

Ich klappte meinen weit offenen Mund zu und blinzelte mehrmals. Sie mochten nicht menschenähnlich sein, aber sie waren intelligente Kreaturen. Und Dominic hatte sie erschaffen!

„Ich bin mir nicht sicher, was meine Neuerschaffung überhaupt wäre, aber ich bin verdammt sicher, dass es etwas ist, das du zuerst mit mir hättest besprechen sollen."

Dominics ernste Innenschau war ein klarer Hinweis darauf, dass er nicht zustimmte. Eine Neuerschaffung musste passieren, also würde sie passieren. Die Welt musste korrigiert werden, also würde er tun, was nötig war, ohne Rücksprache mit den Beteiligten.

Ich ließ mich auf das Sofa fallen. „Erklär mir genau, was du von deiner Mutter verlangt hast."

„Du existierst als Gefäß der Magie. Genau genommen bist du nicht lebendig. Du bist, in Ermangelung eines besseren Wortes, ein unbelebtes Objekt. Die Magie kann ohne dich existieren – du aber nicht ohne sie. Ich will, dass sie dich als lebendes Wesen neu erschafft, das neben der Magie existiert. Meine Hoffnung ist, dass du als die Person daraus hervorgehst, die du jetzt bist, aber mit Zugang zu dieser Magie. Nicht nur ein Objekt, das ihretwegen existiert."

Die Erklärung klang schlimmer, als ich es mir vorgestellt hatte. „Dragar war einmal eine Schlange."

„Und sie hat ihn zu dem Ding gemacht, das gern Leute angreift, um sie zu begrüßen?"

„Nur mich. Er hat mit mir gespielt. Andere werden nicht so freundlich behandelt."

„Du willst, dass deine Mutter Doktor Moreau mit mir spielt?"

Er schüttelte den Kopf. „Was er ist, war die Entscheidung meiner Mutter. So ist es mit allen anderen hier auch. Aber dich wird sie zu Luna machen – Luna mit Magie."

Ich bemerkte den düsteren Unterton in seinen letzten Worten und musterte ihn.

„Du willst das nicht, oder?"

Er seufzte. Er stellte sein Glas auf den Tisch neben dem Sofa, setzte sich und zog mich an sich, bis ich rittlings auf ihm saß. Ich war es zwischenzeitlich so gewohnt, Blut zu sehen, dass ich die Flecken auf seinem Hemd von dem Angriff seiner Schwester kaum bemerkte. Meine Finger zeichneten träge die Konturen seines Kiefers nach. Er schloss die Augen und lehnte sich in meine Berührung. Dann nahm er meine Hand in seine und küsste sie.

„Ich mag es nicht, Entscheidungen aus einer verzweifelten Lage heraus zu treffen. So wie die Dinge stehen, wirst du durch die Hand von jemandem sterben, entweder durch Peter, wenn er dir all deine Magie nimmt, oder jemand anderes wird dich töten, weil du zu oft mit den Unglücken in Verbindung gebracht worden bist, die passiert sind. Ich würde alles in meiner Macht Stehende tun, um das zu verhindern. Ich habe meinen Vater und meine Schwester nicht an meiner Seite. Sie töten diejenigen, an die ich mich als Verbündete wenden könnte. Alles, was sie wissen, ist, dass Peter dich will. Die Beharrlichkeit, mit der er dich verfolgt, wird nicht unbemerkt bleiben. Wenn deine Neuerschaffung der Erfolg ist, den ich erwarte, bist du keine Quelle der Magie für den Dunklen Magier mehr. Du hättest deine eigene Magie und wärst selbst eine Macht. Ich freue mich darauf, das zu sehen."

Ich zog meine Hände aus seinen, strich mit den Fingern

über sein Gesicht und rieb die Falte aus seiner Stirn. „Sag das deinem Gesicht", neckte ich. „Aber?" Die ungelöste Frage hing in der Luft. Eine Last, die zu schwer für ihn war, um sie zu tragen.

„Ich habe Trost in dir gefunden. Du bist sehr menschlich." Ich konnte erkennen, dass eine solche Unterscheidung in der Vergangenheit nicht denselben Wert gehabt hatte. „So sehr deine Neuerschaffung nötig ist, um deine Sicherheit zu garantieren, fürchte ich, dass du nicht mehr Luna – *meine Luna* – sein wirst, wenn es vorbei ist", gab er zu.

Eine Röte zog sich über seine Wangen. Sanft strich ich mit meinen Fingern darüber, und die Wärme seines Körpers erhitzte meine Finger.

„Ich finde mehr als nur Trost in dir. Ich werde eine Welt akzeptieren, die ich nicht verstehe, weil du darin bist", gab ich zu.

Er küsste mich tief, ließ seine Zunge meinen Mund erkunden, seine Hände über mich gleiten, bevor sie mich an seinen Körper zogen. „Gut. Ich finde es sehr schwierig, mir mein Leben ohne dich vorzustellen. Ich habe das Gefühl, ganz zu sein, wenn du da bist. Und da ist diese surreale Art und Weise, auf die du mir das Gefühl gibst, geerdet zu sein. Das will ich nicht verlieren. Ich darf das nicht verlieren. Oder dich."

„Ich werde immer deine Luna sein."

Das sollten Worte des Trosts und der Zusicherung sein. Aber sie fühlten sich wie ein Schwur und eine Annahme an, dass ich sein war und er mein. Trotz des Hasses auf die Welt, in der er lebte, wollte ich Dominic. Jede Absicht, die ich hatte, mich von ihm und dieser Welt fernzuhalten, schien zu verblassen. Diese Welt war der Ballast, den er mit sich herumschleppte.

Ich blieb und schmiegte mich an ihn. Trotz der warmen Sicherheit seiner Arme um mich herum konnte ich nicht verdrängen, was ich über meine Babysitterin Gloria erfahren hatte. Also berichtete ich alles, was während des Abendessens mit meiner Familie passiert war, einschließlich des Werwolfs im Internet und der Menschen, die entdeckt hatten, dass Magie existierte. Ich war nicht im Geringsten überrascht, dass Dominic davon wusste und am Umgang mit der Situation beteiligt gewesen war.

„Könnte Gloria eine Dunkle Magierin gewesen sein? Findest du es nicht seltsam, dass sie einfach so aus unserem Leben verschwunden ist?"

„Wie sah sie aus?", fragte er.

Ich beschrieb sie, und er schien zu versuchen, sich zu erinnern, ob er ihr begegnet war.

„Sie war wahrscheinlich eine Gesandte oder Anhängerin. Trotz der Tatsache, dass die Übernatürlichen in deiner Welt im Verborgenen leben, ist es unmöglich, ganz unbemerkt zu bleiben in irgendeiner Welt. Es gibt immer eine Gruppe von Menschen, die von ihrer Existenz wissen, das sind ihre Anhänger oder Akolythen." Er schenkte mir ein angespanntes Lächeln. „Und das ist ein weiteres Problem, mit dem Menschen umgehen müssen, wenn es jemals zu einer Abrechnung zwischen Menschen und der übernatürlichen Welt kommt. Unter den Menschen wird es Überläufer geben." Es war eine Erinnerung daran, wie wichtig es war, das System, das wir hatten, aufrechtzuerhalten. Es musste nur besser durchgesetzt werden, mit Schutzmaßnahmen für Menschen. „Ich bin mir nicht sicher, ob sie eine Dunkle Magierin war oder jemand, der für einen gearbeitet hat, aber wie ändert diese Information irgendetwas, Luna?"

„Wenn wir sie finden, könnte sie vielleicht rückgängig machen, was mit mir gemacht wurde", schlug ich vor. „Neuerschaffung scheint eine so extreme Wahl zu sein", fügte ich hinzu, als er von meinem Vorschlag unbeeindruckt schien.

„Das Extremste, was passieren könnte, ist dein Tod. Und das ist, was sie wollen, Luna. Dich tot sehen."

Zu wissen, dass dieses Schicksal mich erwartete, war

entmutigend. Ob ich den Zauber, der die Gefangenen aus den Perils befreit hatte, durchgeführt hatte oder nicht, war ich in diese Welt hineingezogen worden, weil ich war was ich war.

Dominic nahm mein Gesicht in seine Hände. „Du bist ein Werkzeug für Peter, und du bist seinem Willen ausgeliefert. Du weißt, wie ich zu dieser Situation stehe. Ich wünschte, es gäbe eine Alternative, aber es gibt keine. Du musst verstehen, das ist der beste Weg, dein Leben zu retten. Wirst du es tun?"

Ich nickte. Er seufzte und drückte mich an sich. „Jetzt müssen wir hoffen, dass meine Mutter zustimmt."

„Was? Du denkst, sie könnte Nein sagen?", fragte ich und löste mich aus seinem Griff, um ihn anzusehen.

„Meine Mutter hat einen sehr ausgeprägten Beschützerinstinkt und ist geizig mit ihrer Magie", sagte er.

„Nicht einmal auf deine Bitte hin?"

„Sie würde es ernsthafter in Erwägung ziehen, aber meine Mutter hatte nie Gefühle mütterlicher Verpflichtung. Wenn es eine fundierte Entscheidung ist, wird sie gewährt."

„Sie war sehr darauf bedacht, dass du deine Schwester nicht tötest."

„Ja, sie schätzt unser Leben als Erweiterung ihrer selbst. Wenn sie nicht glaubt, dass meine Vergeltung gegen Helena zufriedenstellend ist, wird sie ihre eigene verüben, weil Helena versucht hat, mich zu töten. Niemand tötet die Schöpfungen meiner Mutter ohne Vergeltung."

„Nun, ich hoffe, ihr wird ebenso viel an meinem Leben liegen."

„Das wird nicht nötig sein, denn daran liegt mir bereits sehr viel."

Dominic entschied, erst am nächsten Tag die Antwort seiner Mutter einzuholen, und nahm mich mit in die Dusche, wo wir versuchten, das Chaos des Tages wegzuwaschen. Mit einem verzweifelten Verlangen in seinen Berührungen glitten seine Hände über mich. Er war unersättlich. Egal, wie oft er Befriedigung in mir fand, es war nicht genug. Als ich mich im Bett zusammenrollte, in der Wohnung, die er entweder für die Nacht beansprucht hatte oder die seine eigene war, da er sich sehr vertraut darin bewegte, hielt Dominic mich. Das Letzte, was ich hörte, bevor ich einschlief, war „Meine Luna". Ich war einverstanden damit, seine Luna zu sein, aber es blieb ein Hauch von Sorge, dass ich nicht mehr dieselbe Luna sein würde.

Aber wenn seine Mutter zustimmte, würde ich es tun.

21

Ileanas steinerne Augen musterten mich, glitten über die Ballerinas vom Vortag, die ich trug, und das wallende gelbe Kleid, das Dominic mir am Morgen gegeben hatte. Mein Gesicht glühte lebendig von der endlosen Nacht voller Sex. Er war eine lustvolle Ablenkung gewesen, aber es war nur eine Frage der Zeit, bis der Sex von meinem knurrenden Magen unterbrochen wurde, und genau das war passiert. In der Wohnung gab es einen spärlichen Vorrat an Lebensmitteln. Ich aß einen Bagel und Obst, und dann suchten wir seine Mutter. Er wurde mit einem Kuss auf die Wange begrüßt, ich mit einem Blick voller Misstrauen. Als sie gefragt wurde, ob sie seine Bitte in Erwägung gezogen habe, dehnten sich die Sekunden des Schweigens zu Minuten.

„Wirst du das für mich tun?", fragte er.

Sie runzelte die Stirn. Ich wurde weiterer Musterung ausgesetzt.

Ich war mir jeder ihrer Bewegungen und der spannungsgeladenen Stille überbewusst, als sie aufstand und zur Tür ging.

„Luna, komm."

Dominic warf mir einen warnenden Blick zu, der mich drängte, zu bitten, anstatt etwas zu fordern. Ich nahm die Herausforderung an und folgte ihr.

Sie führte mich in einen Garten. Vorbei an den wunderschönen goldenen Lilien, schwarz-weiß gepunkteten Rosen, gestreiften Tigerlilien und einer Vielzahl von Blumen, die ich noch nie gesehen hatte, und näherten uns einer kleinen Gruppe von Cottages, wo ein Mann uns begrüßte. Oder besser gesagt, ein weiteres ihrer menschenähnlichen Wesen. Eine Kombination aus Panther und Mensch, fast zwei Meter groß. Seidiges schwarzes Fell und straffe Muskeln bedeckten seine anthropomorphe Gestalt. Meine Augen wurden zu seinem Arm gezogen, wo ich fellbedeckte Finger anstatt einer Pfote sah. Er trug Schuhe, also nahm ich an, dass er Füße hatte. Es war dennoch, als stünde man einem Panther gegenüber.

„Hallo, Luna."

Ich reagierte erschrocken, überrascht von seiner klaren, tiefen, wohlklingenden Stimme. Er lächelte.

„Hast du erwartet, dass ich wie ein Tier brülle?", fragte er mit einem herzlichen Lachen in seinem Ton.

„Ich weiß nicht, was ich erwartet habe", gab ich zu.

„Das ist verständlich."

Okay, Luna, sei normal. Versuch' nicht, den Panther-Mann hinter den Ohren zu kraulen. Und seinen Bauch solltest du verdammt nochmal auch nicht streicheln.

Ich zwang ein angespanntes Lächeln auf mein Gesicht, versuchte, mich nicht seltsam zu benehmen, aber es war eine ziemliche Aufgabe. Mit einem Panther-Mann zu plaudern, war nirgendwo auf meiner Lebens-Bingo-Karte.

„Es war nett, dich kennenzulernen, Luna", sagte er und glitt anmutig an uns vorbei, nachdem er eine ehrfürchtige Verbeugung vor Ileana gemacht hatte.

Im Haus war Essen aufgetischt: eine Auswahl an Beeren, Trauben, Käse, Schokoladen und Brot. Nachdem ich Blumen gesehen hatte, die sich bewegten, anthropomorphe Tiere und all die Seltsamkeiten von Ileanas Welt, war ich nicht in Eile, die überdimensionierten Erdbeeren zu kosten, die aussahen, als wären sie für einen Werbespot inszeniert. Heidelbeeren, praller, als ich sie je zuvor gesehen hatte. Große, leuchtend grüne Trauben. Der starke Duft von Pralinen, die so köstlich aussahen, wie sie rochen.

Erst als Ileana begann, die Erdbeeren zu essen, nahm ich eine und knabberte vorsichtig daran. Ileana blieb stehen, also tat ich es auch. Sie wanderte im Raum herum, aß langsam die Erdbeere und beobachtete mich sorgfältig.

„Du faszinierst mich", sagte sie. Mit derselben unheimlichen Anmut der anderen verschlang sie den Abstand zwischen uns in einem Atemzug. Würde ich ähnliche Fähigkeiten haben, sobald ich neu erschaffen war? Peter bewegte sich normal. Aber andererseits hatte ich nur die Version von ihm gesehen, die er mich sehen lassen wollte.

„Was ist an dir, das meinen Sohn anzieht?"

Dominics Eingeständnis gestern hatte sich intim angefühlt. Ein Geständnis, nur für meine Ohren gedacht. Unter seinesgleichen könnte es als Schwäche wahrgenommen werden. Er wollte durch eine Menschlichkeit geerdet sein, die er nicht besaß. Dass ich die Stimme der Vernunft war und ihn an die Menschheit verankerte. Ich weigerte mich, unser stillschweigendes Geheimnis zu offenbaren, und ließ ihre fortgesetzte Inspektion stumm über mich ergehen.

„Dieses Problem könnte gelöst werden, indem man das Gefäß zerstört und den Dunklen Magier tötet, wie er es mit den anderen getan hat."

„Er hat ihn zum Verhör festgehalten, um herauszufinden, ob es andere gibt."

„Wenn man es mit ihresgleichen zu tun hat, ist Tod die Antwort. Kein Verhör nötig."

Mein Augenrollen war automatisch. Ich war es so leid, dass Tod und Gewalt die einzige Antwort waren, und wollte, dass endlich mal jemand an eine Alternative glaubte. Aber es war töricht von mir zu erwarten, dass es die Person war, die Areleus gewählt hatte, um seine Kinder zu zeugen. Nichts, was sie seit unserem Kennenlernen gesagt hatte, bewies das Gegenteil. Irgendwie blieb ich optimistisch und hoffnungsvoll.

„Er ist nicht menschlich", behauptete sie.

„Ich weiß."

Mehr von ihrer Musterung mit zusammengekniffenen Augen. „Weißt du das? Er mag aus irgendeinem unbekannten Grund zu dir hingezogen sein, aber er ist mein Sohn. Um seinen Job zu erledigen, muss er grausam sein. Wild. Gefürchtet. Wesen mit großer Macht und Magie brauchen einen Grund, um sich an die Regeln zu halten." Sie rückte näher an mich heran und studierte mich. „Was du als unnötig wahrnimmst, ist essenziell, das kann ich dir versichern."

„Ich bin vertraut mit der Funktionsweise dieser Welt." Vertraut genug, um über ihre Härte betrübt zu sein.

„So jung", flüsterte sie, und ich wusste, meine Miene hatte mich verraten. So aufmerksam, wie Ileana schien, hätte ich meine Gedanken genauso gut hinausschreien können.

„Mein Sohn wird nicht geopfert, um dein Bedürfnis nach Zivilisiertheit zu befriedigen", sagte sie, kehrte zum Tisch zurück und nahm sich eine weitere Erdbeere. Während sie aß, schien nichts an ihr darauf hinzudeuten, dass sie eine Schreckensgestalt war. Eine Frau, die so gefürchtet war und so viel Verachtung für andere Magieanwender hegte. Sie vertilgte eine weitere Erdbeere, dann biss sie nachdenklich in eine Praline. Wieder verschlang sie den Abstand zwischen uns in einem Wimpernschlag, wickelte eine Strähne meines Haars um ihren Finger und starrte sie an.

„Du bist hübsch, und du hast einen zufriedenstellenden Körper. Und basierend auf den Berichten aus seiner

Wohnung findet ihr beide große Befriedigung aneinander. Stunden der Befriedigung."

Warum musste diese freakige Familie so offen über Sex sprechen? Stammte ich aus einer Familie von Prüden? Wie hatte ich sechsundzwanzig Jahre gelebt, ohne dass meine Eltern so dreist über mein Sexleben gesprochen hatten?

„Dominicus ist es gewohnt, auf viele Arten, mit vielen anderen Befriedigung zu finden." Sie zog ein Gesicht. „Mensch und Wesen, die dir weit überlegen sind, gleichermaßen. Aber es ist der Mensch, der ihn fesselt." Den letzten Teil sinnierte sie, als versuchte sie, ein komplexes Rätsel zu lösen.

Der Raum zwischen uns war erfüllt von einer Disharmonie, die ein Ventil brauchte.

„Ich bin geistreich."

Es platzte als Witz heraus, in der Hoffnung, etwas dringend benötigte Leichtigkeit in das Gespräch zu bringen.

Sie neigte den Kopf zur Seite und runzelte die Stirn. „Ich sehe das nicht."

Autsch!

„Vielleicht werde ich den Reiz nie verstehen. Aber ich akzeptiere, dass er existiert. Ich frage mich, ob du eine Stärke oder Schwäche für meinen Sohn sein wirst. Wisse, dass du, solltest du je der Grund für Dominicus' Fall sein, den Tag nicht überleben wirst."

„Natürlich, weil du nicht einfach sagen kannst, kümmere dich so um meinen Sohn, wie er sich vermutlich um dich kümmern wird."

Der vernünftige Teil von mir wünschte, ich hätte die Klappe gehalten. Mit jedem Atemzug schalt ich mich selbst. Als sie zu antworten begann, erwartete ich, dass sie mit Gift oder weiteren Drohungen darauf reagieren würde, aber das tat sie nicht. Sie gab einen erstickten Laut von sich, den ich für ein Lachen hielt. Rostig vom mangelnden Gebrauch.

„Du bist eine lustige kleine Kreatur. Ich kann mir gut vorstellen, dass du das mit Geist verwechselt hast." Sie tat es mit einem Schulterzucken ab. „Nun gut."

Ich wollte darüber diskutieren, aber ich war nicht sehr lustig, und geistreich war ich wohl auch nicht. Aber ich war für das eine oder andere Lächeln gut.

„Wirst du?", fragte sie und kehrte zu meiner Bemerkung über das Kümmern um ihn zurück.

„Ich will es", stammelte ich, und die Worte quollen so frei aus mir heraus, dass es mir mystisch vorkam. Das hätte ich zuerst ihm sagen sollen. Meine Gefühle und Absichten hätte ich ihm vortragen sollen, bevor ich mit seiner Mutter darüber sprach. Diese Welt machte alles verkehrt herum.

„Helena hat ihn verraten", gestand sie flüsternd, und Mitgefühl und Wut fluteten ihre Augen zusammen mit einem üppigen Grün, das ihre bernsteinfarbenen Iriden überdeckte. Ein Grün, das von tiefem Schwarz ertränkt wurde. Sie war Leben und Tod. Eine Schöpferin der eigentümlichen Wesen, die ihr Land bewohnten. Durch all ihre Emotionen schien sie sich damit abgefunden zu haben, dass ihre Tochter so war. Eine weitere ihrer Schöpfungen.

Sie runzelte die Stirn und stand auf. „Sie haben sich schon oft gestritten. Auch dieser Streit sollte sich in Wohlgefallen auflösen." Sie legte ihre Hand auf meine und bestätigte meine Annahme, dass dies keine Beobachtung war, sondern eine Bitte, dass ich irgendwie eingreifen sollte. Ich hatte keine Ahnung, wie ich helfen könnte, denn ich war davon überzeugt, dass Helena dafür zahlen musste. Ihr Streit war kein typischer Geschwisterstreit. Sie hatte ihrem Bruder mit der Absicht, ihn dauerhaft zu stoppen oder ihn so zu verletzen, dass er kein Hindernis für ihre Pläne wäre, die Krallen in den Bauch gerammt. Die Erinnerung an seinen traurigen, verratenen Blick machte mich entschlossen. Ich wollte nicht, dass sie starb, aber wenn er ihr die Magie nahm und sie ihr nie zurückgab oder dafür sorgte, dass ihre verbleibenden Tage als Gefangene in den Perils verbrachte, hatte sie es verdient.

Ileanas Blick wanderte anklagend über mich. Offensichtlich wies sie mir die Schuld an ihrem Konflikt zu. Mit einem erzwungenen Lächeln stand sie auf und ging zum Ausgang.

„Sag Dominicus, dass er und seine Kreatur mich um sieben in meinen Gemächern treffen sollen."

„Luna ist okay!", rief ich ihr nach. „*Sein Mensch*" war schlimm genug, aber „*Kreatur*" schien eine ganz andere Ebene der Respektlosigkeit zu sein.

Ileana gab keinerlei Bestätigung, dass sie mich gehört hatte. Die Situation war schnell bergab gegangen, und ich hatte keine Ahnung, wie.

Als ich das Cottage verließ, wartete der Panther-Hybrid auf mich. Er schmunzelte, als er die Handvoll Pralinen sah und meinen verzweifelten Versuch bemerkte, die, die ich mir in den Mund gestopft hatte, zu essen, damit ich sprechen konnte.

„Hi –" Ich wartete auf einen Namen.

„Sabin", sagte er. „Ich werde dich zum Haus zurückbegleiten. Dominic hat eine Fackel aufgestellt, als er den Schutzzauber hier geschlossen hat, und die anderen sind ein bisschen verärgert darüber. Ich will nicht, dass sie es an dir auslassen", sagte er. „Sie würden dir nie wehtun", fügte er schnell hinzu, „aber sie würden auch nicht zögern, dich zu benutzen, um ihren Unmut zu zeigen."

„Fackel?"

„Ja, der Schutzzauber sollte ausreichen, aber er hat eine Fackel als sekundäre Warnung aufgestellt, die denen, die sich entscheiden, einzutreten, eine Gelegenheit gibt, es zu überdenken. Die Königin mag keine Besucher, und das wird damit gezeigt." Sein Ton ließ mich glauben, dass, wenn man unangekündigt eintrat, nicht wieder ging, und wenn doch, definitiv nicht im selben Zustand.

Ich versuchte, nicht unhöflich zu sein und die eigentümliche Kreatur anzustarren, aber es war nahezu unmöglich. Eine Mischung aus Mensch und Tier war faszinierend. Wandler schienen im Vergleich dazu langweilig. Er blieb stehen. Lächelnd streckte er seine Arme aus und drehte sich langsam im Kreis, um mir zu erlauben, ihn in Ruhe von allen Seiten zu sehen. Ich betrachtete alles genau, während ich versuchte, nicht zu gaffen.

„Du bist wunderschön", sagte ich. Eine wunderschöne Laune der Natur, aber dennoch wunderschön.

Er strahlte. „Das bin ich." Es war offensichtlich, dass ich nicht die Erste war, die ihm dieses Kompliment gemacht hatte.

„Wie ist es?", fragte ich. „So erschaffen zu werden?"

„Ich kenne keinen anderen Weg."

Ich stellte die falschen Fragen, hatte aber keine Ahnung, welche die richtigen waren. Alle Informationen kreisten in meinem Kopf.

„Du willst wissen, wie die Neuschöpfung sein wird?", fragte er.

Ich nickte.

„Deine Situation ist anders. Wir wurden aus nichts geschaffen. Deine Frage ist gleichbedeutend damit, mich zu bitten, mich an deine Geburt und alles, was du gefühlt hast, zu erinnern. Ich wurde so erschaffen. Nicht aus einem anderen Tier. Nur eine Schöpfung ihrer Fantasie. Ich glaube, du wirst ihre erste Neuschöpfung sein. Die erste menschliche Neuschöpfung."

Also war er genau genommen kein Panther mit menschlichen Eigenschaften. Panik drohte, mich zu überwältigen. Sie hatte noch nie eine Person neu erschaffen. Es musste anders sein. Langsame, gemessene Atemzüge waren das Einzige, was mich davon abhielt, eine ausgewachsene Panikattacke zu bekommen. Hatte ich zugestimmt, ein Experiment zu sein? Hatte Dominic zu großes Vertrauen in die Fähigkeiten seiner Mutter, und ihr Ego ließ nicht zu, dass sie ablehnte?

Eine schwere Hand auf meiner Schulter bot etwas Trost, als Wärme durch mich hindurchströmte. Ich hatte nicht bemerkt, wie kalt mir geworden war.

„Die Königin würde sich nie zu etwas bereiterklären, bei dem sie versagen könnte. Es hat einige Vorteile, mit Leuten mit Egos von ihrer Größenordnung zu tun zu haben." Sein entspanntes Lächeln erlaubte auch mir, mich zu entspannen. Ich erwiderte es und ging weiter, verzweifelt, Dominic zu finden.

Sabin führte mich nicht zu dem Schlafzimmer, von dem ich angenommen hatte, dass Dominic dort sein würde, sondern zu einer Bibliothek, die noch schöner war als die in seinem Haus. Vom Boden bis zur Decke reichende Bücher auf Mahagoni-Regalen, verziert mit Stuckleisten oben. Die seltsamen, animierten Blumen und Ranken, die sich an ihnen entlang schlängelten, boten einen gespenstisch-dekorativen Flair.

Dominic saß in einem schwarzen Ohrensessel und blickte von seinem Buch auf. Ich teilte meine Aufmerksamkeit zwischen ihm und der fantastischen Vielfalt an Kreaturen, die herumwuselten und lasen. Einige waren so wunderschön und faszinierend wie Sabin, andere waren einfach nur verstörend. Doch Schönheit ist subjektiv; was ich schrecklich fand, mochte andere faszinieren. Zwei Leute, die eine humanoide Verkörperung von Schmetterlingen waren, gingen an mir vorbei. Honigfarbene Haut, schlaksige Körper, längliche Gesichter, Flügel wie pastellfarbene Wandteppiche. Etwas von meiner Sorge verflog. Wenn ich auf der anderen Seite mit süßen Flügeln wie ihren herauskäme, wäre ich damit einverstanden. Dominics zärtlicher Kuss auf meinen Hals lenkte meine Aufmerksamkeit zurück zu ihm.

Nachdem er mich intensiv gemustert hatte, richtete er einen scharfen Blick auf Sabin.

„Oh, komm schon und lass gut sein. Dein Beschützerinstinkt ist übertrieben. Ich habe nichts zu deiner Luna gesagt, was sie von hier verscheuchen würde." Sabin sah Dominic mit zusammengekniffenen Augen an und zwinkerte ihm dann zu. „Oder von dir. Also sieh mich nicht so an." Sabin schnaubte empört. „Ich ziehe den grüblerischen und zynischen Dominicus diesem nervtötenden Beschützer vor."

Dominic starrte. „Sie ist nervös wegen der Neuschöpfung. Ich wollte nur sicher sein, dass der sprechende Panther sie nicht noch nervöser macht."

Er wirkte selbstzufrieden, als er sich umdrehte. „Myelinisierter Jaguar, nicht Panther", korrigierte er. „Ich muss sie immer korrigieren."

„Das musst du nicht. Du bestehst darauf", sagte Dominic und spiegelte Sabins Gesichtsausdruck.

„Ich lebe, um zu belehren", schoss er zurück. „Panther gibt es nicht", murmelte er leise, als er mit langen, selbstbewussten Schritten ging. In der Annahme, dass wir ihn unbeabsichtigt beleidigt hatten, war ich erleichtert, als er mir ein Lächeln zuwarf.

Sabin war seltsam. Gestrandet in der Welt eigentümlicher Kreaturen, konnte ich nicht anders, als mich darüber zu amüsieren, dass er darauf bestand, kein halber Panther zu sein.

„Wie war dein Treffen mit meiner Mutter?"

Ich zuckte die Schultern. „Sie gehört definitiv in deine Welt."

„Und du denkst, du nicht?"

„Ich gehöre zu dir. Ich bin mir nicht sicher bei dieser Welt", gab ich zu. Er wandte den Blick ab, dann kroch Röte in seine Wangen. Ich strahlte. Er trat näher an mich heran, beugte sich herunter und legte eine Hand an meine Seite.

„Du bist sehr anpassungsfähig, kleine Luna", seufzte er und strich sanft mit dem Daumen über meine Brust. Meine Brustwarze reagierte sofort auf seine Berührung. Ich trat schnell einen Schritt zurück und starrte ihn an. Der Prinz mochte es nicht, die Kontrolle zu verlieren, und dies war seine Art, ein wenig davon zurückzuerobern. Nun war ich diejenige, die von seiner intimen Berührung in einer Bibliothek voller Halb-Menschen errötete. Halb-Tiere. Oder was auch immer. „Du gehörst dorthin, wo ich bin."

Die Wärme seines Körpers hüllte mich ein. Seine Lippen bedeckten meine zu einem tiefen, sinnlichen Kuss.

„Deine Mutter will, dass wir sie um sieben treffen", hauchte ich, als der Kuss endete.

Er knabberte an meinem Ohr. „Dann haben wir Zeit." Er nahm meine Hand und führte mich zurück in seine Wohnung. Sobald wir im Raum waren, fuhr seine Hand neckend über meinen Körper, eine köstliche Ablenkung, doch ich weigerte mich, ihr nachzugeben. Ich nahm seine Hand in meine und führte ihn zum Sofa, wo ich ihn drängte, sich zu setzen.

„Helena hat sich auf die Seite deines Vaters gestellt. Das muss wehtun, und es tut mir leid, dass das passiert ist." Viel mehr noch, weil seine Weigerung, mich zu töten, wahrscheinlich der Grund dafür war. Ich verflocht meine Finger mit seinen.

Ein strenges Stirnrunzeln setzte sich auf sein Gesicht, bevor es schlecht gezügeltem Zorn und Frustration wich.

„Es muss eine Abrechnung geben, aber ich werde die Wünsche meiner Mutter berücksichtigen."

Helenas Leben würde verschont werden. Die Flammen, die in seinen Augen loderten, machten klar, dass nur ihr Leben verschont würde. Die Strafe würde hart sein.

„Strafe hin oder her, es muss wehtun", sagte ich. Auch wenn Ileanas Worte verdammt verwirrend waren, hatte ich sie nicht vergessen. Ich musste mich auf meine Weise um Dominic kümmern. Selbst wenn das nur darin bestand, ihm zu erlauben, seinen Zorn über den Verrat zu äußern.

„Es ist nicht, dass sie die Seite meines Vaters gewählt hat. Es ist Helenas Natur, die Seite der Stärke zu wählen." Er presste die Lippen zusammen, unfähig auszusprechen, was es bedeutete. Sie hatte eine Schwäche in ihm gesehen, die sie zu der Annahme verleitet hatte, sich mit ihrem Vater zu verbünden – mit dem Ziel zu stören und zu zerstören, was Dominic aufgebaut hatte –, bringe sie auf die Seite der Sieger. Nach den Opfern und Zugeständnissen, die Dominic gemacht hatte, um sie zu schützen und um sicherzustellen, dass sie keine schwerwiegenden Konsequenzen für ihre vielen bösartigen Taten erlitten hatte, war das ihre Art, es ihm zu vergelten.

Meine Lippen strichen sanft über seine Haut, bevor sie ihren Weg zu seinem Ohr fanden. „Ich will, dass du tust, was getan werden muss, um eine Welt wiederherzustellen, die Menschen schützt und Übernatürliche zur Rechenschaft zieht, wenn sie die Regeln verletzen. Ich möchte Fairness für beide, und ich denke, das willst du auch. Vor allem will ich, dass du der Herr der Unterwelt bist. Was auch immer dazu nötig ist. Ich werde dein Anker sein, um dafür zu sorgen, dass du nie wie dein Vater wirst und dich verlierst."

Konzessionen müssten von uns beiden gemacht werden. Ich musste akzeptieren, dass die Welt, in der er lebte, dunkler und turbulenter war, und mit einer Wildheit gehandhabt wurde, die ich nicht gewohnt war. Dominic müsste einsehen, dass sein Weg nicht immer die Antwort war, aber ich hatte das Gefühl, dass er zuhören und es versuchen würde.

Ich stieß einen scharfen Schrei aus und fand mich auf dem Rücken wieder, Dominics Hüften zwischen meinen Beinen. „Kleine Luna", säuselte er an meinem Ohr, „du hast dich als unerwartete Köstlichkeit herausgestellt."

„Vielleicht werde ich bei der Neuerschaffung ein bisschen größer", neckte ich. „Vielleicht ein kleiner Schub auf eins fünfundsechzig oder eins siebenundsechzig? Oder ein totaler Riese von eins siebzig."

Sein schallendes Lachen besaß eine Leichtigkeit, von der ich nicht gewusst hatte, dass er dazu fähig war. Ob für den Moment oder ganz, er hatte jede Schwermut und düstere

Stimmung abgeworfen. „Wie schon gesagt, ich will – *brauche es* –, dass du als Luna, meine Luna, daraus hervorgehst. Ich will dich genau so, wie du bist.“

Aber ich würde nicht genau so sein, wie ich war. Ich würde Magie besitzen.

22

Ileanas Gemächer besaßen nicht die majestätische, einzigartige Schönheit der anderen Räume. Strukturierte zinngraue Wände, schwere, dicke Vorhänge, die ein wandhohes Fenster verhüllten, und ein düsterer pfirsichfarbener Schein von den Wandlampen verliehen dem Raum ein grimmiges Erscheinungsbild. Auf einer Seite des Raumes stand ein Bücherregal, gefüllt mit Büchern, Gläsern und auf einem eigenen Regal ein Dolch mit aufwendigen Sigillen.

Ileana warf unseren verschlungenen Händen einen kühlen Blick zu und presste ihre angespannt aufeinander, bevor ihr Blick über Dominics Gesicht wanderte und es mit einer Intensität musterte, unter der mir unwohl gewesen wäre, doch auf ihn schien sie keine Wirkung zu haben. Ihr tief ausgeschnittenes, fließendes, weißes Maxikleid enthüllte durchtrainierte Arme und Beine bei jedem Schritt, den sie auf uns zukam. Ihr zum Zopf gebundenes Haar erlaubte uns einen guten Blick auf ihre Züge, die härter wirkten unter dem wenig schmeichelhaften Licht.

Sie streckte ihre Hand nach mir aus, sah mich erwartungsvoll an und bedeutete mir, sie zu ergreifen. Ich tat es, und ein kleines Lächeln huschte über ihre Lippen.

„Dominicus, sie gehört jetzt mir.“

Gibt es keine weniger gruselige Art, das zu sagen?

Er nickte, zögerte aber, da er definitiv mein Unbehagen spürte, das ich nicht bändigen konnte. Nach mehreren langen, gemessenen Atemzügen versicherte ich ihm, dass es in Ordnung war. Oder so in Ordnung, wie es unter den Umständen sein konnte.

Sobald er weg war, schloss sie die angelehnte Tür mit einer Handbewegung ganz. Meine Aufmerksamkeit schnellte zu ihr. Bronzene, leuchtende Schlösser erschienen entlang der Tür, bevor sie von einer Wand aus lebenden Ranken überwuchert wurden. Momente später dämpften sich die Lichter, bis sie nur noch Schatten von Bewegungen war, die mich umkreisten. Ich verfolgte jeden Schritt und konzentrierte mich auf das Glitzern eines Messers in ihrer Hand. Ich riskierte einen Blick zum Regal, wo ich das Messer gesehen hatte. Es war weg.

„Er war nie jemand, der den einfachen Ausweg nimmt“, sinnierte sie mit leiser, bekümmerter Stimme. „Noch habe ich ihn je ganz verstanden.“

Mit jedem Umlauf um mich kam sie näher und näher. Schließlich stand sie direkt vor mir, Nachdenklichkeit und Neugier in ihren Augen. „Er zieht die Entropie deiner Zerstörung vor. Ich verstehe es nicht wirklich. Du bist reizend, aber bist du es wert?“

Ich interpretierte ihre Frage als rhetorisch und versuchte, normal zu atmen, während ich mich darauf vorbereitete, einen Messerangriff abzuwehren, den ich wahrscheinlich nicht überleben würde.

„Ich könnte ihn vor sich selbst retten und diese Situation deutlich verbessern“, fuhr sie fort.

„Aber du wirst es nicht“, behauptete ich mit einer Sicherheit, die mich überraschte.

„Nein, werde ich nicht.“ Ein Hauch von Traurigkeit lag in ihrem Eingeständnis. „Ich verstehe vielleicht nicht die

Schachzüge, die er macht, aber sie haben sich immer als langfristig vorteilhaft erwiesen. Er will dich lebendig. Ich glaube nicht, dass es irgendeinen anderen Nutzen haben wird, als ihn glücklich zu machen. Und das ist mir wichtig. Streck deine Arme aus!"

Ich ignorierte das Gefühl der Furcht, das sintflutartig über mich hereinbrach, und dachte an ihre Worte. Mein Leben zu beenden, würde ihren Sohn verletzen. Trotz ihrer seltsamen Sensibilitäten und Gleichgültigkeit gegenüber Chaos oder dem Wohlergehen von irgendjemandem, der nicht ihre Schöpfung war, liebte sie ihre Kinder. Es war in seiner Natur verdreht, aber in seiner Ausführung logisch.

Meine Arme zitterten, als ich sie ausstreckte. Energie flutete den Raum, und ich spürte die Liebkosung der Magie um mich herum, die eine schmerzlindernde Wirkung hatte – sie betäubte meinen Körper und ich wurde lethargisch. Ich kämpfte darum, die Augen offenzuhalten. Es folgten einige schnelle Hiebe mit dem Messer. Ich sah das grellrote Blut an meinen Armen hinunterlaufen, fühlte aber nichts, als Ileana mich zu Boden senkte. Ich nahm nur Bruchstücke von allem wahr, doch ich hörte Ileana schnell sprechen. Worte strömten über mich, und eine spürbar andere Magie begann, sich um mich herum zu winden. Nebel schwebte über mir, während ich mit den Augenlidern flatterte, um sie offenzuhalten. Er kam näher, breitete sich über mich aus und zerrte an meinem Körper. Ich gab der Dunkelheit nach, fiel weg von ihr und dem Leben.

Ileanas Stimme, eine leise, melodische Bitte, wirkte so weit entfernt. Sie bat mich zu antworten, aber ich konnte die Energie nicht aufbringen, es zu tun. Ich fühlte mich beschwert von einem Felsblock, versuchte, mich daran vorbeizudrängen und durch die Düsternis zu dringen, die mich verschlungen hatte. Es fühlte sich nicht richtig an. Dunkel, feucht und drakonisch. Ich fühlte mich fehl am Platz. Ileanas Stimme wurde flehender und durchzogen von tiefem

Kummer. Von Leere verschlungen, der ich nicht entkommen konnte, setzten Verzweiflung und Angst ein.

Ileana sagte meinen Namen, aber mein Mund konnte keine Worte bilden, um zu antworten. Mein Körper kooperierte nicht genug, um ihr ein Zeichen zu geben, dass ich sie hören konnte. Dass ich lebendig war. Aber ich war nicht lebendig. Ich glaubte nicht, dass ich es war. Da war zu viel Leere. Ich war eine leere Hülle. Ich konnte mehr Magie spüren, die an meinem Körper zerrte, Energie, die sich um ihn wand. Ein Lichtblitz. Ich versuchte, danach zu greifen, mit Armen, die zuvor nicht kooperiert hatten. Aber jetzt schwebten sie federleicht darauf zu und zogen den Rest von mir mit. Ich tauchte aus der Dunkelheit auf. Jetzt spürte ich, woher meine eingeschränkte Bewegungsfreiheit kam: Ich lag in Ileanas Armen. Als ich mich wand, ließ sie mich mit einem erleichterten Lächeln los, ihr Gesicht erhellte sich ebenso wie der Raum.

„Das bist du“, sagte sie mir.

Mit jedem Atemzug, den ich nahm, wurden die Lichter heller.

Ich kniff die Augen gegen die Helligkeit zusammen und fragte: „Wie mache ich, dass es aufhört?“

„Du sagst es einfach, und dann zwingst du es, deinem Willen zu gehorchen.“ Es konnte nicht so einfach sein. Und das war es nicht. „Stopp“, flüsterte ich.

Nichts. Aber das Licht pulsierte heftig und mein Körper summte. Es war nichts wie damals, als ich Magie von Madeline geliehen hatte. Alles daran war schmerzhaft und falsch gewesen. Eine Ablehnung von Magie, die nicht meine gewesen war. Es war eine seltsame Dichotomie, ein beruhigendes harmonisches Summen und ein energetischer Adrenalinstoß. Ich hatte keine Ahnung, was ich damit anfangen sollte.

Ich schloss die Augen, holte tief Luft und versuchte, die beiden gegensätzlichen Energien in mir zu versöhnen. Sie zu kontrollieren. Frieden mit diesem neuen Ich zu schließen. Der neuen Luna. Und als ich meine Augen wieder öffnete, war der Raum ein gedämpfter Schein um mich herum, und Ileana stand mit einem Lächeln an der Wand.

„Ich denke, du wirst schnell lernen", sagte sie. Es war das erste Mal, dass keine angespannte Sorge in ihrer Stimme war. „Du kannst reinkommen", flüsterte sie.

Die Ranken zogen sich zurück und verschwanden, dann lösten sich die bronzenen Schlösser auf, und Dominic war schnell an meiner Seite. Sein erwartungsvoller Blick wanderte langsam über mich. Unauffällig fuhr ich mit der Hand durch mein Haar – keine Hörner. Was ich jedoch nicht konnte, war meinen Rücken nach Flügeln oder meinen Hintern nach einem Schwanz zu kontrollieren.

Aus Dominics Grinsen schloss ich, dass er wusste, wonach ich suchte. Er stellte sich neben mich – an meiner Größe hatte sich auch nichts geändert.

„Luna, dieselbe Luna", flüsterte er gegen meine Lippen, bevor er mich auf eine vollkommen unangemessene Weise vor seiner Mutter küsste. Ich beendete den Kuss abrupt und brachte ein paar Zentimeter Abstand zwischen uns und warf einen Blick auf seine Mutter, die jedoch unbeeindruckt war. Ich würde mich nie an diese Familie gewöhnen.

„Jetzt ist es Zeit, dir beizubringen, wie du deine Magie benutzt", sagte Dominic.

23

Dominic brachte mich in einen großen Raum, den ich nur als minimalistisch beschreiben konnte. Auf einem Tisch an der Wand lagen ein Stapel Zauberbücher, eine kleine Metallschale und ein Tablett mit einer Reihe von Fläschchen, gefüllt mit verschiedenfarbigen Zutaten. Eine, da war ich sicher, war Salz. Ein großer Sessel stand in der Ecke. Waffen – ein Schwert, ein Dolch und ein Sai – hingen an der Wand. In der Mitte des Raumes lag ein großer Teppich mit brennenden Sigillen. Ich konnte Sprenkel eines rostroten Pulvers darauf sehen.

„Ein Eindämmungskreis", sagte er und reagierte lässig auf die sorgfältige Aufmerksamkeit, die ich dem seltsamen Teppich widmete. „Manchmal brauchen Besucher eine Ermutigung, die Fragen meiner Mutter zu beantworten. Im Kreis ist Magie eingeschränkt, sodass sie meiner Mutter ausgeliefert sind."

„Ein Folterteppich", stellte ich klar.

Sein Schulterzucken tat es ab. „Ich war nie in diesem Kreis. Ich bin mir nicht sicher, was er kann."

„Du musst mich nicht vor der Wahrheit schützen."

„Nicht ganz ein Folterteppich, aber er ist in der Lage,

große Schmerzen zu verursachen, wenn du darin eingeschlossen bist."

Ich nickte und lieferte eine oscarreife Darbietung, unbeeindruckt von der Bestätigung zu wirken.

„Die Leute sind fasziniert von meiner Mutter und ihrer
Magie. Wie du gesehen hast, ist sie ziemlich außergewöhnlich. Es gibt einige, die Zugang dazu wollen, sei es durch
Diplomatie oder Gewalt. Zuerst versuchen sie es mit Diplomatie, und wenn das scheitert …" Er ließ den Rest in der Luft
hängen, als wollte er mich nicht an die Welt erinnern, in der
wir uns befanden. „Und sie hat mehr als deutlich gemacht,
dass sie in Ruhe gelassen werden möchte. Sehr wenige Leute
wissen, wie man die Barrieren, die sie errichtet hat, überwin-
det. Wenn sie durchbrochen werden, will sie natürlich die
Quelle dieses Wissens erfahren."

„Du hast eine Fackel hinzugefügt, um ihnen die Chance
zu geben, dieses dumme Unterfangen zu überdenken."

„Nicht nur der Eindringlinge willen, sondern auch ihretwegen. Je mehr du folterst und mordest, desto weniger stört
es dich. Irgendwann dürstest du danach. Es ist besser, dass
sie die Gewalt, die sie früher genossen hat, nicht wieder
praktiziert. Ihre Kreaturen scheinen sie zu erfüllen. Es ist
besser für alle, wenn sie das weiterhin tun."

Darüber waren wir uns einig.

„Das Erste und Wichtigste, was du lernen musst, ist eine
Schutzbarriere."

„Damit ich mich verstecken kann."

„Nein, damit du dich schützen und leben kannst, um an
einem anderen Tag zu kämpfen."

Er erklärte mir, wie er seine errichtete, und nach
mehreren fehlgeschlagenen Versuchen wurde offensichtlich,
dass es deutliche Unterschiede in unserer Magie gab. Ich
lernte schnell, dass es, wie bei aller Magie, einige Gemein-
samkeiten gab: Eine Schutzbarriere war eine Schutzbarriere.
Es war die Ausführung der Magie, die den Unterschied

machte. *Tenebras Obducit*-Magie schien einen Schritt dunkler zu sein als selbst die von Dominic.

Sie war von Natur aus offensiv und aggressiv. Alles, was ich von Dominic und den anderen, die mit dieser Magie zu tun hatten, erfahren hatte, ließ mich glauben, dass sie stark, mächtig und bedrohlich war. Dieselben Eigenschaften wurden dem Praktizierenden zugeschrieben, aber ich konnte nicht anders, als mich zu fragen, ob es die Magie war, die sie dazu machte.

Dominic forderte mich auf, die Schutzbarriere zu errichten. Anstatt die Magie zu drängen, mich zu schützen, verlangte ich, dass sie Dominic wegstieß. Ihn verdrängte. Ihn schlug. Es gelang mir, eine durchscheinende Hülle um mich herum zu bilden. Dominic lächelte und richtete Magie darauf. Die Barriere schwankte, fiel aber nicht.

„Lass sie fallen!", befahl er. Das war schwieriger, als sie wegzuwünschen. Chaotische Energie brach aus mir heraus, schlug dagegen und löste sie auf.

„Ich musste daran denken, dir wehzutun", erklärte ich stirnrunzelnd.

„Es ist sehr aggressive Magie. Sei vorsichtig damit."

Er schnaubte und unterdrückte ein Lachen.

„Ach, du findest das zum Lachen? Ich habe jetzt hammermäßige Magie. Du solltest mich fürchten." Ich streckte meine Hände in schnellen, ruckartigen Bewegungen aus.

„Was machst du?", fragte er amüsiert.

„Krallen." Ich steckte viel Mühe in meinen erfolglosen Versuch, Wolverine zu spielen.

Sein schallendes Lachen hallte durch den Raum. Er überwand den Abstand zwischen uns, stellte sich neben mich und streifte seine Krallen sanft über meine Haut. Sie schickten Schauer durch mich bei der sinnlichen Berührung und seiner Kontrolle über sie, als er mit seinen Fingernägeln über meine Haut strich. Dann glitten sie über die Vorderseite meines Kleides, von oben bis zu meinem Bauch. Ich streifte den Stoff von meinen Schultern und erlaubte ihm einen vollen Blick auf mich, nur in meinem Höschen. Er hatte mir keinen BH mitgebracht, also trug ich keinen. Er küsste meine Lippen, leckte dann mit seiner Zunge und sanften Knabbereien meinen Kiefer, Hals, Schlüsselbein und Schulter entlang, während seine Hände meinen Rücken kneteten und über meinen Po streiften, bevor er mich gegen seine Härte zog. Er brachte etwas Abstand zwischen uns, liebkoste weiter meinen Körper, bis er zu meinen Brüsten kam. Er wog sie in seinen Händen und neckte die Brustwarzen mit seinen Daumen, bis sie hart wurden. Seine Finger gruben sich in mein Haar, als er mich in einen Kuss zog. Ich trat schnell das zerrissene Kleid weg, als er mich in seine Arme hob. Einen Atemzug später presste er mich gegen die Wand und ließ mich gegen seine Härte sinken. Eine frenetische Energie raste durch mich, wie nichts, was ich je erlebt hatte. Sie musste beruhigt werden. Das Bedürfnis war so befehlend und intensiv, dass ich an seinem Hemd krallte. Magie regte sich und vermischte sich mit meinem Verlangen. Ich wollte es, und es geschah. Sein Hemd zerriss bei einer einfachen Berührung.

Dominic starrte auf das fehlende Hemd und zog sich zurück. „Luna", flüsterte er, Stolz in seiner Stimme, obwohl ich Magie benutzt hatte, um ihn zu entkleiden. Es würde so gut wie unmöglich sein, Magie nicht mit Sex zu vermengen, sobald sein Mund meinen bedeckte. Meine Beine schlangen sich um seine Hüften. Er lehnte sich zurück und gab sich gerade genug Platz, um seine Hose zu öffnen. Sein Schwanz drängte sich gegen mich, ich nahm ihn mit einem tiefen Stöhnen auf und wurde von seinen Lippen, die meine bedeckten, zum Schweigen gebracht. Meine Finger gruben sich in seinen Rücken und kamen dem fieberhaften Rhythmus seiner Hüften mit jedem Stoß entgegen, während wir gegen die Wand rammten. Die Glut zwischen uns brach in harten, hungrigen Küssen heraus. Keuchen und Stöhnen erfüllten den Raum. Ich sehnte mich nach mehr – wir sehnten uns nach mehr. Tiefer und hungriger verfielen unsere verbundenen Körper in etwas Urtümliches. Eine Kumulation von Magie, Verlangen und Lust explodierte in intensiver Befriedigung.

Dominic ließ seinen Kopf gegen meine Brust sinken, bevor er mich auf den Boden gleiten ließ. Ich drehte mich und folgte seinen Augen zu dem Schaden, den wir an der Wand angerichtet hatten.

„Das war intensiv", erkannte ich an, während sich seine Nase an meiner Wange rieb.

Sex, Magie und Dominics sinnliche Berührungen waren nicht länger vermengt, als ich ihn anstarrte. Er war vom sexy Dunklen Prinzen der Unterwelt zu einem Lehrmeister geworden, der dringend versuchte, mir ein Leben voller Magie in nur wenigen Tagen beizubringen, weil Dominic – nein, wir – zurückmussten zu der Situation, die wir verlassen hatten, und mit der Schadensbegrenzung und Reparatur des Chaos beginnen mussten. Die Vielzahl von Problemen, zu denen wir zurückkehren würden, lenkte mich ab, also verdrängte ich sie.

Nach unserem intensiven Sex war er gegangen und mit frischer Kleidung zurückgekehrt. Die nächsten zwei Stunden übten wir Magie.

„Nochmal, Luna", befahl er und warf mir ein teuflisches Grinsen zu angesichts des scharfen Blicks, mit dem ich ihn durchbohrte. Die erste Stunde perfektionierte ich die Barriere und errichtete sie mit einer Leichtigkeit und Geschwindigkeit, die Dominic so weit zufriedenstellte, dass wir zu anderen Dingen übergingen. Es war einfacher, ein Objekt von einem Ort zum anderen zu transferieren. Noch einfacher, es auf jemanden zu schleudern.

Ich führte meine Version des Ictus-Zaubers an einer Vase aus und starrte mit einem Gefühl von Stolz und Angst auf die Scherben der Vase, die ich zur Explosion gebracht hatte. Ich wollte das niemandem antun. Es war ein sehr guter Zauber, den ich gegen die Schlimmsten der Schlimmen im Köcher haben sollte, aber ich fürchtete, ihn versehentlich zu benutzen.

„Niemand, nicht einmal ein Mensch, wird so reagieren. Magieanwender sind noch weniger zerbrechlich. Es wird ein mächtiger Schlag sein und einer, der dich effektiv schützen würde, aber du wärst nicht von zerfetzten Körperteilen umgeben", versicherte er mir. „Versuch ihn an mir."

„Das werde ich nicht."

„Luna, mir wird nichts passieren."

„Nichts passieren" war großzügig, da ich sah, wie er seinen Kiefer so fest zusammenpresste, dass der Druck Diamanten aus Kohle hätte machen können. Als der Schmerz nachließ, glichen sich seine kurzen, scharfen Atemzüge aus.

„Siehst du?", sagte er. „Ein Hauch von Schmerz, und es war vorbei."

Hauch, von wegen! Ich hatte sein Gesicht gesehen. Nun, vielleicht war das für ihn ein Hauch. Wie hoch war seine Schmerztoleranz? Ich schob diese Gedanken beiseite und wandte mich den anderen Zaubern und Aufgaben zu, die er für mich hatte. Während die Lektionen verstrichen, fielen mir einige Dinge leicht. Mich selbst heilen zu lernen, war eine Herausforderung, die ich meisterte, indem ich mehrere Variationen von Zaubern und offensiver Magie entwickelte. Meine Reihe von Erfolgen führte zu einem Moment des Übermuts, bis Dominic mich in seine Flammen einschloss.

„Befrei dich aus den Flammen, Luna", befahl er mir. Die Flammen waren weit genug entfernt, um keine Bedrohung zu sein; Dominic besaß makellose Kontrolle über seine Magie, aber ich spürte die Hitze, die meinen Wunsch antrieb, sie zu besiegen und etwas Ähnliches zu tun wie Peter, sie zu Kristall werden zu lassen und wegzusprengen. Doch nichts geschah. Es war eine Erinnerung daran, dass ich immer noch eine Anfängerin war. Egal, wie stark die Magie war, sie war immer noch durch das Können des Anwenders begrenzt.

Ein wenig niedergeschlagen von einer Reihe von Misserfolgen, starrte ich zu Boden, als Dominics Finger mein Kinn hob. Er zählte all die Dinge auf, die ich in den letzten zehn Stunden Übung gelernt hatte: Schutzfelder, die nur ein anderer Dunkler Magier brechen konnte, das Ausführen von offensiver und defensiver Magie und ein allgemeines Verständnis der Unterschiede zwischen meiner Magie und der von Dominic. Letzteres war etwas, das wir gemeinsam entdeckten, weil er nie eine so intime Nähe zur Magie Dunkler Magier gehabt hatte, um sie über eine sehr gegnerische Art und Weise hinaus zu verstehen. Der Jäger würde zum Gejagten werden. Nun hatte er die Gelegenheit, sie durch mich zu erkunden.

24

Drei Tage waren vergangen, und ich hatte bemerkenswerte Fortschritte gemacht, aber Sorge hatte sich auf Dominics Gesicht eingenistet. Ich wachte auf und sah, dass er mich mit einem nachdenklichen Blick beobachtete.

„Was ist?"

„Bleib hier bei meiner Mutter, bis alles geregelt ist."

„Nein." Er hatte einen Wunsch geäußert, und sein Ton ließ keinen Raum für Widerrede, aber ich hatte reichlich davon. „Ich habe Magie und bin in der Lage, mich zu schützen und die Magie anzuwenden. Ich kann helfen, und du wirst meine Hilfe brauchen."

„Du kannst nicht kämpfen, und du bist immer noch eine Anfängerin", bemerkte er. Wir hatten festgestellt, dass ich weder übernatürliche Kraft noch Geschwindigkeit besaß. Kein Zauber hatte das erfolgreich verbessert. Und trotz meiner andauernden Bemühungen konnte ich keine Krallen wachsen lassen.

„Aber ich habe mich bewährt", sagte ich und setzte mich im Bett auf, geschockt über seine Bitte. Er setzte sich ebenfalls auf und hielt meinen Blick fest. Die Sanftheit darin hatte während der Trainingstage gefehlt. Mehrmals hatte ich bemerkt, dass er mich wie einen Feind behandelte, und seine Antwort war einfach gewesen: „Das Grausamste, was ich tun könnte, ist, dich unvorbereitet zu lassen."

Ich war dankbar dafür. Ich fühlte mich bereit, stark und fähig, und dass er mich versteckt und von seiner Mutter bewacht wissen wollte, war beleidigend, und ich ließ ihn das wissen.

„Es geht nicht ausschließlich um deine Fähigkeiten. Ich denke, meine Mutter hatte recht –"

„Nein, sie hatte in keiner Hinsicht recht. Ein Verbrannte-Erde-Ansatz wird nicht funktionieren. Chaos herrschen lassen und danach die Trümmer aufräumen? Weißt du, wie viele Menschen dadurch verletzt werden? Ich bin sicher, es gibt Übernatürliche, die einfach nur existieren und nichts mit dem Bürgerkrieg und der Verwüstung, die er verursachen wird, zu tun haben wollen. Ich kann helfen. Du wirst alle Verbündeten brauchen, die du bekommen kannst. Ich *bin* deine Verbündete."

Ein Lächeln umspielte seine Lippen. „Du bist hartnäckig, nicht wahr?", sagte er mit einem Seufzer.

„Nicht, wenn du es als Beleidigung meinst", schnaubte ich, und obwohl Bewunderung in seiner Stimme lag, waren auch Spuren von Zorn zu hören. Ich dachte, die Sache sei geklärt. Ich hätte wissen sollen, dass es zu einfach geendet hatte.

Als ich das nächste Mal aufwachte, war er weg. Panisch zog ich mich an und durchsuchte hektisch das Haus. Mein Herz zog sich vor Wut und Angst zusammen, als ich ihn nicht finden konnte.

„Luna." Sabins Stimme riss mich aus meiner Abwärtsspirale, und ich drehte mich um und sah seinen geneigten Kopf, seine katzenartigen Augen, die mich musterten und definitiv urteilten. Ja, da war verdammt viel Urteil in seinem Blick.

„Wo ist Dominic? Ich suche ihn."

Er machte ein ersticktes Geräusch. „Er ist ein paar Stunden weg, und du reagierst so? Ihr zwei seid schnell von interessant zu nervig geworden. Er ist bei seiner Mutter." Er war wirklich sehr urteilend, als ich anfing, mich zu rechtfertigen, während er mich zu Dominic und seiner Mutter in einen Raum führte, den ich nie gefunden hätte. Ich vermutete, das war der Punkt. Wie in ihrem Zuhause in der Unterwelt war es ein Flur, den ich übersehen hatte oder der vor meinem Blick verborgen gewesen war.

Der gotisch anmutende Raum hatte tief granatrote Wände, dunkle Möbel und deckenhohe Regale, die diverse Objekte, Zutaten und Bücher enthielten. Der Kristallleuchter fügte dem furchteinflößenden Raum etwas Lebendigkeit hinzu, und das Einzige, was hell war, waren die eleganten cremefarbenen Barock-Hochlehner um den Marmortisch.

Dominic schenkte mir ein schwaches Lächeln. Die Lippen seiner Mutter verzogen sich breit zu einem überschwänglichen Gruß.

„Luna, ich bin so froh, dass du dich zu uns gesellst."

Dominic war es offensichtlich nicht und durchbohrte Sabin mit Blicken, die dieser demonstrativ ignorierte.

„Vielleicht solltest du Luna das nächste Mal deinen Terminkalender dalassen", neckte er, legte sanft eine Hand auf meinen Arm und schenkte mir ein wohlmeinendes Lächeln. Ich versuchte, es zu erwidern, wurde aber abgelenkt von dem verwitterten Pergament und dem Objekt, das dem Affinitas ähnelte, den ich bei meiner Familie benutzt hatte.

Ich trat langsam in den Raum und blieb stehen, anstatt den Sitzplatz einzunehmen, den Ileana mir anbot, während ich meine Aufmerksamkeit zwischen Dominic, seiner Mutter und den Gegenständen auf dem Tisch aufteilte.

„Sie muss nicht hier sein", bemerkte Dominic.

„Ich bin anderer Meinung. Genau hier muss sie sein." Wieder wies sie mich auf einen Sitzplatz, und mit dieser Handbewegung erhielt ich einen magischen Schubs. Ich schickte ihn zurück, was ihr ein überraschtes Keuchen entlockte, das zu einem anerkennenden Lächeln wurde. „Beherrscht sie die Magie besser, als du mich glauben gemacht hast?" Sie richtete ihre Frage an Dominic, aber ich hatte den Eindruck, dass auch ich antworten sollte.

„Ich habe keine solchen Behauptungen aufgestellt. Ich habe zugegeben, dass ihr Zauberwirken für die Zeit, die sie zum Lernen hatte, beeindruckend ist, zusammen mit rudimentären defensiven und offensiven Fähigkeiten. Ich sagte, es sei ein zu großes Risiko für sie, den Garon zu benutzen, und der Meinung bin ich immer noch."

„Nicht, dass das deine Entscheidung wäre. Es ist eine vernünftige Lösung."

„Nein, ist es nicht", blaffte er, stand auf und presste seine Hand gegen meinen Rücken, um mich zur Tür zu drängen.

Der Raum erzitterte unter ihrer ungebändigten Kraft und den unkontrollierten Emotionen. „Dominicus, komm sofort zurück!" Das peitschende Eis ihres Tons hing in der Luft. Doch ihre Miene zeigte überraschendes Mitgefühl und Kummer.

Als er sich umdrehte, hob er sein Kinn. Nicht vor Trotz oder im Konflikt von Liebe und Hass, den ich bei ihm gegenüber seinem Vater gesehen hatte. Es war ein Flehen um Verständnis. Als sich ihre Blicke trafen, war die Mischung aus unausgesprochenen Emotionen, fehlgeleiteter Feindseligkeit und Unentschlossenheit dick in der Luft.

„Als du zu mir gekommen bist, habe ich dir geholfen, weil du es wolltest. Ich sehe, dass du dich auf eine Weise um sie sorgst, die ganz überraschend ist. Ich weiß das zu schätzen."

Das war eine Lüge, und sie machte keinen Versuch, es überzeugend klingen zu lassen. Es lag ein Hauch von Tadel darin, als wollte sie sagen: „Was zum Teufel? *Diese* Kreatur?"

„Dein Wunsch, sie zu schützen, macht dich blind für das, was notwendig ist, um deine Ziele zu erreichen. Ich bin deine Augen, Sohn, weil du über die Emotionen hinaus nicht sehen kannst. Sie ist fähig, und das wird die Chance auf Erfolg mit geringem Risiko für dich erhöhen."

„Und alle Risiken fallen auf Luna. Es ist unfair, das von ihr zu verlangen."

Ich war mitten in eine Debatte geraten und bemühte mich, sie zu verstehen.

„Könnt ihr bitte aufhören, so zu reden, als wäre ich nicht hier?"

Dominic atmete tief ein und kehrte mit Mühe an seinen Platz zurück. Er verschränkte die Finger, ließ sich in seine Missbilligung sinken, schien aber zu akzeptieren, dass seine Mutter mich über die Diskussion informieren würde, aus der er mich offensichtlich ausgeschlossen wissen wollte.

„Der Garon wird dem Dunklen Magier das antun, was *deiner Luna* angetan worden ist. Das ist doch nur passend, findest du nicht? Er wird seine Magie aus ihm ziehen und auf Luna übertragen, lässt ihn als leere Hülle zurück und sie mit unermesslicher Magie."

„Er wird nicht sterben, oder?", fragte ich.

Sie schüttelte den Kopf. „Aber er wäre magielos."

„Du müsstest nah genug sein, um es gegen ihn einzusetzen. Im Wesentlichen müsstest du ihn zu dir locken."

Ich war kein Fan dieses Plans, aber ein magieloser Peter würde alles genug destabilisieren, um uns einen Vorteil zu geben. Warum sollte das keine gute Idee sein? Wir waren fünf Tage weggewesen und hatten keine Ahnung, wie es in meiner Welt aussah.

„Erklär ihr den Rest deines Plans", drängte er.

„Dann führst du das aus." Sie schob das Papier zu mir. Ich las die unbekannte Sprache darauf. Ich hatte keine Ahnung, was die Worte bedeuteten, aber sie sahen einfach genug aus, um sie auszusprechen.

Meine Augen wanderten zwischen den beiden hin und her. „Was bewirkt das?"

„Es bringt die Schatten in die Unterwelt zurück", erklärte Dominic.

„Gut."

„Ohne, dass ich einen Verlust an Magie erleide. Aber du schon."

„Sie hatte zunächst keine Magie, aber mit Hilfe des Garon wird sie eine riesige Menge Magie besitzen. Es ist kein großes Opfer für Luna. Aber der zukünftige Herr der Unterwelt darf keine Schwächen haben. Mein Sohn darf keine Schwächen haben." Ihre Augen glitten in meine Richtung. Sie sah das Dilemma offensichtlich als akzeptable Schwäche mit Bedingungen. Ich würde ihren Sohn davor bewahren, seine Magie zu verlieren.

Ich stimmte ihr zu.

Er grübelte, während sein Blick zwischen uns beiden hin und her wanderte. „Ich weiß, es ist das Richtige, aber Luna trägt das größte Risiko."

„Ich bin bereit, es zu tun. Ich will genauso am Leben bleiben wie du. Mir ist egal, ob meine Magie geschwächt wird oder ob ich sie ganz verliere." Ich legte eine Hand auf seinen Arm. „Das ist größer als ich, und es muss getan werden. Ich schätze es, dass du selbstlos bist und mich schützen willst, aber ich will das tun. Ich *muss* das tun", flüsterte ich und wollte, dass das Gespräch nur für seine Ohren war, aber unter der intensiven Musterung seiner Mutter war es zweifelhaft, dass ihr etwas davon entging.

Er gab ein freudloses Grunzen von sich. „Eigentlich ist es nicht selbstlos. Es ist ziemlich egoistisch. Ich will nicht riskieren, dich zu verlieren."

Das Verständnis brachte mich zum Lächeln. „Ich bin einverstanden damit, das zu tun."

Dominics Zustimmung war widerwillig, und mit dem dunklen, kalkulierenden Blick, den ich auf seinem Gesicht bemerkte, war ich überzeugt, dass er eine Risikobewertung von Ileanas Vorschlag zur Bewältigung der Situation durchführte. Als ich mich dem Garon näherte, erwartete ich, etwas zu spüren. Ein Summen bedrohlicher Energie oder Magie oder *etwas*. Aber da war nichts. Ein unscheinbares Objekt mit mächtigem Nutzen. Es war schwerer, als ich erwartet hatte.

„Was mache ich damit?“ Ich richtete meine Frage an Ileana, da Dominic nicht völlig überzeugt schien. Sie sprach den Zauber, und ich wiederholte ihn, und das Objekt erwachte zum Leben. Ich war erschrocken, als der Garon in meinen Finger stach. Als das Blut herausqoll, leuchteten meine Hände auf. Fingerartige Ranken wanden und streckten sich vom Objekt aus auf der Suche nach ähnlicher Magie. Das Leuchten erlosch, als es keine fand.

„Das war nicht schwer“, gab ich überrascht zu.

„Der Zauber ist einfach, aber wie wird Peter reagieren? Er wird versuchen, ihn rückgängig zu machen oder dich bezahlen zu lassen“, sagte Dominic.

„Das wirst du nicht zulassen“, behauptete Ileana. Wir alle wussten das.

„Dann schätze ich, ist das der Plan“, sagte er.

Ich steckte den Garon in meine Tasche, und er nahm den Zauber, um die Schatten zurückzubringen. Wir beide richteten unsere Blicke darauf. Es war ein Plan. Aber ich war überzeugt, dass es nicht der Plan war, den er auszuführen beabsichtigte. Ich würde nie die Chance bekommen, ihn zu benutzen, weil er zuerst an Peter herankommen würde. Ich begegnete seinem Blick und hielt ihn fest. Wir starrten einander nur an und schienen stillschweigend zu vereinbaren, dass dies der letzte Ausweg sein sollte.

25

Ich wünschte, wir hätten den Luxus von mehr Zeit, um meine Magie zu üben. Aber wir blieben nur lange genug in Vita, damit ich den Zauber für den Garon effizient aufsagen konnte. Bevor wir in meine Welt zurückkehrten, machten wir einen Umweg in die Unterwelt.

Wir standen im Garten mit den morbiden schwarzen Blumen, die seine Schwester erschaffen hatte. Dominics Finger strichen über die Blätter der Fledermausorchideen, bevor eine Flamme sie verzehrte. Er tat dasselbe mit ein paar weiteren, bevor er mich in die Wohnung brachte, die er mit Helena teilte.

„Dein Akt der Brandstiftung, hatte der einen Sinn, oder warst du einfach nur kleinlich?", fragte ich, als er sich auf den Boden kniete und mit seinen Krallen Zeichen in den Boden ritzte, ähnlich denen, die ich auf dem Teppich bei seiner Mutter gesehen hatte. Mit einer Bewegung seiner Finger über die Sigillen verschwanden sie.

„Ich wollte ihre Aufmerksamkeit erregen", sagte er. „Ich muss mit ihr sprechen."

„Ein Anruf oder eine Nachricht wären nett gewesen, oder eine Notiz."

Ich betrachtete die Stellen, wo er die Sigille platziert hatte, und hatte den Eindruck, dass er den Großteil des Redens übernehmen würde. Es würde kein Gespräch sein, sondern ein Verhör. Ich drehte mich im Raum um und betrachtete das gerahmte Kunstwerk an der Wand, das einzige mit einem schwarzen Rahmen.

„Fernseher?"

Er nickte, öffnete eine der hübschen Schatullen auf dem Tisch und reichte mir die Fernbedienung.

Ich schaltete ihn ein, zappte durch die Nachrichtenkanäle und versuchte, etwas über den Zustand der Welt herauszufinden. Wusste die Welt von der Existenz der Übernatürlichen? Hatte es weitere Sichtungen gegeben? War es den beiden Konventen gelungen, die Situation in den Griff zu bekommen?

Er verließ den Raum und kehrte mit einem Handy zurück, tippte darauf herum.

„Ich kontaktiere Anand", sagte er als Antwort auf meinen fragenden Blick. Als er fertig war, bat ich, es mir zu leihen. Mein Handy war am Tag des Angriffs in seinem Auto geblieben.

Ich scrollte durch alle wichtigen sozialen Medien, überrascht, nichts zu finden. Berichte über Kämpfe, Sichtungen von Wandlern, neue Hashtags, dass Magie real sei. Ich schloss daraus, dass zumindest einige der Hexen noch lebten und die Schadensbegrenzung managten.

„Du hast meine Aufmerksamkeit, Dominic."

Meine Augen schnellten vom Handy zu Helena, die in der Tür stand und ein paar Meter Abstand zwischen ihnen hielt.

„Du hast mich für einen *Tenebras Obducit* verraten?", presste er durch zusammengebissene Zähne hervor.

„Nein, ich habe dir deine Fehler gezeigt. Und du hast immer noch nicht gelernt." Sie blickte in meine Richtung, und die Kugel aus Magie, die sie auf mich schleuderte, traf die Schutzbarriere, die ich mit wenig Mühe errichtet hatte.

Der Angriff ließ mein Herz dennoch zusammenzucken, und ein leises Keuchen entkam mir. Wir hatten es mindestens hundertmal geübt, aber mit Dominic und nicht gegen jemanden, der mir wirklich schaden wollte. Zugegebenermaßen sorgte ein Teil von mir sich um die Wirksamkeit. Aber der Zauber hielt, und ich war sicher.

Helenas Augen, weit aufgerissen vor Schock darüber, dass ich Magie besaß, kosteten sie wertvolle Sekunden. In einer blitzartigen Bewegung zwang Dominics Magie sie in die Luft und ließ sie mit dem Hintern voran inmitten des getarnten Sigillen-Kreises landen. Er sprach die Zauber, und schimmernde Kristalle bildeten sich um sie herum. Verwirrung verzerrte ihr Gesicht, als sie versuchte, die Situation zu verstehen. Ich hatte Magie.

„Du hast mich für einen *Tenebras Obducit* verraten.“ Es war nicht nur der Verrat an sich, sondern für wen sie ihn verraten hatte. Hätte ihr Bündnis mit ihrem Vater weniger wehgetan? Seine Lippen bewegten sich langsam. Helenas Körper zuckte und spannte sich an. Sie brach mit einem Schmerzensschrei am Boden zusammen.

Sie presste ihre Hand gegen die unsichtbare Wand und verzog das Gesicht, als sie versuchte, ihre Magie zu nutzen, um sie zu brechen. Nichts geschah. Mit mehr Anstrengung faltete sich ihr Gesicht in eine Grimasse.

Er ging in die Hocke, sodass sie einander auf Augenhöhe gegenüber waren. Auge in Auge starrten sie einander an. Wenn es irgendwelche Reste ihrer Geschwisterliebe gab, waren sie gut verborgen.

„Du hast da drin keine Magie. Wenn ich es wünsche, kann ich dir so viel Schmerz zufügen, dass du mich um den Tod anflehen würdest, um es zu beenden.“

Die Arroganz wich aus ihrem Gesicht und ließ einen so sanften und reumütigen Ausdruck zurück, dass ich, wenn ich nicht all die Dinge, zu denen sie fähig war, miterlebt hätte, um Nachsicht für sie gebettelt hätte.

„Es tut mir leid“, flüsterte sie. Ja, es gab mehr Ehrlichkeit und Aufrichtigkeit in den E-Mails, die ich von diversen dubiosen Prinzen oder Generälen bekommen hatte, die mir Tausende von Dollar dafür versprachen, so ziemlich jedes Anti-Geldwäschegesetz zu brechen. „Wenn du jemanden für meinen Verrat an dir verantwortlich machen willst, schau in den Spiegel.“ Sie richtete ihren Blick in meine Richtung, diesmal neugierig. Magie. Ich hatte Magie. „Sie hat jetzt Magie. Du hast die Situation nicht besser gemacht, Bruder. Du hast sie schlimmer gemacht.“

Anands Erscheinen wischte den Ausdruck der Trostlosigkeit aus ihrem Gesicht. Sie schien zu hoffen, dass er ihre Situation ändern würde. Er sah sich um, betrachtete die gefangene Helena, Dominic, der in ihrer Nähe kniete, und mich in einer Schutzbarriere. Nicht ein Hauch von Überraschung zeigte sich auf seinem Gesicht, als ich sie fallen ließ. Er starrte etwas länger, bevor er sich finster umsah. Ich konnte das Ziel seiner Missbilligung nicht ausmachen. Meine erworbene Magie, Dominics Reaktion auf den Verrat seiner Schwester oder irgendeine Katastrophe, von der wir nichts wussten.

„Einige Mitglieder des Neuen Konvents sind übergelaufen. Seid euch bewusst, dass nicht alle, die Verbündete waren, es noch sind –“

Der Raum vibrierte, und die Tür explodierte in fliegende Holzsplitter.

Ein Kader von Vampiren, die sich mit unglaublicher Geschwindigkeit bewegten, stürmte herein. Helena stand auf und beobachtete die Szene mit Interesse, als eine Welle aus Magie sie gegen die Wand zurückschleuderte. Bevor einer sich erholen konnte, setzte Anand einen Pfahl über seinem Herzen an und war im Begriff, ihn hineinzustoßen, als Dominic ihn aufforderte, aufzuhören.

Dominic hatte einen anderen Vampir aus der Gruppe gepflückt und hielt ihn am Hals, seine Krallen an der Kehle des Vampirs. Die anderen hielt er mit seiner Magie am Boden fest. Wut breitete sich auf seinem Gesicht aus, als er die Vampire beobachtete und nach der magischen Bedrohung suchte, die die Störung verursacht hatte. Der Angreifer blieb im Schatten.

„Feind oder Verbündeter?", fragte Dominic den Vampir, den er festhielt.

Er antwortete mit Schweigen und einem durchdringenden Blick. Als Dominic kaum merklich nickte, beendete Anand die Arbeit mit dem anderen Vampir.

„Wenn du nicht mein Freund bist, wird keine Gnade gewährt."

Ich biss mir auf die Zunge und hielt mir innerlich den Vortrag, dass diese Gewalt notwendig war, um Frieden zu schaffen. Ich musste daran glauben.

„Beantworte meine Frage", forderte Dominic. Obwohl ihr Schweigen eine Antwort zu sein schien, wollte Dominic mehr. Krallen bohrten sich in die Kehle des Vampirs, den er hielt, und das Blut des Vampirs färbte Dominics Hemd grellrot, als es darüber floss.

„Sprich!"

Er tat es nicht und stellte sich trotzig zusammen mit den anderen seinem Schicksal. Dominic stand schweigend da und betrachtete die Überreste des Staubs der toten Vampire. Spannung erfüllte den Raum, als er in Erwartung eines weiteren Angriffs ausharrte.

„Du hast keine Verbündeten, Bruder", sagte Helena. „Haben wir nie wirklich gehabt. Da gab es die, die unsere Methoden als Vorteil für sich sahen und sich an die Regeln hielten, und die, die abgewartet haben, bis die Situation den Bach runterging. Da sind wir jetzt. Töte Luna, schwäche Peter, und verlange deine Herrschaft zurück!"

„Du hast dich mit Peter verbündet!"

„Ich habe mich auf die Seite des Siegers gestellt." Sie sagte es, als würde das den Verrat hinreichend erklären. „Eines

Mannes, der nicht zulassen würde, dass ein Mensch alles zum Entgleisen bringt." Es lag ein Hauch von Frage in ihrer Stimme bei dem Wort *„Mensch"*. Ich hatte Magie und war anders. Mensch war nicht die richtige Bezeichnung. Ehemaliger Mensch? Nicht-ganz-Mensch? Jemand, der sich als Mensch ausgab?

Dominic bewegte sich auf das Gefängnis zu, ein harter Zug in seinem Kiefer, und fixierte seine Schwester mit einem Starren. Blitze von Schmerz überschatteten sein Gesicht. Es war so schwer zu verstehen, dass ihr Verrat ihn unerwartet getroffen hatte. Vielleicht, weil sie ihre Loyalität Peter gegeben hatte, einem Dunklen Magier. Magie, die mit seiner konkurrierte.

„Du hast die falsche Wahl getroffen. Alles wird wieder so werden, wie es war. Helena, du wirst dich für alles antworten, wovor ich dich bisher geschützt habe. Areleus wird nicht in der Position sein, um Nachsicht für dich zu bitten."

Sie zuckte zusammen. Zuvor hatte die Frage im Raum gestanden, ob er Vatermord begehen würde. Jetzt gab es keinen Zweifel mehr daran. Welche Schwäche sie auch in Dominic gesehen hatte, es gab jetzt keinen Hinweis mehr darauf, dass sie je existiert hatte. Alle Farbe wich aus ihrem Gesicht.

Sie hielten den Blick des anderen fest, unterbrachen den Kontakt nur, als Magie den Raum flutete und drei unbekannte Hexen hereinkamen. Eine bewegte sich auf mich zu, die andere schickte Magiepellets in schnellem Feuer auf Dominic. Mit einer Handbewegung schleuderte er sie zu ihr zurück, während er versuchte, sich um sie herumzuwinden. Als die Hexe näherkam, errichtete ich meine Barriere. Mich zu schützen war mein primäres Ziel, während die andere Hexe versuchte, Helena zu befreien, was ihr Bündnis mit Peter und eine Allianz mit den Revelatoren verriet, die nun voll und ganz dem Dunklen Magier verpflichtet waren.

Ihre Hände gegen das magische Gefängnis blieben

wirkungslos. Der Kampf zwischen Dominic und seiner Angreiferin endete schlecht für die Hexe. Er beobachtete die dritte Hexe mit einem zufriedenen Lächeln, als sie die nun sichtbaren Zeichen am Boden untersuchte. Dann flüsterte er einen Zauber, der den Schimmer fallen ließ, und mit einem Schub Magie stieß er die Hexe zu Helena hinein. Dann errichtet er den Zauber erneut, um sie beide einzuschließen, und wirkte einen weiteren, der sie sich vor Schmerz winden ließ. Sie sackten erschöpft keuchend zu Boden, als der Ansturm endete. Dominic wandte seine Aufmerksamkeit von ihnen der Hexe zu, die versuchte, meine Barriere zu durchbrechen und ihre Aufmerksamkeit zwischen Dominic und ihrer Umgebung aufteilte, als suchte sie nach der Quelle meiner magischen Barriere.

Das Fenster explodierte in Scherben, von denen einige Anand am Arm trafen, den er zum Schutz hochriss. Drei Schatten stürmten herein, breiteten ihre Flügel aus und verdunkelten den Großteil des Raumes. Einer schoss auf Anand zu, packte ihn mit seiner krallenbewehrten Hand und warf ihn wie eine Puppe auf die andere Seite des Raumes. Er krachte gegen die Wand und ging mit einem dumpfen Schlag zu Boden. Dominic war im Kampf mit den anderen beiden. Während die Hexe weiter mit ihrer Magie gegen meine Barriere hämmerte, färbte sich ihr Gesicht rot vor Frustration. Ich konzentrierte mich, stimmte meinen Angriff für die beste Erfolgsaussicht zeitlich ab und ließ meine Barriere fallen, was uns nur wenige Zentimeter voneinander entfernt platzierte. Ich rammte Magie in ihre Brust und schleuderte sie ein paar Meter zurück. Mein Fehler war, nicht dasselbe zu wollen, was mit der Vase passiert war, trotz Dominics Behauptung, dass es nicht so sein würde. Aber es war genug. Ihr Schock, dass ich Magie besaß, verzögerte ihre Reaktion. Bei meinem nächsten Angriff hielt ich mich nicht zurück. Die Magie krachte in sie und ließ sie gegen den Schatten prallen. Sein Körper, so widerstandsfähig wie eine Wand, ließ sie ungerührt und vor Schmerz am Boden wimmernd zurück.

Ich errichtete meine Barriere wieder und suchte nach weiteren Gelegenheiten, während absolutes Chaos ausbrach und mehr Leute in den Raum strömten. Einige waren vertraut, und von einigen glaubte ich, dass sie Teil beider Konvente waren mit dem alleinigen Zweck, die Revelatoren und ihre Verbündeten einzudämmen und zu deaktivieren. Nach Anands Warnung konnte ich nicht sicher sein. Es waren die gelegentlichen Versuche, an mich heranzukommen, die mich annehmen ließen, dass sie Feinde waren.

Mein Herz pochte, als ein Schatten auf mich zuschoss. Er wählte körperliche Gewalt anstatt Magie, kratzte jedoch erfolglos an der Barriere. Als er die Lippen verzog, bewegte sich sein Mund ohne die geschmeidige Mechanik von jemandem, der es gewohnt war, häufig zu sprechen.

Die Barriere wogte und wellte sich, wurde eingedrückt, hielt aber. Er legte mehr Anstrengung hinein, und ich konnte aus einem Augenwinkel sehen, dass Dominic versuchte, zu mir zu gelangen. Ich hatte keine Waffe. Ich sollte immer eine Waffe tragen. Kurz überlegte ich, die Barriere fallen zu lassen, nach dem am Boden liegenden Dolch zu meiner Rechten zu greifen und die Barriere wieder zu errichten, aber mein Versuch, mit der Barriere zu gehen, scheiterte. Schatten bewegten sich schnell und hatten eingebaute Waffen in Form von Krallen. Die Tatsache, dass Peter mich lebend wollte, schien kein Vorteil zu sein, denn nichts an den Schatten vermittelte mir den Eindruck, dass sie sich um Regeln oder Anweisungen scherten. Chaos vielleicht. Gewalt definitiv. Mein Ableben würde ihnen geben, was sie wollten.

Zu viel Kämpfen und Magie im Raum machten klares Denken schwer. Nur zu überleben war nicht genug. Ich suchte nach Schwachstellen. Augen. Ich konnte seine Augen erreichen, kratzen, stechen oder was auch immer. Die Nase war eine weitere. Mit meinem Handballen musste ich sie einschlagen. Ich duckte mich ein wenig, um mir den Hebel zu geben, der mir erlauben würde, mein ganzes Gewicht in den Schlag zu legen.

Ich begann, mich auf ihn zu stürzen, als ich aus dem Augenwinkel Areleus sah. Bevor ich meinen Plan ausführen konnte, fiel das Gefängnis um seine Tochter. Die beiden wandten ihre Energie Dominic zu, meine Barriere fiel, ohne dass ich sie löste, und ich wurde gegen einen sehnigen Körper gezogen.

Ich schlug meinen Kopf zurück und versuchte, eine Nase oder irgendetwas Hartes an demjenigen zu treffen, der mich in eine Bärenumarmung geschlungen hatte.

„Na, na, nur du und ich", säuselte Peter. Dann verschwand die Welt des Chaos, und Dominics Knurren meines Namens wurde abgeschnitten.

Stille.

Ich drehte den Kopf, schloss die Augen, um meine Orientierung zu finden, und scherte mich nicht darum, wer das Ziel meiner Magie war. Ich schoss blind und hörte einen harten Aufprall eines Körpers, der gegen eine Wand krachte. Glas zerschellte, und Gegenstände fielen. Als ich mich konzentrierte, stand Peter auf, und ein dunkles, zufriedenes Grinsen breitete sich auf seinem Gesicht aus, als er schnell auf mich zukam. Im Raum gab es viele Gegenstände, und ich schleuderte sie alle auf ihn: eine Kaffeemühle, die er mit einer Handbewegung abwehrte. Bücher, Geschirr, Dekorationsgegenstände und Becher warf ich in seine Richtung, doch er nutzte seine Schutzbarriere als Schild. Ich fuhr fort, alle Gegenstände, die ich erreichen konnte, in den Schild zu hämmern, in der Hoffnung auf eine Öffnung oder ein Schwanken.

Ich nahm an, dass er seine Geduld verlor oder seine magischen Fähigkeiten nicht länger zur Schau stellen wollte, denn er benutzte offensive Magie. Es fühlte sich an, als hätte er einen beschwerten Ball in meine Brust geschmettert. Ich krachte hart gegen die Wand und sackte dann zu Boden. Wir waren uns gegenüber, als ich nach Luft rang. Ein Schimmer von Zufriedenheit huschte über sein Gesicht, erhellte den Schleier der Dunkelheit, der über seine Züge gefallen war, und vertrieb jeden Hauch des gebildeten Mannes, der seine Zeit damit verbrachte, unaufgefordert Geschichtsvorlesungen zu halten.

„Luna", säuselte er. „Ich muss dem Prinzen lassen, dass er geschafft hat, was ich Jahre herauszufinden versucht habe. Er hat dich zu einer von uns gemacht. Wo es nur einen gab, gibt es jetzt zwei."

Er schien begeistert, als wäre meine Existenz eine implizite Allianz.

„Nein, es gibt keine zwei. Ich habe nicht vor, dir zu helfen."

Ein langsames, psychotisches Lächeln umspielte seine Lippen. „Dann wird das wohl Willenskraft gegen Willenskraft sein." Seine Augen wurden pechschwarz. Magie schlang sich um mich, stahl mir den Atem. Ich konnte die volle Präsenz seiner Macht spüren. Ein Indikator, warum er gefürchtet wurde. Und des Chaos, der Gewalt und der Zerstörung, die er verursachen konnte. Er kann näher an mich heran.

„Die Frage ist, liebe Luna, was ist nötig, um dich zu brechen?"

Ich ließ eine Hand über meine Tasche gleiten, wo der Garon verborgen war.

Ich hatte nicht die Absicht, mich brechen zu lassen.

26

Peter bewegte sich zur gegenüberliegenden Seite des Raumes, gehüllt in eine finstere Absicht, während seine Augen nonchalant über das schweiften, was ich in Trümmern hinterlassen hatte. Sein verachtungsvoller Blick auf das Chaos traf meine Zuversicht, aber nicht meinen Drang, seine Magie zu nehmen und ihn magielos zu machen, unfähig, weitere Zerstörung zu verursachen.

„So lange habe ich gedacht, du wärst nur ein Gerücht. Ein Quell der Magie, der uns die Fähigkeit geben könnte, das gnadenlose Trio zu zerstören." Seine Augen wurden hart, Wut ließ ihn größer wirken. Unruhe ätzte eine grobe Grimasse auf sein Gesicht.

„Und du bist nicht gnadenlos?", forderte ich heraus.

„Nicht annähernd so wie sie", presste er heraus und fletschte die Zähne. Einen Moment lang erwartete ich, Reißzähne zu sehen. Ich schloss die Möglichkeit nicht aus, dass er welche besaß und beschlossen hatte, sie geheim zu halten.

„Dominic hat alle Dunklen Magier gejagt und getötet. Ich bin der Einzige, der noch übrig ist." Seine Augen leuchteten. „Nein, *wir* sind die Einzigen, die übrig sind."

„Es gibt kein Wir", schoss ich zurück.

Sein freudloses Lachen erfüllte den Raum mit einer finsteren Bedrohung. „Du hast seine Version der Realität gehört, also ist deine Antwort verständlich. Ich bin nicht das Monster, als das er mich dargestellt hat, und Dominicus ist nicht das Lamm, als das er sich dir präsentiert hat."

Alle benutzten ihre Worte so falsch! Lamm? Dominic hatte nie den Eindruck erweckt, ein Lamm zu sein. Er hatte nie behauptet, hundert Prozent anständig zu sein. Nie geleugnet, dass seine Moral fest in der Grauzone verwurzelt war. Er trug die Rüstung eines rücksichtslosen Monsters, wenn nötig. Ich wartete darauf, dass Peter fortfuhr. Als er näherkam, die Arme vor der Brust verschränkt, sein Haar zerzaust, das T-Shirt, das seine sehnige Brust erahnen ließ und die locker sitzende Jeans auf den Hüftknochen, erinnerte er mich vage an den gebildet aussehenden Mann, der im *Books and Brew* herumhing.

Meine Aufmerksamkeit blieb an der dickrandigen Requisitenbrille hängen, die er offensichtlich nicht brauchte. Er bemerkte, wohin meine Augen gewandert waren, nahm sie ab, und mit einem schnellen Flüstern verschwand sie in einer Rauchwolke.

„Wir sind mächtig und haben uns nie ihren Regeln oder ihrer Führung unterworfen. Warum sollten wir? Magie wie unsere gibt uns das Privileg, die Welt nach unserem Belieben zu formen." Er kam näher. Näher war gut. Je näher er war, desto leichter würde es sein, den Garon zu benutzen. „Warum sollten wir an minderwertige Regeln gebunden sein? Dominicus, Helena und Areleus sind es nicht. Uns sollten dieselben Privilegien gewährt werden."

„Sie arbeiten mit der übernatürlichen Gemeinschaft zusammen, um die Menschen zu schützen."

Er schnaubte. „Welche Lügen hat er dir aufgetischt?", fragte er. „Sie wollen die Übernatürlichen kontrollieren. Dass Menschen ein gewisses Maß an Sicherheit bekommen, ist nur ein Nebenprodukt. Wir würden dasselbe tun, aber zu unseren Bedingungen."

„Was wären *unsere* Bedingungen?", fragte ich.

Die Frage ließ ihn etwas entspannen, und er kam noch näher.

„Du hast keine Ahnung, wie mächtig du bist. Jetzt haben wir die Schatten, die tun werden, was wir wollen, solange es ihre Bedürfnisse befriedigt."

„Ihr Bedürfnis nach Gewalt und Chaos", bemerkte ich.

Er wischte es mit einer Handbewegung weg. „Willst du eine zahme Armee oder eine, die gefürchtet wird?"

Als die Sekunden verstrichen und seine Frage unbeantwortet blieb, sagte er: „Es wäre töricht zu glauben, dass es keine Gewalt geben wird. Selbst die Menschen haben das nicht geschafft." Verachtung wand sich um das Wort *„Menschen".* „Ich habe ein Bündnis mit ihnen geschlossen, das für beide Seiten vorteilhaft ist. Sie werden kontrolliert."

„Okay, dann haben wir eine Armee. Was kommt als Nächstes?"

Peters Lächeln wurde breiter, und er bewegte sich weiter, bis er vor mir stand. Er streckte mir eine Hand entgegen. „Setzen wir uns aufs Sofa. Dass ich mit dir spreche, während du auf dem Boden liegst, scheint … unzivilisiert. Wir sind ebenbürtig."

Dass ich auf dem Boden saß, bedeutete für mich nie mehr als genau das – ich saß auf dem Boden. Doch alles in dieser Welt hatte eine Bedeutung, eine Demonstration der Rolle und Position einer Person.

Ich beäugte seine ausgestreckte Hand und überlegte, ob ich sie wegschlagen oder ihm den Mittelfinger zeigen sollte. Ich tat weder das eine noch das andere, nahm sie und ließ zu, dass er mir auf die Füße half, in der Hoffnung, dass die kleine Zurschaustellung von Akzeptanz ihn dazu bringen würde, unvorsichtig zu werden. Ich achtete darauf, auf der linken Seite des Sofas zu sitzen, sodass, wenn ich meinen

Körper zu Peter drehte, ich schnellen Zugriff auf das Bein mit dem Garon hatte. Meine entspannte Sitzposition, ein Bein auf dem Sofa, schien ihn zu beruhigen. Ich saß nah bei ihm und konnte das Summen seiner mächtigen Magie spüren. Sie war unbestreitbar. Wieso hatte ich nie bemerkt, wie anders seine Energie war?

„Hier bist du", flüsterte er. „Alle Dunklen Magier haben nach dir gesucht. Ich hatte die Hoffnung aufgegeben. Es war unmöglich, dass du nur eine Geschichte von einem Opfer warst, das den anderen die Macht geben würde, mit Dominic fertigzuwerden. Dann bin ich zufällig ins *Books and Brew* gekommen. Die Beschreibung, wonach wir suchten, war nach all den Wiedererzählungen so verzerrt worden. Aber das Haar. In dem Moment, als ich dich gesehen habe, war ich überzeugt. Aber ich musste sicher sein." Ich fuhr mir durch meine kastanienbraunen Wellen. „Als ich gesehen habe, wie wissbegierig du warst, war es einfach, zu bestätigen, dass du die Richtige warst. Dieser spezielle Zauber hätte bei niemand anderem funktioniert. Er konnte nur mit einer Affinitas-magie funktionieren." Ein finsteres Lächeln umspielte seine Lippen, während seine Augen langsam über mich wanderten, als stellte er sich uns als furchterregendes Power-Duo der Dunklen Magie vor. Sein Kopf neigte sich, als er mich musterte.

„Du bist kein Mensch", sagte er als Erinnerung.

„Ich weiß." Mein Brustkorb zog sich zusammen. Es fühlte sich wie ein Verrat an. Trotz des Wissens gab es einen Teil von mir, der Loyalität zur Menschheit empfand. Der die Menschheit schützen wollte, weil das alles war, als was ich mich je selbst gekannt hatte.

„Dominic, Helena und Areleus irren sich, und du hast recht?", fragte ich, denn ich brauchte mehr Informationen und wollte, dass er sich mit mir wohler fühlte. Ich wollte, dass er entspannt genug war, um nicht zu erwarten, dass ich ihm seine Magie nehmen würde.

Seine Augen wanderten zum Fenster hinter mir. „Das derzeitige System ist in Ordnung. Doch Menschen sollten von unserer Existenz wissen. Und wir sollten einen Platz am Tisch der Gesellschaft haben. Nein, wir sollten an der Spitze stehen. Alles leiten."

„Wir?"

„Du und ich natürlich. Verstehst du die Macht, die ich besitze? Mit einem Zauber könnte ich jeden in diesem Block töten. Ich könnte die Schatten mit einem Wort entfesseln. Ich könnte die meisten Übernatürlichen mit einem gut ausgearbeiteten Zauber in die Knie zwingen."

„Du gegen Hunderte von Magieanwendern und Wandler, die immun gegen Magie sind, und Vampire, die sich bewegen wie Blitze?" Meine Worte trieften vor einer Skepsis, die ich nicht zu verbergen versuchte. Er war ein Monster und ein arrogantes noch dazu.

„Es gibt einen Zauber, der die Immunität der Wandler beenden wird. Wir zwei können das tun. Ich habe nicht die Absicht, ihnen diesen Vorteil zu lassen. Es gibt zu viele Vampire auf dieser Welt. Ich werde die Population beschneiden –"

„Beschneiden klingt sehr nach Genozid", konterte ich, überrascht von meiner Fähigkeit, meine Stimme neutral zu halten trotz seiner Eingeständnisse. Ich sah seine nonchalanten Enthüllungen als das, was sie waren: mein Schicksal. Er bot die Informationen frei an, weil er zuversichtlich war, dass ich nicht gehen würde. Ob meine Position an seiner Seite freiwillig war, lag an mir. Alles an seinem finsteren Grinsen bestätigte das.

„Unsere Hände werden vollkommen sauber bleiben. Roman wird aus den Perils freigelassen und darf die Vampire kuratieren. Ich vermute, er wird nur seine Blutlinie übriglassen. Das wäre von Vorteil. Sie wären ein Gewinn, und unsere Ziele würden leicht übereinstimmen. Vadim wird auch eine gute Ergänzung sein. Der Zauber würde ihn ebenfalls seine Immunität gegen Magie verlieren lassen. Ich werde später entscheiden, ob er seine magischen Fähigkeiten behalten darf, je nachdem, wie nützlich er sich erweist. Leider müssen Celeste und ihre Blutlinie enden. Diese Blutlinie von Hexen hat sich als zu mächtig erwiesen. Zu widerspenstig. Es gibt andere fähige Hexen, die besser wären."

Es blieb nicht unbemerkt, wie locker er diese Beziehung zwischen uns beansprucht hatte. Vadim als Verbündeten zu haben, würde sicherstellen, dass Peter ihn gegen Dominic, Helena und Areleus einsetzen konnte.

Aus seinem abschätzenden, zufriedenen Ausdruck schloss ich, dass er mein Schweigen als Akzeptanz sah und nicht als dieselbe Verachtung und Fassungslosigkeit auffasste, die durch mich hindurch gerauscht war, als Ileana einen ähnlichen Plan vorgeschlagen hatte. *Was zum Teufel war mit diesen Leuten los? Führte mächtige Magie automatisch dazu, so bösartig und amoralisch zu sein?*

„Wir werden sorgfältig diejenigen aussortieren, die übrig bleiben. Das ist eine gute Strategie. Ich dachte, ich hätte nur deine Magie, aus der ich schöpfen könnte, aber jetzt habe ich dich. Eine weitaus bessere Situation, und ich muss dem Prinzen dafür danken." Wieder fand ich mich unter seinem forschenden Blick, als er sich vorbeugte.

„Wie hat er das gemacht?", flüsterte er.

„Was meinst du?"

Er ließ sich nicht täuschen. Mit einer Handbewegung hob er mich in die Luft und schlang und straffte Magie um mich, die das Atmen schwierig machte. Er zog sie bis zu meinem Hals weiter und verhinderte jegliches Atmen. Panik packte mich, und eine Träne lief über mein Gesicht.

Er kam näher, bis sein Gesicht gerade außer Reichweite war. Ich schloss meine Augen und konzentrierte mich, versuchte, die Fesseln zu brechen. Zog an ihren Strängen. Versuchte, meine Magie zu zwingen, sie zu zerstören. Diese

Magie drehte sich ganz um Zerstörung und Gewalt. Warum brach sie die Fesseln nicht?

„Ich habe diese Magie seit Hunderten von Jahren. Bis zur Perfektion geschliffen. Glaubst du, dass deine nach wenigen Tagen mit meiner Macht mithalten kann, Luna?"

Ich hatte einen neuen Körper, aber ich hatte nie hinterfragt, ob ich sterblich war. Als mir schwindelig wurde, hatte ich eine klare Antwort. Ich war sterblich. Ich würde sterben. Was würde nach meinem Tod mit meiner Magie passieren?

„Ich frage dich nochmal, wie hat er es gemacht?"

War Dominics Mutter den meisten unbekannt?

Ich stieß einen erstickten Laut aus, und er lockerte die Magie.

„Er hat jemanden dazu gebracht", würgte ich hervor.

„Wen?"

Nach einer langen Phase des Schweigens gab er mir ein paar Zentimeter mehr Raum, zu atmen. Die Magie lockerte sich genug, dass ich Luft holen konnte, aber ich war mir voll bewusst, dass nur ein Schnippen oder ein geflüstertes Wort den Würgegriff zurückbringen konnte.

„Lass mich los, und ich sage es dir."

„Du wirst es mir sagen, weil ich gefragt habe." Er stand direkt vor mir und versuchte, meinem Blick zu begegnen. Dass er Blickkontakt herzustellen versuchte, erinnerte mich daran, dass Vampire ihn brauchten, um jemanden zu zwingen. Ich war mir nicht sicher, was Peter tun würde, aber ich wusste, dass Blickkontakt nötig war. Ich schloss meine Augen. Ich fühlte ein Zerren an meinen Lidern, als würden Finger verwendet, um sie zu öffnen, doch ich spürte keinen Körper nahe bei mir oder Schatten von einem Körper oder einer Extremität auf mir. Er tat es mit Magie. Er bellte ein dunkles, kaltes Lachen heraus, und Schmerz durchströmte mich.

Ich kann das. Luna, du kannst das. Ich zwang meinen ganzen Willen in den Befehl, und die Windungen lockerten sich, und ein Schwall von Kraft explodierte aus mir. Ich hörte einen lauten Schlag, und als ich die Augen öffnete, sah ich Peter aufstehen, ein anerkennender Ausdruck auf seinem Gesicht.

„Starke, untrainierte Magie. Damit kann ich arbeiten.“ Er näherte sich mir, löste seine Magie, und ich fiel auf meinen Po. Selbst durch meinen Angriff war er in der Lage gewesen, seine Magie aufrechtzuerhalten. Ich war keine Herausforderung für ihn. Ich brauchte mehr Übung.

„Es wird keinen Bedarf mehr für Dominic, Helena oder Areleus geben. Sie zu töten wird schwierig sein. Wenn ich nicht erfolgreich bin, werden wir sie in der Unterwelt einsperren, wo sie nicht eingreifen können und nicht gebraucht werden.“

Mein Ausdruck verriet mich. Seine Lippen verzogen sich dramatisch. „Oh. Bist du dieser schrecklichen Familie zugetan? Oder nur Dominic?“ Sein letzter Kommentar war purer Hohn. Ich hatte kein Problem damit, dass er Helena und Areleus in der Unterwelt einsperrte. Aber nicht Dominic.

„Wer hat das mit dir gemacht, Luna?“, fragte er wieder.

„Was? Mich mit Magie missbraucht? Das warst du“, zischte ich.

„Wen beschützt du, Luna?“

Es war kein Schutz. Er wollte die Information aus einem Grund, und nicht aus einem guten. Ich tat, was ich konnte, um seine Machtaneignung zu begrenzen. Ich war nicht sehr zuversichtlich, dass er nicht an Ileana herankommen könnte, aber nachdem ich Dominics Geschichten über sie gehört hatte, sollten sie einander vielleicht kennenlernen. Er würde diesen Zusammenstoß wahrscheinlich nicht überleben. Mein Bauchgefühl sagte mir jedoch, dass ich ihm die Information nicht geben durfte, also presste ich meine Lippen fest zusammen.

„Ich hätte dich gern als meine Weggefährtin in diesem Unterfangen. Sonst wäre es eine einsame Reise, aber ich bin durchaus in der Lage, es auch allein zu tun. Alles, was ich brauche, ist deine Magie. Ich kann sie mit einem Zauber nehmen, oder ich kann diesen geschmacklosen Garon in deiner Tasche benutzen. Ja, ich weiß, du hast einen, du kannst also gern aufhören, zu versuchen, keine Aufmerksamkeit darauf zu lenken."

Scheiße! Ich legte los, riss den Garon aus meiner Tasche, stürzte mich auf ihn und hielt mich fest wie ein Koala an seiner Mutter. Anstatt mich an seinem Rücken festzuklammern, hielt ich mich an seinem Oberkörper fest. Jegliche schmerzhafte Magie, die er mir zufügen würde, würde er selbst spüren. Ich sprach den Zauber. Das magische Objekt beanspruchte meine Hand, ließ mich bluten.

Ich konnte nicht sehen, ob der Garon leuchtete oder ob die schwarzen Ranken sich verzweigten, um nach ähnlicher Magie zu suchen. Aber ich konnte eine andere Magie spüren, die über mich – über Peter – hinwegfegte. Er stieß einen scharfen, überraschten Laut aus. Ein Summen von Worten kam aus seinem Mund, doch die Magie breitete sich weiter aus. Sie war dick und schwer, und an ihr war etwas Feuchtes und Andersartiges. Ich klammerte mich nicht mehr wie ein Koala an Peter; es war die neue Magie, die uns aneinanderpresste.

Ein grauer Dunst bildete sich vor uns, eine größere Nachbildung der Ranken, die ich während des Übens mit dem Garon gesehen hatte. Kühle fegte durch den Raum. Ich blinzelte mehrmals und nahm die Gestalt wahr, bevor sie verschwand und Spuren der bedrohlichen Magie hinterließ.

Die Eingangstür explodierte und Holzsplitter regneten auf uns nieder.

„Luna!", rief Dominic und eilte auf uns zu. Ich riskierte einen Blick in seine Richtung, um den entsetzten Ausdruck auf seinem Gesicht zu sehen. Er stürmte heran, erreichte mich und zischte vor Schmerz, machte aber weiter und riss mich von Peter los. Dominic gab Peter keine Gelegenheit, zu reagieren. Er schleuderte ihn mehrere Meter weit weg, jagte dann eine leuchtende Magiekugel in seine Brust und ließ ihn gegen die Wand auf der anderen Seite des Raumes krachen. Peter sackte zu Boden, versuchte aber, das Feuer zu erwidern. Seine Augen weiteten sich und füllten sich mit Panik, als nichts geschah. Er versuchte es noch mehrere Male erfolglos, bis sein Atem zunehmend kurz und rasselnd wurde. Angst und Verwirrung standen ihm ins Gesicht geschrieben.

„Wo ist der Garon?", fragte Dominic.

Beschäftigt damit, unter dem Zustrom der neuen, eigentümlichen Magie den Kontakt mit Peter zu halten und den Zauber erfolgreich auszuführen, hatte ich ihn aus den Augen verloren. Ich sah mich danach um, aber da war nichts, er war weg.

„Ich weiß nicht." Ich stand auf, und wir durchsuchten beide den umliegenden Bereich. Peter blieb in fassungslosem Unglauben erstarrt, unfähig, sich mit dem neuen Wissen abzufinden, dass seine Magie dem Garon nicht hatte widerstehen können und sie jetzt weg war. Dominics Maske der Wut fiel, als er mich ansah.

„Wirke Magie, Luna", wies er mich an.

Ich versuchte, einen Schutzzauber zu errichten. Nichts. Ich versuchte einen anderen Zauber. Nichts. Ich wischte meine Hand durch den Raum, um Dinge aus meinem Weg zu räumen, alles ergebnislos.

In einer blitzartigen Bewegung war Dominic bei Peter, packte ihn am Hals, die Krallen an seinem Puls.

„Was hast du getan?", knurrte er.

Das ruhige Selbstvertrauen, das er zuvor an den Tag gelegt hatte, war verschwunden. Peter sah genauso verwirrt aus, wie ich mich fühlte. Ohne seine Magie war er Dominic gegenüber in einem schrecklichen Nachteil. Trotzdem gelang es ihm, einen finsteren Blick in Dominics Richtung zu werfen.

„Warum sollte ich mir meine eigene Magie nehmen?“,
bellte er.

Es folgte ein langer Moment der Überlegung, bevor
Dominic seine Hand zurückzog und ungezügelte Grausamkeit und Erbarmungslosigkeit in seinem höhnischen Grinsen
zeigte. Derselbe Blick, den ich gesehen hatte, wenn er
kämpfte.

„Nein!“, platzte ich heraus. Er hielt mit seinen Krallen nur
Millimeter von Peters Hals entfernt inne. Sein Blick schnellte
in meine Richtung.

„Der Garon ist weg, und unsere Magie auch. Jemand hat
ihn genommen.“ Ich berichtete von der Gestalt mit den
Ranken, die denen ähnelten, die ich während der Übung mit
dem Garon gesehen hatte. Wie ich an Peter gedrückt worden
war und wie sich die abstoßende Magie angefühlt hatte, die
sich mit unserer vermischt hatte. „Wenn jemand ihn
genommen hat, brauchen wir vielleicht Peter, um ihn
zurückzubekommen.“

„Nein. Wir werden einen anderen Weg finden“, behauptete Dominic. Das Lodern in seinen Augen ließ mich ihm
vorsichtig nähern.

Von Wut getrieben, bedachte er nicht alles. Ich fasste
Peters Pläne zusammen, ging eine Reihe von Szenarien im
Kopf durch, was mit unserer Magie getan werden könnte,
und keines war gut. Ich bekam keine ausgewachsene Panikattacke, weil es kein anderer Dunkler Magier war, der die
Magie gestohlen hatte. Peter war der Einzige. Wir waren die
Einzigen. Die undenkbare Zerstörung, die der Dieb verursachen könnte, wenn er lernte, unsere Magie zu nutzen,
machte mir Angst. Dominic hatte nach einem Weg gesucht,
die Magie zu benutzen – was, wenn jemand ihm zuvorge-
kommen war?

„Bitte“, flüsterte ich. Er wandte seine Augen von Peter ab,
sein Blick sanft, als er mich ansah.

„Erinnere dich, was ich dir gesagt habe“, sagte er leise. Er hatte mich gewarnt: „Dein Mitgefühl wird als Schwäche gesehen, und deine Güte wird ausgenutzt."

„Es geht nicht um Güte oder Schwäche. Unsere Magie ist weg. Peter hat Zugang zu Zaubern und Magie, von der du nichts weißt. Ihn zu töten nimmt uns einen Vorteil."

Er löste seinen Griff um Peters Hals, benutzte aber Magie, um ihn an die Wand zu drücken. Er nahm meinen Arm und zog mich auf die andere Seite des Raumes, außerhalb von Peters Hörweite.

„Meine Mutter hat uns den Garon gegeben", sagte er mit schmerzerfüllter Stimme. Ich hörte die Implikationen in seinem Ton. Er glaubte, dass es seine Mutter gewesen war. Er war so oft von seiner Familie verraten worden, dass er ihnen nicht mehr traute. „Peter hat dich entführt. Das kann nicht ungestraft bleiben."

Sanft berührte ich seine Hand, mir unseres Publikums durchaus bewusst. „Stell sicher, dass sie es war, bevor du ihn auf irgendeine Weise bestrafst. Bitte." Wenn es so war, hatte ich nicht die Absicht, für irgendjemanden um Gnade zu bitten. Einen weiteren Verrat zu akzeptieren, hatte auch ich nicht mehr in mir. Es war schwer vorstellbar, dass Ileana ihre Kinder verraten würde, aber ihre Vorschläge und Peters Pläne waren dieselben.

„Frag sie", drängte ich erneut.

Er warf einen weiteren bösen Blick in Peters Richtung, zog mich ohne ein Wort an sich und tauchte mich in Dunkelheit, als wir schnell in die Unterwelt und dann nach Vita reisten. Als wir vor dem Schutzzauber standen, ließ er die silberne Wellenbewegung zum Leben erwachen. Streifen karmesinroter Wellen liefen über sie hinweg und drückten uns zurück. Sein Upgrade der Barriere. Es war nicht nur eine magische Fackel, es war ein Stoppschild. Ein Drängen, einfach weiterzugehen. Ein paar routinierte Bewegungen seiner Hand und ein Zauber, und sie fiel, und wir gingen hindurch.

Als Dragar erschien, lag ein schelmischer Ausdruck auf seinem Gesicht, und der Schwanz peitschte spielerisch hinter ihm. „Dominicus“, säuselte er, dann verschwand das Lächeln von seinem Gesicht und wich Verzweiflung, als er Dominic ansah. Wütend und mit mörderischer Miene stürmte Dominic an ihm vorbei zum Anwesen seiner Mutter.

Sie kam uns auf dem Weg zu ihrem Haus entgegen, Besorgnis in Ileanas Gesicht angesichts Dominics Zustand. Eine Mischung aus Emotionen, die er nicht zu maskieren versuchte.

„Dominicus, was ist los?“ Die sanfte mütterliche Frage war ein scharfer Kontrast zu allem, was sie je gezeigt hatte.

„Der Garon ist weg, und Lunas Magie auch“, sagte er.

Sie runzelte die Stirn und keuchte die Frage: „Was meinst du?“

„Er ist weg.“ Obwohl seine Stimme angespannt blieb, hörte ich eine spürbare Erleichterung. Seine Mutter war nicht verantwortlich. Er erklärte ihr alles, was ich Dominic berichtet hatte. Am Ende atmete Ileana hektisch.

„Peters Magie ist auch weg?“

Wir nickten. Ihr Blick wanderte von mir zu Dominic.

„Weißt du, was das bedeutet, Dominic?“ Wie konnten wir das nicht wissen? Eine unbekannte Person hatte gerade eine unermessliche Menge an Magie erworben, die ihr die Fähigkeit geben würde, alles zu tun, was Peter geplant hatte, einschließlich des Einsperrens der Herrscherfamilie in der Unterwelt.

Er nickte. „Niemand ist sicher, nicht einmal wir.“

NACHRICHT AN MEINE LESER UND LESERINNEN

Vielen Dank, dass Sie sich unter den vielen Titeln, die Ihnen zur Auswahl stehen, für *Eine Spur Dunkelheit* entschieden haben. Mein Ziel ist es, eine fesselnde Welt, faszinierende Charaktere und ein interessantes Erlebnis für Sie zu erschaffen. Ich hoffe, dass mir das gelungen ist. Rezensionen sind für Autoren sehr wichtig und helfen anderen Lesern, unsere Bücher zu finden. Bitte nehmen Sie sich einen Moment Zeit, um eine Bewertung zu schreiben. Ich würde gern erfahren, was Sie über dieses Buch denken.

Unabhängig davon, ob Sie ein paar Sätze oder mehrere Absätze schreiben, schätze ich Ihre Rezension aufrichtig.

Um Benachrichtigungen über neue Cover, Werbeaktionen, Updates und Neuerscheinungen zu erhalten, melden Sie sich bitte für meine mckenziehunter.com/Mailingliste.de.